SCHATTENFÜRST

Kim Landers

SCHATTEN FÜRST

Erotischer Vampirroman

Plaisir d'Amour Verlag

3. Auflage Januar 2011

Kim Landers

SCHATTENFÜRST

Erotischer Vampirroman

© 2009 Plaisir d'Amour Verlag, Lautertal
Plaisir d'Amour Verlag
Postfach 11 68
D-64684 Lautertal
www.plaisirdamourbooks.com
info@plaisirdamourbooks.com
Lektorat: Helena Hollerbach
© Coverfoto: Sabine Schönberger (www.sabine-schönberger.de)
Coverlayout: Christoph Spittler
ISBN 978-3-938281-60-4

1.
Prag, zu Beginn des 19. Jahrhunderts

Die Nacht legte sich wie ein schwarzer Schleier über Prag. Wo noch vor einer Stunde Hufgetrappel und Schritte durch die Straßen hallten, herrschte nun Totenstille. Dominik liebte es, durch die menschenleere Stadt zu schlendern. Es war nicht die kalte Novembernacht, die die Menschen auch heute zurück in ihre Häuser trieb, sondern es war die Furcht vor Vampiren, die nachts auf Beutezügen die Stadt durchstreiften.

Der Hunger auf frisches Blut hatte auch Dominik in die Stadt gelockt. In Gestalt eines Wolfes erbeutete er Ratten am Flussufer. Danach trabte er die Prager Stadtmauer entlang. Sein Ziel war das verrufene Palais des Grafen von Boskovic. Das Licht des Vollmondes überzog die feuchten Straßen mit einem silbrigen Glanz.

Dichter, weißer Nebel schwebte über der Moldau und umhüllte die Statue des heiligen Johannes wie ein Leichentuch. Schnelle Schritte näherten sich. Dominik verharrte auf der Stelle.

Dann sprang er lautlos auf die Stadtmauer und erkannte von oben den Nachtwächter, der gerade seine Runde beendete. Einer der wenigen Bewohner, die trotz der Gefahr ihre Pflicht erfüllten. Deutlich witterte Dominik den Schweißgeruch des Mannes und die Furcht, die darin lag. Der Alte hatte ihn noch nicht bemerkt, sondern blies nach einem flüchtigen Blick über die Schulter das Licht in der Laterne aus. Dann eilte er über die Karlsbrücke, die sich über die Moldau spannte. Dominik folgte ihm und tauchte in den Nebel ein. Als sie die Brücke zur Hälfte überquert hatten, lichtete sich der weiße Schleier und gab Dominik preis. Der Alte blieb abrupt stehen. Langsam drehte er sich um. Seine Augen weiteten sich vor Entsetzen, und er setzte an zu schreien. Doch nur ein heiseres Röcheln drang aus seiner Kehle.

Die Todesangst verlieh dem Nachtwächter ungeahnte Kräfte. Mit einer Geschwindigkeit, die Dominik ihm nicht zugetraut hätte, drehte sich der Alte um und rannte weiter. Dabei bekreuzigte er sich und murmelte ein Gebet. Dominik folgte ihm in einigem Abstand. Er genoss es, den Alten in Angst zu versetzen.

Nach wenigen Metern erlahmten die betagten Beine des Nachtwächters, jeder seiner Atemzüge wollte ihm die Brust sprengen. Nur wenige Schritte trennten ihn von seinem Haus, das sich nahtlos an die Brücke anschloss.

Dominik beobachtete in Ruhe, wie der Alte in Panik vor ihm herstolperte und hinter der ersten Haustür verschwand.

Der Alte wäre jederzeit ein leichtes Opfer gewesen, wenn Dominik nur gewollt hätte.

Anschließend schlug er den Weg zum Marktplatz ein. Niemand begegnete ihm, als er durch die schmalen Gassen lief. Nur die Wagemutigen unter den Bewohnern Prags suchten ihr nächtliches Vergnügen in dem berüchtigten Stadtpalais, das am Ende des Marktplatzes lag.

Aus dem Innern des herrschaftlichen Gebäudes erklangen Walzermelodien. Die abgerundeten Fenster der ersten Etage waren hell erleuchtet. Unter riesigen Kronleuchtern schwebten Damen und Herren in festlicher Abendrobe übers Parkett. Gelächter mischte sich mit Geigenklängen und Gläserklirren.

Dominik ließ sich von dem Bild eines harmlosen Balles nicht beirren. Jiri Graf von Boskovic war der Anführer des Prager Vampirclans. Dieser lud alles, was Rang und Titel besaß, regelmäßig zu pompösen Bällen ein, die für ihre Ausschweifungen überall bekannt und heiß begehrt waren. In den gehobenen Gesellschaftskreisen galt er als ehrenhaft, und man folgte seinen Einladungen gern. Die Damenwelt lag ihm zu Füßen, geblendet von seinem Reichtum und seiner charismatischen Ausstrahlung ergeben. Doch sein wahres Gesicht zeigte er, wenn er eine der Frauen zu seiner Auserwählten erkor. In den Kellergewölben seines Stadtpalastes feierte er Orgien und blutige Rituale. Gaben sich die Damen willig seinen Verführungskünsten hin, wurden sie zu seinen Sklavinnen, um dann als eine Gefährtin der Nacht wiedergeboren zu werden. Widersetzten sie sich ihm, wartete der Tod auf sie.

Dominik schlich näher ans Fenster heran, um neugierig einen Blick auf die heutige Gesellschaft zu werfen. Er wandelte seine Gestalt in eine Fledermaus und flatterte auf den Fenstersims, um das Geschehen aus der Nähe zu betrachten.

Neben dem Fenster stand eine junge Frau mit einem Weinglas in der Hand. Sie hatte ihm den Rücken zugewandt. Ihr langes, goldenes Haar ergoss sich wie ein Wasserfall über die bloßen Schultern bis zu den Hüften. Die Arme steckten bis zum Ellbogen in seidenen, weißen Handschuhen, passend zum hellblauen Kleid. Der Anblick ihrer zarten, pfirsichfarbenen Haut erweckte in ihm sofort Begehren. Sein Magen knurrte wieder, als er ihren Pulsschlag in der Halsbeuge erkannte.

Sie öffnete einen Fächer und fächelte sich Luft zu. Dann stellte sie das Weinglas auf einem kleinen Beistelltisch ab und drehte sich zum Fenster. Dunkle Augen sahen gelangweilt durch die Fensterscheibe in die Nacht hinaus. Ihr ebenmäßiges Gesicht mit den hohen Wangenknochen und den roten Lippen weckten in ihm Gefühle, die er schon lange nicht mehr in dieser Intensität verspürt hatte. Als sie mit der Zunge ihre Lippen befeuchtete, löste das bei ihm ungezügeltes Verlangen aus, sie zu besitzen. Sein Blick wanderte von ihrem Gesicht zu ihrem tiefen Dekolleté, wieder hinauf, um dann erneut in der weißen Halsbeuge zu verharren, in der er deutlich das Pulsieren ihrer Ader erkannte.

Er breitete seine ledrigen Flügel aus. In diesem Moment bedauerte er, ihr nicht als Ballgast entgegentreten zu können. Viele schöne Frauen waren ihm begegnet, doch diese hier verkörperte Lust und jungfräuliche Reinheit in einem, was ihn mehr als alles andere reizte.

Jemand rief und lockte sie vom Fenster fort, was er bedauerte. Er spähte durch die Scheibe und suchte nach ihrer Erscheinung. Nicht weit entfernt entdeckte er Vampire, die sich angeregt mit den Gästen unterhielten. Er kannte alle von Jiris Clan. Sein Blick suchte nach dem Gastgeber. Hatte er etwa die Fremde gerufen? Die furchtbare Ahnung stieg in ihm auf, sie könnte Jiris nächstes Opfer werden. Er hatte schon viele beobachtet, die durch Jiri gestorben oder verwandelt worden waren. Zum ersten Mal rührte ihn das Schicksal einer Sterblichen. Er musste wissen, was mit ihr geschah.

Den Weg zum Kellergewölbe kannte Dominik nur zu genau. Oft hatte er die dämonischen Rituale heimlich beobachtet und wusste, was die Frauen erwartete.

Er flatterte zur Hinterseite des Hauses, zu dem kleinen Innenhof, dann die schmale Stiege hinab, die zum Kellergewölbe führte, und klammerte sich an dem rostigen Gitter fest. Dann spähte er durch das winzige Loch in der Mauer, das einem menschlichen Auge verborgen blieb. Es bot sich ihm eine ähnliche Szene wie neulich, und er wurde wieder zum Beobachter.

Inmitten des von zahlreichen Kerzen beleuchteten Raumes lag eine nackte Frau auf einem steinernen Altar, die Hände oberhalb des Kopfes festgekettet, die Beine gespreizt. Ihre Haut war schweißnass. Ihr Kopf steckte in einer schwarzen Henkersmaske.

Zwischen ihren Beinen kniete der nackte Jiri. Sein wohlgebauter Körper schimmerte wie Alabaster, glänzte vom Fett ehemaliger Opfer, die sich ihm widersetzt oder eine Wandlung nicht überlebt hatten. Er liebte es, sich vor jedem Ritual mit ihrem Fett einzuschmieren, um sich an den Genuss ihres Todeskampfes zu erinnern. Sein schlohweißes Haar fiel wie ein seidiger Vorhang auf den Bauch der Frau, die sich stöhnend unter ihm wand, als seine lange Zunge von ihren Brüsten zu ihrem Venushügel wanderte, zwischen ihre Schamlippen glitt, um in ihre Feuchte einzutauchen. Sie reckte ihr Becken in die Höhe.

Wie sehr hoffte Dominik, es möge nicht die Schöne aus dem Ballsaal sein.

Aus den dunklen Nischen traten Gestalten in schwarzen Kapuzenumhängen hervor, die einen monotonen, immer schneller werdenden Singsang anstimmten. Aus dem Nichts flogen schattenhafte Wesen herbei und schwebten über dem Kopf des Anführers - Schattendämonen, die auf die Gunst eines menschlichen Körpers hofften, um ein irdisches Dasein für die Ewigkeit zu führen. Und unter ihnen lag das Opfer, das durch den Meister einen neuen Herrn erhielt. Es war der Tribut für ein Machtbündnis zwischen Vampiren und Schattendämonen.

Der Singsang wurde durch die verzückten Schreie der Frau übertönt, als der Vampir ihre Beine anwinkelte, seine Hände unter ihr Gesäß presste und sich damit näher an ihren Unterleib schob, um sich mit ihr zu vereinigen.

Dominik schluckte, fühlte sich machtlos, weil wieder eine Unschuldige ins Reich der Dunkelheit geführt wurde, ohne dass er ihr zu helfen vermochte. Verdammt! Warum meldete sich bei ihm überhaupt ein Gewissen?

Der Vampir warf seinen Kopf mit einem lauten Brüllen zurück und sein Penis drang grob in die Frau ein, die laut aufschrie. Rhythmisch bewegte er sich in ihr, während ihn der drängender werdende Singsang zu schnellerem Tempo stimulierte.

Riesige, spitze Zähne wuchsen aus seinem Mund, als er sich über den Hals der Frau beugte. Dann senkten sie sich in das weiche Fleisch ihrer Kehle und öffneten die Schlagader. Er saugte genüsslich das warme Blut in seinen Schlund. Das wehrlose Opfer lag wie eine wächserne Puppe unter ihm.

Nach kurzer Zeit wich die letzte Lebenskraft aus dem Körper der Frau, deren Glieder unregelmäßig zu zucken begannen.

Der Singsang steigerte sich zum Höhepunkt, den auch der Anführer erlebte.

Als er genug des Lebenssaftes getrunken hatte, richtete er sich auf. Das Blut rann ihm übers Kinn und tropfte auf seine weiße Brust. Dann biss er sich selbst in den Unterarm und beträufelte die Lippen der unter ihm Liegenden. Schließlich presste er seinen Arm auf ihren Mund, bis diese gierig sein Blut trank.

Der undeutliche Singsang wechselte in die Worte „Libera me!", erst leise, dann immer lauter, fordernd, drängend. Der Vampir streckte seine Arme in die Höhe und schloss die Augen.

Aus seiner rechten Hand trat eine blaue Flamme hervor.

Dämonenfeuer! Dominik erstarrte. Noch nie zuvor hatte er es bei einem dieser Rituale gesehen, und selbst als Geschöpf der Finsternis betrachtete er es mit Respekt. Es war der Pakt mit den Schattendämonen aus Satans Welt, der Jiris Kräfte stetig wachsen ließ.

Mit einem Fauchen hieb der Anführer seine Hand in den Brustkorb der Frau, tauchte direkt in die Aorta. Unter einem lauten Knirschen brachen ihre Rippen. Das Blut schoss in einem gewaltigen Schwall aus dem Loch in ihrer Brust. Der Körper der Frau zuckte so heftig, als wäre der Blitz in sie gefahren. Mit einem klatschenden Geräusch ergoss sich ein Blutschwall über den Steinboden. Sofort gesellten sich die dunklen Gestalten gierig um den weiter sprudelnden Lebenssaft, um ihn mit Schalen aufzufangen und zu trinken. Sie schlugen ihre Kapuzen zurück, und Dominik erkannte in ihnen die Vampire, die eben noch mit den Sterblichen in Harmonie auf dem Ball getanzt hatten.

Einer der Vampire riss dem Opfer die Maske vom Kopf und entblößte ein schmales Gesicht mit flatternden, bläulich verfärbten Lidern und schwarzem Haar. Es tröstete Dominik, dass es nicht die Fremde aus dem Ballsaal war.

Der Blutfluss versiegte, und die Vampire zogen sich zurück. Nur die Schattendämonen zogen über dem weißhaarigen Vampir ihre Kreise wie die Raben über der Prager Burg. Dann löste sich auf ein Zeichen des Anführers einer von ihnen und glitt in den Körper der Frau, um ein neues Leben zu beginnen.

Jiri erhob sich mit einem triumphierenden Lächeln und stieg vom Altar.

Die anderen Vampire ketteten das Opfer los. Es verging nur eine kurze Zeit, bis der Brustkorb der Frau sich wieder gleichmäßig hob und senkte, ein Zeichen neuen Lebens. Als sie sich aufrichtete, glühten ihre Augen in einem irisierenden Blau. Sie fauchte und entblößte dabei ihre Reißzähne. Das Loch in ihrer Brust verschloss sich augenblicklich unter der blauen Flamme, die noch immer in der Wunde glomm.

Plötzlich klapperten Absätze auf dem Kopfsteinpflaster und ließen Dominik herumfahren. Er flatterte auf, um nachzusehen.

Rasch überquerte er den Innenhof und erkannte von Weitem die blonde Fremde, die davon eilte. Einem inneren Zwang folgend, flog er ihr nach.

2.

Karolinas schnelle Schritte auf dem Kopfsteinpflaster hallten durch die engen Gassen.

Niemand außer ihr schien sich zu dieser späten Stunde in den Straßen Prags aufzuhalten. Alle fürchteten sich vor der Nacht und ihren Schrecken. Auch sie konnte ein Herzklopfen nicht verleugnen.

Das matte Licht der Straßenlaternen warf spitze Schatten auf das feuchte Pflaster. Alle Warnungen vergessend, hatte sie völlig überstürzt das Stadtpalais des Grafen Jiri verlassen, um seiner Zudringlichkeit zu entgehen. Dabei sah ihr Vater in dem Grafen eine gute Partie, denn er war nicht verheiratet, von angenehmer Gestalt und unermesslich reich. Dennoch lag in seinem Wesen eine gewisse Verschlagenheit, die Karolina ängstigte. Mit eisernem Griff hatte er sie an seinen Körper gepresst. Beim Tanz glaubte sie in Satans Augen zu blicken. Als die Musik endete, befreite sie sich mit einer fadenscheinigen Ausrede aus der Umarmung.

Flucht war ihr einziger Gedanke gewesen, und den hatte sie, ohne nachzudenken, in die Tat umgesetzt. Wie von Furien gehetzt, war sie aus dem Ballsaal gestürmt.

Doch zu ihrem Bedauern hatte sie die falsche Tür gewählt und war in den Salon des Grafen geraten. Lilien in kostbaren Porzellanvasen verströmten ihren betäubend süßen Duft.

Sie hörte ein Kichern, das von einem der Sofas her kam. Karolina erkannte den Grafen, der die Röcke einer üppigen Blondine hochraffte und sie in ihren nackten, prallen Hintern kniff. Wieder folgte ein Kichern, bis sich die Blonde auf einen Diwan gleiten ließ und die Beine spreizte. Karolina starrte auf die rasierte Scham der Frau. Gierig fuhren die Hände des Grafen über die geschwollenen Schamlippen der Frau, während diese den Kopf in den Nacken legte und wohlig stöhnte. Heiß durchfuhr es Karolina bei der Vorstellung, dass sie anstelle der Blondine dort gesessen hätte, wenn sie dem Grafen willig gefolgt wäre.

„Nimm mich endlich, Geliebter", forderte die Blonde und zog Boskovics Gesicht herab, damit er ihre feuchte Mitte liebkosen sollte.

Wie gebannt verfolgte Karolina die Szene und konnte sich nicht lösen. Die Zunge des Grafen tauchte in die Vagina der Frau ein, die spitze Schreie ausstieß. Mit einem tiefen Knurren ließ er von ihr ab. Sofort bettelte die Blonde um Erlösung und wollte ihn wieder nach unten ziehen. Doch Boskovic wehrte ihre Hände ab. Lachend öffnete der Graf seine Hose und schuf seinem mächtigen, erigierten Phallus Platz. Dann warf er sich auf die Liegende und drang grob in sie ein. Doch der Blonden schien diese Derbheit zu gefallen, denn sie wand sich wollüstig unter ihm, während sich ihre Finger in seinen Rücken bohrten. Er ritt sie in immer schnellerem Tempo. Mit geschlossenen Augen gab sich die Blondine seinem Rhythmus hin. Oft hatte Karolina die Mägde hinter vorgehaltener Hand davon tuscheln hören, wie es wäre, wenn der Mann sein Recht einforderte. Aber es in der Realität zu beobachten, erweckte ihre Neugier.

Entsetzt erkannte Karolina die spitzen Zähne, die plötzlich aus dem Mund des Grafen wuchsen. Dann brüllte er wie ein Tier, das eine Beute erlegt, und seine Zähne bohrten sich in die Halsbeuge der Frau. Das folgende schmatzende Geräusch riss Karolina aus ihrer Starre. Der Anblick war erschütternd, und sie begann zu zittern. Ihre Gedanken kreisten nur noch um das Wort Flucht.

Sie wich auf Zehenspitzen rückwärts. Dann drehte sie sich um und rannte davon.

Jetzt verfluchte sie ihre spontane Handlung. Wie oft hatte ihr Vater sie vor den Vollmondnächten gewarnt, in denen Geschöpfe der Finsternis ihre Beute suchten. Sie hatte an deren Existenz gezweifelt, die Geschichten darüber für Ammenmärchen gehalten, um damit junge Frauen wie sie zu ängstigen. Aber heute war sie eines Besseren belehrt worden. Grauen überkam sie, wenn sie sich an die Szene von vorhin erinnerte.

Sie zog die Kapuze über ihr goldblondes Haar, das sie in der Dunkelheit verraten hätte, und eilte dicht an den Häuserfassaden entlang. Sie rannte, ohne sich umzusehen, über den Marktplatz, in das Gewirr der engen Gassen.

Nach einiger Zeit bekam sie Seitenstechen, jeder Atemzug schmerzte. Das Leder ihrer zu schmal geschnittenen Schuhe brannte sich in ihre Füße.

Es war noch ein weiter Weg bis zum Haus von Tante Carlotta, das sich auf der anderen Seite der Moldau hinter einem kleinen Wäldchen am Rande Prags befand. Karolina betete darum, es unbeschadet zu erreichen.

Der einsetzende Nieselregen durchnässte den seidenen Stoff von Rock und Schuhwerk. Plötzlich wähnte sie einen Schatten hinter sich. Das Gefühl, verfolgt zu werden, brachte ihren Puls zum Rasen. Sie blieb stehen, drehte sich kurz um und lauschte in die Dunkelheit. Es war totenstill. Bestimmt hatte der Schatten einer Katze sie aufgeschreckt. Sie versuchte mit der simplen Erklärung ihre Sinne zu beruhigen.

Dann eilte sie weiter. Ein kalter Hauch umhüllte sie wie ein Mantel. War da nicht ein lautloser Schatten gewesen, der nach oben gestiegen und hinter den Ziegeldächern verschwunden war? Erschrocken sprang Karolina zur Seite und drängte sich in eine Hausnische. Sie presste die Hände gegen die Brust und lauschte in die Stille, die nur durch ihren keuchenden Atem unterbrochen wurde. Sie wartete, bis sich ihr Puls wieder beruhigt hatte, raffte die Röcke hoch und setzte den Weg fort.

Heiseres Hundegebell erklang aus der Ferne, das in ein unheimliches Klagegeheul überging, um in einem Winseln zu enden. Eine Gänsehaut breitete sich auf Karolinas Rücken aus.

Kraftvolle Schritte erklangen hinter ihr, die sie ihr Tempo verdoppeln ließen. Karolina ignorierte die Blasen an den Füßen, die bei jedem Schritt wie Feuer brannten, und rannte weiter. Sie bog in eine Gasse ein, die steil nach unten führte und an deren Ende sich eine Treppe befand. Von hier aus war es nicht mehr weit bis zur Karlsbrücke.

Die Stufen waren durch den Nieselregen glitschig. Karolina rutschte aus und schlug kräftig mit ihrem Hinterteil auf. Im gleichen Moment packten sie kräftige Hände grob an den Armen und zogen sie hoch. Eine eiskalte Hand presste sich auf ihren Mund und raubte ihr den Atem. Ein heiseres, lüsternes Lachen erklang an ihrem Ohr, das ihr das Blut in den Adern stocken ließ.

Mit aller Kraft versuchte sie, sich dem Griff zu entwinden, doch vergeblich.

„Fette Beute, Harry", hörte sie die männliche Stimme, deren Besitzer sie nicht sehen konnte. Das heisere Lachen ertönte erneut dicht an ihrem Ohr.

Karolina war einer Ohnmacht nahe.

„Willst du gleich ihren heißen Schoß kosten und dann mit uns teilen? Oder heben wir uns das für später auf, wenn der Wein durch unsere Kehlen geronnen ist?" Wieder lachte ihr Peiniger laut auf. Seine Hand, die ihren Mund verschloss, löste sich, zog ruckartig die Kapuze von ihrem Kopf, glitt gierig über ihr Haar und dann an ihrem Hals entlang, in dem ihr Puls wie verrückt raste.

„Später. Das Beste hebt man sich immer auf." Fauliger Atem benebelte ihre Sinne.

„Bitte lassen Sie mich gehen. Ich gebe Ihnen alles, was ich besitze, meinen Schmuck, das Geld. Ich kann Ihnen noch mehr beschaffen. Aber lassen Sie mich gehen", flehte Karolina.

Der Fremde drehte sie um und starrte ihr ins Gesicht. Er umfasste ihre Hände und zog sie hinter ihren Rücken, um sie wie einen Schraubstock zu umklammern. Sein massiger Körper steckte in einer viel zu engen Baumwollhose, die an den Knien verschlissen war und vor Schmutz strotzte. Das grobschlächtige Gesicht mit den verfaulten Zähnen und der pockennarbigen Haut ließ Übelkeit in Karolina aufsteigen. Er würde doch nicht tatsächlich in Erwägung ziehen, sich an ihr zu vergehen? Panik stieg in Karolina auf, als sie sich ihrer Hilflosigkeit bewusst wurde.

„Soso. Die Dame will mich auch noch für die Lust bezahlen! Was für ein Spaß!", grölte er, und der andere Kerl, der bislang abseits im Schatten eines Hauses gestanden hatte, stimmte mit ein, während er barfüßig zu ihnen humpelte. Karolina erschrak beim Anblick des riesigen Buckels auf seinem Rücken.

„Ich flehe Sie an, mir nichts anzutun. Sie sollen dafür belohnt werden. Mein Vater ist reich ..." Das war zwar übertrieben, aber etwas anderes fiel ihr nicht ein.

„Wie reizend, wenn ein Weib bettelt. So habe ich das gern."

Brutal presste er Karolina an seinen Unterleib, damit sie seine harte Erektion spüren konnte. Die eine Hand umfasste noch immer ihre Hände hinter dem Rücken, während die andere zu ihrem Mieder hinauf tastete und daran zerrte. Feuchte Lippen fuhren über ihre Haut. Karolina zitterte vor Furcht und Ekel, Tränen schossen in ihre Augen. Konnte das Schicksal sie so hart bestrafen?

Gott, lass mich in Ohnmacht fallen! Sie schloss die Augen. Aber der Himmel zeigte kein Erbarmen, und so musste sie die derbe Zudringlichkeit des Unholds über sich ergehen lassen. Als sie die Augen wieder öffnete, bemerkte sie einen Schatten in der Gasse.

Entsetzen spiegelte sich auf dem Gesicht des Buckligen wider, bevor er in wilder Panik flüchtete.

Karolina wurde von dem Straßenräuber so plötzlich losgelassen, dass sie ins Taumeln geriet. Ihr Blick fiel auf einen hochgewachsenen Mann mit schwarzem Umhang, dessen Ausstrahlung Respekt einflößend war. Er packte ihren Peiniger am Kragen und hob ihn hoch. Sie konnte das Gesicht des Mannes unter dem breitkrempigen Hut nicht erkennen. Seine Haltung drückte eine unnachgiebige Entschlossenheit und Kraft aus, die sie erschauern ließ. Der Straßenräuber zappelte und winselte dabei wie ein Hund. Karolina konnte nicht verstehen, was der Mann in Schwarz dem zitternden Bündel zuraunte, als er ihn näher zu sich heranzog. Es klang wie ein heiseres Fauchen. Dann ließ er den Gegner unvermittelt los, der jammernd zu Boden fiel, sich aufrappelte und sofort die Flucht ergriff.

Gebannt verharrte Karolina auf der Stelle, beobachtete zitternd die geschmeidigen Bewegungen ihres Retters. Er glättete seinen Umhang und zog den Hut vom Kopf. Dann verbeugte er sich vor ihr in lässiger Eleganz.

Es war der Blick aus seinen eisblauen Augen, der sie fesselte und zugleich ängstigte. Er beinhaltete die stumme Aufforderung, sich ihm zu nähern. Wie in Trance ging sie auf ihn zu, bis sie dicht vor ihm stehen blieb. Sie musste den Kopf in den Nacken legen, um in sein Gesicht zu sehen. Seine Augen schienen auf den Grund ihrer Seele zu blicken. Auf seinem schwarzen, welligen Haar, das ihm bis auf die Schultern reichte, lag ein silbriger Schimmer. Sein markantes Kinn verriet Kompromisslosigkeit und stand im Gegensatz zu den vollen, weich geschwungenen Lippen. In der Aura des Fremden lagen Sinnlichkeit und Gefahr. Sie glaubte sich in den Fängen einer schwarzen Spinne zu befinden, die ihre Beute belauerte, bevor sie diese tötete. Dann zwang sie sich wieder zu der ihr anerzogenen Höflichkeit. Sie räusperte sich, ihre Stimme klang belegt.

„Ich habe Euch zu danken, Monsieur." Sein Blick hielt sie noch immer gefangen.

„Glaubt Ihr, Euch in Sicherheit zu befinden?" Seine tiefe, raue Stimme brachte ihren Körper zum Schwingen, eine Stimme, der sie ewig hätte lauschen können.

Sein unvermutet strenger Gesichtsausdruck ließ sie jedoch einen Schritt zurückweichen.

„Weshalb solltet Ihr sonst diese Halunken verjagt haben, wenn nicht, um mich zu retten? Außerdem seht Ihr nicht wie einer von denen aus." ‚Aber nicht minder verwegen', ergänzte sie in Gedanken.

Seine Miene blieb unbeweglich, aber in seinen Augen funkelte es amüsiert.

„Vielleicht begehre ich Euren Schmuck oder gar … Euch?"

Sie zuckte bei dieser Anspielung zusammen und schwieg.

„Woran glaubt Ihr einen Unhold zu erkennen? An seinem Aussehen? Oder am rauen Benehmen?", fuhr er fort und ging langsam um sie herum.

Karolina fuhr sich nervös mit der Zunge über die spröden Lippen. Er beugte sich vor und stemmte die Hände in die Hüften. Sein Gesicht war dem ihren ganz nah. Ein Zittern durchlief ihren Körper.

„Mein Gefühl verrät mir, vor wem ich mich zu fürchten habe. Und es hat mich noch nie getäuscht."

„Soso. Euer Gefühl? Und was rät der Verstand?"

Er nahm sie nicht ernst. Ihre Furcht schlug in Ärger um. „Ich weiß nicht, was Ihr mit diesem Frage- und Antwortspiel bezweckt, aber ich möchte es jetzt beenden. Ich bin müde und es drängt mich nach Hause. Mein Dank ist Euch gewiss. Wenn Ihr mich jetzt bitte entschuldigen würdet …" Sie drehte sich um und ging ein paar Schritte.

„Ich lasse Euch nicht gehen." Der weiche Ton in seiner Stimme täuschte nicht darüber hinweg, dass er keinen Widerspruch duldete.

Karolina wollte weitergehen, aber schon stand er neben ihr und umfasste ihren Ellbogen.

Und wenn dieser Fremde ihr auch Gewalt antun wollte? In ihrem Kopf spielte sie alle Varianten der Flucht durch und kam zu einem niederschmetternden Ergebnis. Sie war diesem Mann genauso schutzlos ausgeliefert wie dem Buckligen und seinem grobschlächtigen Partner. Noch dazu hatte er seine körperliche Stärke bewiesen. Diese Erkenntnis erschütterte sie, und Schauer der Furcht liefen über ihren Rücken. Wie naiv zu glauben, dass sie der Gefahr entgehen könnte.

„Aber … bitte, lasst mich gehen", flehte Karolina.

„Nein, das werde ich nicht, und jetzt folgt mir, Mademoiselle." Wider Erwarten ließ er sie los. Dann wandte er sich um und ging mit weit ausholenden Schritten voran. Irgendetwas zwang sie, ihm zu folgen, wenn auch mit einem beklommenen Gefühl. An jeder Straßenecke warteten Räuber auf die Gelegenheit, sie auszurauben und zu vergewaltigen. Und dieser Fremde sah nicht danach aus, dass er auf ihren Schmuck oder ihre Reize aus war. Er selbst wirkte sehr distinguiert und gewann mit seiner Ausstrahlung sicherlich die Frauen, ohne sie zu zwingen.

Lautes Hufgetrappel erklang und riss sie aus den Gedanken. Karolina blieb neben dem Fremden stehen, der in die Seitengasse blickte, die zur Prager Burg emporführte. Ein schwarzer Einspänner näherte sich ihnen in gemächlichem Tempo. Schnaubend blieb das Pferd vor ihnen stehen. Auf dem Kutschbock saß ein kleiner Mann, ebenfalls schwarz gekleidet, mit einem großen Zylinder auf dem Kopf, der einen Schatten auf sein zerfurchtes Gesicht warf.

Der Fremde trat auf die Kutsche zu und öffnete die Tür. Dann klappte er die Einstieghilfe aus und bedeutete Karolina mit einer Geste einzusteigen.

Doch sie zögerte. Die Kutsche besaß die gleiche dunkle Aura, die den Mann umgab.

Er kniff die Lippen zusammen. „Mademoiselle, wollt Ihr zu Fuß durch die Straßen Prags irren? War der Überfall vorhin nicht genug?" Ungeduld schwang in seiner Stimme mit. Seine schwarzen Augenbrauen zogen sich zu einem Strich zusammen.

Was war erregender: den Weg allein fortzusetzen, oder sich in die Kutsche des unheimlichen Fremden zu begeben? Karolina verspürte ein flaues Gefühl im Magen und zögerte noch immer. Doch ehe sie antwortete, ergriff der Fremde ihren Arm und schob sie einfach in die Kutsche. Jeglicher Protest auf ihren Lippen erstarb. Der Schreck des Überfalls und die seltsame Begegnung mit dem Fremden saßen ihr noch in den Gliedern.

Karolina plumpste auf das weiche Sitzpolster. Alles in der Kutsche war in Schwarz gehalten, die ledernen Polster, die Vorhänge und die seidenen Kissen. Der Fremde setzte sich ihr gegenüber, und die Kutsche fuhr los. Eine Funzel beleuchtete spärlich den Innenraum. Karolina betrachtete im schummrigen Licht schweigend das Profil des Fremden, der durchs Fenster nach draußen blickte und dem Kutscher Anweisungen erteilte.

Seine eisblauen Augen waren von langen, schwarzen Wimpern umrahmt, die Schatten auf seine helle Haut warfen. Jede Frau hätte ihn um diesen natürlichen Schmuck beneidet. Die gerade, schmale Nase und die sinnlich vollen Lippen übten auf Karolina einen nie zuvor gekannten Reiz aus.

Er hatte ihr Mustern bemerkt, sah sie an und zog spöttisch die Brauen nach oben. Sofort senkte sie verlegen den Blick und knetete das Spitzentaschentuch in den Händen, das sie eben aus dem Ausschnitt ihres Kleides gezogen hatte, um sich die von Regen und Schweiß feuchte Stirn zu wischen.

„Sie haben sich mir noch nicht vorgestellt, Monsieur", sagte sie leise nach einer Weile, ohne ihn anzusehen.

„Verzeiht mein schlechtes Benehmen, Mademoiselle. Ich bin Dominik, Fürst von Karolyí." Er legte seine Hand auf die Brust und deutete eine Verbeugung an, noch immer das spöttische Lächeln auf seinen Lippen.

Ein herb männlicher Duft drang in ihre Nase, vermischt mit einem Geruch von Zedernholz und reifen Beeren, was sie an ihre Streifzüge durch den Wald erinnerte. Es passte zu diesem Mann, der den Eindruck von uneingeschränkter Freiheit versprühte.

In ihren Gedanken gefangen, vergaß sie, etwas auf seine Begrüßung zu erwidern.

„Und wollt Ihr Euch nicht auch vorstellen?" Ungeduld lag in seiner tiefen, rauen Stimme. Karolina schüttelte den Kopf, als könnte sie die seltsamen Gedanken vertreiben, die in ihr aufstiegen, wenn sie ihn betrachtete.

„Verzeiht, Fürst Karolyí. Mein Name ist Karolina von Kocian." Fast versagte ihre Stimme.

Dominik Karolyí beugte sich vor und lächelte herablassend. Dann ergriff er ihre Hand und hauchte einen Kuss auf den Handrücken. Karolina erschauerte. Die Berührung seiner Lippen war zuerst warm und elektrisierend, dann wandelte es sich jedoch in das Gefühl, als wäre sie von einem Eisblock berührt worden. Langsam zog sie die Hand zurück, ohne den Blick von ihm abzuwenden. Zu gern hätte sie gewusst, was er in diesem Moment dachte. Aber seine Miene war unergründlich. Nur in seinen Augen schien ein Feuer zu brennen, das ihr eine Gänsehaut auf dem Körper bereitete.

„Welch reizender Name", sagte er leise und sein raues Lachen erklang ein weiteres Mal. „Wohin soll mein Kutscher Euch fahren?"

„Zum Gut meines Vaters, Gut Kocian. Ihr kennt es?"

„Gewiss doch. So soll es sein." Seine Stimme wirkte so sinnlich, dass Karolinas Gedanken sich in eine gefährliche Richtung bewegten. Sie zog es vor, nicht darauf zu antworten. Heiß brannten ihre Wangen von der aufsteigenden Röte. Sie senkte den Blick und gab sich ganz den gleichmäßig sanften Schaukelbewegungen der Kutsche hin, die sie schläfrig machten. Karolyí schwieg, doch in seinen Augen lag Wachsamkeit.

Irgendwann war Karolina eingenickt.

Etwas berührte ihr Gesicht, fuhr über ihre geschlossenen Lider und Lippen. Sie öffnete die Augen und begegnete dem begehrlichen Blick Dominik Karolyís. Sofort richteten sich ihre Brustwarzen auf, und ein lustvolles Kribbeln breitete sich in ihrem Schoß aus. Sein warmer Atem strich über ihre Wangen.

In Erwartung eines Kusses öffnete sie die Lippen und schloss die Augen. Doch anstelle des Kusses rüttelte er sie an der Schulter. Karolina schrak zusammen. Es dauerte einen Moment, bis sie begriff, dass sie nur geträumt hatte. Dann fiel ihr alles wieder ein, die Flucht durch das nächtliche Prag, der Überfall und ihre Begegnung mit Dominik Karolyí. Sie fröstelte und zog den Umhang enger um die Schultern.

„Wir sind bald da", sagte er, „Euer Haar ist ganz zerzaust. Ihr solltet es richten, bevor Ihr vor Euren Vater tretet." Dann reichte er ihr Kamm und Spiegel.

Mit geschickten Fingern stopfte sie die gelösten Strähnen in die Haarspangen.

Dominik Karolyí beobachtete jede ihrer Bewegungen.

Karolina konnte den Blick nicht senken, ihre Kehle war wie ausgetrocknet, während sie ihr Haar kämmte.

Sie presste die Hand an die Kehle und war unfähig, sich zu bewegen. Wilde Fantasien durchzogen ihr Hirn, lustvolle Fantasien, die sie erschraken. Dieser Mann besaß einen gefährlichen Einfluss auf sie. Ihr Blick tastete sein Gesicht ab, glitt tiefer zu seiner breiten Brust, um schließlich wieder zu seinem Gesicht zurückzukehren. Sein Blick hielt ihren gefangen.

Sie schlug die Augen nieder, und der Bann war gebrochen. Als sie wieder aufsah, lächelte Dominik Karolyí noch immer, als wäre sein Lächeln eingefroren. Nichts deutete darauf hin, dass ihm ihr Fixieren unangenehm gewesen war.

Im Gegenteil, er schien ihre Verlegenheit zu genießen. Karolina bereute bereits, in diese Kutsche gestiegen zu sein. Die weitere Fahrt verlief schweigend, selbst das holperige Geräusch der Kutsche brach ab und wich einem sirrenden Klang. Karolina wagte nicht hinauszusehen. Und wenn er sie entführte? Sie warf sich vor, töricht gehandelt zu haben.

In diesem Augenblick hielt die Kutsche an.

„Da wären wir." Dominik Karolyí öffnete den Kutschenschlag und stieg aus. Er streckte Karolina die Hand entgegen, um ihr beim Aussteigen behilflich zu sein. Zu ihrer Erleichterung erkannte sie das Gutshaus ihres Vaters. Er hatte also Wort gehalten.

„Danke, Fürst Karolyí", sagte sie, raffte die Röcke hoch und stieg ebenfalls aus der Kutsche. Die Wärme seiner Hand durchflutete ihren Körper und ließ wohlige Schauer den Rücken entlang laufen. In seinem Blick lag unverhülltes Begehren.

„Es würde mich freuen, wenn Ihr mir Eure Dankbarkeit beweisen könntet", flüsterte er und lächelte. Er hielt noch immer ihre Hand. Karolinas Herzschlag beruhigte sich nicht, was nicht zuletzt an seinen Worten lag. Eiskalt und zitternd ruhte ihre Hand in der seinen.

„Ich verstehe nicht, was Ihr meint, Fürst. Reicht Euch mein Dank nicht aus?" Empört funkelte sie ihn an, obwohl sie gestehen musste, sich auf unerklärliche Weise zu ihm hingezogen zu fühlen. Es war ihr nicht unangenehm, wenn er sie berührte. Wenn sie dagegen an die Berührungen des Grafen Jiri dachte, wurde ihr jetzt noch übel. Aber dieser Fürst war nicht mit dem Grafen zu vergleichen. Er war die Sinnlichkeit in Person.

„Ihr versteht mich bestimmt, Mademoiselle. Darf ich Euch wiedersehen?" Weshalb ließ er ihre Hand nicht los, sondern begann sie auch noch mit dem Daumen zu massieren? Karolina fühlte sich nicht in der Lage, sie ihm zu entziehen, sie genoss die sanfte Berührung.

„Ja, aber ...", stotterte sie verwirrt. „Wann?" Sie traute ihren Ohren nicht. Hatte sie ihm tatsächlich ein Wiedersehen zugestanden? Was war nur mit ihr los?

„Das kann ich Euch noch nicht genau sagen, aber Ihr werdet von mir hören. Ihr solltet Euren Vater nicht länger warten lassen. Er steht bereits am Fenster und beobachtet uns. Nun schlaft schön und träumt von mir."

Wie er die Worte aussprach, das glich einer Verlockung. Ja, sie würde ganz bestimmt von ihm träumen.

„Gute Nacht, Fürst Karolyí", flüsterte sie, und er ließ ihre Hand los.

„Gute Nacht", erklang seine samtene Stimme. Er verbeugte sich vor ihr und stieg in die Kutsche. Obwohl der Vorhang ihn verbarg, fühlte sie sich dennoch von ihm beobachtet. Karolina eilte die breiten Stufen zum Eingang des Gutshauses hoch.

3.

Dominiks Kutsche setzte sich erst in Bewegung, nachdem Karolina die Eingangstür hinter sich geschlossen hatte. Es gab viele attraktive Frauen. Lag es an dem unschuldigen Ausdruck in ihren Augen oder an ihren Lippen, die sich kräuselten, wenn ihr etwas missfiel?

Es wäre ein Abenteuer, sie zu erobern.

Sie war schüchtern, noch Jungfrau, dessen war er sich sicher. Der Spaß, sie zu verführen und als Erster in die Geheimnisse des Liebeslebens einzuweihen, wäre ihm gewiss. Dominik schürzte die Lippen. Meistens nahm er sich die Frauen am selben Abend und genoss mit ihnen das Liebesspiel. Nur bei ihr hatte er sich beherrscht, weil sie in ihm eine Saite zum Klingen brachte, wie er es noch nie zuvor gespürt hatte. Keiner der Frauen war es bisher gelungen, seine Leidenschaft weiter zu entfachen, gar sein Herz zu berühren. Nach der sexuellen Befriedigung verlor er jegliches Interesse an ihnen.

Dominik starrte auf die Bank, auf der Karolina noch vor wenigen Augenblicken gesessen hatte. Ihr süßer Duft schwebte noch in der Luft und weckte in ihm den Durst nach ihrem Blut. Doch er hatte sich geschworen, seinen Blutdurst nicht an Menschen zu stillen, was ihn dazu zwang, sich seine Opfer unter den Tieren des Waldes zu suchen. Ein Teil von ihm war menschlich, und aus diesem Grund empfand er Mitleid, was Jiri und den anderen Vampiren dagegen versagt blieb. Damals als Kind hatte er beobachtet, wie sich junge Vampire auf ein Mädchen gestürzt hatten. Es war Johanna gewesen, die Tochter des Schreiners, die in der Nähe seines Schlosses gelebt hatte. Ihre Schreie und das Wimmern waren ihm durch Mark und Bein gegangen. Doch die Vampire rührte es nicht. Sie ließen nicht von ihr ab. In ihrer Blutgier zerfetzten sie die Kehle des Opfers. Seitdem verzichtete Dominik auf menschliche Beute, selbst wenn dieses Blut köstlicher schmeckte.

Dennoch blieb selbst heute noch nach jeder Jagd ein bitterer Nachgeschmack zurück. Er hasste sich dafür, unschuldige Kreaturen zur Befriedigung seines Blutrausches zu töten, was ihm seine Einsamkeit bewusst werden ließ. Auch er sehnte sich nach einer Gefährtin, die ihm jedoch für immer versagt bleiben würde.

Er knurrte leise, als er spürte, wie er sich in den Wolf verwandelte.

Als die Kutsche hielt, rannte er in den Wald, weil seine feine Nase Wild witterte. Genüsslich sog er den Duft der Beute ein, Geifer tropfte aus seinem Maul.

In jeder Nacht erwachte der Blutrausch von Neuem, der ihn zu einer Bestie machte.

Stunden später stand Dominik vor dem goldenen Spiegel. Voller Abscheu betrachtete er seinen blutverschmierten Mund mit den riesigen Eckzähnen und schämte sich.

Seine Seele war verdammt, so lange, bis ihn der Tod von den Qualen erlöste.

Er schlug mit der Faust gegen den Spiegel, der mit einem Klirren in tausend Stücke zersprang. Die Splitter wirbelten durch die Luft.

Dominik sah hinab auf seine nackten Unterarme, an denen geronnenes Blut klebte. Wieder durchlebte er den Moment, in dem er seine Zähne ins warme Fleisch der Beute schlug, um ihr den köstlichen Lebenssaft auszusaugen. Die schwarzen Augen des Rehs hatten leblos ins Leere gestarrt.

„Verdammt!", entfuhr es ihm.

Dominik riss sein blutbespritztes Hemd entzwei und warf es auf den Boden. Danach wusch er sich in der Porzellanschüssel das Blut von den Armen.

Die Reißzähne ruhten wieder im Verborgenen seiner Mundhöhle. Wütend fuhr er mit der Hand durchs Wasser und warf schließlich die Schüssel auf den Boden. Dominik spreizte die Arme. Ein Grunzen drang aus seiner Kehle, gefolgt von einem Fauchen. Dann ließ er sich rückwärts auf das breite Himmelbett fallen und schloss die Augen. Bald würde es dämmern, und er musste Schutz vor den einfallenden Sonnenstrahlen suchen. In der Tageshelligkeit war er fast so blind wie ein Maulwurf.

Er dachte wieder an Karolina, die sein Innerstes aufwühlte.

Dabei war sexuelle Erfüllung das Einzige, was er bei einer Frau suchte und im Gegenzug bieten konnte.

Dominik erinnerte sich an den Tag, an dem er damals glaubte, seiner großen Liebe begegnet zu sein. Elisabeth! Doch sie hatte ihn nur ausgenutzt und schließlich verstoßen. Die Enttäuschung saß tief, wie ein bohrender Stachel in seinem Herzen. Wenigstens hatte sie ihm die Augen über sein wahres Ich geöffnet. Von diesem Zeitpunkt an waren die Nächte der Verdammnis zu seinem Schicksal geworden.

Zwischen den Vorhängen drängelte sich der erste Sonnenstrahl hindurch. Es war für Dominik an der Zeit, sich zurückzuziehen. Er spürte den Schmerz in den Augen, der sich in sein Hirn bohrte.

Taumelnd erhob er sich und verließ das Zimmer.

Er stieg die schmale Steintreppe herab, die ihn in den feuchten Keller führte, wo er sich auf eine schmale Pritsche legte, um ungestört schlafen zu können. Manchmal verwandelte er sich auch in einen Wolf, um im Schutz des Waldes Zuflucht zu finden. Dafür war es nun zu spät.

Wenig später fiel er in einen todesähnlichen Schlaf.

4.

„Wie konntest du dich nur einem Fremden anvertrauen!" Die donnernden Worte ihres Vaters hallten durch den Salon.

„Aber er war sehr galant zu mir. Ich war dankbar, dass er mich nach Hause begleitete." Karolinas Rechtfertigung zählte nicht für ihren Vater, der seine Tochter mit einem strafenden Blick bedachte.

„Wie war noch der Name deines Begleiters?" Karolinas Vater thronte in einem breiten Ohrenbackensessel, die Hände auf den klobigen, eichenen Armlehnen. Sein Bauch wölbte sich nach vorn und schien die Knopfleiste seiner geblümten Weste sprengen zu wollen. Sein weißer Haarkranz, zu dem sich ein Kinnbart gesellte, unterstrich die vom Weinkonsum stammende Gesichtsröte.

Ihr Vater sah sie mit zusammengekniffenen Lippen an und trommelte mit den Fingern auf die Lehne.

„Dominik, Fürst Karolyí", antwortete Karolina. Trotzig streckte sie ihr Kinn nach vorn.

„Der Schwarze Fürst?", rief er aus und sprang vom Sessel auf.

„Hätte ich nur gewusst, um wen es sich handelte, wäre ich sofort nach draußen gekommen, um dich aus den Klauen dieses Schwerenöters zu reißen!" Der Teint des Vaters wechselte von puterrot zu kreideweiß. Er steckte den Zeigefinger in den viel zu engen Kragen und keuchte.

„Ich verstehe dich nicht, Vater. Fürst Karolyí erschien mir sehr ritterlich." Mehr wollte sie ihrem Vater nicht gestehen, denn hätte sie von dem Überfall der beiden Straßenräuber erzählt, wäre er außer sich gewesen und ihr Hausarrest verlängert worden. So schwieg sie.

„Ritterlich? Pah! Dieser Fürst ist alles andere als das." Karolinas Vater ballte die Hände zu Fäusten.

„Das mag ich mir nicht vorstellen. Sein Benehmen war das eines Edelmannes. Du solltest lieber dankbar sein."

„Kind, weißt du eigentlich, mit wem du es zu tun hast? Der Fürst ist bekannt für sein ausschweifendes Leben, für seine vielen Liebschaften. Willst du eine von seinen Mätressen werden? In seinem Schloss soll es spuken, seine Bediensteten bekommen ihn nur selten zu Gesicht, weil er ausschließlich nachts ausgeht. Nicht auszudenken, was dir in Gegenwart dieses ruchlosen Mannes hätte geschehen können!"

„Aber Vater, ich fühlte mich in seiner Begleitung sicher. Im Ort wird über viele schlecht geredet. Vielleicht auch über ihn … weil er anders ist." Karolina verspürte das Gefühl, den Fürsten verteidigen zu müssen.

„Karolina, widersprich mir nicht. Ich verbiete dir, auch nur in die Nähe dieses Mannes zu gelangen. Er ist mit dem Bösen im Bunde!"

Karolinas Vater begann zu zittern und sackte im Sessel zusammen. Er presste die Hand gegen seine Brust und stöhnte auf.

„Vater, was ist mit dir?" Besorgt stürzte Karolina zu ihm und ergriff seine eiskalte, zittrige Hand. Sie wusste um sein schwaches Herz. Jede Aufregung bedeutete Gift für ihn.

„Es ist wieder der Schmerz in meiner Brust, mein Kind", antwortete er matt und tätschelte ihre Hand.

„Deiner ständigen Widerspenstigkeit muss ich ein Ende bereiten. In einem Kloster wird man dir Anstand beibringen und zeigen, wie sich eine Dame verhält."

„Aber Vater, das ist doch nicht dein Ernst! Willst du deine Tochter diesen bigotten Nonnen anvertrauen?" Er hatte es ihr oft angedroht und nicht ausgeführt. Karolina erschrak über die Entschlossenheit in seinem Blick.

„Wie kannst du so reden? Im Kloster leben nur gottesfürchtige Nonnen. Schwester Tereza ist zuverlässig und besitzt genügend Strenge, um dich zur Raison zu bringen. Ich werde ihr einen Brief senden, in dem ich sie bitte, dich aufzunehmen."

„Nein, Vater, bitte schick mich nicht fort. Nie wieder werde ich dich erzürnen. Ich tue alles, was du verlangst, das verspreche ich." Karolina kniete sich vor ihn und sah flehend zu ihm auf.

„Karolina, du wirst nichts an meiner Entscheidung ändern können. Die Würfel sind gefallen." Er schob ihre Hand von sich und senkte den Blick.

Karolina erhob sich und wusste nun, dass an der Entscheidung des Vaters nicht mehr zu rütteln war. Sie dachte an Schwester Tereza, eine verhärmte Frau, und eine eiskalte Hand griff nach ihrem Herzen. Nicht eine Woche könnte sie in diesem Kloster überleben. Sie würde hungern, so lange, bis ihr Vater Einsehen zeigte und sie herausholte.

Trotzig streckte sie das Kinn vor. „Vater, ich werde mich fügen. Doch du verstößt dein einziges Kind und gibst es in die Arme dieser verbitterten Nonnen. Möge Gott deiner Seele gnädig sein."

Sie drehte sich um und verließ eiligen Schrittes den Salon.

Karolina fand keinen Schlaf, aufgewühlt durch das Geschehen der vergangenen Nacht und den Streit mit ihrem Vater. Niemals würde sie ins Kloster gehen.

Unruhig wälzte sie sich in dem breiten Bett hin und her. Immer wenn sie die Augen schloss, sah sie den Fürsten Karolyí vor sich - und seinen begehrlichen Blick.

Ihr Puls schoss in die Höhe, als sie sich vorstellte, wie sich wohl seine Lippen auf den ihren anfühlen mochten.

Die Vorhänge bauschten sich im Wind und warfen gespenstische Schatten an die Wand. Ein Gefühl der Enge ließ sie das Fenster nicht schließen. Kalte

Luft strömte herein. Karolina kuschelte sich tiefer in die Kissen. Der Herbst neigte sich dem Ende zu, bald kehrte der Winter ein. Sie mochte diese dunkle Jahreszeit nicht, in der sie oft von der Mutter träumte und jeden Morgen mit einer unerklärlichen Sehnsucht nach Freiheit erwachte.

Über diesen Gedanken schlief sie endlich ein.

Wirre Träume verfolgten sie, in denen sie dem Fürsten begegnete. Er hielt sie in einem Käfig gefangen. Ein schwarzer Wolf mit gefletschten Zähnen stand vor dem Gitter. Seine starken Kiefer zerbrachen die Gitterstäbe des Käfigs wie Zündhölzer. Dann befand er sich direkt vor ihr. Karolina wollte davonlaufen, aber der Wolf war schneller und packte ihr Handgelenk. Und als sie aufblickte, erkannte sie den Fürsten. In seinen Augen blitzte es begehrlich auf. Sie sehnte sich nach seiner Berührung und spitzte die Lippen. Er lächelte sie an und senkte sein Gesicht, um sie zu küssen. Schockiert beobachtete sie wie sich sein Gesicht in eine Fratze verwandelte. Sie schrie und stieß ihn zurück.

Karolina erwachte von ihrem eigenen Schrei. Furcht kroch ihren Rücken hoch. Im Zimmer war es bitterkalt, denn das Feuer im Kamin war erloschen.

Sie stand auf und schloss das Fenster. Danach warf sie zwei Scheite Holz in den Kamin und entzündete sie. Als die ersten Flammen emporschlugen, rieb sie ihre klammen Hände darüber. Dann krabbelte sie wieder ins Bett und schlief ein.

Wie gerädert erwachte sie am nächsten Morgen und schlurfte zur Kommode, um ihre Morgentoilette zu beginnen.

Sie goss das Wasser aus der Kanne in die Schüssel und tauchte die Hände ins kalte Nass. Hastig benetzte sie Gesicht und Hals. Als sie ihr Gesicht im Spiegel sah, erschrak sie. Bleich sah sie aus, mit Augenschatten und zitternden Lippen, das Haar wirr und glanzlos.

Sie klopfte mit den Fingern gegen die Wangen, um ein wenig Röte hervorzurufen. Dann zog sie am Klingelknauf. Kurz darauf erschien ein zierliches Mädchen, das schüchtern knickste. „Baroness, was ist Euer Wunsch?" Sie lächelte scheu und senkte sofort den Blick, als sie dem der Herrin begegnete.

„Elena, lasse heißes Wasser in den Zuber. Ich möchte ein Bad nehmen. Ach, und lege Holz nach, mich friert." Die Scheite der Nacht waren zu Asche zerfallen.

Das Mädchen knickste erneut. „Sofort, Baroness. Möchtet Ihr auch von den Duftölen? Oder soll ich lieber Milch ins Badewasser geben?"

„Ein wenig vom Lavendelöl." Die unruhige Nacht bedrückte sie noch immer.

Eine Weile später lag sie im warmen Wasser und träumte vor sich hin. Doch es waren verbotene, sündige Träume, die ihr durch den Kopf gingen, in denen der Fürst eine wichtige Rolle spielte. Karolina griff nach dem Schwamm, der neben dem Zuber auf einem hölzernen Schemel lag. Sie tauchte ihn ins Wasser und benetzte damit ihre Haut. Als das warme Rinnsal zwischen ihre Brüste floss, entlockte es ihr erneut wilde Fantasien.

Sie stellte sich vor, auf einem breiten Diwan zu liegen. Prickelnder Champagner rann zwischen ihre Brüste, und Dominik Karolyís Zunge leckte diesen begierig auf. Sein heißer Atem ließ sie erschauern.

Als er den Kopf hob und ihre Blicke sich begegneten, konnte sie das Begehren darin lesen.

Karolinas Unterleib stand in Flammen. Ihre Hand zog die imaginäre Linie von Dominiks Zunge nach, zwischen ihren Brüsten hindurch, über den Bauchnabel bis zu ihrem lockigen Dreieck. Sie dachte an die Blonde in den Armen des Grafen, deren Venushügel rasiert gewesen war. Das hatte ihr gefallen. Wie mochte sich eine Rasur anfühlen? Langsam glitten ihre Finger über ihre empfindlichen Schamlippen. Heiß durchzuckte es sie, und ihr Venushügel begann vor Lust zu pulsieren. Sie stellte sich vor, es wäre Dominiks Hand, die sie dort berührte. Wie mochte es sich anfühlen, wenn ein Mann in sie drang?

Sie schloss die Augen und führte ihren Mittelfinger sanft ein. Vor Erregung begann sie zu zittern, was sich noch verstärkte, als sie ihren Finger bewegte.

„Dominik", flüsterte sie und stöhnte auf. Sie dachte daran, wie der Graf damals bei der Blonden in schneller werdendem Rhythmus in sie eingetaucht war, und simulierte dies mit ihrem Finger. Ihr Becken drängte sich dem Finger entgegen. Mit dem Daumenballen massierte sie den Kamm ihres Venushügels.

Wellen der Lust überrollten sie und drängten nach Befriedigung. Dann nahte ihr Höhepunkt. Ihr Finger tauchte tief in ihre zuckende Vagina, ihre Gesäßmuskeln spannten sich an und ihre Oberschenkel pressten sich um ihre Hand. Dann gelangte sie auf den Gipfel der Lust. Eine Mischung aus süßer Mattigkeit und Glückseligkeit breitete sich in ihr aus. Mit einem zufriedenen Seufzen erschlafften ihre Glieder, und ihre Beine öffneten sich wieder.

Im gleichen Augenblick entglitt der Schwamm ihrer anderen Hand und platschte ins Wasser, was sie in die Realität zurückholte. Sie lächelte leicht. Würde sie danach ebenso glücklich ermattet in seine Arme sinken? Die Mätresse des Fürsten zu werden, das übte einen gewissen Reiz aus.

Das Badewasser war kalt geworden und eine Gänsehaut breitete sich über ihren gesamten Körper aus.

Karolina stieg aus dem Zuber und wickelte das weiße Leinentuch um den Körper.

Deutlich zeichneten sich ihre Brustwarzen unter dem Tuch ab, was ihre Gedanken wieder in eine bestimmte Richtung dirigierte. Ihre Nacktheit führte erneut zu lustvollen Fantasien.

Nach dem Ankleiden schrieb sie einen Brief an ihre beste Freundin Adela. Leider stand ihre Freundschaft unter keinem guten Stern, denn Adela war nur Zimmermädchen: ihr Zimmermädchen - bis der Vater sie entließ.

„Such dir Freundinnen deines Standes." Seine Worte klangen noch in ihren Ohren. Sie hatte vor Zorn getobt, ihren Vater angefleht, Adela zu behalten, doch er ließ sich nicht erweichen. Nun arbeitete Adela bei irgendeiner eingebildeten Gräfin, die nicht weit entfernt lebte und sie ständig nur herumkommandierte.

Karolina vermisste Adela und ihre trauten Zwiegespräche sehr. Wie gern hätte sie die Freundin besucht, aber ihr Vater wachte mit Argusaugen über jeden ihrer Schritte. Und seit dem gestrigen Abend, als sie allein vom Ball des Grafen zurückgekehrt war, wurde ihr das Verlassen des Zimmers streng untersagt.

5.

Ihr Vater ließ nicht viel Zeit verstreichen, Karolina sollte bereits im nächsten Monat zum Kloster reisen.

Als er ihr seine Entscheidung mitteilte, war sie außer sich und drohte, ihn zu verlassen. Tante Carlotta würde sie sicher gern aufnehmen. Der Vater ließ sie in ihrem Zimmer einschließen, bis sie das Gut verlassen sollte. Was hätte Karolina darum gegeben, noch ein letztes Mal, bevor sie ins Kloster ging, Adela zu sehen. Täglich schrieb sie einen Brief an die Freundin, ohne eine Antwort zu erhalten. Sicherlich fing ihr Vater diese ab.

Die Tage flossen träge dahin, voller Einsamkeit. Oft dachte sie an den Fürsten und sehnte sich danach, ihn wiederzusehen.

Wenn sie nicht verrückt werden wollte, musste sie eine Möglichkeit finden, das Gut zu verlassen und Adela aufzusuchen. Mit ihrer Hilfe könnte sie dann zu Carlotta gelangen. Tagelang grübelte Karolina über einen Fluchtplan, bis sie eine Lösung fand. Aber dafür brauchte sie Geld, denn sie musste jemanden bestechen.

Sie zog die oberste Schublade der Kommode auf, wo sie das Geld versteckte. Obenauf lag eine goldene Kette, ein Erbstück ihrer Mutter. Der Anhänger bestand aus einem Rubin in Form eines Bluttropfens, der von einer goldenen Schlange gehalten wurde. „Er ist verflucht", hatte ihr Vater damals gesagt und ihn an sich genommen. Aber es war ihr vor einiger Zeit gelungen, ihn heimlich zurückzuholen.

Sie steckte Geld und Kette ins Mieder, direkt zwischen ihre festen Brüste. Das kalte Gefühl auf ihrer Haut erinnerte sie wieder an die kalte Hand des Fürsten, und sie erschauerte. Kurz pulsierte der Rubin und brannte auf der Haut. Der Tod der Mutter lag lange zurück, die Erinnerungen an sie waren verblasst. Sie konnte sich nicht mal mehr an ihr Gesicht erinnern.

Karolina legte sich auf den Diwan und schloss die Augen. Jetzt musste sie nur noch auf einen günstigen Moment warten.

Die Stunden der Ungeduld wollten nicht vergehen. Der trübe Tag legte sich auf ihr Gemüt. Seit den frühen Morgenstunden war der Nebel nicht gewichen, sondern bedeckte die Stoppelfelder wie ein weißes Laken. Die kahlen Äste verkündeten den bevorstehenden Winter.

Sie schlief ein und dachte an den Fürsten. Nun würde sie als Jungfer bei dieser vertrockneten Zwiebel von Äbtissin enden.

Es dämmerte schon, als Karolina die Augen aufschlug.

Sie stand auf, ging zum Fenster hinüber und lehnte ihre Stirn an die kühle Scheibe. Wie gern wäre sie jetzt mit einem der Pferde über die Felder galoppiert. Sie liebte die Dunkelheit, weil sie etwas Tröstliches besaß.

Nie würde sie es erleben, dass ein Mann sie begehrte. Man würde ihr das Haar kurz schneiden und unter einer Haube verbergen. Sie hasste dieses Leben schon jetzt.

Ein Klopfen an der Tür riss sie aus den Gedanken.

Elena, ihre Zofe, trat ein, in der Hand ein versiegeltes Kuvert.

Karolina wunderte sich über das fremde Siegel auf dem Kuvert, das die steile Handschrift ihrer Freundin Adela trug.

Hastig erbrach sie das Siegel und entfaltete den Brief.

Sie überflog die Zeilen, während ihre Augen sich vor Entsetzen weiteten.

Teure Karolina!
Jemand verfolgt mich! Mein Leben ist in Gefahr. Zwielichtige Gestalten gehen im Schloss ein und aus. Du musst unbedingt zu mir kommen. Ich sterbe vor Furcht!
Deine Adela, die dich sehnlichst erwartet!

Adela benötigte ihre Hilfe! Für sie zählte nur noch, zur Freundin zu eilen.

Sie musste nicht lange auf eine günstige Gelegenheit warten, denn bereits am folgenden Tag brach ihr Vater zu einer mehrtägigen Reise nach Prag auf, um einen Geschäftsfreund zu besuchen.

Karolina lächelte, denn es galt nur, die einfältige Elena und den Stallknecht Marek zu bestechen, bei denen sie leichtes Spiel haben würde.

In der Nacht plagten sie Alpträume, in denen sie durch endlos lange Gänge lief, verfolgt von einem schwarzen Schatten.

Sie erwachte, als der Schatten von hinten ihre Kehle umspannte und ihr die Luft abdrückte. Keuchend und schweißüberströmt saß sie aufrecht im Bett und presste das Laken gegen die Brust. Ihre Kehle schmerzte und war ausgetrocknet. Mit zitternden Händen tastete sie ihren Hals ab. Jede noch so sanfte Berührung der Haut war unangenehm und brannte, als hätte sie einen Sonnenbrand. Sie griff nach dem Glas Wasser, das sich auf dem Nachttisch befand, und trank es in gierigen Schlucken aus.

Allmählich verlangsamte ihr Herz den Rhythmus. Sie sah zum Kamin hinüber, in dem das Feuer knisterte. Das beruhigte ihre Sinne. Plötzlich verspürte sie das Gefühl, nicht allein im Raum zu sein. Furcht kletterte eiskalt ihren Rücken empor und klammerte sich an ihr fest.

Die Flammen warfen bizarre Schatten an die Wände, draußen heulte der Sturm ums Haus. Ein kalter Hauch streifte ihre Wange, sie zuckte zurück.

Das Feuer im Kamin loderte hoch auf. Schwarze Augen blickten ihr aus den Flammen entgegen. Die Augen Satans, schoss es ihr in den Sinn. Entsetzt schrie Karolina auf und drängte sich an die Rückwand des Bettes. Funken sprühten, um schließlich in einem Zischen zu erlöschen. Sie zog die Beine an den Körper, umschlang diese mit den Armen und presste ihr Kinn auf die Knie.

Dann war der Spuk vorbei. Aber sie zitterte noch immer wie Espenlaub.

Sie zwang sich, ruhig ein- und auszuatmen. Allmählich entspannte sie sich und schloss nach einer Weile die Augen.

Wenig später fiel sie in einen unruhigen, traumlosen Schlaf.

Das Wasser, mit dem sie ihr Gesicht benetzte, war eiskalt, doch es weckte ihre Lebensgeister. Sie musste sich beeilen, wenn sie noch vor Einbruch der Dunkelheit ins Schloss zurückkehren wollte. Im Spiegel erkannte sie ihre geröteten Wangen und die dunklen Augenränder, die von der unruhigen Nacht zeugten. Sie streckte ihrem Spiegelbild die Zunge raus.

Draußen stürmte es noch immer, und sie schüttelte sich bei dem Gedanken, durch das Unwetter fahren zu müssen. Sie prüfte, ob das Geld noch in ihrem Mieder steckte. Glücklicherweise war es leicht gewesen, Elena und Marek zu bestechen.

Eine Stunde später saß sie in einer Kutsche, die sie zum Schloss der Gräfin Elisabeth brachte, bei der Adela in Diensten stand. Marek saß auf dem Kutschbock und setzte auf ihr Geheiß das Pferd mit einem Schnalzen in Galopp. Karolina kauerte frierend in einer Ecke der Kutschbank, eingehüllt in zwei Wolldecken, die Hände in einem Muff.

Die Kutsche holperte über den unebenen Weg und schleuderte Karolina hin und her. Bevor sie bei Adela ankäme, wäre sie wohl von blauen Flecken übersät. Dennoch hielt sie den Kutscher weiterhin zur Eile an.

Sie seufzte erleichtert auf, als sie von Weitem die Fenster eines Renaissance-Schlosses erkannte und die strapaziöse Fahrt endlich endete. Die schmucklose Schlossfassade wirkte leblos. Auch der Garten war kahl und trist. Das stand im Gegensatz zum Ruf der Elisabeth Gräfin von Lobkowic, die für ihre Schönheit und einen extravaganten Modegeschmack berühmt war. Adela hatte sie als eine strenge Herrin beschrieben, die jeden Fehltritt des Personals mit einer harten Strafe ahndete.

Karolina konnte nicht verleugnen, dass sie durch Adelas Zeilen dem Treffen mit ängstlicher Spannung entgegensah. Sie konnte es nicht erwarten, Adela gegenüberzustehen, um von ihr zu erfahren, was sie derart in Angst versetzte.

Weißer Nebel umhüllte das Schloss und ging nahtlos in einen weißen Schneeteppich über. Am Himmel zogen Krähen krächzend ihre Kreise. Marek drosselte das Tempo, als sie in die breite Schlossauffahrt bogen.

Karolina sah zum Fenster der Kutsche hinaus. Die kahlen Äste bogen sich durch das Gewicht der Eiszapfen.

Marek stoppte vor dem Dienstboteneingang.

„Danke." Karolina verließ die Kutsche. Der Schnee knirschte unter ihren Stiefeln. Sie verharrte einen Moment und sah zur Spitze der imposanten Schlossmauern auf. Die schwarzen Fenster glotzten feindselig auf sie herab. Es herrschte Grabesstille. Jeder Laut schien von den massiven Mauern erstickt zu werden. Wein rankte sich zu ihrer Rechten bis ins höchste Stockwerk empor, blattlos, wie skelettierte Finger, die das Gebäude würgten. Selbst die kahlen Bäume schienen von Leblosigkeit zu zeugen, wie alles auf diesem Anwesen.

„Du kannst dir ruhig ein wenig Zerstreuung suchen", gestattete sie dem jungen Kutscher und warf ihm eine Münze zu. „Am Nachmittag gegen fünf fahren wir zurück. Ich werde hier auf dich warten. Sei pünktlich." Er nickte, schnalzte und das Pferd fiel in einen gemächlichen Trab.

Karolina pochte mit der Faust gegen die massive Eichentür. Es dauerte einen Moment, bis sich schlurfende Schritte näherten. Mit einem lauten Knarren öffnete sich die Tür, und ein hageres Mädchen mit schiefen Zähnen stand vor ihr. Sie knickste und fragte Karolina nach ihrem Wunsch. Ihr bleiches Gesicht ähnelte einer Toten.

„Ich bin Baroness von Kocian und möchte Adela besuchen. Ist sie nicht daheim?"

Karolina spähte über die Schulter der Hageren in den dahinter liegenden, schmalen Flur.

„Doch, Baroness. Ich bringe Euch zu ihr." Mit der Kerze in der Hand schritt sie voran.

„Wenn Ihr mir bitte folgen würdet."

Das Kleid des Mädchens war über den Hüften zu weit, der Rock an vielen Stellen ausgebessert. Ein Teil des Spitzensaumes schleifte hinter ihr her. Daraus schloss Karolina auf Geiz bei der Gräfin.

Sie liefen einen langen, dunklen Korridor entlang, in dem es muffig roch. Es existierte kein Fenster, durch das Helligkeit hätte dringen können. Holzwürmer hatten sich durch die hölzernen Wände gefressen.

Am Ende des Korridors befand sich eine schmale Stiege, deren Stufen ausgetreten waren. Ein kühler Hauch wehte ihnen entgegen. Irgendwo tropfte Wasser in gleichmäßigem Rhythmus auf Metall. Karolina konnte nicht glauben, dass Adela sich hier wohlfühlte.

Die Stufen knarrten unter ihren Füßen. Die drachenköpfigen Treppenknäufe wirkten im fahlen Licht der Kerze wie Boten einer anderen Welt.

Oben angekommen, bog die Hagere in einen Seitenflügel ab. Keine Stimmen, kein fröhliches Gelächter drangen zu Karolina. Es herrschte nur Stille. Wie anders war es da auf dem heimatlichen Gut. Selbst der steife Anton lachte, wenn die dicke Köchin Berta die Suppe versalzen hatte.

Die Hagere blieb vor einer Tür stehen und klopfte an.

„Adela, Besuch für dich!"

Sie drückte die Klinke hinunter und trat, gefolgt von Karolina, ein. Dieses Zimmer strahlte die gleiche düstere Stimmung wie die Korridore aus. An der Seite stand ein riesiges Himmelbett aus Ebenholz. Scharlachrote Bettwäsche im Kontrast zum schwarzen Bettgestell, auf dessen Kopfkissenbezug eine zusammengerollte Schlange prangte, erinnerten sie an den Kettenanhänger der Mutter.

Adela saß auf einem Hocker und malte bei Kerzenschein, eine ihrer Leidenschaften. Ihr Kopf fuhr hoch, als die beiden Frauen eintraten. Ein warmes Lächeln erhellte ihr Gesicht. Sofort legte sie den Pinsel beiseite und sprang auf, um die Freundin zu begrüßen. Der Blick der Hageren flog von einer zur anderen.

„Danke, Margareta", sagte Adela zu ihr, woraufhin diese das Zimmer verließ.

„Ich glaube es nicht! Karolina, ich freue mich so, dich zu sehen!" Wenn die beiden sich unbeobachtet wähnten, benutzten sie die vertrauliche Anrede. Adela presste Karolina an sich.

„Ich mich auch, Adela."

„Es ist schrecklich hier. Während der letzten Tage zog sich die Gräfin wegen Migräne zurück und schickte mich auf mein Zimmer. Sie bedürfe meiner Dienste erst am Abend, sagte sie. Diese verdammte Warterei, noch dazu im Dunkeln. Den lieben langen Tag müssen die Vorhänge im ganzen Schloss geschlossen bleiben. Weil sich sonst durch das Tageslicht ihre Migräne verstärken könnte. So muss ich die Nacht zum Tag machen. Dabei kann ich am Tag nicht richtig schlafen." Adela seufzte.

„Aber du bist doch schon seit Wochen in ihrem Dienst. So lange hat doch niemand Migräne."

„Das ist ja so seltsam."

„Und dass du sogar um dein Leben fürchtest ... Was ist geschehen?" Karolina sah der Freundin forschend ins Gesicht, auf deren Stirn sich Sorgenfalten bildeten. Das war bei einer Frohnatur wie Adela völlig ungewöhnlich.

Adela beugte sich zu Karolina vor.

„Hier geht es nicht mit rechten Dingen zu. Schau selbst! Man fühlt sich wie in einer Gruft", flüsterte sie.

„Um Himmels willen, weshalb denn das?", rief Karolina erstaunt aus.

„Pst. Vielleicht belauscht uns jemand. Die Gräfin verlangt das. Ich selbst habe gesehen, wie sie eine Zofe grausam durch Peitschenhiebe bestrafen ließ, weil die Vorhänge einen Spaltbreit offen standen. Aber das ist noch nicht alles ..." Adela blickte sich unruhig um. Sie umklammerte Karolinas Arm.

„Jede Nacht erhält die Gräfin Besuch. Männer und Frauen, mit bleichen, starren Gesichtern. Niemand von uns darf dann den Salon betreten. Ist doch seltsam, wenn man bedenkt, dass die Gäste bedient werden müssen? Nur Margareta wurde es erlaubt. Jedes Mal schließe ich die Tür hinter mir ab, vor allem, seitdem sich mir einer der Herren, ein Baron von Drazice, ungebührlich näherte. Seine schwarzen Augen flößen mir Furcht ein."

„Ja, aber das muss doch noch lange nicht ..."

Weiter kam Karolina nicht, weil Adela sie unterbrach.

„Ich habe es mit eigenen Augen gesehen ...", stammelte Adela.

„Was hast du gesehen?" Karolina trat einen Schritt auf die Freundin zu und umfasste ihre Schultern. Adela rang nach Worten.

„Was hast du gesehen?", wiederholte Karolina lauter.

„Sie haben getanzt und ..."

„Und dann?"

„Sie waren nackt! Alle! Eine Orgie!" Adelas starrer Blick schien die Freundin zu durchbohren.

„Eine Orgie?" Adela nickte.

„Die Gräfin rief mich spät nach unten in den großen Salon. Als ich die Tür öffnete, war es stockdunkel, und ich stolperte. Irgendjemand zündete eine Kerze an und da sah ich zu meinen Füßen ein nacktes Pärchen, das sich miteinander vergnügte. Überall Gestöhne. Ein junges Mädchen hatten sie an einen Stuhl gefesselt. Drazice verging sich an der Wehrlosen, bis ein weiterer Kerl ihm folgte und es ihm nachtat. Und die Gräfin hat bei alledem zugesehen und sich daran vergnügt. Als sie mich bemerkt hat, bedeutete sie mir mit einem Wink, zu ihr zu kommen. Sie befahl mir, einen metallenen Pokal aus dem Nebenraum zu holen. Ich tat, wie mir geheißen. Doch als ich das Blut darin roch, wurde mir ganz übel. Fast hätte ich den Pokal fallen gelassen, wenn nicht Drazice ihn mir mit dröhnendem Lachen abgenommen hätte. Dann hat er die Gefesselte gepackt ... und auf den Tisch gelegt ...", stammelte Adela.

Karolina schluckte hart. Was sie dann erfuhr, erschütterte, entsetzte sie, wie noch nichts zuvor in ihrem Leben. In ihren schlimmsten Alpträumen hätte sie nie an das gedacht, was die Freundin ihr schilderte.

„Er beugte sich über sie. Seine Zähne ... seine Zähne ... Und die Gräfin zwang mich zuzusehen!" Adela schluchzte auf, ein Schütteln durchfuhr ihren Körper.

„Seine Zähne wurden so lang wie Messer. So etwas hab ich noch nie gesehen. Es war grauenhaft. Wieder hat er sie auf dem Tisch genommen. Vor meinen Augen. Dann senkten sich seine Zähne in ihren Hals. Das Blut schoss heraus, die Gräfin fing es mit dem Pokal auf. Alle nacheinander haben davon getrunken. Mir hat sich der Magen umgedreht. Es war grauenhaft. Ich habe mit niemandem darüber gesprochen." Tränen rannen ihre Wangen hinab.

Adela begann zu husten und zu würgen. Sie presste die Hände an ihre geröteten Wangen, als könne sie damit das Würgen unterdrücken.

Auch Karolina begann zu zittern. Sie konnte verstehen, wie sehr das Erlebte die Freundin aufwühlte.

„Er ist ein Vampir! Anton von Drazice ist ein Vampir!" Die letzten Worte klangen erstickt, als würde jemand Adela die Luftröhre zudrücken.

Karolina fühlte sich wie betäubt. Ekel beschlich sie und ließ ihren Magen rebellieren. Adela hatte noch nie gelogen, und der Schrecken saß ihr sichtbar in den Gliedern.

Die Gedanken überschlugen sich förmlich hinter Karolinas Stirn. Das alles passte zu dem, was sie im Palais des Grafen erlebt hatte. Doch wer alles zählte zu dem Kreis des Grafen? Wie viele Kreaturen der Nacht gab es denn schon? Es lief ihr nacheinander heiß und kalt den Rücken hinunter.

„Hast du ihn genau erkannt?", flüsterte Karolina.

„Ja! Ja! Ich schwöre dir, er ist ein Vampir." Adela schniefte und wischte sich mit dem Handrücken die Tränen fort.

Es herrschte eine Weile bedrückende Stille, in der jede ihren eigenen Gedanken nachhing.

„Was soll ich tun?", wisperte Adela.

„Du musst dieses Schloss verlassen. Sofort. Komm, lass uns verschwinden."

Karolina fasste nach Adelas Arm und zog sie mit sich. Doch die Freundin wehrte sich.

„Das geht nicht. Sie würden es sofort bemerken. Und dann ... dann bin ich vielleicht die Nächste!" Panik ergriff Adela bei der Vorstellung, in einer Lache eigenen Blutes zu liegen.

„Deshalb musst du mitkommen." Als Karolina erneut nach dem Arm der Freundin griff, wich diese zurück und schüttelte den Kopf.

„Nein, ich kann nicht. Versteh mich. Wenn uns jemand entdeckt …"

„Bitte, Adela, hier bist du nicht sicher. Komm jetzt." Energisch zog Karolina sie am Arm in Richtung Tür. Adela wehrte sich, jammerte und schimpfte. Die Hysterie der Freundin steigerte sich, sodass Karolina ihr eine schallende Ohrfeige verpasste, um sie zur Vernunft zu bringen.

Adelas Abwehr erlahmte. Die Lider ihrer weit aufgerissenen Augen flatterten unruhig. Sie hob die Hand und rieb sich die gerötete Wange.

Wortlos folgte sie Karolina, die leise die Tür öffnete und auf den Flur spähte, ob sich jemand in der Nähe befand.

„Pack nur das Nötigste ein, und dann lass uns verschwinden", raunte Karolina der bleichen Freundin zu. Wie in Trance lief Adela zum Schrank, riss ihre abgestoßene Reisetasche herunter und stopfte wahllos Kleidungsstücke hinein. Karolina beobachtete die zitternden Hände der Freundin. Auch sie versuchte, das Zittern in den Beinen und Händen zu kontrollieren.

Im Flur herrschte absolute Stille. Sie zogen beide ihre Schuhe aus und liefen auf Zehenspitzen übers Parkett. Immer wieder blickte Karolina hinter sich, um sich zu vergewissern, dass sie wirklich niemand beobachtete.

Sie erreichten die Treppe und atmeten erleichtert auf. Keine von beiden wagte zu flüstern. Karolina hoffte nur, dass Marek sich an die Abmachung hielt und draußen bereits auf sie wartete. Manchmal trödelte er gern bei einem Becher Wein und vergaß die Zeit.

Als sie den Dienstboteneingang erreichten, drückte Karolina die Klinke nach unten. Entsetzt stellte sie fest, dass diese verschlossen war.

„Was jetzt?" Adelas Stimmer klang weinerlich.

„Dann müssen wir einen anderen Weg hinausfinden. Du kennst dich doch hier aus."

„Nur durchs Hauptportal kommen wir raus. Aber da müssen wir durch die Galerie …"

„Dann müssen wir das eben."

Karolina machte auf dem Absatz kehrt und stieg die Treppe wieder hinauf.

„Dort können sie uns entdecken." Adelas Einwand wischte Karolina mit einer Handbewegung beiseite.

„Wir schaffen das schon. Wo bleibt dein Optimismus? Also los, wo lang?"

Sie stiegen die Treppe empor und liefen wieder lange, dunkle Gänge entlang. Karolina verlor die Orientierung und verließ sich ganz auf die Freundin.

Als sie sich auf der Galerie oberhalb der Eingangshalle befanden, verharrten sie einen Moment und blickten über die gedrechselte Brüstung hinab.

Die Halle war leer, nur das Knistern des Feuers im Kamin durchbrach die Stille.

Ihre Augen suchten nach dem Eingangsportal. Es lag auf der gegenüberliegenden Seite, was bedeutete, dass die gesamte Halle zu durchqueren war. Das Risiko, entdeckt zu werden, war groß.

Adela tastete nach Karolinas Hand.

„Sie werden uns sehen."

„Wir müssen es riskieren."

Adela schluckte hart und nickte.

Stufe für Stufe schlichen sie die Treppe hinab, den Blick nach unten gerichtet.

Schließlich erreichten sie den Treppenabsatz und nickten sich zu.

Karolinas Herzschlag glich einem Trommelwirbel. Jetzt mussten sie nur noch an der ledernen Sitzgruppe vorbei, die einladend vor dem Kamin stand.

Sie lauschten. Nichts verriet, dass sich jemand in der Nähe befand und ihre Flucht hätte verhindern können.

Sie gewannen an Sicherheit und eilten durch die Halle.

Jetzt trennten sie nur noch wenige Schritte vom Portal, und Erleichterung machte sich bei ihnen breit. Karolina streckte ihren Arm aus, um die Klinke hinunter zu drücken und erschrak, als ein Mann ihr unvermutet den Weg versperrte. Mit grimmiger Miene starrte er auf sie herab. Seine schwarzen Augen wetteiferten mit seiner schwarzen Kleidung.

Karolina wich einen Schritt zurück und stieß gegen die ohnmächtig gewordene Freundin, die auf dem steinernen Boden lag.

„Ihr habt uns vielleicht erschreckt!" Karolina funkelte den Fremden empört an.

„Meine Freundin ist sogar in Ohnmacht gefallen."

Sie drehte sich zur Freundin, hockte sich neben sie und tätschelte ihre Wange.

„Adela! Adela! Komm zu dir." Die Freundin schlug die Augen auf. Ihr Blick richtete sich auf den Mann, der den Weg zum Ausgang versperrte. Sie riss die Augen weit auf und fiel erneut in Ohnmacht.

„Wollt Ihr denn meiner Freundin nicht helfen?" Karolina wirbelte wütend zu dem Fremden herum. Sie wusste selbst nicht, woher sie den Mut nahm, ihn anzuherrschen.

Das Glitzern in seinen Augen wirkte bedrohlich. Doch er hob Adela auf, als wäre sie leicht wie eine Feder und trug sie zu einem der Sessel vor dem Kamin.

Karolinas Hirn suchte fieberhaft nach einer Möglichkeit, dieser Situation zu entkommen. Wer war er und wie sollte sie ihre Anwesenheit erklären?

Sie sah zu ihm auf. Sein blondgelocktes Haar, das ihm bis auf die Schultern fiel, erinnerte an einen Engel, aber einen düsteren Engel.

Er musterte sie von oben bis unten, seine Lippen verzogen sich zu einem gönnerhaften Lächeln.

„Wie schade, dass Ihr die Gastfreundschaft der Gräfin nicht länger genießen wollt. Ihr wart doch gerade dabei zu gehen, meine Teure, oder?" Seine Stimme war tief und rau und besaß ein metallenes Timbre.

„Ich, äh … habe nur meine Freundin besucht … sie wollte mich gerade hinausbegleiten, als Ihr …" Die eigene Stimme klang ihren Ohren fremd.

„Als ich hier auftauchte? Habt Ihr mich denn nicht gesehen, meine Schöne?" Er deutete mit einer Kopfbewegung zu der Sitzgruppe vor dem Kamin.

Karolina schüttelte den Kopf. Die hohen Lehnen hatten seine Anwesenheit verborgen.

„Nein, sonst hätten wir Euch gegrüßt."

„Ach, wirklich?"

Karolinas Herz klopfte bis zum Hals. Sie durfte diesem Kerl unter keinen Umständen zeigen, welche Furcht sie beherrschte. ‚Reiß dich zusammen, Karolina!' Sie ballte die Fäuste und zwang sich, seinen Blick zu erwidern.

Seine Augen verengten sich zu Schlitzen, was ihm ein diabolisches Aussehen verlieh.

„Ja, wie ich schon sagte, Ihr habt uns erschreckt."

„Das beruht auf Gegenseitigkeit." Er straffte die Schultern und atmete geräuschvoll ein.

„Dann sind wir wohl quitt. Sobald meine Freundin wieder bei Sinnen ist, gehen wir."

„Das glaube ich kaum." Der gebieterische Ton in seiner Stimme verriet, dass er keinen Widerspruch duldete.

„Was heißt das?", krächzte sie.

„Wie ich es gesagt habe." Er beugte sich zu ihr vor und spitzte die Lippen. Karolina wich zurück, als sie das Begehren in seinen Augen erkannte. Furcht stieg in ihr auf und beherrschte ihre Gedanken. Sie musste einen kühlen Kopf bewahren und hoffen, dass Adela endlich aufwachte. Doch diese saß zusammengesunken im Sessel und bekam von dem Geschehen nichts mit.

Ehe sich Karolina besinnen konnte, umspannten die Hände des Fremden ihre Taille.

„Lasst mich los!"

Er warf den Kopf zurück und lachte heiser.

Seine weiße Haut schimmerte im Schein des Kaminfeuers wie polierter Marmor. Der Griff seiner Hand lockerte sich nur für einen kurzen Moment, um ihre kleinen, festen Brüste zu umspannen. Die grobe Berührung ließ Karolina empört aufschreien. Sie versuchte sich ihm zu entwinden, aber seine andere Hand presste sie an ihn.

Dann senkte er den Kopf und schnüffelte an ihr. Karolina fühlte sich machtlos und spürte, wie Tränen in ihre Augen traten. Zu genau erinnerte sie sich an die Szene in Prag.

„Bitte, lasst mich los. Ich weiß gar nicht, was Ihr von mir wollt …"

Er antwortete nicht, sondern legte seine Wange an die ihre. Seine Haut fühlte sich kalt wie die eines Fisches an. Karolina zitterte am ganzen Körper. Damals gab es den Fürsten, der sie rettete. Jetzt war sie auf sich gestellt.

Seine Nase glitt an ihrer Wange hinab, übers Kinn bis zu ihrer Halsbeuge. Er schnüffelte an ihr wie ein Hund. Karolinas Magen zog sich vor Ekel zusammen, als ihr sein fauliger Atem entgegenschlug, den auch das süßlich duftende Parfüm, das er aufgetragen hatte, nicht übertünchte. Ihr Blick suchte nach seinen Vampirzähnen, aber sein Gebiss schien völlig normal zu sein.

Mit einem tiefen Knurren presste er sie so fest an seinen Körper, dass ihr die Luft wegblieb. Karolina schloss die Augen und betete, sie möge in Ohnmacht fallen, damit er von ihr abließ. Aber sie wurde nicht erhört und die Sekunden zogen sich endlos dahin. Sie spürte seine feuchte Zunge an ihrer Kehle. Warum konnte sie nicht auch ohnmächtig werden, so wie Adela?

Mit einem Ruck riss er das Schulterteil ihres Kleides herunter und entblößte eine ihrer Brüste. Karolina schrie leise auf, ihre Knie gaben nach. Doch er hielt sie eisern fest. Sein Atem beschleunigte sich.

„Anton!" Sein Kopf fuhr auf und auch Karolina erstarrte beim Klang der durchdringenden, weiblichen Stimme und öffnete wieder die Augen.

Er ließ von ihr ab und sah zur Treppe hinüber, die zur Galerie führte.

Karolina schwankte. Rasch bedeckte sie wieder ihre Brust.

„Deine Gespielinnen habe ich nicht eingeladen!" Energische Schritte näherten sich. Karolina konnte die Frau nicht sehen, weil sie ihr den Rücken zuwandte, doch das Mienenspiel des Blonden verriet Unterwürfigkeit.

„Meine liebste Elisabeth", gurrte er und ein Lächeln huschte über sein Gesicht, das seine Augen nicht erreichte.

„Nie würde ich es wagen, Gespielinnen in dein Schloss einzuladen. Diese hier ertappte ich auf der Flucht. Ist die eine nicht deine Zofe?"

„Lass mal sehen." Aus ihren Augenwinkeln erkannte Karolina das zarte Profil der Gräfin, umrahmt von kupferfarbenem Haar.

Elisabeth beugte sich über die ohnmächtige Adela.

„Hab ich es mir doch gleich gedacht. Und die gehört zu meiner Zofe?"

Sie wandte sich um und musterte Karolina geringschätzig.

„Ihre Freundin."

Die Gräfin näherte sich Karolina und blieb dicht vor ihr stehen. Sie zog ihren Kopf zu sich, um die junge Frau näher zu betrachten.

Die Blicke der beiden Frauen trafen sich. Karolina glaubte, noch nie eine solch schöne Frau gesehen zu haben. Mandelförmige, grüne Augen, eine makellose, weiße Haut und ein herzförmiger Mund, auf die sie bläuliche Lippenpaste, zu ihrer Kleidung passend, aufgetragen hatte; das alles erinnerte Karolina an die Darstellung einer ägyptischen Göttin.

Die Hand der Gräfin strich sanft über Karolinas Wange und fuhr dann die Halsbeuge entlang. Ihr Mund verzog sich zu einem spöttischen Lächeln.

„Du brennst darauf, sie zu kosten, Anton, nicht wahr?" Ihr Lachen klang wie das Fauchen einer Katze. Anton wagte sich einen Schritt näher, die Verlockung war zu groß, und er glaubte, Elisabeths Einverständnis zu haben.

„Nicht jetzt!" Der gebieterische Ton der Gräfin ließ ihn in der Bewegung innehalten.

Anton ballte die Hände zu Fäusten. Seine blutunterlaufenen Augen starrten Elisabeth zornig an. Er sah aus wie ein verwundeter Stier, der kurz vor dem Angriff stand.

Karolina wagte nicht, sich zu bewegen. Was hatten sie mit ihr vor? Und mit Adela? Ihr Blick flog von einem zum anderen. Heiß schoss es durch den Kopf, Adelas Worte könnten sich bewahrheiten und dieser Anton wäre auch ein Vampir. Sie schluckte hart. Panik stieg bei der Vorstellung in ihr auf, der Baron könnte seine Zähne in ihre oder Adelas Kehle versenken. Die schrecklichsten Bilder tauchten vor ihren Augen auf. Immer wieder sah sie die Szene im Palais des Grafen vor sich und erschauerte. Der Gedanke, ein Opfer von Vampiren zu werden, war für sie unerträglich. Wollten sie überleben, mussten sie fliehen. Herrgott noch mal, wenn Adela nur endlich aus ihrer Ohnmacht erwachen würde!

„Wie lautet Euer Name?" Die Miene der Gräfin verdüsterte sich. In ihren Augen blitzte es bedrohlich auf.

„Karolina."

„Und weiter?" Ungeduld schwang in der Stimme Elisabeths mit.

„Karolina von Kocian."

War es Einbildung oder schrak die Gräfin bei ihrem Namen zusammen?

Der Eindruck währte nur einen Moment, denn die Gräfin hatte sich sofort wieder unter Kontrolle.

„Ist das nicht die Baroness, die Jiri begehrt?" Anton mischte sich in das Gespräch ein.

Die Falten auf Elisabeths Stirn verrieten, dass sie irgendetwas beschäftigte. Sie kaute nervös auf der Unterlippe und betrachtete Karolina nachdenklich.

„Von Kocian! Diesen Namen habe ich lange nicht mehr gehört."

„Ist der vielleicht was Besonderes?" Anton lachte auf.

„Schweig, Drazice!", herrschte Elisabeth ihn an, woraufhin er sofort verstummte.

„Ihr könnt gehen", sagte sie. Karolina glaubte, sich verhört zu haben. Anton starrte die Gräfin ungläubig an.

„Du willst die wirklich gehen lassen, Elisabeth?"

„Sie kann gehen", wiederholte Elisabeth, ohne auf Antons Frage einzugehen.

„Aber sie", die Gräfin zeigte auf Adela, „muss hier bleiben. Und nun lauft, bevor ich es mir anders überlege."

Wie angewurzelt stand Karolina da. Eben noch hatte sie um ihr Leben gezittert, und nun schickte die Gräfin sie einfach fort, ohne Erklärung.

Doch sie konnte die arme Adela hier nicht allein zurücklassen.

„Ich gehe nicht ohne meine Freundin." Karolina reckte ihr Kinn vor.

„Das müsst Ihr aber. Schließlich ist sie meine Zofe, und ich bestimme über ihr Schicksal. Wenn Euch Euer Leben lieb ist, dann geht."

„Elisabeth, ich verstehe dich nicht. Du kannst sie doch nicht einfach so laufen lassen! Sie ..."

Der finstere Blick, mit dem die Gräfin Anton Drazice bedachte, ließ ihn verstummen.

Plötzlich begann alles um Karolina zu kreisen. Sie geriet in einen Strudel, der sie in die Tiefe zog. Die Gegenstände, die Personen wurden zu Zerrbildern, die Stimmen verwischten und glichen dem Säuseln des Windes. Irgendetwas hob sie hoch und wirbelte sie durch die Luft. Sie gab sich einfach dem Treiben hin, schloss die Augen und fiel in die Dunkelheit.

6.

Karolina erwachte aus der Ohnmacht durch das eigene Zähneklappern. Es dauerte einen Moment, bis sie begriff, dass sie im Schnee lag. Sie fror entsetzlich und ihre Finger, steif und taub vor Kälte, tasteten vergeblich nach dem wärmenden Muff. Das Letzte, woran sie sich erinnerte, war der Strudel, der sie mitgerissen hatte, und von dem sie nicht sagen konnte, was er eigentlich war. Sie wusste nicht, wie lange sie schon hier gelegen hatte. Jedenfalls zu lange. Fragen schwirrten durch ihren Kopf, was mit Adela geschehen würde und weshalb die Gräfin sie hatte gehen lassen. Fragen, auf die sie keine Antwort wusste.

Mühsam rappelte sie sich auf und klopfte sich den Schnee von der Kleidung. Sie musste Adela aus der Gewalt der Vampire befreien. Angesichts der Gefahr, in der die Freundin steckte, wurde ihr übel. Allein könnte sie Adela nicht aus dem Schloss retten. Sie brauchte Hilfe. Carlotta war zu weit entfernt, und Vater würde sich weigern, einem Zimmermädchen zu helfen.

Sofort dachte sie an den Fürsten Karolyí: Ihn wollte sie aufsuchen und um Hilfe bitten.

Zitternd vor Kälte stapfte sie auf der Suche nach Marek und der Kutsche durch den Schnee. Es war dunkel, über ihr glänzte die silberne Mondsichel am schwarzen Himmel. Sie brauchte einen Moment, um sich zu orientieren, bis sie erkannte, nicht weit vom Dienstboteneingang entfernt zu sein. Von Weitem sah sie davor ihre Kutsche und atmete erleichtert auf.

Sie stolperte über ihre eigenen Füße und fing sich gerade noch mit der Hand ab.

„Marek!", rief sie, erhielt aber keine Antwort.

Der Kutscher saß nicht auf dem Kutschbock. Er war weit und breit nicht zu sehen. Ihr blieb keine Zeit, wenn sie Adela retten wollte. Sie dachte wieder an deren Erzählungen über das nächtliche Treiben im Schloss und erschauerte bei dem Gedanken, der Freundin könnte etwas zustoßen.

Sie sprang auf den Kutschbock, ergriff die Zügel und schnalzte mit der Zunge.

Das Pferd fiel in Trab.

Schnee fiel in großen Flocken herab und behinderte die Sicht.

Dennoch trieb Karolina das Pferd zur Eile an, das sofort die schmale Straße im rasanten Galopp entlang preschte, vorbei an den schneebedeckten Feldern, bis zum Waldrand. Die Baumspitzen reckten sich dem fahlen Mondlicht entgegen.

Geschickt lenkte sie die Kutsche auf dem schmalen Waldweg zwischen den schneebeladenen Zweigen des Nadelwaldes hindurch.

Die Kutsche raste um die Kurve und drohte zu kippen. Unbeirrt schwang Karolina die Peitsche.

Plötzlich scheute das Pferd, verließ den Weg und rannte blindlings in den Wald. Karolina verlor die Kontrolle, die ledernen Zügel schnitten sich in ihre eiskalten Hände. Eisern umklammerte sie die Zügel und versuchte, das durchgehende Pferd mit der Stimme zu beruhigen. Doch der Gaul rannte wiehernd, wie von Sinnen, durch das dichte Schneegestöber in die Dunkelheit. Tränen liefen über ihre Wangen, die im eisigen Wind gefroren. Sie spürte, wie ihre Kräfte schwanden und ihre Hände vor Kälte immer steifer wurden. Verzweifelt betete Karolina um den Mut, von der Kutsche zu springen. Doch bei diesem Tempo war es lebensgefährlich. Außerdem konnte sie die verkrampften Hände nicht mehr vom Zügel lösen. Sie schrie aus Leibeskräften um Hilfe.

Dann hielt die Kutsche abrupt an, das Pferd stieg ins Geschirr, während Karolina vom Kutschbock hinunter kopfüber in den Schnee stürzte. Das Pferd stand schnaubend und zitternd da. Angsterfüllt rollte es die Augen, Schaum tropfte aus seinem Maul. Mühevoll erhob sich Karolina und drückte das Rückgrat durch. „Verdammt!" Sie stampfte mit dem Fuß auf, als sie das gebrochene Wagenrad erkannte. Dann musste sie eben zum Schloss des Fürsten reiten. Vorsichtig näherte sie sich dem verängstigten Pferd, um das Geschirr zu entfernen. Sie klopfte an seinen Hals. „Ruhig, mein Guter."

Gerade als sie den letzten Gurt löste, scheute es erneut, und Karolina musste zur Seite springen, um nicht von einem Huf getroffen zu werden. Nur ihre Hand hielt eisern den langen Zügel fest, um das Fortlaufen des Pferdes zu verhindern. Sie spürte einen heftigen Schmerz in der Handfläche und schrie auf. Blut rann über ihren Handrücken und tropfte in den Schnee. Das Pferd tänzelte. Dann sah sie den Grund für seine Angst. Nur wenige Schritte von ihnen entfernt stand ein riesiger, schwarzer Wolf, der seine Zähne fletschte.

Unbeweglich starrte er sie an. Sein heiseres Knurren ging ihr durch Mark und Bein. Der Wolf duckte sich. Karolina wagte nicht zu atmen.

Vor solch einem grausamen Tod hatte sie sich ihr Leben lang gefürchtet.

Die schwarze Bestie näherte sich lautlos und geschmeidig.

Jeden Moment rechnete Karolina mit einem Angriff.

Doch dann gewann ihr Lebenswille die Oberhand, der die Angst verdrängte. Neben ihr auf dem Boden lag die gebrochene Schwebedeichsel. Sie musste sich nur noch bücken, um sie zu greifen und sich damit zu verteidigen. Karolina nahm allen Mut zusammen. Woher sie die Kraft nahm, wusste sie selbst nicht.

„Na, komm schon her, du Bestie. So leicht bin ich nicht zu töten!" Ihre Stimme klang heiser. Dabei beugte sie sich vorsichtig seitwärts, ohne den Wolf aus den Augen zu lassen und hob die Schwebedeichsel an.

Der Wolf knurrte, rührte sich jedoch nicht. Eisblaue Augen starrten Karolina an. „Fürchtest du dich etwa?" Durch das Zögern des Wolfes kühner geworden, fuchtelte Karolina mit der Deichsel in der Luft. Gebannt verfolgte die Bestie jede ihrer Bewegungen.

Als der Wolf keine Anstalten machte anzugreifen, stutzte sie. Irgendetwas stimmte nicht. Die blauen Augen fixierten sie auf eine Art und Weise, wie sie es schon einmal erlebt hatte. Aber wo? Sie konnte sich beim besten Willen nicht mehr daran erinnern.

„Was ist los? Traust du dich nicht? Ha! Hier bin ich! Stürz dich auf mich und bereite allem ein Ende!" Karolina schrie aus voller Kehle.

Doch der Wolf wich zurück, und ehe sie nachdenken konnte, verschwand er so plötzlich im dichten Unterholz, wie er aufgetaucht war.

Es herrschte eine unglaubliche Stille, die nur durch ihren keuchenden Atem und das Schnauben des Pferdes unterbrochen wurde. Erleichterung breitete sich in ihr aus. Sie ließ die Deichsel aus der Hand gleiten und seufzte auf. Dann lachte sie so lange, bis ihr die Tränen liefen.

Schließlich schwang sie sich aufs Pferd und ritt zur Straße. Sie krallte die Hände in die schwarze Mähne und lehnte sich nach vorn, um ihr Gesicht vor dem Schneetreiben zu schützen.

Erschöpft schloss sie die Augen und vertraute ganz dem Tier unter sich. Sie wusste, dass nur dieser Weg zum Schloss des Fürsten führte.

7

Karolina war auf dem Pferderücken eingenickt. Sie wurde durch lautes Hufgeklapper geweckt, öffnete die Augen und erkannte unter sich einen gepflasterten Weg. Dieser führte eine Anhöhe hinauf, auf dessen Spitze sich der Umriss eines Schlosses zeigte, dessen Größe Karolina für einen Moment die Sprache verschlug. Genauso imposant wie düster wirkte das Gemäuer, das im Laufe der Zeit Patina angesetzt hatte. Das Schloss glich in seiner Architektur einer Burg - umgeben von einem breiten Wassergraben, über den eine steinerne Brücke führte. Es war in dieser Gegend oft üblich gewesen, die Schlösser auf alten Burganlagen zu errichten. Da die Karolyís zum alten Adel zählten, wie sie aus Vaters Erzählungen wusste, reichte ihr Stammbaum bis ins Mittelalter zurück.

Einen kurzen Moment lang stiegen Zweifel in ihr auf, der Fürst könne seine Hilfe verweigern. Doch es musste ihr gelingen, Dominik Karolyí von einem Rettungsversuch zu überzeugen. Sicher würde er über ihren Verdacht lachen, die Gräfin wäre eine Vampirin. Aber sie würde ihm alles beweisen.

Langsam überquerten sie die glatte Brücke, die zum Innenhof des Schlosses führte.

Karolina zügelte das Pferd im Schlosshof und sprang ab. Dann rannte sie die breiten Stufen zum Portal hinauf.

Vor ihr glänzte der polierte Messingtürklopfer, einen gehörnten Engel darstellend, der eine Schlange in der Hand hielt. Es passte zu Dominik Karolyí, eine Anspielung auf die Verführung im Paradies.

Vor dem Portal zögerte sie, zweifelnd, ob sie tatsächlich die richtige Entscheidung getroffen hatte, ihn um Hilfe zu bitten. Dann klopfte sie entschlossen an. Unheimlich hallte das Klopfen im Innern des Schlosses. Voller Ungeduld wippte sie auf den Zehenspitzen und rieb sich die eiskalten, zerschundenen Hände. Eine rundliche alte Frau öffnete und musterte sie kritisch. Sie hielt einen Kerzenleuchter in die Höhe.

„Ihr wünscht?", krächzte sie. Ihr Blick war feindselig, aber Karolina ließ sich nicht davon beirren.

„Guten Abend, ich muss bitte dringend zum Fürsten Karolyí, um mit ihm etwas zu besprechen."

„Is' nich' da!" Die Alte schob die Tür zu. Geistesgegenwärtig stellte Karolina ihren Fuß dazwischen. Sie war davon überzeugt, dass der Fürst zu Hause war und die Alte sie nur nicht hineinlassen wollte.

„Das glaube ich nicht. Und nun bringen Sie mich bitte zum Fürsten. Es geht um Leben und Tod." Karolina drückte gegen die Tür.

Die Alte sog scharf die Luft ein und kniff die Lippen ihres zahnlosen Mundes noch fester zusammen, was ihr ein groteskes Aussehen verlieh.

„Sagte doch, er is' nich' da! Geht! Oder sollen Euch die Hunde des Herrn in Stücke reißen?"

„So leicht lasse ich mich nicht abwimmeln. Treten Sie zur Seite, ich möchte mich selbst davon vergewissern, ob Ihr Herr nicht zu Hause ist."

Karolina schob die Alte mit dem Ellbogen zur Seite. Ihr blieb nicht viel Zeit, um Rücksicht zu üben. Die Alte taumelte beiseite, und Karolina stand in der Schlosshalle, die beeindruckender war als alles, was sie bislang gesehen hatte. Vis-à-vis von ihr führte eine geschwungene Treppe aus weißem Marmor nach oben. Goldene, gehörnte Putten zierten das Geländer. Das Licht der Lüster spiegelte sich auf deren glatter Oberfläche. Ein scharlachroter Teppich führte Gäste auf der Treppe nach oben. Für einen Augenblick verschlug diese Pracht Karolina den Atem.

Doch gleich darauf war sie wieder gefasst und erinnerte sich an den Grund ihres Kommens.

„Fürst Karolyí?" Ihre Stimme hallte in der Halle wie ein Echo. Ihr Herz klopfte vor Aufregung. In der Ferne erklang ein Türknarren. Die Alte war neben sie getreten und zischte ihr zu: „Das werdet Ihr noch bereuen!"

Karolina ignorierte sie und starrte stattdessen auf die Treppe. Es war nicht nur Angst, die in ihr schwang, sondern auch eine gewisse Vorfreude, den Fürsten wiederzusehen, der ihre Träume beherrschte wie kein anderer. Ob die Alte recht hatte und er doch nicht hier war? Aber ihre Zweifel zerschlugen sich, als sie seinen festen Schritt vernahm. Sie hätte ihn unter Tausenden wiedererkannt, so sehr hatte sie sich jede Einzelheit von ihm in jener Nacht eingeprägt.

Er stand oben am Treppenabsatz, genauso schillernd und beeindruckend wie in Prag, ganz in Schwarz gekleidet. Die einzigen Farbkleckse in seinem Erscheinungsbild waren der goldene Saphirring an seiner linken Hand und die Augen.

Langsam schritt er die Stufen hinab, ohne den Blick von ihr abzuwenden.

„Herr, sie hat mich überrannt! Bitte verzeiht!" Die Alte neben ihr verbeugte sich tief.

„Schon gut, Zdenka, ich kümmere mich darum." Seine Stimme allein brachte ihre Sinne in Aufruhr. Die Alte wackelte davon.

Ein Lächeln umspielte seine Lippen. Als er vor ihr stand, wirkte seine Größe noch beeindruckender, als sie diese in Erinnerung hatte.

Sie sah zu ihm auf; seine Augen glichen einem Eissee, in dem man versinken konnte. Ihr wurde schwindlig, als sein Blick auf ihr ruhte.

„Nun, was führt Euch zu mir, zu so später Stunde? Ganz allein, ohne männliche Begleitung? Aber ja, das scheint bei Euch Gewohnheit zu sein. In der Nacht in Prag ist es doch auch so gewesen? Wahrscheinlich liebt Ihr das Risiko mehr als Euren Ruf!"

Sie zuckte zusammen. Ihr impulsives Verhalten belustigte ihn anscheinend.

Sie musste auf ihn wie eine Dahergelaufene wirken, Kleid und Mantel waren durchnässt, und zu ihren Füßen bildete sich eine Pfütze. Ihre Pelzkappe hatte sie beim Sturz vom Kutschbock verloren, und die Haare klebten im Gesicht.

„Verzeiht, Fürst, aber dringende Umstände zwingen mich dazu, Eure Hilfe zu erbitten." Sie schluckte.

Der Fürst betrachtete sie aufmerksam.

„Wollt Ihr nicht erst einmal den Mantel ablegen? Ihr zittert vor Kälte."

Schon nestelte er an ihrem Kragen, und als seine Finger ihren Nacken berührten, durchzuckte es sie wie ein Blitz. Er warf den Mantel achtlos über einen Hocker.

„Wie kann ich Euch helfen? Ihr seid erschöpft. Kommt, setzt Euch in den Sessel und berichtet." Er nahm sanft ihren Arm und zog sie zu einer Sitzgruppe am Fuße der Treppe. Der Anblick erinnerte sie an das Erlebnis auf dem Schloss der Gräfin und damit an die Gefahr, in der Adela schwebte. Er goss Wein aus einer Karaffe in ein Glas und reichte es ihr.

„Das wird Euch wärmen. Bitte setzt Euch."

„Bitte verzeiht, aber ich mag mich jetzt nicht setzen. Es geht um Leben und Tod!"

„Um Leben und Tod?" Er stellte abrupt das Weinglas ab. Karolina fragte sich in diesem Moment, ob sie nicht einen Anflug von Spott in seinen Augen erkannt hatte. Doch sie glaubte sich zu irren, denn ein warmes Lächeln huschte über sein Gesicht. Dennoch barg dieser Mann zwei Seiten in sich.

„Meine Freundin befindet sich in Gefahr." Dann sprudelte alles in einem Schwall aus ihr heraus, von Adelas Nachricht bis hin zu ihren Vermutungen. Der Fürst hörte ihr zu, ohne sie zu unterbrechen.

„Dieser Baron, so seltsam es klingen mag, ist ein Vampir. Davon bin ich fest überzeugt." Sie bekräftigte ihre Worte mit einem Nicken.

„Wie kommt Ihr darauf? Ich selbst kenne den Baron. Glaubt Ihr, eine Unnatürlichkeit an ihm wäre mir nicht aufgefallen?"

„Meine Freundin erzählte mir, dass sie beobachtet hatte, wie der Baron eine Frau durch einen Biss getötet hat. Und ich glaube ihr. Wie gut kennt Ihr den Baron?"

Er runzelte die Stirn. „Ich möchte Euch und Eurer Freundin nicht zu nahe treten, aber bestimmt hat sie sich geirrt. Doch wie kann ich Euch helfen?"

„Meine Freundin wird von der Gräfin im Schloss gefangen gehalten. Ihr müsst mit der Gräfin sprechen und sie dazu bringen, Adela freizulassen. Sie wird bestimmt auf Euch hören. Ich flehe Euch an. Ihr seid ein wahrer Edelmann, habt dieses bereits unter Beweis gestellt, und nun bitte ich Euch verzweifelt noch einmal um Eure Hilfe."

„Wie kommt Ihr darauf, die Gräfin würde mich erhören?"

„Weil ich glaube, dass Ihr alles erreichen könnt, was Ihr wollt."

„Soso. Das glaubt Ihr also von mir! Das ehrt mich. Euch habe ich geholfen, aber was geht mich Eure Freundin an?"

„Fürst Karolyí, Ihr seid ein Ehrenmann, und ich bitte Euch inständig, uns zu helfen. Ich gebe Euch dafür, was Ihr wollt."

„Seid Ihr mit diesem Versprechen nicht zu freigebig, Mademoiselle? Wenn ich mich schließlich nicht mehr als Ehrenmann erweisen sollte, was dann?"

„Ihr würdet nie die Lage einer verzweifelten Frau ausnutzen!" Er lächelte.

„Ich danke Euch für Euer Vertrauen. Aber was ist, wenn meine Worte bei der Gräfin nicht fruchten?"

„Dann werde ich mir einen neuen Plan ausdenken. Doch ich bin davon überzeugt, dass Ihr es schaffen werdet."

Sie umfasste mit beiden Händen einen seiner Arme. Er legte seine Hand unter ihr Kinn und strich zärtlich mit dem Daumen über ihre Unterlippe. Karolina erschauerte unter der sanften Berührung und starrte wie hypnotisiert in sein Gesicht. Sie öffnete ihre Lippen in Erwartung eines Kusses und schloss die Augen.

„Dafür müsst Ihr mir einen Gefallen erweisen, meine Schöne." Bei seinem Flüstern breitete sich eine Gänsehaut auf ihrem Körper aus. Sie öffnete wieder die Augen und versank in seinem begehrlichen Blick. Ihre Glieder wurden schwer.

„Ja", hauchte sie und war ein wenig enttäuscht darüber, dass er sie nicht geküsst hatte.

„Jeden?"

„Jeden."

Wieder lächelte er zufrieden. „Wenn ich es schaffe, dass die Gräfin Eure Freundin unbeschadet gehen lässt, dann gehört Ihr mir eine Nacht."

Gefangen von seinem Blick, erwiderte sie nichts. Alles in ihr sehnte sich danach, diesem Mann zu gehören.

„Gilt das Versprechen?" Er berührte mit seinen Lippen flüchtig die ihren.

„Ja", hauchte sie erneut, bevor sich seine Lippen erneut auf ihre senkten, leicht, sodass sie es kaum spürte.

„Gut. Dann werde ich mich jetzt auf den Weg zur Gräfin begeben." Sein lauter, nüchterner Tonfall riss sie aus dem süßen Traum. Erst jetzt wurde ihr bewusst, welches Versprechen sie dem Fürsten gegeben hatte.

Furcht, gepaart mit einer sehnsüchtigen Erwartung, durchflutete ihren Körper.

War sie denn nicht mehr bei Verstand, diesem Mann solches zu versprechen?

„Aber ..." Ihre Worte erstarben unter seiner Miene.

„Ihr gabt mir das Versprechen, so wie ich das meine, Eure Freundin zu retten.

Jetzt könnt Ihr nicht mehr zurück, ma chère."

Er schob sie an den Schultern sanft beiseite.

„Ich darf keine Zeit verlieren und breche sofort auf. Zdenka wird Euch in der Zwischenzeit mit allem versorgen. Ihr seid mein Gast. Es ist gut, dass Euch der Weg zu mir führte." Er zeigte wieder dieses unwiderstehliche Lächeln, das sie derart faszinierte und alles vergessen ließ.

„Und wenn der Baron doch ein Vampir ist? Dann seid Ihr in Gefahr!"

„Wie rührend Ihr um mein Wohl besorgt seid. Glaubt mir, ich weiß mich zu wehren. Ihr erinnert Euch an unsere erste Begegnung?"

Ja, sie erinnerte sich gut. Wenn einer Adela befreien konnte, dann Dominik Karolyí.

„Ich freue mich schon auf den Moment, in dem Ihr in meinen Armen liegt, meine Schöne."

Karolina starrte noch immer auf die Tür, durch die er gegangen war, unfähig sich zu rühren.

Um sich die Zeit bis zu seiner Rückkehr zu vertreiben, begab sie sich in Dominiks Bibliothek und blätterte gedankenverloren in einem Buch. Wahllos hatte sie eines aus den unzähligen Regalen gegriffen, die vom Boden bis zur Decke reichten. Doch ihr fehlte die Konzentration, die Worte verschwammen vor ihren Augen. Die Angst um Adela und auch um den Fürsten schnürte ihr die Kehle zu. Dicke Schneeflocken wirbelten vor dem Fenster, der Wind heulte um die Mauern. Der Weg zum gräflichen Schloss stellte bei diesem Wetter eine große Gefahr dar. Würde es Dominik Karolyí gelingen, die Freundin aus der Gewalt der Gräfin zu befreien? Die quälende Ungewissheit ließ sie aufspringen und unruhig im Zimmer umherwandern. Wenn Adela etwas geschähe, würde sie sich bittere Vorwürfe machen.

Seufzend sank Karolina in den Sessel, ihre schweren Lider senkten sich, und sie schlief ein.

8.

Zufrieden dachte Dominik an das Versprechen Karolinas und lächelte.

Elisabeth war ihm noch einen Gefallen schuldig, er würde sie daran erinnern. Hoffentlich war die junge Frau noch am Leben. Dabei dachte er an Anton, der oft dem Drang nicht widerstehen konnte, das Blut junger Frauen zu trinken - zu lange, ohne zu bemerken, wie das Leben unter ihm bereits aus dem Körper wich. Er dachte nur an seine Befriedigung. Dominik hatte diesen Günstling Elisabeths noch nie gemocht.

Auch er hatte einst diese Rolle ausgefüllt, an Elisabeths Lippen gehangen, ihre Worte wie ein Verdurstender aufgesogen, um dann von ihr verstoßen zu werden, als sie seiner überdrüssig geworden war. Für die Vampire war er nur ein Halbblut, ein Vampir zweiter Ordnung. Sie blickten auf ihn herab. Dennoch schloss er sich ihnen an. Ihr Anführer Jiri zeigte sich großzügig und gewährte ihm den Schutz des Vampirclans. Dominik verpflichtete sich dem Ehrenkodex der Vampire, ein Relikt aus der Zeit, als die Macht der Dämonen die Welt beherrschte. Er wurde Elisabeths Schüler und dann ihr Gefährte. Durch sie erfuhr er die Wahrheit über sein Dasein und begann Jiri zu hassen.

Seine Mutter war Jiris Blutdurst zum Opfer gefallen. Sie war schwanger, als der Graf ihr sein Blut zu trinken gab. Ehe sich die Verwandlung vollzog, gebar sie Dominik und starb. Auch sein Vater fiel Jiri zum Opfer. So wuchs Dominik als Waise in der Obhut seines Onkels auf. Doch auch dieser wurde ein Opfer von Vampiren, als Dominik fünfzehn Jahre alt war. Seitdem lebte er allein. Schon als Kind bemerkte Dominik, dass er sich von anderen seines Alters unterschied. Immer wenn die Dunkelheit hereinbrach, fühlte er in sich diesen unerträglichen Hunger nach Blut, der täglich wuchs. Dann stahl er sich heimlich aus dem Schloss, um diese Gier zu stillen. Entweder tötete er Tiere oder brach ins Schlachthaus ein.

Als er älter wurde, gesellte sich noch ein weiteres Verlangen dazu, die Lust auf Sex. Er hatte leichtes Spiel mit den Frauen, die ihm wie reife Trauben zufielen. Doch Blut trank er von ihnen nie.

War sein Hunger nach Blut und Sex gestillt, überkam ihn danach die Einsamkeit. Diese suchte er in neuen, flüchtigen Abenteuern mit Frauen zu ersticken, was jedoch kläglich misslang. Er begann mit seinem Schicksal zu hadern und verfluchte sein Dasein, bis er Elisabeth traf. Er hatte an ihre Liebe geglaubt, alles für sie getan, nur um an ihrer Seite liegen zu dürfen. Doch für sie war er nur ein Spielzeug gewesen, das sie nach einer Weile beiseite warf.

Sie war Jiris Gefährtin geworden, besessen von dem Willen, Macht zu erlangen. Ihre Gier nach Sex war unersättlich, weshalb sie sich auch mit anderen männlichen Wesen vergnügte, wie diesem Anton. Verspürte sie Lust auf Blut, musste Anton ihr einen Mann besorgen, der ihren Reizen erlag und es teuer mit seinem Leben bezahlte, denn Elisabeth trank ihre Opfer grundsätzlich leer. Ihre Angst, Kraft und Schönheit einzubüßen, übertraf die der anderen Vampire. Und diese Energie schöpfte sie aus dem Blut ihrer Opfer, um nicht die Gunst Jiris zu verlieren. Sie hoffte, neben Jiri zu einer mächtigen Vampirin zu werden und die Herrschaft mit ihm teilen zu können.

Jetzt begab er sich auf den Weg zu Elisabeth, deren Nähe er seit damals mied, nur weil die flehenden Augen Karolinas sein Herz erweicht hatten. Niemals sollte eine Frau Macht über seine Gefühle gewinnen, hatte er sich geschworen. Doch er konnte sich ihrer Ausstrahlung nicht entziehen.

Er musste sich beeilen, wenn er diese Adela Elisabeth abschwatzen wollte. Die Gräfin und ihr Liebhaber planten sicherlich, die junge Frau Jiri als nächstes Opfer zu präsentieren. Bereits in einer Woche würde wieder der Vollmond in einem sanften Blau schimmern. Dann kehrten die Schattendämonen zurück, um ihren Tribut zu fordern.

Dominik verwandelte sich wieder in die Fledermaus, um schneller das Schloss zu erreichen. Gleich darauf erhob er sich in die Lüfte und flatterte durch das Schneetreiben zum Schloss der Gräfin.

Von Weitem erkannte er die brennenden Fackeln, die ihm zeigten, dass Elisabeth in dieser Nacht Gäste erwartete.

Sanft glitt er auf die Erde in Gestalt des Fürsten, so, wie er Karolina verlassen hatte. In seinem Blick lag Entschlossenheit, als er zwei Stufen auf einmal nehmend zum Eingang hinauf lief.

Er klopfte nicht, sondern öffnete einen Türflügel, so wie damals, als er regelmäßig an ihren Gesellschaften teilgenommen hatte. Nichts schien sich verändert zu haben. Er schritt durch die Halle zum Salon, aus dem gedämpfte Stimmen drangen. Dann trat er ein.

Wie unterschieden sich Elisabeths intime Feste von Jiris glanzvollen Bällen! Sie lud nur Vampire ein, weil sie sich unter ihnen wohler fühlte, wie sie betonte. Manchmal befand sich auch ein Mensch darunter, jedoch nur, damit sie sein Blut trinken konnten.

Als Dominik im Türrahmen stand, fiel sein Blick sofort auf Anton, der die unbedeckten Brüste Elisabeths liebkoste, während diese mit einem anderen Vampir Küsse austauschte. Eine Weile verharrte Dominik und betrachtete nachdenklich die Szene, die sich ihm bot. Elisabeth schob den anderen Vampir zurück und legte den Kopf zurück. Sie genoss das Zwirbeln ihrer Knospen durch Anton und seufzte wohlig. Dann griff sie nach der Hand des anderen Vampirs und führte sie zwischen ihre Schenkel. Ungeduldig raffte dieser ihre Röcke hoch und entblößte Elisabeths nackte Scham. Sogleich begann er, mit seinen schlanken Fingern über ihre feuchte Spalte zu reiben. Antons Lippen umspannten nun Elisabeths Brustwarzen und saugten daran, während der andere sie unten stimulierte, sodass die Schamlippen rot anschwollen. Sie schob ihm ihr Becken entgegen und stöhnte.

Früher hatte solch eine Szene Dominiks Eifersucht geweckt, heute hob er gelassen eine Augenbraue.

Auch die anderen Gäste waren so sehr mit sich selbst beschäftigt, dass sie Dominiks Erscheinen nicht bemerkten. Menschliches Blut wurde noch immer in Gläsern ausgeschenkt und herumgereicht. Zunächst berauschten sich die Vampire an seinem Geruch, um das sexuelle Verlangen zu steigern. Dann rührte Elisabeth eine Mixtur ins Blut, die sie von Dämonen heimlich herstellen ließ. Die geheime Mischung benebelte die Sinne der Vampire, steigerte deren Lust. Einmal probierte auch Dominik dieses Mittel aus. Wie flüssiges Feuer war es durch seine Adern geronnen und hätte ihn fast das Leben gekostet. Tage danach schüttelte ihn ein Fieber, das alle Kraft aus ihm sog. Da reichte die Gräfin ihm von ihrem eigenen Blut, damit er wieder zu Kräften kam, und er überlebte.

Zielstrebig näherte er sich Elisabeth. Er packte den fingernden Jüngling zwischen ihren Schenkeln am Kragen und stieß ihn fort. Der offensichtlich Berauschte taumelte zurück und landete grinsend auf seinem Hinterteil.

Der betörende Augenaufschlag der Gräfin zeigte beim Fürsten nicht den gewünschten Erfolg. Das eben noch leichte Lächeln auf ihren Lippen erlosch. „Ach, sieh an, mein ehemaliger Schatten." Sie lachte grell.

„Ich hatte dich nicht eingeladen, Dominik." Elisabeth kräuselte die Lippen.

Auch Anton war durch das plötzliche Erscheinen Dominiks hellwach und ließ von Elisabeth ab.

„Wollte auch nicht mitfeiern, meine Teure." Galant verbeugte sich Dominik vor ihr. „Ich muss mit dir reden. Unter vier Augen."

„Aber sie kann doch ihre Gäste jetzt nicht allein lassen", mischte Anton sich ein.

In Dominiks Augen blitzte es wütend auf. Mit einem Sprung war er bei Anton und packte diesen am Jabot.

„Halt dich da raus", knurrte Dominik. Anton war ein Schwächling und Feigling, der sich durch die Gunst Elisabeths sicher fühlte.

„Schon gut, schon gut." Anton zupfte sich das Jabot gerade, nachdem Dominik von ihm abgelassen hatte.

„Was willst du, Dominik, dass du es nicht vor meinen Freunden besprechen magst?"

„Das verrate ich dir nur unter vier Augen."

Elisabeth verzog das Gesicht, erhob sich und rauschte an Dominik vorbei. „Komm mit."

Sie führte ihn in die Bibliothek, die dem Salon gegenüberlag.

„Nun, was willst du, mein Schöner?" Sie schloss die Tür und lächelte kokett zu ihm auf. Dann strich sie über seine Wange.

„Lass das, Elisabeth." Er schob ihre Hand fort.

„Es gab mal eine Zeit, in der du nicht genug von mir bekommen konntest. Wir haben uns köstlich amüsiert. Kannst du dich nicht mehr ...“

„Diese Zeit liegt lange zurück. Ich bin nicht gekommen, um alte Geschichten aufzuwärmen, sondern um dich um einen Gefallen zu bitten."

Sie lachte laut.

„Was glaubst du eigentlich, wer du bist, Dhampir? Du willst mich um einen Gefallen bitten? Hast du vergessen, woher du kommst? Nur weil du Jiris Blut in dir trägst, berechtigt es dich noch lange nicht, Forderungen zu stellen."

Drohend zog sie die Brauen zusammen und stemmte die Hände in die Hüften. In ihren grünen Augen blitzte es kampflustig auf.

„Nein, ich habe nicht vergessen, wer ich bin und woher ich komme. Aber du scheinst vergessen zu haben, dass du bei Jiri in Ungnade fallen könntest, wenn ich ihm von deinen Vergnügungen berichte und von dem Mittelchen, das du heimlich herstellen lässt. Also, lass diese Spielchen und hör mir zu!"

Dominik baute sich drohend vor ihr auf. Hinter Elisabeths Stirn arbeitete es.

„Meinetwegen. Was willst du von mir?"

„Deine Zofe Adela!"

„Was willst du denn von der?"

„Vielleicht habe ich Gefallen an ihr gefunden."

„Lügner. Dieses unscheinbare Ding interessiert dich nicht. Da steckt doch was anderes dahinter. Was willst du mit ihr?"

„Ich möchte sie mitnehmen, mehr soll dich nicht interessieren."

Sie kräuselte die Lippen und lächelte ihn wissend an.

„Es ist wegen dieser Blonden, nicht wahr? Du tust es für sie. Hat sie dich etwa darum gebeten?" Sie strich mit ihren langen Fingern über sein Kinn.

„Ich kenne dich genau, Dominik, ebenso diesen gewissen Blick von dir, der auch mir einmal gegolten hat."

„Lass diese Plänkeleien, mir steht nicht der Sinn danach. Wo ist das Mädchen?"

Dominik presste die Lippen fest aufeinander.

„An einem sicheren Ort. Ich lasse mich nicht erpressen."

„Und wie würde es dir gefallen, wenn ich deine kleinen Geheimnisse ausplaudere? Du bist mir außerdem noch einen Gefallen schuldig." Grob umfasste Dominik Elisabeths Handgelenke, aber sie ignorierte den Schmerz.

„Ich weiß nicht, was du meinst." Er ließ sich von ihrer unschuldigen Miene nicht täuschen.

„Dann will ich deinem Gedächtnis mal auf die Sprünge helfen, meine Liebe. Es ist ja nicht nur die verbotene Mixtur, von der ich Jiri berichten könnte. Weiß er auch von den Blutorgien mit diesem nichtsnutzigen Anton? Auch das verstößt gegen den Kodex."

„Er wird dir nicht glauben, einem Halbblut!"

„Das werden wir ja sehen. Also, gib das Mädchen heraus!"

„Untersteh dich!" Sie entwand sich seinem Griff und holte mit der Hand aus.

Ihre krallenartigen Fingernägel streiften sein glattes Gesicht und hinterließen blutige Furchen. In ihren Augen blitzte es lüstern auf. Der Anblick der Blutstropfen, die aus der Wunde rannen, erregte sie. Sie lachte auf und fuhr sich mit der Zunge über die Lippen.

„Sag mir jetzt endlich, wo das Mädchen steckt, sonst wirst du mich kennenlernen."

„Lass mich dein Blut kosten!", rief sie heiser aus, von der aufsteigenden Wollust erhitzt. Dominik verharrte stocksteif auf der Stelle. Ein irrsinniges Verlangen durchströmte ihn, wie er es schon lange nicht mehr gefühlt hatte. Elisabeth gurrte. Sie trat auf ihn zu, zog sein Gesicht zu sich herunter und streckte ihre Zunge heraus. Dämonenfeuer glühte in ihren Augen, während sie genüsslich das Blut von seiner Wange leckte. Dominik ließ es über sich ergehen, während ein Sturm ungezügelten Begehrens in ihm tobte, so wie es immer gewesen war, wenn sie sich ihm hingegeben hatte. Er spürte ihre feuchte Zunge, die die Wunde umkreiste, ihre Lippen, die an den Rändern sogen, hörte ihr lustvolles Stöhnen und konnte sich selbst nicht rühren. Er erinnerte sich schmerzhaft an die Zeit, in der sie alle Intimität geteilt hatten. Doch jedes Mal danach war in ihm diese unglaubliche Leere zurückgeblieben und das Gefühl von Erniedrigung, das ihn verzehrte.

Er hörte das Geräusch reißenden Stoffes und erkannte, dass Elisabeth ihre vollen Brüste entblößt hatte. Aufreizend reckten sich ihm ihre geschwollenen Brustwarzen entgegen, und es kostete ihn alle Kraft, dieser Aufforderung zu widerstehen.

„Entspann dich", flüsterte sie und tastete nach seinem Hosenbund, um ihn zu öffnen. Dabei hechelte sie, wie eine Hündin, die es dürstete. Sie sah zu ihm auf.

Das Dämonenfeuer spiegelte sich in ihrer Iris und erinnerte Dominik an die Opferrituale Jiris. Brüsk schob er Elisabeth von sich, als ihm wieder bewusst wurde, dass auch sie einen Schattendämon in sich barg und sie dessen Kräfte nutzte, um ihn zu verführen.

„Hör auf! Ein letztes Mal fordere ich dich auf, mir zu sagen, wo du das Mädchen gefangen hältst!" Er packte Elisabeth an den Schultern und rüttelte sie.

„Du bist doch sonst kein Kostverächter, Dominik." Ihr Lächeln wirkte eingefroren, das Feuer in den Augen war verloschen.

Er bedeckte mit dem zerrissenen Oberteil ihres Kleides notdürftig ihre Brüste. Dann zog er sie am Arm aus der Bibliothek.

„Du wirst mich jetzt zu ihr führen. Und zwar sofort."

Widerwillig fügte sie sich und stolperte hinter ihm her.

„Ist ja gut, ich komme mit. Aber eines sollst du noch hören."

Er hielt an und drehte sich zu ihr um.

„Sie kann niemals deine Gefährtin werden. Das verstößt gegen die wichtigste Regel des Kodex, auf den du geschworen hast. Was das bedeutet, muss ich dir nicht erklären. Befriedige deine Lust, aber liebe sie nie!" Dominik erwiderte nichts, sondern sah sie nur nachdenklich an.

„Anton wird Jiri von der Flucht der Frauen erzählen, weil er sich seine Gunst erhofft. Meine Zofe sollte das nächste Opfer in der Nacht des blauen Mondes sein. Ich darf mich nicht gegen Jiri stellen. Aber ich kann euch einen

Vorsprung gewähren, bevor sie die Verfolgung aufnehmen. Wenn sie euch bis zum Morgengrauen nicht gefunden haben, seid ihr sicher. Ich versuche, sie auf eine andere Fährte zu locken, damit sie euch nicht auf deinem Schloss vermuten. Aber garantieren kann ich nichts. Also sei auf der Hut. Und jetzt folge mir."

„Danke, Elisabeth." Er drückte ihre Hand. Auch sie war ein Opfer Jiris, und es war ihr hoch anzurechnen, was für ein Risiko sie einging, wenn sie ihnen half.

9.

Dominik spürte deutlich das Zittern Adelas, als er sie durch den Schnee zum Pferdestall trug. Es war ihm keine Zeit für Erklärungen geblieben, denn er musste sich beeilen, wenn sie einen Vorsprung herausholen wollten. Dominik sah zum wolkenverhangenen Abendhimmel hinauf. Wenigstens hatte das Schneetreiben aufgehört. Als Fledermaus wäre er schneller vorangekommen, doch mit Adela war dies nicht möglich. Es blieb ihm nichts anderes übrig, als ein Pferd zu satteln. Adela durfte nicht sehen, über welche Kräfte er verfügte. Sicherlich würde sie Karolina davon erzählen, die dann aus Furcht das Versprechen bräche. Welche Sterbliche ließ sich mit einer blutrünstigen Bestie ein?

Die Vorstellung, Karolina würde bald in seinen Armen liegen, ließ sein Herz erwartungsvoll klopfen. Der Gedanke, ihre zarte Haut zu spüren, beflügelte ihn bei der Flucht.

Adela sah zu ihm ängstlich auf, als er sie trug. Sie krallte ihre Hände in seinen schwarzen Umhang und barg das Gesicht an seiner Schulter, während er mit dem Fuß die Tür des Pferdestalles aufstieß. Der säuerliche Geruch von Heu drang ihm in die Nase. Leises Schnauben begrüßte sie. Neugierig hoben die Pferde die Köpfe.

Dominik setzte Adela vorsichtig auf dem Boden ab. Hätte er sie nicht gestützt, wäre sie kraftlos auf den gefrorenen Boden gesackt. Er zog einen Strohballen heran und setzte sie darauf. Adela ließ es mit sich geschehen. Ihre Arme schlenkerten wie die einer Puppe. Sie lehnte den Kopf an den Pfosten und schloss die Augen. Sofort schlummerte sie ein.

Dominiks geübter Blick suchte das kräftigste unter den Pferden aus, einen Rapphengst mit wallender Mähne.

An der Wand neben der Box hingen Sattel- und Zaumzeug. Als er an den Hengst herantrat, legte der die Ohren an und stieg hoch, begleitet von einem drohenden Wiehern. Die Hufe trommelten wütend auf dem steinernen Boden. Ein widerspenstiges Pferd würde ihre Flucht erschweren.

Nachdem er sich vergewissert hatte, dass Adela schlief und ihn nicht beobachten konnte, fauchte er den Hengst an und zeigte seine Fangzähne. Das Tier rollte mit den Augen und ging rückwärts. Seine Flanken zitterten. Doch Dominik konnte den schwachen Geist des Tieres auch durch seine Gedanken beeinflussen. Manchmal besaß es Vorteile, ein Geschöpf der Finsternis zu sein. Er lächelte.

Geschickt legte er dem Hengst das Zaumzeug an und warf den Sattel auf den breiten Pferderücken. Das Tier ließ alles über sich ergehen.

Dominik sah zu Adela hinüber, die leise schnarchte.

Sein Magen knurrte. Bald wäre sein Hunger stark und nur schwer zu kontrollieren. Er musste Blut trinken, wenn sie auf der Flucht eine Chance haben sollten. Im Stroh raschelte und quiekte es. Ratten! Von diesem Viehzeug existierte mehr als genug. Als Kind hatte er seine Fangkünste an ihnen geübt. Es gab sie überall, selbst in der Stadt. Er beugte sich über das Stroh und hielt nach den Nagern Ausschau.

Direkt zu seinen Füßen raschelte es erneut. Mit einer schnellen Bewegung packte er die Ratte und zog sie aus dem Stroh. Das Tier quietschte in Todesangst. Da öffnete sich sein Mund, seine Fangzähne blitzten auf. Zielsicher biss er den Kopf der Ratte ab, was ein knirschendes Geräusch verursachte. Das frische, warme Blut spritzte in seinen Mund, und er spürte, wie seine Kräfte zurückkehrten. Doch er musste sich beeilen, denn die geringe Blutmenge würde nicht lange vorhalten.

Achtlos warf er den toten Rattenkörper ins Stroh zurück und wischte sich das Blut mit dem Handrücken aus dem Gesicht. Was hätte Karolina dazu gesagt, wenn sie ihn so erlebt hätte? Sie wäre entsetzt gewesen, angewidert von seinen animalischen Trieben, und hätte sich von ihm abgewandt.

Er hasste diese unbeherrschte Gier in sich, die ihn zu einer Bestie machte.

Jedes Mal beschleunigte sich sein Puls, wenn er an sie dachte, und er sehnte sich danach, sie in den Armen zu halten.

„Verdammt!" Dominik schlug sich die Faust gegen die Stirn.

Ein leises Stöhnen ließ ihn herumfahren. Adela wachte auf. Er führte den Hengst zum Tor, hob Adela auf den Sattel und schwang sich selbst auf den Pferderücken.

Er drückte dem Hengst die Absätze in die Flanken und dieser trabte wiehernd los.

Das Pferd kam im tiefen Schnee nicht schnell genug voran.

Immer wieder warf Dominik einen Blick zurück über die Schulter, während er den Hengst mit Schnalzen zu höherem Tempo aufforderte.

Das edle Tier bahnte sich keuchend einen Weg durch den dichten Schneeteppich. Dann erreichten sie den Wald. Ihn mussten sie durchqueren, wenn sie auf kürzestem Weg zum Schloss gelangen wollten.

Das Pfeifen des Windes übertönte jedes Geräusch. Dominiks feinem Vampirgehör entging nicht das lauter werdende Surren hinter ihnen, was ihm verriet, dass Jiri bereits alles erfahren hatte und seine Häscher ihnen dicht auf den Fersen waren.

Der Hengst galoppierte in halsbrecherischem Tempo durch den Wald. Dominik beugte sich schützend über Adela.

Das Surren näherte sich unaufhaltsam, und die Kräfte des Hengstes schwanden. Dominik verfluchte seine ungeplante Rettungsaktion, durch die er Adela und sich selbst in Gefahr brachte.

Wenn der Hengst nicht unter ihm zusammenbrechen sollte, musste er das Tempo drosseln. Die schwarzen Schatten zogen über ihnen Kreise und zwangen ihn, eine schnelle Entscheidung zu treffen.

„Adela, du musst die Augen schließen und mir versprechen, sie nicht zu öffnen, egal was geschieht. Hast du mich verstanden?" Sie nickte und kniff die Augen fest zu.

„Gut so. Wir müssen gleich vom Pferd springen. Sie verfolgen uns. Hab Vertrauen und halte dich an mir fest."

„Hm, hm." Adelas Antwort ähnelte einem Wimmern. Sie zitterte vor Angst am ganzen Körper.

Dominik hüllte sie in seinen Umhang, schlang die Arme um sie und warf noch einen letzten Blick zurück über die Schulter.

Die Schattendämonen näherten sich unaufhaltsam.

„Jetzt!", schrie er und sprang mit Adela vom Pferd. Sie kreischte auf.

„Halte die Augen geschlossen, es geht um dein Leben, Adela!", rief er.

Sie nickte, und Tränen rollten über ihre Wangen.

Vampire besitzen die Fähigkeit, sich mit einer Schnelligkeit zu bewegen, die ein menschliches Auge nicht wahrnimmt. Glücklicherweise besaß auch Dominik diese Eigenschaft. Er umhüllte die junge Frau mit seinem schwarzen Umhang und presste sie fest an seinen Körper. Es dauerte nur einen Wimpernschlag, bis sie die Hälfte des Feldes überquert hatten. Adelas Beine berührten keinen Fußbreit Boden. Der Hengst folgte ihnen. Sie hatten Glück, denn das stärker werdende Schneetreiben bot ihnen einen gewissen Schutz, dennoch kam Dominik nicht schnell genug voran.

Der Hunger meldete sich schmerzhaft zurück und seine Kräfte schwanden.

Nur der Wunsch, Karolina wiederzusehen, trieb ihn vorwärts.

Adela zitterte vor Erschöpfung, weshalb er sie enger an sich zog. Hinter sich vernahm er das Schnauben des Hengstes, der ihnen noch immer folgte.

Das Surren verstummte plötzlich, und er hoffte, die Verfolger abgehängt zu haben. Von einem Schwindelgefühl erfasst, taumelte er. Er brauchte dringend Blut. Dominik befürchtete, einem Überraschungsangriff der Dämonen nichts mehr entgegensetzen zu können.

Er hielt an und sah auf Adela herab, die mit kalkweißem Gesicht mehr tot als lebendig in seinen Armen hing. Nur das Pochen ihres Herzens bewies, dass Leben in ihr war. Deutlich erkannt er den Pulsschlag unter ihrer Haut. Wie gebannt blickte er auf ihre Halsbeuge, in der das floss, was er dringend benötigte. Sie lag so vertrauensvoll in seinen Armen, dass es ihn vor sich selbst ekelte, nur daran gedacht zu haben, von ihrem Blut zu trinken.

Doch dann machte sich ein Ziehen im Magen bemerkbar. Er spürte, wie seine Fangzähne wuchsen und der Drang, ihren Lebenssaft zu kosten, stärker wurde.

Noch nie zuvor hatte er menschliches Blut getrunken. Aber jetzt konnte er der Verlockung kaum widerstehen. Er beugte sich über Adela, langsam näherten sich seine spitzen Zähne ihrer Kehle. Er zögerte einen Moment.

Speichel sammelte sich in seinem Mund. Dann berührten seine Zähne ihre Haut.

Der Hengst stürmte dicht an ihnen vorbei und riss Dominik aus der Versuchung. Sein Kopf fuhr in die Höhe. Das Schneetreiben ließ nach, und er erkannte die Umrisse seines Schlosses.

„Wir haben es geschafft", stammelte er voller Erleichterung.

Für einen Moment befürchtete Dominik, Karolina könnte das Schloss in der Zwischenzeit verlassen haben. Doch dann erblickte er ihren Schal, der auf einem Hocker neben dem Eingang lag.

In der Eingangshalle knisterten die Flammen im mannshohen Kamin. Er trug Adela in eines der Gästezimmer. Dann kehrte er zum Kamin zurück, um sich kurz am Feuer zu wärmen.

Wie jeden Abend standen eine Flasche Wein und zwei Gläser auf dem Tisch daneben. Hier saß er abends und schaute in die Flammen, meist in Gesellschaft einer seiner Gespielinnen, bevor er mit ihr in sein Schlafgemach entschwand. Flammen besaßen etwas Gefährliches, Verzehrendes, das seiner Natur entsprach.

Eine Tür öffnete sich knarrend, und das runzlige Gesicht der alten Zdenka kam zum Vorschein.

„Zdenka, wir haben einen weiteren weiblichen Gast. Sie liegt oben im grünen Zimmer. Bitte kümmere dich gleich um sie. Und Milos möge das Pferd, das draußen im Hof steht, versorgen. Rasch!"

„Das Gästezimmer im Ostflügel?" Verwundert sah sie zu Dominik.

„Jawohl. Und beeile dich. Wo befindet sich denn die Baroness?"

„In der Bibliothek, Euer Durchlaucht."

Sein Herzschlag beschleunigte sich. Doch bevor er zu Karolina ging, musste er seinen Hunger stillen.

„Kann ich noch etwas für Euch tun, Euer Durchlaucht?"

„Nein. Du kannst gehen." Schon verschwand Zdenka wieder hinter der Tür. Dann begab er sich erneut in die eisige Dunkelheit auf Beutefang.

Gestärkt von der Jagd kehrte Dominik ins Schloss zurück. Bei diesem Wetter war es ihm leicht gefallen, Beute ausfindig zu machen, denn das Schloss bot mit seinen Mauern den Tieren guten Schutz.

Plötzlich erschien es ihm seltsam, dass die Vampire und Dämonen die Verfolgung so schnell aufgegeben hatten. Die Ahnung, es wäre die Ruhe vor dem Sturm, verstärkte sich in ihm. Jiri gab niemals so schnell auf. Oder war es Elisabeth tatsächlich gelungen, sie auf eine falsche Fährte zu führen? Welches Risiko waren sie beide eingegangen. Welche Ironie des Schicksals! Er, selbst eine Bestie, schützte Sterbliche vor den Geschöpfen seiner Art. Und das alles nur für eine Nacht mit der schönen Karolina. Er spürte das vertraute, sehnsuchtsvolle Ziehen in seinen Lenden.

Wenig später hatte er die blutgetränkte Kleidung gegen saubere getauscht und betrat die Bibliothek. Karolina saß im Sessel und schlummerte, ein weiches Lächeln auf ihren Lippen. Dieser Anblick berührte ihn wie nichts zuvor. Das engelsgleiche Haar umrahmte ihr schmales Gesicht. Die Wimpern warfen weiche Schatten auf ihre zarte Haut. Ihr kirschroter Mund, der leicht geöffnet war, glich einer süßen Verlockung, der er sich kaum entziehen konnte.

Eine Weile lang verharrte er im Türrahmen, um sie zu betrachten.

Er räusperte sich. Da begann sie sich zu bewegen und schlug die Augen auf. Sofort war sie hellwach, als sie ihn erkannte.

„Was ist mit Adela? Ist es Euch gelungen?" Ihre Stimme war heiser vor Angst.

„Keine Sorge. Sie ist im Schloss und wohlauf, wenn auch erschöpft. Habt Ihr Euch in der Zwischenzeit gut unterhalten?"

„Danke, das habe ich. Wie ist es Euch gelungen, meine Freundin aus dem Schloss der Gräfin zu holen?" Der begehrliche Ausdruck in seinen Augen verwirrte sie.

„Sagen wir mal, die Gräfin war mir noch etwas schuldig. Heute Nacht müsst Ihr allerdings in meinem Schloss bleiben. Wir wurden verfolgt. Es wäre zu gefährlich für Euch aufzubrechen."

Die zitternden Lippen und ihr Blick verrieten ihm, wie sehr sie sich davor fürchtete, dass er das Versprechen abfordern würde.

„Aber mein Vater wird in Sorge sein! Ich muss nach Hause zurück!"

„Nein, das geht nicht. Ihr würdet Euer Leben und das Eurer Freundin aufs Spiel setzen." Er lehnte sich lässig an den Türrahmen und verschränkte die Arme vor der Brust. Karolina rutschte unruhig hin und her. „Ihr müsst die Nacht hier verbringen, ob Ihr wollt oder nicht", flüsterte Dominik.

Ihre Blicke hielten sich gefangen, bis Karolina verlegen die Augen schloss.

Er trat zu ihr, berührte zärtlich ihre Wange, ihre Lider und streichelte ihr Haar. Sie zitterte, als er über ihre Lippen strich. In Erwartung eines Kusses öffnete sie den Mund. Doch jetzt war nicht die Zeit dafür. Obwohl er sie am liebsten in seine Arme gerissen hätte, drehte er sich abrupt um und verließ das Zimmer.

Er war nahe daran gewesen, ihre Lippen zu liebkosen, die sie so einladend geöffnet hatte.

Was ging nur in ihm vor? Wie konnte es möglich sein, dass eine Frau sein Herz berührte und eine solch ungekannte Sehnsucht in ihm aufsteigen ließ?

Der Drang in ihm, sie nackt an seinem Körper zu spüren, war so übermächtig, dass es ihn alle Kraft kostete, sich zu beherrschen, um nicht sofort zu ihr zurückzugehen.

Adrenalin schoss durch seinen Körper und brachte seine Lenden zum Pulsieren. Die Flammen im Kamin erschienen harmlos gegen die in seinem Innern. Er goss den köstlichen Rotwein ins Glas und nippte. Wärme durchflutete ihn, verursacht durch den Alkohol und die lustvollen Gedanken.

10.

Karolina folgte Zdenka durch die hohe Eingangshalle. Sie erkannte Dominiks Silhouette, deren Schatten an die Wand geworfen wurde. Er stand vor dem Kamin, ein Glas Rotwein in der Hand haltend.

Sie hatte sich noch nicht bei ihm bedankt, was in ihr Schuldgefühle weckte.

„Wartet bitte einen Moment", wandte sie sich an Zdenka. Karolina trat neben Dominik. Eine innere Scheu hielt sie davon ab, ihn anzusehen.

„Verzeiht, Durchlaucht, aber ich habe mich noch nicht bei Euch bedankt."

Dominik lächelte sie an. „Ihr gabt mir dafür ein Versprechen!"

Musste er sie denn unbedingt daran erinnern? Sie seufzte innerlich auf, denn ihre Befürchtung, er würde das Versprechen einfordern, bewahrheitete sich.

„Ich gab Euch mein Ehrenwort, wenngleich ich hoffte, Ihr, als Ehrenmann, würdet darauf verzichten, es einzufordern." Sie hielt den Atem an, wartete auf seine Antwort.

„Ich bin kein Ehrenmann." Er zog mit seinem Finger die Konturen ihrer Lippen nach. Karolina stand stocksteif da. Die einfache Berührung löste den Wunsch nach mehr aus.

„Aber Ihr habt uns gerettet!"

„Was wisst Ihr schon über mich?", rief er mit düsterer Miene. Sein plötzlicher, heftiger Ausbruch verunsicherte sie.

„Was gibt mehr Auskunft über die Tugenden eines Menschen als seine Taten?"

„Ihr müsst Euer Versprechen einhalten."

„Ich gab Euch mein Ehrenwort." Ihre Kehle schnürte sich zusammen und Tränen traten in ihre Augen. Sie fühlte sich wie eine Maus in der Falle und war enttäuscht darüber, dass er das Versprechen einforderte.

„Was wird mit Eurer Freundin geschehen?"

„Ich werde sie zu meiner Tante nach Prag bringen, wo sie sicher ist."

„In Prag ist niemand sicher." Die Worte entsetzten sie.

„Wie soll ich das verstehen, Durchlaucht?"

„Prag ist eine verkommene Stadt, die von den Mächten der Finsternis regiert wird. Wie könnt Ihr nur annehmen, Eure Freundin wäre dort sicher?" In seinen Augen blitzte es auf.

„Meine Tante ist eine gottesfürchtige und zugleich einflussreiche Frau. Sie wird mit jeder Situation fertig", verteidigte sie Carlotta, obwohl sie insgeheim Zweifel daran hegte, nach dem, was sie erlebt hatte.

„Ihr seid so töricht zu glauben, Eure Tante könne etwas gegen die Geschöpfe der Finsternis ausrichten?" Er packte sie grob unterm Kinn und zwang sie, ihn anzusehen.

„Eure Sorge ehrt mich, Durchlaucht. Doch glaubt mir, ich kenne meine Tante genau. Mein Entschluss steht fest, ich werde Adela zu ihr bringen."

„Dann werde ich Euch nach Prag begleiten", sagte er bestimmt.

„Danke, aber ..."

„Ich dulde keinen Widerspruch."

Karolina nagte grübelnd an ihrer Unterlippe. Einerseits wollte sie dem Fürsten entgehen, doch andererseits sehnte sie sich nach seiner Nähe.

„Nun gut, so sei es." Deutlicher Widerwille schwang in ihren Worten mit.

„Dann wünsche ich Euch eine gute Nacht, teure Karolina. Träumt von mir, denn bald werde ich Euch in meinen Armen halten." Dann senkte er seinen Kopf, und seine Lippen berührten flüchtig die ihren.

Adela schlummerte in dem breiten Himmelbett wie ein Säugling. Karolina zog die Tür wieder zu, die ihr Zimmer mit dem der Freundin verband.

Auch sie fühlte sich erschöpft, und doch fand sie keine Ruhe. Immer wieder dachte sie daran, bald in den Armen des Fürsten zu liegen. Wann würde er sein Recht verlangen und zu ihr kommen?

Außerdem dachte sie an ihren Vater, der sicherlich vor Sorge um sie kein Auge zutat. Karolina seufzte auf und setzte sich auf einen Hocker. Ihr Blick fiel auf das lebensgroße Gemälde einer rothaarigen Frau. Sie war von außergewöhnlicher Schönheit und Eleganz. Verführerisch posierte sie auf einem Diwan. Die vollen Brüste quollen aus dem Mieder. In ihren blauen Augen lag so viel Lebendigkeit, was sie stark an den Fürsten erinnerte.

Karolina drehte sich zum Spiegel und öffnete ihr Haar. Dann bürstete sie es ausgiebig. Hatten die Augen der Frau auf dem Gemälde sich nicht eben bewegt? Deutlich spürte sie die Gegenwart einer anderen Person, die sich hinter dem Gemälde verbarg. Karolina ahnte, dass es der Fürst war, der sie heimlich beobachtete. Heiße Schauer der Lust durchliefen ihren Körper, die sie ein provozierendes Spiel beginnen ließ.

Langsam erhob sie sich und streifte die Schulterteile herab. Karolina spürte sein Begehren, obwohl sie ihn nicht sehen konnte. Es bereitete ihr Spaß, ihn zu reizen. Stück für Stück entkleidete sie sich, bis sie nackt vor dem Spiegel stand und sich darin betrachtete. Bald würden seine Hände ihren nackten Leib berühren. Ihr Unterleib stand in Flammen. Sie strich mit den Fingern durch ihr Haar und wog sich lasziv in den Hüften.

Karolina genoss die Spannung, die in der Luft lag. Eine unbekannte Sinnlichkeit trieb sie zu diesem prickelnden Spiel.

Sie legte den Kopf zurück und hob ihr Haar, damit er ihren Nacken sehen konnte.

Vorhin in der Bibliothek war ihr nicht entgangen, wie er sich am Duft ihrer Haut berauscht hatte.

Dann schüttelte sie das Haar aus und kreiste langsam mit den Hüften.

Karolina strich mit den Händen über ihren grazilen Körper. Dabei schloss sie die Augen und atmete tief ein. Sie stellte sich vor, dass es Dominik Karolyís Hände waren, die sie sanft streichelten. Ein leises Stöhnen kam über ihre Lippen.

Doch dann hörte sie, wie er sich entfernte, und konnte die Enttäuschung nicht verbergen. Als es plötzlich an der Tür klopfte, fuhr sie zusammen.

Zdenka trat ein und legte für sie ein durchsichtiges Nachthemd aus feiner Seide aufs Bett, bevor sie das Zimmer verließ. Kunstvolle Brüsseler Spitzen zierten Ausschnitt und Ärmel. Karolina strich bewundernd über den kühlen, fließenden Stoff. Solch ein kostbares Kleidungsstück für die Nacht hatte sie noch nie gesehen, geschweige denn getragen. Sie fragte sich, wem es gehört haben mochte. Es reizte sie, es überzustreifen, um den glatten Stoff auf der nackten Haut zu spüren. Doch dann warf sie das Nachthemd wütend fort, setzte sich aufs Bett, zog die Beine an und schlang die Arme darum. Sie lauschte, schrak auf bei jedem Geräusch, in der Furcht, es könnte der Fürst sein, der ihr Zimmer betrat. Sie hatte sich vorhin auf gefährliches Terrain begeben, als sie ihre Reize zur Schau stellte. Welcher Teufel mochte sie nur geritten haben.

11.

Gebannt hatte Dominik heimlich jede ihrer Bewegungen verfolgt. Sie waren aufreizend und jungfräulich zugleich gewesen und hatten ihm den Atem geraubt. Als ihre Hände über die Brüste geglitten und über den Bauch zum Venushügel gewandert waren, glaubte er, vor Erregung fast zu bersten.

Er wollte sie! Sofort! Es musste sich herrlich anfühlen, zwischen ihre weichen Schamlippen zu gleiten und ganz von ihrer warmen Feuchte umspannt zu werden. Dominik stellte sich vor, wie es wäre, den Kopf zwischen ihre festen Brüste zu betten, um ihrem Herzschlag zu lauschen.

Doch wenn er sich ihr ungestüm näherte, würde er sie sofort verschrecken.

Energisch löste er sich von dieser aufregenden Vorstellung. Er brauchte jetzt eine Abkühlung, um seine Erregung abklingen zu lassen.

Dominik saß wieder auf seinem Lieblingsplatz vor dem Kamin. Der kalte Schnee auf seiner erhitzten, nackten Haut hatte zwar die körperliche Glut erlöschen lassen, doch das Feuer in ihm brannte weiter.

Karolina veränderte etwas in ihm, was er nie für möglich gehalten hätte. Ein einziger Blick aus ihren dunklen Augen schürte das Feuer der Sehnsucht in ihm. Ihr Blut musste köstlicher sein als alles, das er je getrunken hatte. Da war es wieder, das Tier in ihm, das immer wieder versuchte, die Oberhand zu gewinnen. Wütend goss er den restlichen Wein ins Feuer.

Er stützte den Kopf in die Hände und starrte in die Flammen.

Zuerst glaubte er zu träumen, als sich die Flammen zu vertrauten Gesichtszügen verformten, bis er seinen Namen flüstern hörte.

Es war Elisabeth! Ihre dämonischen Kräfte waren dank Jiri gereift.

„Dominik. Dominik." Seine Sinne schärften sich schlagartig. Er richtete seine Aufmerksamkeit auf die spirituelle Botschaft der Gräfin.

„Ihr müsst fliehen ... sofort ... Jiri weiß alles ... von Anton ... Er wird kommen ... Mein Bemühen ... vergebens ... Ihr seid in Gefahr ... großer Gefahr. Flieht! ... Flieht! ... Ich kann euch nicht mehr helfen ..."

„Elisabeth!" Dominik sprang vom Sessel auf. Fassungslos sah er auf die Flammen herab, die eben noch Elisabeth gehorcht hatten.

Karolina und ihre Freundin schwebten in höchster Gefahr, wenn Jiri ihren Aufenthaltsort tatsächlich kannte. Mit Anton hätte er fertig werden können, aber nicht mit dem Clanoberhaupt. Wenn die beiden Frauen in die Hände des Anführers gerieten, wären sie auf ewig verdammt. Schattendämonen würden sich ihrer bemächtigen, so wie er es oft gesehen hatte. Was sie selbst aus einem Vampir machen konnten, sah er an Elisabeth. Stück für Stück verschlangen sie die Identität und den Willen des Besessenen, bis er ein Kind der Hölle wurde.

Jiri würde niemals ein Opfer ziehen lassen, das er selbst erwählt hatte, auch nicht eine unbedeutende Frau wie Adela. Wie konnte er nur so töricht sein zu glauben, hier auf seinem Schloss wären sie sicher.

Die Warnung Elisabeths musste er ernst nehmen. Dieser verdammte Drazice! Dominik ballte die Hände zu Fäusten und knurrte.

Sie mussten fort, noch heute Nacht. Vielleicht war Karolinas Idee, Adela nach Prag zu bringen, keine schlechte. Die Verfolger befanden sich sicherlich schon auf dem Weg hierher.

Ungeduldig rief er nach Zdenka und wies sie an, eine Kutsche anspannen zu lassen und die Frauen zu benachrichtigen, damit sie sich für die Fahrt vorbereiteten.

„Zdenka, treib unsere Gäste zur Eile an. Wir müssen sofort aufbrechen."

Als ergebene Dienerin hinterfragte sie weder den Grund noch das Ziel. Sie nickte nur und begab sich auf den Weg, die Aufträge auszuführen.

12.

Das laute Pochen an der Tür ließ Karolina auffahren. Sie hatte die ganze Zeit ruhelos im Bett gelegen und keinen Schlaf gefunden.

„Ja?" Sie sah erwartungsvoll zur Tür, durch die Zdenka eintrat.

„Mademoiselle, Ihr müsst sofort das Schloss verlassen. Der Fürst bittet Euch, sich anzukleiden. Eile ist geboten."

Für einen Moment verschlug es Karolina die Sprache. Weshalb sein Sinneswandel? Eine dunkle Ahnung stieg in ihr auf. Sie wollte sich Gewissheit verschaffen.

„Aber weshalb?"

Die Alte schüttelte den Kopf.

„Da müsst Ihr meinen Herrn selbst fragen. Ich führe nur seinen Wunsch aus."

„Ja, danke. Ich werde mich um meine Freundin kümmern."

„Wie Ihr wünscht, Mademoiselle." Mit verschlossener Miene verließ die Alte das Zimmer.

„Adela!" Karolina rüttelte die Freundin unsanft an den Schultern, die schlaftrunken ihre Augen öffnete.

„Was ist?"

„Wir müssen sofort aufbrechen!" Karolina zog die Freundin am Arm.

„O nein. Wir sind doch gerade erst angekommen." Doch der Protest wurde durch den Blick der Freundin erstickt.

„Der Fürst möchte, dass wir sofort aufbrechen. Bestimmt haben sie uns gefunden."

Adela schluckte.

„O mein Gott! Hört denn dieser Albtraum niemals auf?" Ehe sie weiter fragen konnte, war Karolina bereits an der Tür.

„Nun komm schon, beeil dich."

Sofort sprang Adela auf, warf sich ihr Kleid über das Nachthemd und schloss mit zittrigen Händen den Stehkragen. Dann hüllte sie sich in den Wollmantel, der noch immer von der Flucht nass war.

Der Fürst erwartete sie bereits ungeduldig am Treppenabsatz.

„Uns bleibt keine Zeit mehr. Drazice hat uns verraten." Dominik wich Karolinas Blick aus. Sie konnte die Zweifel in ihm körperlich spüren, feine Vibrationen gingen von ihm aus. Mit ausholenden Schritten ging er voran.

Die Kutsche wartete bereits vor dem Eingang. Noch immer schneite es.

Adela und Karolina stiegen in den Zweispänner. Furcht umspannte wie ein eisiger Reif Karolinas Herz. Dominik rief dem Kutscher etwas zu, der dick vermummt auf dem Kutschbock saß.

Schweigend saßen sie alle in der Kutsche, als diese sich in flottem Tempo in Bewegung setzte.

Dominiks Blick ruhte nachdenklich auf Karolina. Irgendetwas beschäftigte ihn.

Deutlich bemerkte sie das begehrliche Aufblitzen in seinen Augen. Ob er an den Moment dachte, in dem er sie durch das Gemälde beobachtet hatte? Sie fragte sich, wie es sein mochte, wenn diese sinnlichen Lippen ihren Körper berührten.

„Wohin fahren wir?" Adelas Frage riss sie aus ihren Fantasien.

„Nach Prag." Dominik ließ Karolina nicht aus den Augen.

„Nach Prag?"

„Ja, Adela. Wir bringen dich zu meiner Tante Carlotta, wo du sicher bist."

Dominik wollte widersprechen, aber Karolina bedeutete ihm mit einem strengen Blick zu schweigen. Eine innere Stimme sagte ihr, dass sie sich bei Carlotta in Sicherheit befanden, selbst wenn der Fürst dies anscheinend bezweifelte. Oft genug hatte die Tante ihr erklärt, wie man sich vor bösen Mächten schützen konnte, und sie vertraute ihr.

Adela beruhigte sich ein wenig, schloss die Augen und schlummerte kurz darauf ein.

„Ich möchte Euch nicht beunruhigen, doch will ich ehrlich mit Euch sein." Dominik sprach bedächtig, und Karolinas Kehle schnürte sich zu.

„Ihr wisst nicht, ob wir Prag lebend erreichen werden, nicht wahr? Ich lese es in Euren Augen."

Er nickte.

„Gibt es denn für uns keine Chance?" Ängstlich sah sie ihn an.

„Nur, wenn der Vorsprung ausreichend ist." Diese Antwort erschütterte sie.

„Wer verfolgt uns? Die Gräfin?"

„Nein. Graf Boskovic verfolgt uns, und der Baron, der uns verraten hat."

„Jiri Graf von Boskovic? Ich kenne ihn."

„Ich glaube nicht, dass Ihr ihn wirklich kennt." Dominiks Brauen zogen sich zu einem Strich zusammen. Seine Miene verhieß nichts Gutes.

„Aber was will er von uns? Wir haben nichts, und meine Freundin ist so arm wie eine Kirchenmaus." Karolina verstand nicht, welches Interesse ein so reicher Mann wie dieser Graf an ihr oder Adela haben mochte.

„Es geht ihm nicht um Geld oder wertvolle Juwelen." Dominik beugte sich vor.

„Er will eure Seelen", flüsterte er.

Karolinas Magen krampfte sich zusammen, ihr wurde ganz elend.

Fassungslos erwiderte sie Dominiks Blick.

„Was ... wie ... ich verstehe nicht ...", stotterte sie.

„Der Graf ist nicht der, für den er sich ausgibt. Er ist ein Seelenverkäufer, der mit der Hölle ein Bündnis eingegangen ist. Die Seelen werden Dämonen geopfert, die dann in die Körper der Opfer schlüpfen."

Karolina glaubte in diesem Moment, selbst in den Abgrund der Hölle zu sehen.

Unfassbar, was der Fürst behauptete, und doch spürte sie, dass er die Wahrheit sprach. War sie nicht selbst vor der dunklen Aura des Grafen in seinem Stadthaus zurückgeschreckt und deshalb vor ihm geflohen?

Und ausgerechnet dieser hatte sich die arme Adela zu seinem Opfer auserkoren. Die Freundin durfte niemals davon erfahren, sie wäre vor Angst gestorben.

Sie wollte dem Fürsten eine Frage stellen, doch er kam ihr zuvor.

„Unmöglich. Irgendwann wird er sie finden. Kein Opfer entgeht ihm. Es ist nur eine Frage der Zeit."

Dann war ihre Flucht zu Carlotta umsonst! Karolina klammerte sich dennoch an die Hoffnung, einen Ausweg zu finden. Niemals würde sie die Freundin im Stich lassen. Bestimmt wüsste die Tante einen Ausweg.

„Er wird sie niemals mehr in seine Gewalt bekommen. Das schwöre ich bei Gott!" Sie presste die Lippen aufeinander, bereit, der Hölle die Stirn zu bieten.

Ruckartig setzte Dominik sich auf. Sein Blick ruhte forschend auf ihr. Er wirkte angespannt.

Knapp erteilte er dem Kutscher den Befehl, das Tempo zu erhöhen, und wandte sich dann an Karolina. „Hört genau zu, was ich Euch jetzt sage, denn es ist sehr wichtig! Ihr müsst mir vertrauen." Er umfasste ihre Schultern und sah sie eindringlich an. Sie zitterte und nickte.

„Wenn Ihr ein seltsames Surren hört, dann schließt die Augen. Ihr dürft sie erst wieder öffnen, wenn ich es Euch erlaube. Habt Ihr mich verstanden?"

Wieder folgte ein Nicken.

„Wo befindet sich das Haus Eurer Tante?"

Mit knappen Sätzen erklärte sie es ihm.

„Wie lautet der Name Eurer Tante?"

„Carlotta von Krockow." Sein Blick wurde wach.

„Wird Eure Tante auch Luzia genannt?"

„Ja, manche reden sie mit Luzia an. Weshalb fragt Ihr?"

Dominiks Gesicht versteinerte sich, in seinen Augen blitzte es auf.

Vielleicht war er der Tante begegnet und fand sie unsympathisch. Jetzt war nicht der Zeitpunkt, um darüber nachzudenken, denn sie schwebten in Gefahr.

„Bevor wir die Karlsbrücke erreichen, müsst Ihr mit Eurer Freundin die Kutsche verlassen und am Ufer der Moldau entlang laufen, bis Ihr den kleinen Hain erreicht. Ihn müsst Ihr durchqueren, so schnell Ihr könnt. Dahinter liegt das Haus Eurer Tante. Es ist der kürzeste Weg."

„Und Ihr?"

„Ich werde Euch folgen. Doch zunächst versuche ich, die Verfolger mit der Kutsche auf eine falsche Fährte zu lenken."

„Und wenn sie Euch einholen?"

„Dann ist mir der Tod gewiss." Er sagte es so selbstverständlich und ohne Regung, dass Karolina erschauerte.

„Wie könnt Ihr nur über den Tod sprechen, als würde er Euch nicht berühren?

Habt Ihr denn keine Angst vor ihm?"

Er lächelte freudlos.

„Nein, ich habe keine Angst vor dem Tod. Er ist nur der Eintritt in eine andere Welt. Und für manchen eine Erlösung …" Dominiks Blick richtete sich in die Ferne.

13.

„Bald erreichen wir Prags Stadtgrenze. Ihr habt meine Worte nicht vergessen?", brach Dominik nach einer Zeit das Schweigen.

Karolina schüttelte den Kopf. Als sie seinem Blick begegnete, spürte sie eine gewisse Vertrautheit zwischen ihnen. Seine Augen, die eben noch wie kalte Eisseen glitzerten, glichen nun Saphiren, in denen ein Feuer loderte. Am liebsten hätte sie ihren Arm ausgestreckt, um sein Gesicht zu berühren.

Doch schon trat die gewohnte Reserviertheit in seine Miene und das Strahlen erlosch. Karolina wurde aus ihren Gedanken gerissen, als Adela gähnend neben ihr erwachte.

„Ihr solltet Eurer Freundin unsere Lage erklären."

Karolina wählte ihre Worte mit Bedacht, als sie Adela Dominiks Plan erläuterte.

Adelas Augen weiteten sich vor Furcht, und der Plan weckte bei ihr wenig Begeisterung.

„Und was ist, wenn der Plan scheitert und wir das Haus deiner Tante nicht erreichen?", fragte Adela.

„Er wird nicht scheitern", antwortete Karolina fest und wusste selbst nicht, woraus sie diese Gewissheit schöpfte.

In diesem Augenblick wurde ihr Gespräch von einem anschwellenden Surren übertönt, das Karolina durch Mark und Bein ging.

„Es ist soweit." Dominik spähte durchs Kutschenfenster hinaus. Hinter ihnen, unter der dichten Wolkendecke flogen drei Vampire. Dominik wandte den Kopf in die andere Richtung und erblickte die nächtlichen Lichter Prags. Hoch über der Stadt thronte die Prager Burg wie eine uneinnehmbare Festung, und doch wurde sie von Finsternis beherrscht.

Noch einmal drängte er den Kutscher, die Geschwindigkeit zu erhöhen und den Weg links der Moldau einzuschlagen.

Sie näherten sich der Prager Brücke, während das Surren stärker anschwoll, sodass sich Karolina die Ohren zuhalten musste. Adela kauerte sich zitternd in eine Ecke der Kutsche.

„Was um Himmels willen ist das für ein Geräusch?", fragte Karolina Dominik.

„Unsere Verfolger, die sich in rasantem Tempo nähern."

Karolina wagte nicht, nach oben zu sehen. Das Geräusch flößte ihr Angst ein.

Die Straße teilte sich vor der Brücke. Zur Linken lag der von Dominik beschriebene Hain, nur ein Stück die Moldau aufwärts. Die rechte Abzweigung führte direkt über die Brücke in die Stadt.

Die Pferde preschten in halsbrecherischem Tempo durch den Schnee, der zu allen Seiten stob.

Plötzlich hielt die Kutsche an. Stille. Das Surren war verklungen. Dominik lauschte.

„Los! Raus! Nicht umsehen!", rief Dominik und schob die verdutzte Adela aus der Kutsche.

Als er Karolinas Ellbogen ergriff, um mit ihr das Gleiche zu tun, zögerte sie.

„Werde ich Euch wiedersehen?" Sie sah ihn besorgt an.

Ihr Gesicht war dem seinen so nah, dass sie seinen Atem auf den Lippen spüren konnte, was ein angenehmes Prickeln hinterließ.

Er umfasste sanft ihr Kinn und beugte sich vor. Der Kuss versprach die Erfüllung all ihrer Sehnsüchte. Es war nur eine leichte, verhaltene Berührung, und doch, in ihr brannte ein Feuer der Leidenschaft, das nach mehr verlangte.

Ewig hätte sie die Süße des Kusses genießen können.

„Werde ich Euch wiedersehen?", flüsterte sie erneut.

Er lächelte. Da war er wieder, dieser warme Glanz in den eisblauen Seen.

„Wir treffen uns vor dem Haus Eurer Tante, bevor die Turmuhr zwei schlägt. Dann müsst Ihr Euer Versprechen einlösen. Aber nun wird es Zeit für Euch zu gehen, Karolina, meine Tapfere. Macht Eurem Namen alle Ehre." Er hauchte einen Kuss auf ihre Stirn.

Dann kletterte sie hastig aus der Kutsche zur zitternden Adela. Über ihren Köpfen kreisten wieder die Schatten.

„Lauft! Lauft!", schrie Dominik und die Kutsche setzte sich in Bewegung.

Karolina und Adela rafften die Röcke hoch und rannten durch den Schnee in die Dunkelheit.

Ihr Atem schwebte ihnen in weißen Wolken voraus.

Blind folgten sie dem schneebedeckten Weg, dessen Weiß im Dunkeln silbrig schimmerte.

Bereits nach wenigen Metern waren ihre Stiefel vom Schnee durchnässt, aber die Angst verdrängte das unangenehme Gefühl. Adela konnte kaum mit dem Tempo Karolinas mithalten. Keuchend bat sie die Freundin zu warten, aber die trieb sie nur noch mehr zur Eile an.

Adela stolperte und beklagte sich über Seitenstechen, denn sie war das Tempo nicht gewöhnt.

Karolina rannte unbeirrt weiter. Zur Rechten lag unter einer dichten Eisdecke die Moldau. In der Ferne erklang heiseres Hundegebell.

Irgendetwas stimmte nicht, Karolina hielt inne, bis sie sich bewusst wurde, dass es Adelas keuchender Atem war, den sie vermisste. Sie warf einen Blick zurück über die Schulter, was ihren Verdacht bestätigte. Sie drehte sich um und geriet auf dem vereisten Untergrund ins Rutschen. Ihre Füße glitten unter dem Körper weg, und sie prallte hart auf ihr Hinterteil. Sie schimpfte laut.

Wo, verdammt, steckte nur Adela? Wütend rappelte sie sich auf und klopfte den Schnee vom Mantel.

Da erklang wieder das Surren. Schatten näherten sich ihnen in hohem Tempo. Die Gewissheit, dass sie entdeckt worden waren, traf sie wie ein Schlag ins Gesicht. Ihr Herz klopfte bis zum Hals.

„Adela!", schrie sie. „Zum Teufel, wo steckst du denn?"

„Hier", kam es schwach zurück. Da erkannte sie auch schon die Umrisse der Freundin, die aus der Dunkelheit laut schnaufend auf sie zugestolpert kam und dann vornüber in den Schnee fiel.

Mit einem Sprung war Karolina bei ihr, um Adela aufzuhelfen.

„Adela, komm, wir müssen weiter. Sie haben uns gefunden."

Ängstlich sah Adela nach oben und erstarrte.

„O mein Gott, da sind sie ja!"

Karolina riss sie am Arm mit sich und lief los. Keuchend rannten sie den kleinen Hügel hinab, der in den Hain führte. Adela jammerte und verwünschte ihr Schicksal. Karolina bemühte sich, das Jammern der Freundin zu ignorieren.

Die Schatten nahmen schärfere Konturen an. Ein Vampir steuerte geradewegs auf sie zu.

„Jetzt haben sie uns! Wir werden sterben!", schrie Adela und blieb so plötzlich stehen, dass Karolina zurückgerissen wurde und fast gestürzt wäre.

Eine fatale Reaktion, die den Vampir in erreichbare Nähe brachte.

„Reiß dich jetzt zusammen!", herrschte Karolina sie an. Tränen schossen aus Adelas Augen.

„Wir müssen weiter, oder willst du hier sterben?" Drohend baute sich Karolina vor der Verängstigten auf.

Im gleichen Moment begab sich der Vampir in den Sturzflug, die Arme ausgestreckt, um sie zu ergreifen.

In Panik rannten die beiden Frauen zwischen die Tannen, um sich zu verbergen. Sie liefen um ihr Leben und klammerten sich an die Hoffnung, dass hinter dem Wäldchen das Haus von Carlotta lag, das Sicherheit versprach.

Lachen erklang, das ihnen verriet, wie dicht der Vampir ihnen auf den Fersen war.

Karolinas Lungen schmerzten von der eiskalten Luft. Die Beine wurden schwer, und in ihren Füßen breitete sich ein taubes Gefühl aus.

Der Vampir fasste nach Adela, die laut aufschrie und versuchte, den Verfolger abzuschütteln. Sie erkannte Anton Drazice!

Karolina schlug nach dem Arm des Vampirs, dessen Augen im Dunkeln glutrot aufleuchteten. Ein Schauer lief ihren Rücken hinab. Mutig holte sie ein weiteres Mal mit dem Arm aus. Die Antwort war ein Fauchen, ohne dass sich der Griff lockerte. Adela schrie lauthals und hörte gar nicht mehr auf. Da erkannte Karolina, dass der Vampir nur die Kapuze umklammerte. Mit aller Kraft zerrte sie auf der anderen Seite am Stoff, der mit einem ratschenden Geräusch zerriss und die Kapuze vom Mantel trennte. Beherzt rannten sie weiter.

Aber so leicht ließ sich der Verfolger nicht abschütteln. Karolina zog die Freundin in einem Zickzackkurs zwischen den Bäumen hindurch. Aber Angst und Erschöpfung forderten ihren Tribut und bereiteten ihnen bleierne Beine.

Karolina wuchs über sich hinaus, raste mit Adela im Schlepptau unbeirrt weiter, verdrängte alle Furcht und Verzweiflung. Währenddessen suchte ihr Hirn fieberhaft nach einer Möglichkeit, dem Tod zu entgehen.

Sie sah ein Licht zwischen den Bäumen und lief zielstrebig darauf zu.

Doch dann prallte sie entsetzt zurück, denn ein Hüne in Schwarz versperrte ihnen den Weg. Seine langen Zähne blitzten in der Dunkelheit auf. Die Erkenntnis, an diesem Vampir nicht vorbeikommen zu können, erstickte ihre letzte Hoffnung. Sie wandte sich um und erkannte ihre aussichtslose Lage. Sie saßen in der Falle, hinter ihnen der Baron und vor ihnen der fremde Vampir.

Und dann ertönte ein weiteres Surren, das sich ihnen von der Seite näherte.

Der dritte Vampir glitt herab.

Die drei Gegner zogen den Kreis langsam enger, ihr Lachen hallte unheimlich durch den nächtlichen Wald. Adela weinte hemmungslos, während Karolina die Augen zu Schlitzen zusammenkniff, um besser sehen zu können.

Atemlos klammerten die Freundinnen sich aneinander und warteten auf den Tod.

„Wen haben wir denn da? Ist das nicht Jiris Auserwählte?" Anton Drazice schritt langsam mit düsterer Miene auf sie zu.

„Hast du gedacht, du kannst ihm entkommen, Adela? Du bist die Sklavin meines Herrn." Er lachte dröhnend, sodass das Blut in den Adern der Frauen stockte. Schützend warf Karolina sich vor die Freundin.

„Ihr werdet Adela nicht bekommen." Sie wusste selbst nicht, woher sie den Mut nahm, dem Vampir entgegenzutreten.

Ein gefährliches Glitzern lag in Drazices Augen.

„Das obliegt nicht Eurer Entscheidung. Aber unser Herr wird sich freuen, ein weiteres Opfer zu erhalten." Sie spürte, wie er seine Überlegenheit genoss.

„Lebend bekommt Ihr uns nie! Also, worauf wartet Ihr? Tötet uns. Wir fürchten uns nicht." Karolinas Stimme klang erstaunlich gefasst, obwohl in ihr der Sturm der Angst tobte.

„So leicht machen wir es Euch nicht. Erst sollt ihr durch die Pforten der Hölle gehen, bis Ihr um Euren Tod bettelt." Ein grausames Lächeln umspielte seine Lippen. Die beiden anderen Vampire lachten auf.

Adela schwankte, einer Ohnmacht nahe.

Trotzig reckte Karolina ihr Kinn vor. Sie würde es den Vampiren nicht leicht machen, sich mit aller Macht wehren.

Dominik ... sie würde ihn wahrscheinlich nie wiedersehen. Eine tiefe Traurigkeit ergriff Besitz von ihr.

Plötzlich verspürte sie einen kalten Luftzug neben ihrem Kopf, etwas schoss an ihr vorbei. Der Vampir zu ihrer Rechten schrie entsetzt auf, bevor er in Flammen aufging und in einem Zischen pulverisiert wurde. Drazice kreischte wutentbrannt auf.

Alles war so schnell gegangen, dass Karolina nicht begriff, was gerade geschehen war.

Da entflammte bereits der zweite Vampir. Asche wirbelte durch die Luft und auf sie herab. Karolinas Augen suchten nach der Ursache. Drazice breitete die Flügel aus und flog kreischend davon.

„Wir sehen uns wieder!", rief er zurück und verschwand in der Dunkelheit.

„Verdammte Vampire! Da kam ich wohl gerade recht." Die Stimme gehörte einem Jungen in eng anliegenden, ledernen Hosen, der eine seltsame Armbrust im Arm hielt.

Die Waffe glitzerte silbern. Kunstvolle Ornamente zierten das Metall.

Erstaunt und erleichtert sahen die Freundinnen ihm entgegen.

Ihm verdankten sie ihr Leben.

Der Junge lächelte und entblößte dabei eine Reihe blendend weißer Zähne.

Er trug zu den ledernen Hosen eine passende Jacke mit Pelzbesatz und eine Kappe, die er nun vom Kopf zog.

„Eure Tante schickt mich", erklärte er, während er sich verbeugte. Langes, flammendrotes Haar fiel auf seine Schultern.

„Wer seid Ihr?" Karolina gewann als Erste die Fassung wieder. Adela wischte sich mit dem Handrücken die Tränen fort.

„Mein Name ist Malvina. Ich lebe im Haus Eurer Tante Carlotta." Der Junge entpuppte sich als ein junges Mädchen.

Karolina hatte noch nie zuvor von dem Mädchen gehört.

„Woher weiß sie, dass ich komme?" Die Rothaarige grinste und legte den Kopf schief.

„Es gibt nichts, was Carlotta nicht schon lange wüsste. Sie hat überall ihre Augen und Ohren."

„Und was habt Ihr mit meiner Tante zu schaffen?"

„Carlotta ist meine Lehrerin." Malvina schulterte die Armbrust.

Fragend hob Karolina die Augenbrauen.

„Sie lehrte mich das Armbrustschießen." Malvina klopfte mit der flachen Hand auf die Waffe.

Karolina wusste, dass ihre Tante eine gute Schützin war, die mit Bogen und Armbrust genauso geschickt umging wie mit dem Schwert. Auch sie hatte von ihr diese Kunst erlernt, aber dass sie dieses Wissen andere lehrte, war ihr unbekannt.

„Aber jetzt folgt mir, bevor diese widerlichen Blutsauger oder die Schattendämonen zurückkehren."

Malvina entzündete eine Fackel, drehte sich um und ging voran. Die Freundinnen folgten ihr, noch immer von ihrer unerwarteten Rettung überrascht.

„Danke, Malvina. Bitte bring meine Freundin Adela zu meiner Tante. Sie möge sich ihrer annehmen. Und sag ihr, dass es Baron Drazice gewesen ist, der uns verfolgt hat. Im Auftrag des Grafen Boskovic."

Fragend hob Malvina die Brauen.

„Und Ihr?"

Karolinas Blick fiel auf die schwarze Kutsche, die neben dem Haus stand. Dominik! Sie zögerte mit einer Antwort. Ihr wurde flau, weil sie wusste, dass jetzt die Zeit gekommen war, das Versprechen einzulösen.

Sie verspürte Sehnsucht nach ihm, ausgelöst durch den ersten Kuss.

Die Kirchturmuhr schlug zwei.

„Ich muss zu meinem Vater zurück", log sie.

„Wollt Ihr nicht wenigstens Eure Tante begrüßen?"

Karolina schüttelte den Kopf. „Ein anderes Mal. Sie wird es verstehen. Versprich mir, dich um Adela zu kümmern."

„Aber es ist zu gefährlich zurückzukehren." Adela umklammerte den Arm der Freundin.

Karolina fürchtete mehr das ungezügelte Verlangen, das Dominik Karolyí in ihr auslöste als jegliche andere Gefahr auf der Rückreise.

„Vertrau mir. Pass auf dich auf." Karolina drückte die Freundin, verabschiedete sich von Malvina und eilte zur Kutsche.

Die eisblauen Augen Dominiks lugten durch einen Spalt des Kutschenvorhangs.

Wie in Trance bestieg Karolina die Kutsche.

14.

In dieser Nacht würde sie ihm gehören. Die Vorfreude darauf berauschte Dominik.

Seinen Blutdurst hatte er kurz zuvor gestillt, die Spuren davon beseitigt. Wild vor Verlangen war er über die Beute hergefallen, getrieben von dem Wunsch, diese Frau endlich zu besitzen.

„Wie schön, Euch wohlbehalten wiederzusehen." Er zog ihre Hand an seine Lippen. Karolina schwieg.

Als sie zitterte, legte er ihr fürsorglich eine Decke um die Schultern, ohne sie aus den Augen zu lassen, damit ihm keine Regung entging.

Auf sein Zeichen hin setzte sich die Kutsche in Bewegung.

„Ich hoffe, mein bescheidenes Stadthaus wird Euch gefallen."

Sie nickte nur. Er würde sie in die Gefilde der Liebe und Lust führen, um ungezügelte Leidenschaft zu wecken, ohne selbst die Kontrolle zu verlieren. So war es seit Elisabeth immer mit den Frauen gewesen. Sie flehten ihn um ein weiteres Mal an, aber da war er ihrer schon überdrüssig.

Die Nacht mit der blonden, jungfräulichen Schönheit versprach aufregend zu werden. Er stellte sich vor, wie Schreie der Verzückung aus ihrer Kehle drangen und sie seinen Namen rief. Dankbar würde sie nach dem Höhepunkt in seinen Armen liegen, zu ihm aufsehen und ihre Augen ihn um mehr anflehen. Doch auch bei ihr würde es kein zweites Mal geben.

Als sie ihn in diesem Moment scheu anlächelte, hätte er sie am liebsten auf der Stelle genommen.

Bei einer Jungfrau musste er vorsichtig vorgehen, um als Mann nicht enttäuscht zu werden. Es gab nichts Schlimmeres für einen Liebhaber, wenn die Geliebte schlaff wie eine Puppe jede Liebkosung über sich ergehen ließ.

Er fragte sich, welche Gedanken hinter der zarten Stirn verborgen waren.

Die Kutsche rumpelte über die vereiste Straße. Das Schweigen im Innern empfand er bedrückend.

Ihm entgingen nicht ihre Blicke, scheu und eine Nuance von Neugier lag darin. Als er sie ansah, senkte sie den Kopf. Sie war ihm ausgeliefert.

Seine Ungeduld wuchs, die Kutsche erschien drückend eng, die Fahrt endlos. Karolina saß angespannt da und knetete ihre Finger.

Dann hielt die Kutsche, und sie stiegen aus.

„Wir sind allein. Niemand wird uns stören", sagte er und lächelte sie an. Es zuckte nervös um ihre Mundwinkel.

Als sie die Schwelle übertraten, hob er sie auf die Arme und trug sie in sein Schlafgemach. Er konnte ihren Herzschlag fühlen, ihr warmer Atem streifte seine Wange. Er legte sie vorsichtig auf einem breiten Bett ab, das in der Mitte des Raumes stand. Karolina versank in einem Meer seidener Kissen. Dann beugte er sich zu ihr hinab und küsste sie sanft auf die Lippen. Sie sollte alles vergessen, ihre aufregende Flucht vor den Vampiren, ihre Angst und Erschöpfung.

Dominiks Zunge glitt über ihre Lippen, lockend, um sie mit sanftem Druck zu öffnen und in ihre Mundhöhle zu gleiten. Sie schmeckte süß, nach Waldbeeren. Ihre Zungenspitze streckte sich der seinen zaghaft entgegen, bis sie sich berührten. Zufrieden seufzte er in den Kuss hinein, denn sie ließ sich willig auf sein Spiel ein.

Sie erwiderte seinen Kuss mit wilder Leidenschaft, so wie er es sich unzählige Male erträumt hatte.

Dominik knöpfte ihren Mantel, dann ihr Kleid auf. Seine Lippen wanderten über ihr Kinn zu ihrem Hals. Der Duft ihrer Haut und ihres Blutes war ein berauschendes Parfüm, von dem er nicht genug bekommen konnte. Jeden Zentimeter ihres Körpers wollte er mit allen Sinnen erkunden.

Zitternd begann sie sein schwarzes Hemd aufzuknöpfen. Schon glitten ihre kalten Finger durch sein Brusthaar. Ungeduldig wollte sie das Hemd aus seiner Hose ziehen, aber er hielt ihre Hände fest. In ihren Augen las er Verwirrung. Aber er wollte jeden einzelnen Moment so lange hinauszögern, bis sie nach mehr verlangte. Sie sollte verrückt werden vor Lust.

Schon lagen seine Lippen wieder auf ihren, fordernd und zärtlich zugleich, und sie unterwarf sich seiner Führung. Langsam begann er sie zu entkleiden und bedachte ihre Haut mit unzähligen Küssen.

Er spürte ihre wachsende Ungeduld und entledigte sich auch seiner Kleidung. Achtlos warf er sie auf den Boden.

Seine Hände strichen immer wieder über ihren Rücken, die weichen Rundungen ihres Pos, er konnte nicht genug von dieser samtweichen Haut bekommen. Das Blut schoss wie heiße Lava durch seine Adern.

„Dominik", flüsterte sie, und ihre Finger krallten sich schmerzhaft in seine Oberarme. Seine Finger glitten zwischen ihre Schamlippen. Die Feuchte darin verriet, wie bereit sie war, ihn in sich aufzunehmen. Als sein Blick auf ihre Halsbeuge fiel, musste er alle Kraft aufwenden, dem Drang zu widerstehen, an der pulsierenden Stelle davon zu kosten, wonach es ihn dürstete. In seinem Kiefer wuchsen die Reißzähne.

Seine Hände kneteten ihre Brüste, bis seine Daumen über ihre harten Knospen fuhren und spielerisch daran zupften. Sofort reagierte sie darauf mit einem leisen Stöhnen. Ihre geschlossenen Lider flatterten vor Erregung, die Wangen glühten wie im Fieber. Er schob ihre weichen Hügel zusammen und nahm eine Knospe nach der anderen in seinen Mund und saugte daran. Sie drängte sich ihm ungestüm entgegen.

Leise lachte er auf, bevor er ihren Bauch mit Küssen bedeckte. Ihr Atem beschleunigte sich, als seine Lippen sich ihrem Venushügel näherten, der von einem weichen, goldblonden Flaum umgeben war. Bei diesem Anblick glaubte er vor Lust zu vergehen. Heiße Wellen der Erregung glitten über seinen Körper.

Sanft schob er wieder seinen Finger zwischen ihre Schamlippen, um sie an das Gefühl zu gewöhnen, wenn er in sie eindringen würde. Karolina ballte ihre Hände zu Fäusten und stöhnte auf, als er seinen Finger immer wieder in sie eintauchte. Die feuchte Wärme in ihrem Innern prophezeite ihm Wonnen der Lust. Schließlich krallten sich ihre Finger ins Laken, während sie ihr Becken hob.

„Entspann dich, genieße den Moment", flüsterte er ihr ins Ohr.

Dominik genoss es, die Erregung in ihrer Miene zu lesen. Er spürte, wie sein Phallus anschwoll und die Spitze feucht wurde.

Karolina bewegte ihr Becken, um seinen Finger immer tiefer in sich aufzunehmen. Sie stieß leise, spitze Schreie des Entzückens aus, die ihm mitteilten, dass sie bereit war, weiterzugehen. Mit einem Knurren spreizte er mit den Knien ihre Schenkel, schob seinen Unterleib dazwischen und drang vorsichtig in sie ein. Ein kurzer, heftiger Schmerz durchfuhr Karolina, der aber unter der immer stärker werdenden Lust verebbte.

In diesem Moment überrollte auch ihn eine Welle ungekannten Verlangens, ausgelöst durch die langsamen, rhythmischen Beckenbewegungen, mit denen sie sein Glied massierte.

Er selbst musste sein Verlangen zügeln, um mit ihr gemeinsam den Höhepunkt zu erreichen. Die Hitze in ihrem Innern reizte die empfindliche Spitze seiner Eichel, sodass er seinen Erguss kaum aufzuhalten vermochte. Mit langsamen Beckenstößen zog er sich aus ihr, um beim nächsten noch tiefer in sie einzudringen. Sie bewegte ihr Becken schneller, spornte ihn an, den Rhythmus zu beschleunigen. Er folgte ihrer Aufforderung mit immer schneller werdenden Stößen, bis er sich erlösend in sie ergoss. Karolina krallte auf ihrem Höhepunkt ihre Finger in seinen Rücken, bog den Kopf zurück und schrie auf.

Rasch klang der lustvolle Rausch ab und ihre Körper entspannten sich.

Eine Weile lagen sie danach eng aneinander geschmiegt. Er hörte, wie sich ihr Herzschlag allmählich beruhigte.

Sie seufzte wohlig auf und lächelte ihn an.

Das eben Erlebte glich einer unbezähmbaren Sturmflut, dessen Wogen sich nun glätteten.

15.

Dominik starrte betroffen an die Decke. Die Situation war ihm entglitten. Dieser zügellose, intensiv erlebte Moment des Verlangens beunruhigte ihn. Diese Frau mit den goldblonden Haaren hatte ihn nicht nur befriedigt, sondern er wünschte sich, das eben Erlebte zu wiederholen. Diese innere Zufriedenheit danach war ungewohnt und bedrohte seine Gefühlswelt.

Er tröstete sich damit, dass es das einzige Mal einer Vereinigung gewesen war und er sie, genauso wie alle anderen vor ihr, vergessen würde.

Morgen trennten sich ihre Wege, sie hatte ihr Versprechen eingehalten.

Wider Erwarten verspürte er nicht mehr, nach dem Sex Blut trinken zu müssen, so wie es bei den anderen der Fall gewesen war. Irgendetwas verlief dieses Mal anders.

Eine Weile lagen sie schweigend nebeneinander.

Karolina begann plötzlich seinen Bauch zu streicheln. Es fühlte sich gut an. Sie strich an der Innenseite seiner Schenkel entlang, ließ keinen Zentimeter aus. Erneut spürte er das Verlangen in sich aufsteigen. Ihre Hand wurde kühner, glitt über sein schlaffes Glied, umfasste es und begann es zu reiben und zu massieren. Sofort reckte es sich ihr prall entgegen. Dominik schloss die Augen und stöhnte auf. Die Erregung schoss durch seinen Körper wie ein Blitz. Sterne tanzten vor seinen Augen.

Karolina beugte sich über ihn und reizte die Spitze seiner Männlichkeit mit der Zunge. Heiß schoss das Blut durch seine Adern, und er hatte seinen Körper kaum unter Kontrolle. Als sie sein Glied mit den Lippen umspannte, fühlte er sich ihr ausgeliefert. Mit einem lustvollen Stöhnen gab er sich ihrer Liebkosung hin. Nie zuvor hatte er sich der Zärtlichkeit einer Frau ausgeliefert, doch nun ließ er es geschehen. Sie trieb ihn mit dieser Liebkosung fast an den Rand des Wahnsinns, bis er nur noch eins mit ihr sein wollte. Er fuhr mit den Händen durch ihr blondes Haar, dessen Spitzen seinen Bauch kitzelten, umfasste ihren Kopf und stand kurz vor seinem nächsten Höhepunkt.

Dann ließ sie zu seiner Enttäuschung von ihm ab, doch nur, um eine andere Position zu wählen. Sie glitt auf ihm nach oben, spreizte die Schenkel, und er drang in sie ein. Ihre Brüste wippten, als sie ihn mit kreisenden Beckenbewegungen den Gipfel der Lust erklimmen ließ. Er füllte sie aus, heiß und hart, drängte sich tiefer in sie, damit auch sie ihre Erfüllung fand. Ihre Schreie hallten durchs Haus, als sie gemeinsam den Höhepunkt erreichten.

Der Morgen dämmerte. Es war Zeit für Dominik, sich vor der Helligkeit zu schützen.

Er stand geraume Zeit am Bett und sah auf Karolina herab, die selig lächelnd schlummerte.

Irgendetwas war in der vergangenen Nacht mit ihm geschehen, was er sich nicht erklären konnte. Immer hatte er die Kontrolle behalten - bis jetzt.

Mehrmals hatten sie sich in der Nacht geliebt. Ihre Liebkosungen waren immer kühner geworden, ließen ihn wahnsinnig vor Lust werden, was nur durch sie ihre Befriedigung fand. Es drängte ihn immer wieder danach, sie zu nehmen und ihr die gleiche Lust zu verschaffen. Und es hatte ihn weiß Gott Beherrschung gekostet, dem Duft ihres süßen Blutes zu widerstehen.

Glücklicherweise war sie eingeschlafen, als ihn der Hunger auf Blut überkam und sich seine Reißzähne aus dem Mund schoben. Da war wieder diese

Abscheu, wenn er an sein Spiegelbild dachte, das einer verzerrten Raubtierfratze glich. So durfte sie ihn niemals sehen. Das schwor er sich.

Sie war anders als alle Frauen, denen er bislang begegnet war. Und ein Talent in der Liebeskunst. Sie würde jedem Mann im Bett Vergnügen bereiten. Der Gedanke, sie könnte sich einem anderen hingeben, erfüllte ihn mit Zorn. Was war nur in ihn gefahren? Sie war ein Mensch, eine Sterbliche, eine Beute der Vampire. Er begehrte sie zur Gefährtin. Doch nach dem Kodex der Vampire war es ihm nicht erlaubt, eine Sterbliche zu erwählen. Sein Schwur auf die Vampirbibel mit den heiligen Texten von Nod war bindend, wenn er weiterhin zu Jiris Clan zählen wollte. Ein Dhampir besaß keine Wahl. Die Menschen verachteten ihn. Nun hatte er sich mit dieser Liaison in eine Lage gebracht, der er nicht mehr Herr war. Verdammt! Aber alles in ihm schrie nach diesem goldblonden Engel, der ihn schon mit einem Augenaufschlag um den Verstand brachte.

Der erste Sonnenstrahl fiel zum Fenster herein. Er ging zum Sekretär hinüber und schrieb hastig ein paar Zeilen auf ein Blatt Briefpapier. Dann legte er die Nachricht neben sie aufs Kopfkissen.

Als er sie betrachtete, stieg Traurigkeit in ihm auf, die ihm seine Einsamkeit erneut schmerzhaft bewusst werden ließ.

16.

Dominik war so zärtlich und vorsichtig gewesen. Die Gewissheit traf sie wie ein Schlag - sie hatte sich in ihn verliebt und hoffte, er würde ihre Gefühle erwidern.

Mit geschlossenen Augen tastete Karolina nach ihm, aber der Platz neben ihr war leer. Enttäuschung machte sich in ihr breit.

Sie öffnete die Augen. Durch den Spalt der Vorhänge schien die Sonne herein und malte Bilder auf die zerwühlte Bettwäsche. Ihr Blick fiel auf den Zettel, der auf dem Kissen lag. Traurig las sie die knappe, nüchterne Nachricht.

Karolina, wenn du erwachst, werde ich mich bereits auf dem Weg zu meinem Schloss befinden. Eine Kutsche steht für dich bereit, um dich zu deinem Vater zu bringen.
D.

Weder hatte Dominik sie zum Abschied geweckt, noch enthielt sein Brief ein zärtliches Wort. Ihre Augen füllten sich mit Tränen.

Sie mochte nicht daran glauben, dass die Nacht für ihn bedeutungslos gewesen wäre, wenn sie an seine Leidenschaft dachte. Dennoch sprach die lieblose Nachricht für sich. Der bohrende Zweifel nagte in ihr. Sie musste Klarheit haben. Er sollte ihr ins Gesicht sagen, wie wenig ihm die Nacht bedeutet hatte.

Wütend zerknüllte sie den Zettel in der Hand und warf ihn in die Flammen des Kamins.

Dann stand sie auf und hob die verstreute Kleidung auf. Sie lächelte, als sie daran dachte, wie sie sich voller Ungeduld ausgekleidet und alles achtlos beiseite geworfen hatten, um sich endlich nah zu sein.

In der Sonne glitzerte der Schnee wie ein Edelsteinteppich. Schäfchenwolken am blauen Himmel läuteten einen Bilderbuchtag ein.

Karolinas Stimmung war getrübt, alles in der Kutsche erinnerte sie schmerzlich an Dominik. Sie musste ihn wiedersehen, ihn fragen, weshalb er sie ohne Abschied verlassen hatte.

Gedankenverloren bemerkte sie nicht, wie die Kutsche bereits die Einfahrt des väterlichen Gutes passierte.

Vertrautes Wiehern drang zu ihr. Sie sah nach draußen und erkannte die Pferde des Vaters, die übermütig auf der verschneiten Koppel tobten. Die wilden Bocksprünge entlockten ihr ein Lächeln.

Hinter der Kurve tauchte das alte Gutshaus auf, ihr vertrautes Gefängnis. Hier war sie geboren worden und aufgewachsen. Doch in diesem Gemäuer hatte sie sich nie zu Hause gefühlt. Es fehlte ihm die Geborgenheit. Zwischen ihr und ihrem Vater bestand, seit sie denken konnte, eine gewisse Distanz. Immer häufiger stritten sie sich in der letzten Zeit; ausgelöst wurde dies durch gesellschaftliche Zwänge, denen sie sich nicht unterwerfen wollte. Deshalb verlangte er, dass sie ihr Leben hinter Klostermauern verbringen sollte. Um sich ihrer zu entledigen, weil er der ständigen Auseinandersetzungen leid war. Sie empfand ebenso, aber ein Leben mit vertrockneten, alten Jungfern, die sich rühmten, keusch zu leben, war seit der letzten Nacht für sie undenkbar geworden. Sie spürte die Leidenschaft, die ihr Blut zum Kochen brachte, und sie gehörte Dominik.

Die Kutsche hielt vor dem Eingang. Die kahlen Fenster glotzten sie böse an. Sie seufzte auf, als sie an eine weitere Auseinandersetzung mit ihrem Vater dachte.

Karolina betrat das Haus mit klopfendem Herzen. Wenn sie das Gespräch doch nur schon hinter sich hätte!

„Karolina?" Die Strenge in der Stimme des Vaters bestätigte ihre Befürchtungen.

„Ja, Vater?" Sie legte Mantel und Hut ab und begab sich in den kleinen Salon.

„Wo kommst du her? Und lüg mich nicht an!"

Seine Worte glichen Peitschenhieben, doch sie ließ sich nicht entmutigen.

„Ich habe Adela besucht, sie brauchte meine Hilfe." Sie mied seinen Blick.

„Obwohl ich es dir verboten habe? Das also ist dein Respekt für mich! Sie ist nicht der richtige Umgang für dich." Er drehte sich zum Fenster und starrte nach draußen auf die weiße Pracht im Garten. Die Hände hielt er ineinander verschlungen hinter dem Rücken. Seine Finger zitterten vor Anspannung.

„Adela ist meine Freundin ..."

„Freundin! Sie ist ein Dienstbote. Daran muss ich dich doch wohl nicht erinnern." Karolinas Vater schnaufte.

„Sie ist nicht mehr unsere Zofe. Schlimm genug, dass du sie damals in Schimpf und Schande entlassen hast und sie die Stelle bei der Gräfin annehmen musste, einer zweifelhaften Person."

Karolina bebte vor Empörung. Der Standesdünkel des Vaters ging ihr auf die Nerven.

„Da ist sie gut aufgehoben."

„Das ist sie nicht."

„Wie kannst du nur so über die Gräfin Lobkowic reden? Sie ist eine hoch geschätzte Mäzenin der Künste."

Der Baron wirbelte herum und funkelte seine Tochter an.

„An sie hast du Mutters Gemälde verkauft?" Fassungslos starrte Karolina ihren Vater an. Er hatte ihr von einer wichtigen Kunstsammlerin erzählt, an die er ein Gemälde der Mutter verkauft hatte, als ihn finanzielle Sorgen drückten. Dennoch hatte sie früher immer gehofft, ihr Vater würde deshalb nicht auch noch die Kunstgegenstände und den kostbaren Schmuck der Mutter versetzen. Nur die Kette mit dem Blutdiamanten konnte sie retten. Aber dass er alles ausgerechnet dieser Vampirin verkauft hatte, übertraf ihre Befürchtungen.

„Sie hat mir viel Geld geboten. Es wäre töricht gewesen, dieses Angebot auszuschlagen."

„Es ist eine Schande, dass du mit ihr Geschäfte gemacht hast. Sie ist ein Geschöpf der Finsternis."

„Wie kannst du es wagen? Sie ist eine herzensgute Frau. Deine Mutter hat sie geschätzt."

„Wenn du dich da mal nicht irrst ..." Sie hatte die Worte nur geflüstert, denn ihr Vater würde seine Meinung nicht ändern.

Karolina drehte sich um und wollte in ihr Zimmer gehen.

Mit drei Schritten war er bei ihr und hielt sie am Arm fest.

„Ich habe mit Mutter Tereza gesprochen. Du wirst schon übermorgen ins Kloster der Barmherzigen Schwestern aufgenommen. Es ist alles arrangiert."

Karolina riss sich los.

„Niemals werde ich in diesem Kloster leben."

Das Kloster lag weit entfernt. Wie sollte sie dann Dominik wiedersehen? Und Adela?

„Du hast mir zu gehorchen!", rief er außer sich.

„Deine Mutter ist viel zu früh gestorben. Deshalb werden die Nonnen dich auf ein Leben als fromme Frau vorbereiten."

„Mutter hätte nie gewollt, dass ich mein Leben hinter Klostermauern verbringe."

„Lass deine Mutter aus dem Spiel!" Sein Gesicht lief rot an.

„Weshalb kann ich denn nicht bei Tante Carlotta wohnen? Sie ist doch auch eine Frau ..."

„Schweig!", brüllte er.

Karolina verstand nicht, weshalb ihr Vater die Tante ablehnte. Was mochte damals vorgefallen sein? Er sprach kaum darüber, und wenn sie ihn fragte, wich er stets aus. Dabei waren Carlotta und die Mutter sich sehr ähnlich gewesen, hochgewachsen, das gleiche goldblonde Haar und eine Lebensenergie, neben der alles andere verblasste. Sie konnte sich des Gefühls nicht erwehren, dass er glaubte, die Tante trüge eine Mitschuld an Mutters Tod. Karolina wollte etwas erwidern, doch mit einer Geste bedeutete er ihr zu schweigen. Traurig ging sie in ihr Zimmer.

Grübelnd lag sie auf dem Bett und starrte an die Decke. Wenn sie nicht zu den Barmherzigen Schwestern wollte, musste sie etwas unternehmen.

Sie sprang auf und lief zum Sekretär hinüber. Entschlossen nahm sie Briefpapier und Feder und schrieb eine Nachricht an Adela.

Teure Freundin,
mein Vater schickt mich schon übermorgen zu den Barmherzigen Schwestern. Sicherlich ergeht es dir bei Carlotta besser als mir hier. Doch sorge dich nicht um mich. In diesem Kloster werde ich nicht lange bleiben.
In Liebe, Karolina.

Karolina erhoffte erneut Dominiks Hilfe. Noch heute Abend würde sie sich heimlich vom Gut stehlen und ihn aufsuchen, um ihm ihre Lage zu schildern. Was ihr einmal gelang, würde auch ein zweites Mal klappen.

Ihr Herz klopfte vor Sehnsucht, ihr Körper verlangte nach ihm.

Sie rief nach Elena, die die Nachricht an Adela senden sollte.

17.

Die Nacht war sternenklar und bitterkalt. Über ihr schwebte die wolkenverhangene Mondsichel. Karolina fieberte einer Zusammenkunft mit Dominik entgegen. Sie musste ihn wiedersehen und verdrängte den Gedanken an die Gefahr, die in der Dunkelheit lauerte.

Ihr Vater besuchte den Gutsverwalter, was ihr die Gelegenheit bot, sich aus dem Haus zu stehlen. Er hatte vergessen, ihre Tür abzuschließen.

Da eine Kutsche sofort aufgefallen wäre, entschied sie sich für ein Pferd.

Sie nahm aus der Kommode das letzte Schmuckstück der Mutter, das ihr noch geblieben war. Aus Angst, dieses auf dem Ritt zu verlieren, steckte sie das kostbare Juwel in ihr Baumwollmieder zwischen die Brüste.

Dann schwang sie sich auf den Rücken der Schimmelstute und ritt davon. Vor Mitternacht wollte sie zurückkehren. Wie ein goldener Schleier flatterte ihr Haar im Wind, als sie über die verschneite Straße galoppierte.

Die eisige Luft schnitt in ihre Lungen. Kaum hatte sie die väterlichen Felder hinter sich gelassen, folgte ihr ein lautloser Schatten.

Zu ihrer Rechten erhob sich eine Burgruine, deren Konturen im fahlen Mondlicht gespenstisch wirkten.

Karolina ritt dicht an ihr vorbei, um den Weg zu Dominiks Schloss abzukürzen, und hoffte so, dem Verfolger zu entgehen. Doch dieser verstellte ihr schon bald den Weg. Erschrocken bäumte sich die Stute auf. Nur ihren guten Reitkünsten verdankte es Karolina, nicht zu stürzen. Sie klopfte beruhigend den Hals des Tieres, das ängstlich tänzelte.

Der Mann im Zobel mit der goldenen Bauchschärpe verharrte wie ein Standbild. Quer über die Wange seines hageren Gesichtes zog sich eine fingerdicke Narbe. Die schwarzen Augen in seinem bleichen Gesicht fixierten sie abschätzend.

Das Fluchterlebnis der vergangenen Nacht saß ihr noch immer in den Knochen. Ein Zittern durchlief ihren Körper.

„Was wollt Ihr?" Sie versuchte mit der Stute an ihm vorbei zu reiten, aber seine Bewegungen waren so schnell und kaum wahrnehmbar, dass es ihr nicht gelang. Immer wieder versperrte er ihr den Weg, so geschwind und lautlos wie ein Schatten.

„Steigt ab!", befahl er mit donnernder Stimme. Ein unheimliches, rotes Leuchten glomm in seinen Pupillen. Deutlich wurde ihr nun die Gefahr bewusst, der sie sich ausgesetzt hatte, nur um ihre Sehnsucht zu stillen. Doch sie bereute nichts.

Widerwillig stieg sie ab und nahm die Zügel in die Hand. Unter dem hypnotischen Blick des Narbigen konnte sie sich nur langsam bewegen. Nur ihr keuchender Atem hallte durch die Stille der Nacht.

Langsam trat er auf sie zu, ein schiefes Lächeln auf den Lippen. Silbergraues Haar, zu einem Zopf gebunden, und buschige Augenbrauen erinnerten Karolina an einen Raubvogel. Sie konnte die Gefahr, die er verströmte, körperlich spüren. Ein unangenehmes Kribbeln lief über ihre Haut.

„Seid Ihr Euch der nächtlichen Gefahr nicht bewusst?" Er stand dicht vor ihr, sie musste zu ihm aufsehen.

„Ich fürchte mich nicht." Mutig erwiderte sie seinen Blick.

„Noch nicht", raunte er und lachte auf. Dabei entblößte er lange, spitze Eckzähne, die ihn als Vampir verrieten.

Er streckte seine knochige Hand mit den langen Nägeln aus, um ihr Kinn zu berühren. Karolina wich ihm aus. Gier sprach aus seinen Augen, die ihr Schauer über den Rücken jagten.

Dieses Mal gab es keine Malvina, die ihr zur Hilfe eilen konnte. Sie war auf sich allein gestellt. Karolina überlegte, welche Chance sie besaß, dieser Bestie zu entkommen, während ihre Augen nach einem Fluchtweg suchten.

„Flucht ist unmöglich. Ihr könnt mir nicht entkommen." Siegesgewiss lächelte er.

Dann fingerte er in ihren Haaren. Abscheu stieg in ihr auf, und sie stieß seine Hand beiseite. Der Vampir knurrte drohend.

Karolina bot ihm mutig die Stirn. „Ihr werdet niemals Hand an mich legen, das schwöre ich. Eher töte ich mich selbst."

„Euer Temperament ist bemerkenswert. Das erhöht die Spannung."

Sein Fauchen ähnelte Donnergrollen. Karolina wollte mit einem Seitensprung ausweichen, doch ihre Beine schienen mit dem Boden verwachsen zu sein.

Mit einer ruckartigen Bewegung umfasste er ihren Nacken und zog ihr Gesicht dicht an seines heran. In seinen Pupillen spiegelten sich die abscheulichsten Bilder von Gräueltaten, die sie je gesehen hatte. Blut spritzte aus dem Hals einer Frau, wie die Fontäne eines Brunnens. Karolina versuchte ihre Augen zu schließen. Doch auch das gelang ihr nicht. Die hypnotische Macht des Vampirs zwang sie, einen Blick in die Hölle zu werfen. Entsetzen erfasste sie, als sie Menschen in einer Blutlache liegen sah, an denen sich Vampire körperlich vergingen.

Der Ekel in ihr wurde so übermächtig, dass sie meinte, in Ohnmacht fallen zu müssen. Doch der Vampir trieb die unbarmherzige Vision auf die Spitze. Reißzähne rissen die Kehle einer Frau auf, um den daraus sprudelnden Lebenssaft zu trinken.

Karolinas Herz hämmerte in der Brust, ihr Magen krampfte sich zusammen und Schweiß brach ihr aus allen Poren. Sie konnte diese grausamen Bilder nicht mehr ertragen und schwankte. Nur der eiserne Griff in ihrem Nacken hinderte sie daran zusammenzusacken. Sie wusste genau: Das, was sie sah, waren die Erinnerungen dieser Kreatur, die sie in ihrer Gewalt hatte. Der

Vampir ergötzte sich an ihrer Furcht. Karolina ahnte, dass er seine Befriedigung in sadistischer Gewalt fand, die er an ihr auszuüben gedachte. Lüstern leckte er sich über die Lippen.

Entsetzt starrte sie auf die rote Zunge, die sich ihrer Kehle entgegen reckte und auf ihrer erhitzten Haut eine eiskalte Spur hinterließ. Karolina zitterte in Todesangst. Dennoch keimte in ihr der Wille zum Widerstand, angetrieben durch den starken Lebenswillen.

Der Vampir riss den wollenen Kragen ihres Kleides auf. Sie spürte den kalten Atem auf ihrer Haut, noch immer unfähig sich zu bewegen. Würde der tödliche Biss schmerzen?

Die Zähne des Narbigen näherten sich ihrer Halsbeuge, um an ihr Blut zu gelangen. Er öffnete ihre Bluse bis zum Brustansatz.

Da erstarrte er plötzlich, riss den Kopf hoch, und in seinen Augen lag schieres Entsetzen. Eine Welle der Erleichterung erfasste Karolina, nicht ahnend, weshalb der Vampir sich von ihr zurückzog.

Er ließ von ihr ab und wich fauchend zurück. Mit ausgestreckter Hand deutete er auf ihre Brust. Karolina, deren Beweglichkeit zurückgekehrt war, sah an sich herunter. Zwischen ihren Brüsten glitzerte der Edelstein der Mutter. Der Anhänger schien zu pulsieren, wie ihre Ader, die sie deutlich gespürt hatte, als der Vampir sich über sie senkte.

Es kribbelte auf ihrer Haut.

Sie tat einen Schritt auf den Vampir zu. Da wich er ihr erneut aus, seine dürren, skelettartigen Hände hob er abwehrend hoch. Die Verwirrung des Vampirs verlieh ihr Mut.

„Fürchtet Ihr Euch etwa?" Karolina näherte sich ihm selbstbewusst, zog den Anhänger hervor und streckte ihn dem Narbigen entgegen. Er bedeckte sein Gesicht mit den Händen.

„Der Blutdiamant ...", stammelte er, bevor er sich umdrehte und in der Schwärze der Nacht verschwand.

Karolina drehte das Juwel, das ihr das Leben gerettet hatte, zwischen den Fingern und betrachtete es aufmerksam. Das Pulsieren hörte abrupt auf.

Tränen der Erleichterung traten in ihre Augen. Dankbar umschloss sie das Juwel. Sie konnte noch immer nicht begreifen, dass sie der Gefahr entronnen war; ihr Herz raste weiter.

Entschlossen schob sie den Anhänger ins Mieder zurück, zog den Kragen zusammen und setzte sich wieder aufs Pferd.

Das Erlebnis stärkte ihren Mut. Mit diesem Juwel besaß sie Macht. Weshalb, wusste sie zwar nicht, nur dass es funktionierte, und das zählte.

Lächelnd schwang sie sich auf den Rücken ihrer Stute.

Als sie die Brücke, die zum Innenhof des Schlosses führte, passierte, spürte sie seine Gegenwart wie leichte Schwingungen. Dieses Gefühl war so intensiv und überwältigend, das es ihr den Atem raubte. Mit jeder Faser sehnte sie sich nach ihm.

Hier vor dem Portal hatte sie schon einmal gestanden, um für Adela zu bitten.

Energisch pochte sie an die Tür. Kurz darauf hörte sie schleppende Schritte. Zdenka öffnete und streckte ihr das faltige Gesicht entgegen.

„Ich möchte mit dem Fürsten sprechen. Kannst du mich bitte zu ihm bringen, Zdenka?"

„Der Herr ist nicht da", antwortete diese mit abweisendem Blick, im Begriff, die Tür hastig zu schließen. Aber Karolina reagierte sofort und stemmte sich dagegen.

„Das glaube ich nicht. Bitte bringe mich zu ihm."

„Ich sagte doch, der Herr ist nicht da! Und nun geht. Ihr weckt mir sonst noch das ganze Schloss auf."

Karolina setze dazu an, etwas zu entgegnen, aber schwieg dann doch. Der Gedanke daran, dass er sie vielleicht nicht sehen wollte und Zdenka gebeten hatte, sie fortzuschicken, traf sie wie ein Schlag ins Gesicht.

Sie trat zurück, wandte sich um und stieg mit hängenden Schultern die Stufen herab. Knarrend schloss sich die Tür hinter ihr.

Da riskierte sie alles, nur um ihn zu sehen, und er ließ sie abweisen wie eine Bettlerin. Tränen schossen in ihre Augen.

Als sie die Stute zur Brücke ritt, bemerkte sie die hell erleuchteten Fenster der Bibliothek.

Mit leichtem Schenkeldruck wendete sie das Pferd und trabte zum Innenhof zurück. Dieses Mal hielt sie nicht vor dem Eingang, sondern bog in den Atriumgarten ein, an dessen Stirnseite sich die Fenster der Bibliothek befanden.

Der Ahnung folgend, Dominik könnte sich dort befinden, ritt sie darauf zu.

Deutlich erkannte sie das offene Kaminfeuer, dessen Flammen Schatten an die gegenüberliegende Wand warfen. Sie stieg vom Pferd und stapfte durch den weichen Schnee.

Und dann sah sie ihn, er saß mit dem Rücken zur Fensterfront. Ihr Puls beschleunigte sich, die brennende Sehnsucht kehrte mit aller Wucht zurück.

Die breiten Schultern, in die sie sich im Liebesspiel gekrallt hatte, das schwarze Haar, das durch ihre Finger geglitten war ...

Sie trat an die Scheibe, legte die Hände gegen das kalte Glas und murmelte seinen Namen.

Dominik starrte in die Flammen und lehnte den Kopf gegen den Kaminsims. Plötzlich wirbelte er herum und starrte sie an.

Ihre Lippen formten seinen Namen. „Dominik."

Mit wenigen Schritten erreichte er die Flügeltür, die nach draußen führte, riss sie auf, und Karolina flog in seine Arme.

Er bedeckte ihr tränenfeuchtes Gesicht mit unzähligen Küssen.

„Meine Geliebte", flüsterte er und presste sein Gesicht in ihr Haar.

„Dominik. Du darfst mich nie wieder ohne Abschied zurücklassen oder gar fortschicken."

Sie sah zu ihm auf und in seinen Augen lag das Versprechen, sie nicht zu enttäuschen.

18.

Dominik trug Karolina nach oben in sein Schlafgemach. Sie presste ihre Wange an den rauen Stoff seiner Jacke, während sie zu ihm aufsah.

Er setzte sie vor dem breiten Bett ab, und ihre Blicke tauchten ineinander. Deutlich las er das Begehren daraus, das auch ihn verzehrte. Sanft strich Dominik über ihre Wange.

„Karolina!", rief er aus und riss sie in die Arme. Sein Kuss war fordernd. Dann schob er sie von sich, ohne den Blick von ihr abzuwenden. Voller Ungeduld nestelte er an ihrem Mieder, zerrte das Kleid über ihre Schultern, bis er ihre roten Knospen erkennen konnte, was ihn derart erregte, dass er fast im gleichen Augenblick gekommen wäre. Er zog sie näher an sich und beugte den Kopf herab, um eine ihrer Brustwarzen mit seinen Lippen zu umschließen. Mit einem leichten Stöhnen schloss sie die Augen und gab sich seiner Berührung hin. Er saugte daran, leckte darüber, und konnte nicht genug davon bekommen. Seine Hände glitten über ihren Rücken, der sich weich wie ein Pfirsich anfühlte und er spürte, wie sich sein Glied noch mehr verhärtete. Wenn er noch länger wartete, würde seine Hose platzen. Nur widerwillig löste er sich von ihr, doch nur, um sich hastig seiner Jacke zu entledigen. Dann riss er sein Hemd auf, dass die Knöpfe nur so durch die Gegend sprangen. Sofort fuhren ihre Hände über seinen dunkel behaarten Brustkorb und über seine Brustwarzen, die sofort hart wurden.

Karolina löste sich aus der Umarmung. Sie lächelte schüchtern und streifte die Röcke über ihre Hüften, bis sie nackt vor ihm stand. Scharf sog er die Luft ein. In diesem Augenblick glaubte er, bisher nichts Vollkommeneres gesehen zu haben als sie. Er ergriff ihre Hände und führte sie zu seinem Hosenbund, damit sie die Knopfleiste öffnen konnte, die sich über seinem erigierten Glied spannte.

Sie lachte leise, die Aufforderung verstehend, und knöpfte sie für seinen Geschmack viel zu langsam auf. Schließlich reckte sich ihr sein Phallus prall entgegen, den sie in ihre Hände nahm und sanft massierte. Quälend langsam schob sie seine Vorhaut vor und zurück, bis seine Eichel feucht glänzte, massierte seinen Hodensack, dass er vor Lust fast verging. Er stieg aus Hose und Stiefeln, hob Karolina aufs Bett und legte sich auf sie. Seine Knie spreizten ihre Schenkel und mit einem Aufstöhnen drang er in sie ein. Sie war genauso erregt, was ihm die Feuchte verriet, die ihn umgab.

Dieses Mal ritt er sie voller Wildheit. Er spürte, wie sie ihre Schenkel um seine Hüften schlang und die Hände auf sein Hinterteil legte, um ihn zu einem noch schnelleren Tempo zu animieren. Der Duft ihres süßen Blutes berauschte ihn ebenso wie ihr hingebungsvoller Körper, in den er tief eintauchte. Es dauerte nicht lange, bis er sich mit einem Schrei in ihre zuckende Vagina ergoss. Im selben Augenblick wurde der Wunsch in ihm übermächtig, seine Zähne in ihrem süß duftenden Fleisch zu versenken, um von ihrem Blut zu trinken. Es kostete ihn alle Mühe, dieser Versuchung zu widerstehen, so viel, dass es ihn körperlich schmerzte. Aber es gelang ihm, wenngleich sein Magen sich zusammenzog.

Ihre nackten Körper glänzten vom Schweiß der eben erlebten Ekstase, als sie nebeneinander auf dem breiten Bett lagen. Lächelnd schmiegte sich Karolina dann an Dominik. Sie schloss die Augen. Er genoss die wohlig warme Schwere der Entspannung.

„Es war sehr leichtsinnig von dir, durch die Dunkelheit zu reiten. Hast du Prag schon vergessen?" Sanft strich er mit den Fingerspitzen über ihren Rücken.

„Du musst mir versprechen, das niemals mehr zu tun."

„Ich kann schon gut auf mich selbst aufpassen." Karolina lächelte.

„Nein, du kennst die Gefahren nicht, die in der Nacht auf dich warten." Dominik wurde ungehalten.

„Wenn du von Vampiren sprichst, schon."

„Aber du hast gegen sie keine Chance. Sie werden dich so lange jagen, bis sie dich fangen ..." Bei der Vorstellung, sie könne in die Hände Drazices oder gar Jiris fallen, packte ihn schieres Entsetzen. Karolina, ein Opfer für die Schattendämonen? Oder Jiris willige Liebessklavin? Das durfte nie geschehen. Doch er irrte natürlich, wenn er glaubte, sie wäre bei ihm in Sicherheit. Er gehörte wie Jiris Clan zum Kreis der Bestien. Wie lange würde er dem Drang widerstehen können, ihr Blut zu trinken? Es war nur eine Frage der Zeit, wann er diese Schwelle übertreten würde. Sie wäre ihm schutzlos ausgeliefert, wenn er blutrünstig über sie herfiele, weil sie sich bei ihm in Sicherheit wähnte.

Er verfluchte den Tag seiner Geburt, der ihn dazu verdammt hatte, ein Geschöpf der Hölle zu sein.

„Vielleicht besitze ich etwas, das Vampire das Fürchten lehrt." Sie schmunzelte.

Dominik horchte auf.

„Die fürchten sich noch nicht einmal vor der Hölle." Er fürchtete sich weder vor dem Tod noch vor der Hölle, einzig vor dem Moment, in dem Karolina die Wahrheit erfahren und ihn mit Abscheu betrachten würde.

„Aber davor!" Karolina beugte sich aus dem Bett und tastete nach ihrem Baumwollmieder. Mit einem zufriedenen Lächeln zog sie die Kette mit dem Blutdiamanten heraus und ließ ihn über Dominiks Gesicht baumeln.

Er versuchte, seine Betroffenheit über den Anblick des im Licht funkelnden Diamanten zu überspielen.

Viele Legenden rankten sich um das Juwel, aber nur wenige hatten ihn bisher gesehen. Der Blutdiamant war für Vampire ein Botschafter der Vernichtung. Dominik schluckte und verfolgte die Pendelbewegung des Edelsteins über seinem Gesicht.

„Und?", presste er hervor.

„Dieses Juwel hat mich vor dem Tod bewahrt." Karolina legte sich die Kette um den Hals.

„Ich … verstehe nicht …" Der Anblick des Diamanten auf ihrer hellen Haut beunruhigte ihn. Er wusste nicht, welche Auswirkungen eine Berührung mit dem Stein hatte.

Karolina erzählte ihm von der Begegnung mit dem Vampir. Dominik wurde immer stiller.

„Es war entsetzlich! Glaub mir, ich habe für einen Augenblick in den Abgrund der Hölle geblickt, sah Dinge, die grausamer und abscheulicher nicht sein können. Blut … und Kreaturen, die es gierig soffen. Widerlich. So nah bin ich dem Tod noch nie gewesen."

Dominik zuckte bei ihren Worten wie bei einem plötzlichen Schlag zusammen. So würde sie auch für ihn empfinden, wenn sie seine wahre Identität kannte. Sein Herz lag in der Brust wie ein Stein. Da war sie wieder, diese Angst und Verzweiflung, die er seit seiner Kindheit mit sich herumtrug.

„Und dieser Blutdiamant hat mir das Leben gerettet. Als der Vampir ihn gesehen hat, ist er sofort zurückgewichen. Ich möchte zu gern wissen, welches Geheimnis er in sich birgt."

Dominik schwieg, den Blick gesenkt, um dem ihren nicht zu begegnen.

In diesem Moment wurde ihm klar, dass er ihr nicht die Wahrheit sagen konnte.

Verzweiflung stieg in ihm auf. Er würde sie verlieren, das war gewiss.

Die Standuhr schlug laut die Stunde und riss sie aus den Gedanken.

„O mein Gott, ich muss zurück, noch vor dem Morgengrauen! Auf unserem Gut wird in aller Herrgottsfrühe gefrühstückt, und Vater ist einer der Ersten." Karolina raffte hastig ihre Kleidung vom Boden.

Er betrachtete liebevoll ihren Rücken.

„Ich werde dich begleiten", schlug er vor.

Sie schenkte ihm ein Lächeln, das sein Herz höher schlagen ließ.

Karolinas Stute stand friedlich kauend in Dominiks Stall.

„Ich werde eine Kutsche anspannen lassen. Dein Pferd ist müde. Es kann sich heute hier ausruhen. Morgen wird mein Stallbursche es zurückbringen."

„Also gut", stimmte sie zu.

Während Dominik nach dem Stallburschen rief, wanderte sie von einer Pferdebox zur nächsten, bis sie vor einem besonders prachtvollen Rappen stehen blieb.

„Was für ein wundervolles Tier." Sanft klopfte sie seinen Hals.

„Das ist er in der Tat. Der Hengst ist stark, klug und temperamentvoll." ,So wie du', fügte er in Gedanken hinzu.

„Ich würde ihn gern einmal reiten." Sie strich über die sanft schnaubenden Nüstern.

„Ich schenke ihn dir." Seine großzügige Geste ließ sie freudig herumwirbeln.

„Aber ..." Sie zögerte.

„Kein Aber. Er gehört dir."

Mit einem Jubelschrei fiel sie Dominik um den Hals und küsste ihn.

Die Freude in ihren Augen ließ ihn die trüben Gedanken vergessen.

Wenig später saßen sie nebeneinander in der Kutsche, der Hengst trabte angebunden hinterher. Sie lehnte ihren Kopf gegen seine Schulter und schloss die Augen.

Unruhe stieg in ihm auf, wie jede Nacht, wenn der Hunger ihn überkam. In ihrer Anwesenheit hatte er den immer stärker werdenden Hunger mühevoll unterdrückt. Nachdem er sie geliebt hatte, war der Drang in ihm immer stärker geworden. Jetzt konnte er ihn kaum noch im Zaum halten. Ein leichtes Zittern seiner Hände machte sich bemerkbar, das erste Anzeichen dafür, dass die Bestie in ihm den Kampf gewann.

Er musste sich zusammenreißen, bis Karolina sicher zu Hause angekommen war.

Der Schnee fiel wie ein weißer Vorhang herab und ließ sie nur langsam vorankommen. Mühsam zogen die Pferde mit gesenkten Köpfen die Kutsche.

Dominik kämpfte mit aller Energie gegen sich selbst, wollte nicht die Beherrschung über seine animalischen Triebe verlieren.

Mit geballten Fäusten sah er zu Karolina hinunter, die sich mit einem sanften Lächeln auf den Lippen vertrauensvoll an ihn schmiegte.

Gewaltsam riss er sich von ihrem Anblick los. Das stellte ihn auf eine harte Probe. Schon begannen seine Kiefer anzuschwellen, bereit, die spitzen Reißzähne auszufahren. Schweiß bildete sich auf seiner Stirn, und seine Fingernägel bohrten sich in die Handflächen.

Sein Atem beschleunigte sich, besonders, als die ahnungslose Karolina ihre Hand hob, um seine Wange zu streicheln. Wenn sie nicht sofort damit aufhörte, würde er über sie herfallen und sich an ihrem Blut laben.

Speichel sammelte sich in seinem Mund.

Dann hielt die Kutsche. Dominik schob den Vorhang beiseite und erkannte das Gut der von Kocians wieder, inmitten eines Tales, umgeben von schneebedeckten Wiesen und einem Buchenwald, der jetzt winterkahl neben ihnen lag. Erleichterung breitete sich in ihm aus.

„Wir sind da." Sanft tätschelte er ihre Hand. Sie schlug die Augen auf und gähnte.

„Danke." Noch einmal hob sie den Kopf, um ihn zum Abschied zu küssen. Dominik berührte nur flüchtig ihre Lippen. Karolina sah ihn erstaunt an.

Einen weiteren Kuss wehrte er ab.

„Du musst jetzt gehen."

„Wann sehen wir uns wieder, Dominik?", fragte sie leise.

„Bald. Bald sehen wir uns wieder", stieß er zwischen zusammengepressten Zähnen hervor, um seine stetig wachsenden Zähne zu verbergen.

19.

Ehe Karolina weiter über den Abschied von Dominik nachdenken konnte, stapfte sie mit dem Hengst zum Stall.

Dominik war ihr plötzlich so fremd gewesen, mit den harten Gesichtszügen, aus denen eine gewisse Wildheit sprach, die sie an ein Raubtier erinnerte. Eine eisige Hand schien ihr Herz zu umfassen.

Sie fühlte, dass er etwas Wichtiges vor ihr verbarg. Seit ihrer Erzählung über die Begegnung mit dem Vampir und die Kräfte des Blutdiamanten hatte er sich seltsam benommen. Karolina hätte schwören mögen, Furcht in seinen Augen gelesen zu haben, als er das Juwel erblickte. Aber Furcht war ein Begriff, der nicht zu Dominik passte. Von diesem Augenblick an hatte zwischen ihnen eine kaum zu beschreibende Distanz bestanden, die sie verletzte.

Weshalb hatte er sie nicht gebeten, bei ihm zu bleiben? ‚Weil er dir nicht gesagt hat, dass er dich liebt!' Die drängende Stimme in ihrem Innern wurde immer lauter. Diese Erkenntnis schmerzte und ließ sie an einem baldigen Wiedersehen zweifeln.

Wenig später stand sie ihrem Vater gegenüber.

„Nicht nur, dass du dich als Dame deines Standes unschicklich benommen hast, nein, du wirfst dich in die Arme dieses zwielichtigen Kerls wie eine Hure!"

Zornesrot baute er sich vor ihr auf. Grob umfasste er ihre Arme, die buschigen Augenbrauen waren drohend zusammengezogen. „Wie konntest du mich nur wieder so enttäuschen, Karolina! Deine Eskapaden waren immer skandalös, doch dieses Mal bist du zu weit gegangen! Du wirst dein Zimmer nicht mehr verlassen. Ich untersage dir jeden Briefwechsel mit diesem Ruchlosen, und wage ja nicht, mich zu betrügen. Du wirst über deine Begegnung mit dem Fürsten Stillschweigen bewahren. Hast du mich verstanden?"

Karolina zitterte vor Aufregung; so wütend hatte sie ihren Vater noch nie erlebt. Aber was hatte sie denn erwartet? Sie wusste selbst, dass sie die Etikette ignoriert hatte, um Dominik nahe zu sein. Diese verdammten gesellschaftlichen Regeln, die sie in ein Korsett pressten und ihr die Luft zum Atmen nahmen.

„Wenn jemand davon erfährt, dass du den Schwarzen Fürsten aufgesucht hast, wird man uns wie Aussätzige behandeln. An keiner Gesellschaft werden wir künftig teilnehmen. Graf Jiri wird uns keine Einladung mehr senden."

„Auf die wir gut verzichten können. Vater, bitte, ich bin kein Kind mehr, sondern eine erwachsene Frau. Ich allein bin für mein Handeln verantwortlich. Und ich weiß, was ich tue. Du kannst mich nicht zwingen, in dieses Kloster zu gehen."

„Und ob ich das kann!" Er verschränkte die Arme vor der Brust. Die Entschlossenheit in seinem Blick bekräftigte er mit einem Nicken.

„Niemals wirst du mich dorthin schicken, eher will ich in der Gosse landen!"

Karolina schäumte vor Wut.

„Jendrik!" Der Baron rief seinen Kammerdiener zu Hilfe. Nur einen Moment später trat der grobschlächtige Hüne Jendrik ein.

„Pane baroni." Er verneigte sich ungelenk.

„Jendrik, bring die Baroness nach oben in ihr Zimmer und schließe sie ein. Sie darf bis zur Abreise nicht mehr heraus. Dass du mir dafür garantierst!"

Jendrik nickte und ging auf Karolina zu, die zurückwich. Nie hätte sie geglaubt, dass der Vater sein Vorhaben sofort in die Tat umsetzen würde. Der letzte Hoffnungsschimmer, ihn umzustimmen, schwand. „Das wirst du noch bereuen."

Jendrik nahm Karolina am Arm und zog sie mit sich. Sie wehrte sich, aber es war ihr unmöglich, sich dem starken Griff des Hünen zu entwinden.

Der Schlüssel drehte sich im Schloss, während Karolina sich aufs Bett fallen ließ.

Verzweiflung ergriff Besitz von ihr. Sie war zu weit gegangen und würde Dominik nicht wiedersehen. Dieses Mal böte sich ihr bestimmt nicht die Möglichkeit zu einer Flucht - zu energisch hatte ihr Vater der gesamten Dienerschaft die Order erteilt, sie ständig zu beobachten, und ihnen mit Schlägen gedroht, wenn sie ihre Aufgabe verfehlten. Selbst Elena durfte nicht zu ihr kommen. Die matronenhafte Lenka würde ihr das Essen bringen und ihr beim Bade helfen. Bei dem Gedanken an diese griesgrämige, verknitterte Frau schüttelte sie sich.

Eine Träne quoll unter dem Lid hervor und rann ihre Wange hinab. Das alles hatte sie sich selbst zuzuschreiben. Doch die Liebe zu Dominik war zu stark und bestimmte so ihr Handeln.

Dominik! Würde er kommen, um sich Karolinas Vater zu erklären und um ihre Hand anzuhalten?

Als sie an den Abschied dachte, wie er mit verschlossener Miene ihre Hand beiseitegeschoben hatte, zweifelte sie daran.

Der Strudel des Schicksals riss sie hilflos mit sich; aus dessen Sog gab es kein Entrinnen.

Waren die Nächte nur eine Lüge gewesen? Die quälenden Gedanken raubten ihr den Schlaf. Dunkle Schatten lagen unter ihren Augen.

Dominik wollte sie vergessen, sonst wäre er bestimmt gekommen. Diese Erkenntnis erschütterte sie, raubte ihr den Lebenswillen. Immer wieder sah sie seine eisblauen Augen vor sich.

Schließlich verweigerte sie das Essen, lag nur noch im Bett und starrte an die Decke. Das Tablett vom Morgen stand noch immer unberührt auf dem Tisch. Alle Versuche Lenkas, sie zum Essen zu überreden, scheiterten.

In zwei Tagen würde sie zum Kloster reisen. Bis dahin hoffte sie, vom Hunger so geschwächt zu sein, dass ihr Vater die Abreise erneut verschob. Karolina spürte, wie die Kraft ihrem Körper entwich; sie dachte an Obst, das langsam verdorrte. Mit geschlossenen Augen dämmerte sie dem neuen Tag entgegen. Ihr einziger Freund in den vergangenen Tagen war der schwarze Wolf gewesen, der in der Dunkelheit vor dem Haus im Schnee gestanden und zu ihr nach oben geschaut hatte. Es schien, als verstünde er, wie die Gefangenschaft sie erstickte.

20.

Auch an diesem Abend, kurz nachdem die Dunkelheit hereingebrochen war, zog es Dominik wieder nach draußen. Doch es war nicht nur der Hunger in ihm, sondern auch der Wunsch, Karolina zu sehen, der in ihm brannte.

Er nahm die Gestalt des Wolfes an und trabte durch den Schnee in den dichten Buchenwald. Dort würde er auf Beutefang gehen und anschließend seinen Weg zum Gut des Barons fortsetzen. So würde ihn niemand erkennen.

Dominik spürte nicht die eisige Kälte unter den dick gepolsterten Pfoten. Die Zweige unter ihm brachen knackend, als er sich einen Weg durch das Unterholz bahnte. Schließlich erreichte er die Lichtung, die nicht weit vom Gut des Barons lag. Aus der Ferne erkannte er die hell erleuchteten Fenster. Sein Herz schlug eine Spur schneller. Nur einen Blick auf sie werfen, nur noch einmal in ihr geliebtes Gesicht sehen können.

Atemlos hetzte er über den Innenhof des Gutes.

In ihrem Zimmer brannte Licht, doch dieses Mal stand sie nicht wie üblich am Fenster. Er verwandelte sich in die Fledermaus. Mit wenigen Flügelschlägen erreichte er den Fenstersims.

Karolina lag ausgestreckt auf dem breiten Bett. Ihre Augen waren geschlossen, die Wangen hohl und bleich wie die einer Toten. Sein Herzschlag setzte bei diesem Anblick für einen Moment aus.

Dann drehte sie den Kopf. Sie lebte.

Wie gern hätte er sie berührt, sie nah bei sich gefühlt, den Duft ihres Haares eingeatmet und den süßen Geschmack ihrer Lippen gekostet.

Weder könnte sie jemals seine Gefährtin sein, noch dürfte er sie lieben. Sie war eine Sterbliche und er ein Geschöpf der Finsternis. Es gab keine gemeinsame Zukunft für sie, eine Liebe zwischen ihnen war unmöglich! Und doch bestand sie, er konnte sie nicht aus seinem Herzen reißen. Die Erkenntnis, Karolina zu lieben, hatte ihn entsetzt, sogar das Fürchten gelehrt, vor sich selbst und vor den Gefahren, die auf sie lauerten. Weil er sie liebte, durfte er sie nicht mehr wiedersehen.

Diese Entscheidung glich einem Todesurteil. Sein Herz schlug schmerzhaft in der Brust. Deshalb hatte er sie nicht besucht, und deshalb konnte er ihr auch nicht helfen. Aber er hatte ihre Sehnsucht gespürt, die gleiche, die auch ihn verzehrte.

Lange hockte er vor dem Fenster und sah sie an, als müsse er jeden Zentimeter von ihr in sich aufnehmen, um sie nicht zu vergessen.

Erst als der Morgen dämmerte, schwang er sich in die Lüfte und flog zurück zum Schloss.

Jeden Abend suchte Dominik das Gut auf, um nach Karolina zu sehen. Obwohl er sich geschworen hatte, es nicht mehr zu tun, unterlag er seinem Verlangen.

Doch am heutigen Abend kehrte er nach der Jagd sofort aufs Schloss zurück. Er konnte es nicht mehr ertragen, dass sie ihm nie gehören durfte.

Grübelnd stocherte er mit dem Schürhaken in den Flammen, als Zdenka ihm den Besuch Elisabeths ankündigte.

Erstaunt sah er die Gräfin an. Heute Abend trug sie ihr kupferrotes Haar offen. Es fiel ihr in weichen Wellen auf die Schultern. Ihre engelsgleiche Schönheit stand im Gegensatz zu dem dämonischen Glitzern ihrer Augen, was verriet, wie sehr die Finsternis sie bereits beherrschte. Der Zeitpunkt, an dem sie mit dem Dämon vollkommen verschmolz, stand kurz bevor.

Elisabeth hatte freiwillig und mit Jiris Hilfe die Schwelle ins Schattenreich übertreten, bereit für die Rückkehr des dunklen Schöpfers, dem Vater aller Dämonen. Dominik erschauerte, als er ihrem Blick begegnete, der die Pforte zur Hölle ahnen ließ.

Das war nicht mehr die Elisabeth, die er einst vergöttert hatte. Dieses Geschöpf vor ihm war von der Aura des Bösen umgeben.

„Dominik, mein Teurer, du machst dich rar. Du bist in der letzten Zeit nicht einmal auf Jiris Bällen gewesen. Da musste ich einfach nach dem Rechten sehen."

Sie schürzte die Lippen, ging auf ihn zu und hauchte einen Kuss auf seine Wange. Er zuckte bei der plötzlichen Eiseskälte, die seine Haut durchdrang, zurück. Sie war noch kälter als bei jedem Vampir. Es schien, als hätte der Tod ihn geküsst. Doch Dominik versuchte, diese Gefühle vor ihr zu verbergen.

„Was willst du wirklich, Elisabeth? Du hast doch nicht den weiten Weg unternommen, um dich nach meinem Wohlbefinden zu erkundigen?"

Die Gräfin lachte tief und heiser. Selbst ihr Lachen hatte sich verändert.

„Nun gut. So werde ich nicht lange um den heißen Brei reden. Ich habe dich beim letzten Mal vor Jiri gewarnt. Doch du scheinst mich nicht recht verstanden zu haben. Du bist bei ihm in Ungnade gefallen, weil du den Sterblichen geholfen hast."

„Du warst doch genauso daran beteiligt!" Dominik war aufgesprungen und funkelte sie wütend an.

„Denkst du etwa, Jiri würde dir das glauben? Er vertraut mir. Nur um unserer, sagen wir, alten Freundschaft Willen bin ich gekommen, um dich zu warnen. Als Jiri Antons Bericht gehört hat, ist er außer sich vor Zorn gewesen. Auch du schwebst in Gefahr, so wie alle, die Jiris Willen zuwiderhandeln."

„Du lügst, denn du hast vergessen, was Freundschaft bedeutet, Elisabeth. Du bist nicht freiwillig gekommen. Er hat dich geschickt." Mit geballten Fäusten und verächtlicher Miene beugte er sich zu ihr hinab.

Sie lächelte und entblößte dabei ihre Reißzähne. Ein Fauchen entrang sich ihrer Kehle.

„Ja, er hat mich geschickt. Du bist in Ungnade gefallen, Halbblut. Aber es gibt eine Chance, das Geschehene wiedergutzumachen. Wenn du ihm die beiden Frauen auslieferst, wird Jiri dir vergeben, und du stehst weiter unter dem Schutz seines Clans."

Dominik erstarrte, sein Herz krampfte sich zusammen. Er sollte Karolina und Adela an Jiri ausliefern. Szenen der Opferrituale drängten sich ihm auf. Karolina, ein willenloses Geschöpf der Dämonen? Niemals!

„Das alles wegen dieser beiden unbedeutenden Sterblichen? Jiri kann jede haben, die er will. Weshalb gerade …" Elisabeth unterbrach ihn mit einer ungeduldigen Geste.

„Wir beide wissen genau, dass er die Blonde begehrt. Und du hast ihm das Anrecht dazu verwehrt. Du hattest kein Recht dazu. Jiri ist unser Anführer. Er entscheidet über unsere Schicksale *und* die der Sterblichen. Hast du vergessen, dass auch du ein Vampir bist? Wenn auch nur ein Halbblut. Eine Sterbliche taugt für Vampire nur zur Befriedigung ihres Verlangens. Niemals darfst du Mitleid mit diesen Wesen empfinden, geschweige denn sie zur Gefährtin erwählen. Jiri wird sie zurückverlangen, als Tribut für die Dämonen. Das kannst du nicht verhindern, Dominik."

„Nein, ich habe nicht vergessen, wer oder was ich bin. Schon mein Durst nach Blut erinnert mich täglich aufs Neue daran. Sie bedeutet mir nicht allzu viel, es ist nur eine kurze Liaison."

Dominik senkte den Blick und faltete die Hände hinter dem Rücken.

Elisabeth hob warnend den Zeigefinger.

„Dominik, Dominik, du bist ein schlechter Lügner. Du weißt ja gar nicht, wer dieses Mädchen ist, und welche Bedeutung sie für uns Vampire hat."

Erstaunt sah er zu Elisabeth.

„Wie meinst du das?"

Sie lachte laut auf, trat an ihn heran und streichelte seine Wange. Für einen Moment erlosch das dämonische Feuer in ihren Augen und wich einem warmen Ausdruck, so wie er ihn gekannt und geliebt hatte.

„Vergiss das Mädchen." Ihr Geflüster ähnelte dem Schnurren einer Katze.

Langsam näherte sich ihr Gesicht dem seinen. Zwischen den einladend geöffneten Lippen erschien ihre rosa Zunge.

„Erinnerst du dich noch, wie sehr du mich angefleht hast, dir mit meiner Zunge Vergnügen zu bereiten?"

Das Bild einer bestimmten Nacht tauchte vor seinen Augen auf. Sie hatte ihn an den Pfosten des Bettes gekettet und ihn mit Zunge und Händen fast um den Verstand gebracht. Noch heute erinnerten ihn die drei Narben auf seinem Rücken an diese ungezügelte Leidenschaft. Wie eine Wildkatze hatte sie sich auf ihn gestürzt und beim Höhepunkt ihre Krallen in seinen Rücken geschlagen, bis das Blut aufs weiße Laken quoll. Gier nach Blut, seinem Blut, hatte aus ihren Augen gesprochen, weshalb sie ihn loskettete, um es zu trinken.

Nur einem glücklichen Umstand verdankte er es, dass dies nicht geschehen war, sonst wäre er heute ihr Sklave. Von diesem Tag an war es zwischen ihnen nicht mehr so wie vorher. Er wollte nicht mehr länger der Gefangene seiner animalischen Lüste sein, welche die Einsamkeit aus seinem Herzen nicht vertrieben.

Elisabeth riss ihn aus der Erinnerung, als ihre Zunge aufreizend über seine Lippen fuhr. Er verfluchte seinen verräterischen Körper, der sich der Vampirin entgegen drängte. Hungernd nach Liebe und Leidenschaft, ließ er es geschehen. Liebe! Dieses Wort hallte in ihm, und er zuckte zurück. Das, was er jetzt empfand, war reine Lust. Wusste er denn überhaupt, was Liebe bedeutete? Ein Geschöpf der Finsternis? Nie zuvor hatte er solche Gefühle wie mit Karolina erlebt. War das wirklich Liebe? In dem Moment dieses Gedankens biss Elisabeth in seine Unterlippe. Der brennende Schmerz wirkte ernüchternd.

Fast hätte er sich wieder auf ihre Verführungskünste eingelassen. Er wich einen Schritt zurück und wischte mit dem Handrücken über die blutige Stelle. Elisabeth warf triumphierend den Kopf in den Nacken. Ihr schauriges Gelächter erfüllte ihn mit Zorn. Er verwünschte den Tag, an dem sie sich ihm hingegeben hatte.

„Weshalb beantwortest du meine Frage nicht?" Hart umspannte er die Arme der Gräfin.

Das böse Funkeln war in ihre Augen zurückgekehrt.

„Ich besitze die Macht, dich zu meinem Sklaven zu machen, Dominik Karolyí."

Ihre verzerrte Stimme ließ erkennen, wie der Dämon die Oberhand zurückgewann. Oft hatte Dominik heimlich die von Dämonen Besessenen beobachtet. Es dauerte eine Zeit, bis der Dämon endgültig die Herrschaft über sein Opfer gewann, je nachdem, wie stark der Sterbliche oder der Vampir sich dagegen wehrte. Ein Entrinnen war unmöglich. Eine Erlösung konnte nur durch die Kraft des himmlischen Lichtes erlangt werden. Aber dieses war seit Ewigkeiten, wie die Hoffnung der Menschen, erloschen.

Elisabeths Augen verrieten den inneren Kampf, den sie mit dem Dämon ausfocht, der das Letzte, was von ihrer ursprünglichen Art noch existierte, Stück für Stück für alle Zeit auslöschte.

„Aber du wirst es nicht tun, Elisabeth, weil du mich geliebt hast." Er appellierte an die Elisabeth, die noch immer in ihr schlummerte.

Sie lachte höhnisch auf.

„Geliebt? Ich habe dich niemals geliebt! Du bist ein Verdammter!"

„Elisabeth, ich weiß, dass in dir noch etwas existiert, das für mich Zuneigung empfindet. Noch kannst du den Dämon in dir besiegen. Kämpfe!"

Das Funkeln in ihren Augen wurde schwächer.

„Dominik", flüsterte sie, „es ist zu spät. Bevor der Dämon noch mehr von mir Besitz ergreift, fliehe."

„Sieh mich an!", forderte er, als sie den Blick abwandte. Sie gehorchte, doch es glomm erneut in ihren Pupillen auf. Es schien, als wolle sie sich jeden Augenblick auf ihn stürzen, um ihn durch sein Blut für die Ewigkeit an sich zu binden. Tränke sie von seinem Blut, verfiele auch er dem Dämon in ihr, der den Körper kurzzeitig wechseln konnte, wenn sie es ihm gestattete.

„Ich weiß, dass du gegen die ewige Dunkelheit in dir kämpfst. Was hat Jiri nur mit dir getan? Warum bist du ihm gefolgt?"

Ein Anflug von Mitleid überkam ihn. Er spürte, wie der innere Kampf sie ermattete. Sie schwankte, und er fing sie auf.

„Dominik, mir bleibt nicht mehr viel Zeit. Höre mir zu. Jiri will die blonde Frau haben. Sie ist eine Dcera, eine Tochter des Lichtes. Du darfst sie nie als Gefährtin erwählen. Sonst wird er …" Ihre Lippen bewegten sich stumm, die Lider flatterten von der Anstrengung. Es blieb ihm nicht mehr viel Zeit, bis der Dämon gegen sie gewann, und sie sich auf ihn stürzen würde. Er musste schnell handeln.

„Ich trage dich nach draußen, Elisabeth."

Bitterkeit stieg in Dominik auf. Sie alle waren die Marionetten Jiris geworden. Was hatte Elisabeth über Karolina gesagt? Sie wäre eine Dcera? Das konnte unmöglich sein. Und doch, wenn er an den Blutdiamanten dachte, stieg eine Ahnung in ihm auf, die ihm schier die Kehle zuschnürte.

21.

Der Schlüssel drehte sich geräuschvoll im Schloss. Aber Karolina regte sich nicht. Seit Tagen lag sie wie betäubt auf dem Bett, den Blick ins Leere gerichtet. Alles war ihr gleichgültig. Am Anfang hatte sie sich dem Einsperren widersetzt, doch dann verfiel sie in Lethargie. Vor Müdigkeit fielen ihr die Augen zu.

Wenigstens vergaß sie im Schlaf ihre Traurigkeit. Morgen würde sie zum Kloster reisen, und Dominik nicht mehr wiedersehen. Die Tränen waren versiegt. Sie hob nicht einmal den Kopf, als sich Schritte näherten.

Anstelle von Lenka, die ihr sonst das Essen brachte, trat eine hochgewachsene, drahtige Frau neben sie. Ihr dunkelblondes Haar war von silbrigen Fäden durchzogen.

Sorgenvolle braune Augen richteten sich auf Karolina.

„Tante Carlotta?", wisperte Karolina.

Auf dem Nachttisch stand eine Tasse, deren Neige einen bitteren Geruch verströmte. Tante Carlotta schnupperte daran und runzelte die Stirn.

„Irgendjemand hat ein starkes Beruhigungsmittel in deinen Tee gegeben. Da bin ich gerade noch rechtzeitig gekommen. Ich danke dem Herrn."

Die Tante beugte sich herab, berührte mit der Hand Karolinas Wangen und rüttelte sie dann sanft an der Schulter.

„Ich bin gekommen, um dich abzuholen."

Karolina drehte den Kopf und lächelte. Dann fielen ihr erneut die Augen zu.

„Karolina, sag etwas. Komm schon." Die Tante tätschelte ihre blassen Wangen.

„Dominik …", stammelte Karolina schlaftrunken.

„Nein, ich bin es, Carlotta. Wenn du dein restliches Leben nicht hinter dunklen Klostermauern fristen willst, dann wach gefälligst auf."

„Tante Carlotta, bist du es wirklich?" Karolina blinzelte. Sie sah alles nur verschwommen.

„Natürlich bin ich es! Komm zu dir, Kind."

„Woher weißt du …?" Karolina setzte sich mit Tante Carlottas Hilfe auf.

„Adela. Kannst du aufstehen?" Sie reichte Karolina die Hand, damit sie sich an ihr hochziehen konnte.

„Ich denke schon. Weiß Vater davon? Er wird mich niemals gehen lassen."

„Das lass mal meine Sorge sein."

Karolina griff nach Tante Carlottas Hand und sah sie zweifelnd an.

„Steh auf und zieh dir was Warmes an. Die Nächte sind eisig."

Die Aussicht, mit Carlotta zu gehen, beflügelte Karolina, wenngleich sie an den aufgebrachten Vater dachte und sich noch immer benommen fühlte.

Schwankend stand sie auf, um gleich darauf aufs Bett zurückzufallen.

„Malvina, Eliska, helft ihr", befahl Carlotta. Erst jetzt bemerkte Karolina die beiden jungen Frauen, die im Türrahmen standen und sie voller Mitgefühl betrachteten. Die schwarzhaarige Eliska war zart gebaut und kleiner als Malvina, dennoch griff sie ebenso beherzt zu.

Zitternd wagte Karolina, einen Schritt vor den anderen zu setzen, gestützt von den beiden jungen Frauen.

Ihr Vater stand mit drohender Miene am Treppenabsatz, um ihnen den Weg zu versperren. Die Hände in die Hüften gestützt, donnerte er los.

„Ich habe dir nicht erlaubt, das Zimmer zu verlassen! Und dir, Carlotta, hatte ich verboten, mein Haus zu betreten!"

Tante Carlotta blieb gelassen.

„Ja, das hast du, Karel. Aber ich sehe nicht tatenlos zu, wie Karolina ins Unglück stürzt! Ich habe meiner Schwester auf dem Sterbebett versprochen, mich um sie zu kümmern."

Die Entschlossenheit der Tante beeindruckte Karolina. Noch nie zuvor hatte sie gesehen, wie eine Frau ihrem Respekt einflößenden Vater die Stirn bot.

„Schweig! Karolina soll ein besseres Leben führen als Anna."

„Fürchtest du dich, dass der Zeitpunkt nun gekommen ist, Karel?"

Karolinas Blick flog zwischen den beiden Streitenden hin und her. Sie verstand nicht, wovon sie sprachen.

„Karolina soll diese Gefahr nie kennenlernen." Vater knirschte mit den Zähnen.

„Welche Gefahr?" Sie mochte es nicht, wenn über sie gesprochen wurde, als wäre sie nicht anwesend.

Aber ihr Vater überhörte die Frage. „Karel, du kannst ihr Schicksal nicht beeinflussen. Finde dich endlich damit ab. Irgendwann muss sie ihrer Berufung folgen."

„Könnt ihr mir jetzt mal verraten, worum es hier geht? Ihr redet über mich, als wäre ich gar nicht da! Welche Berufung denn? Warum verstecken? Ich verstehe das alles nicht." Karolinas Empörung wuchs. Sie schwankte erneut und wurde von Malvina und Eliska aufgefangen.

„Bitte, mein Kind, das alles … es ist … wie soll ich dir erklären …"

Ihr Vater suchte nach den passenden Worten.

„Lass sie gehen, Karel, sie folgt nur ihrem Ruf, so wie Anna."

Es herrschte betretene Stille.

Tante Carlotta trat vor ihren Schwager und legte ihm die Hand auf den Arm. Bittend sah sie zu ihm auf.

Hinter Vaters Stirn arbeitete es. „Aber sie ist das Letzte, was mir geblieben ist." Sein schmerzerfüllter Blick berührte Karolina nun tief.

„Bitte, Tante Carlotta, erkläre mir, worum es geht."

„Später. Jetzt müssen wir aufbrechen, bevor die Dunkelheit hereinbricht. Verabschiede dich von deinem Vater."

Karolina besaß nicht die Kraft, sich der resoluten Tante zu widersetzen. Sie fühlte sich in diesem Moment wie eine leblose Marionette in einem Spiel, das Leben hieß. Tante Carlotta sprach von einem Abschied, als wäre er für immer. Wenn sie es recht bedachte, war immer eine Unruhe in ihr gewesen, die sie nie wahrhaben wollte und sich nicht erklären konnte. Undeutlich hatte sie diesen Abschied vorausgeahnt.

Langsam stieg sie die letzten Stufen herab, gestützt von Malvina und Eliska. Das Herz lag schwer in ihrer Brust. Dann stand sie ihrem Vater gegenüber. Malvina und Eliska ließen von ihr ab und traten einen Schritt zurück, damit Karolina sich von ihm verabschieden konnte.

Sie umarmte ihren Vater und schmiegte ihr Gesicht an seinen Hals. „Vater, ich kann nicht im Kloster leben, bitte versteh. Sorge dich nicht um mich."

Er presste sie mit einem Aufstöhnen an die Brust, als wolle er sie nie mehr loslassen.

„Ist schon gut, mein Kind. Wir werden uns wiedersehen. Gehe mit Carlotta und schließe deinen alten Vater in deine Gebete ein." Als sie zu ihm aufsah, bemerkte sie zum ersten Mal, dass es in seinen Augen feucht schimmerte.

22.

Dominik schlenderte durch die Gassen des nächtlichen Prag auf der Suche nach Zerstreuung. Karolina! Die Gedanken an sie waren schmerzhaft. Wenn er sie vergessen wollte, musste er sein altes Leben wiederaufnehmen. Deshalb schlug er die Richtung zu Jiris Stadtpalais ein.

Der Himmel war wolkenverhangen, die Luft feucht von Schnee.

Langsam überquerte er den Marktplatz, an dessen Stirnseite sich das Stadtpalais befand. Er musste sich vor Jiri reumütig zeigen, wollte er auch weiterhin zum Clan gehören. Elisabeth würde ihn verteidigen, davon war er überzeugt.

Kurz bevor er das Palais betrat, verharrte er. Die Erinnerungen drängten sich erneut auf. Hier war er Karolina zum ersten Mal begegnet. Verdammt, er durfte nicht mehr an sie denken, wenn sein Seelenfrieden zurückkehren sollte.

Energisch schob er die Gedanken beiseite und klopfte ans Tor.

Jiris Bälle galten in Prag als *das* gesellschaftliche Ereignis, nicht zuletzt wegen des ausschweifenden Treibens der Gäste. Ein frommes, enthaltsames Leben ließ jeder in der Ballnacht weit hinter sich, um sich der körperlichen Sünde hinzugeben. Wein floss in Strömen. Orgien erfreuten sich zunehmender Beliebtheit. Wer lauschige Plätzchen für intime Stunden suchte, zog sich in eines der vielen, exklusiven Boudoirs im oberen Stockwerk zurück.

Unter diese illustre Gesellschaft mischten sich unerkannt Vampire. In feine Roben gekleidet, unterschieden sie sich äußerlich nicht von den Sterblichen. Die Blässe ihrer Haut übertünchten sie mit Schminke. Ihrer sinnlichen Ausstrahlung erlagen die Menschen, allen voran die weiblichen.

Die Vampire ihrerseits fanden auf den Festen ein reich gedecktes Buffet vor, das ihre Bedürfnisse befriedigte: hübsche, junge Sterbliche für lustvollen Zeitvertreib, und deren köstliches Blut.

Zurück blieb bei Dominik immer ein bitterer Nachgeschmack. Wie sehr er dieses Leben verabscheute. Und doch gehörte es zu ihm. Elisabeth hatte damals mit ihm zum ersten Mal den Ball besucht. In einem der Boudoirs war auch er ihren Verführungskünsten erlegen, nicht ahnend, dass sie Jiris Auserwählte war.

Später begleiteten ihn willige Gespielinnen nach oben, um seine Lust zu befriedigen. Nie war er auf den Gedanken gekommen, ein anderes Leben zu führen, obwohl es ihn nicht erfüllte. Und so war Einsamkeit zu seinem ständigen Begleiter geworden.

Karolina hatte seine dunkle Welt ins Wanken gebracht und ihn die Einsamkeit, wenn auch nur für eine kurze Zeit, vergessen lassen.

Lautes Gelächter und Stimmengewirr schlugen ihm entgegen, als die Tür zum Ballsaal aufschwang.

Im Hintergrund spielten Streichinstrumente einen Walzer. Unzählige Gäste von Rang und Adel hatten sich eingefunden, um ihren Lastern nachzugehen. Der Reiz des Verbotenen zog sie hierher. Prags Gesellschaft tanzte auf dem Parkett der Frivolität. Ein junges Pärchen folgte zwei Männern in eleganter Kleidung hinauf ins obere Stockwerk, nicht ahnend, dass es sich bei ihren Begleitern um Vampire handelte. Nur wenigen Sterblichen gelang es, einen Vampir auf den ersten Blick zu erkennen. Manche liebten jedoch die Gefahr und ließen Vampire freiwillig von ihrem Blut kosten, wenn sie ihnen dafür sexuelle Erfüllung schenkten.

Er selbst hatte sich nie dazu hinreißen lassen, das Blut einer Frau zu trinken, obwohl die Versuchung groß gewesen war. Sein menschlicher Teil gebot ihm zu entsagen, seine dunkle Hälfte hingegen verlangte, die Gier zu stillen. Es war dieser innere Kampf, der ihn beinahe zerriss.

Eine junge Frau stieß einen spitzen Schrei aus, als ein Vampir sich über sie beugte und in ihren Hals biss. Oft überlebten die Opfer die Begegnung mit den Vampiren nicht. Besonders junge Vampire saugten ihre Gespielinnen manchmal aus unbezähmbarer Gier blutleer, wenn sie den sexuellen Höhepunkt erreicht hatten.

Als er langsam weiter durch den Saal schritt, war er sich der Blicke bewusst, die ihm folgten. Er wusste um seine Aura, die eine starke Anziehungskraft auf Sterbliche ausübte.

Jemand servierte ihm auf einem Silbertablett Champagner. Über den Rand des Glases sah er eine Brünette mit üppigem Busen, die sich Luft zufächelte und ihm mit kokettem Augenaufschlag ihr Interesse bekundete.

Noch vor Wochen hätte er sich sofort zu ihr gesellt, um sich auf eine Liebelei und vielleicht noch mehr einzulassen. Doch das Versprechen ihrer grünen Augen weckte keine Lust in ihm.

So schritt er vorbei, ohne ihr seine Aufmerksamkeit zu schenken. Ihm entging nicht der enttäuschte Schmollmund, den sie hinter ihrem Fächer zu verbergen suchte. Plötzlich langweilte ihn das Fest mit seinen lüsternen Gästen, und Dominik überlegte, wieder zu gehen.

Da trat einer der Vampire auf ihn zu und legte ihm die Hand auf den Arm. Dominik kannte ihn nur flüchtig - einer von denen, die offen um die Gunst des Grafen buhlten.

„Jiri will dich sehen." Der Akzent in der Stimme klang fremdartig. Ein hämisches Grinsen überflog das Gesicht des blonden Vampirs, als er Dominik mit einem kurzen Nicken bedeutete, ihm zu folgen.

Ein flaues Gefühl breitete sich in Dominik aus. Wenn Boskovic ihn zu sehen verlangte, bedeutete es, dass er ihm mehr als nur grollte. Dennoch folgte er dem Kleineren, der sich mit den Ellbogen einen Weg durch die Tanzenden bahnte. Bei jedem Schritt schwappte eine Welle süßen Parfümduftes zu Dominik, der die Nase rümpfte. Der Vampir führte ihn in einen separaten Raum, der an den Ballsaal grenzte, und schloss hinter ihm die Flügeltür.

Jiri thronte gelangweilt auf einem Diwan. Sein weißes Haar wirkte im Licht des Lüsters fast wie Glas. Mit starrer Miene sah er Dominik an. Zu seiner Linken saß lächelnd Elisabeth. Ihnen zu Füßen kniete ein Mädchen, ein halbes Kind, kaum sechzehn Jahre alt, den Kopf gegen die Beine des Vampirs gelehnt. Ihr Oberkörper war entblößt und von zahlreichen Bisswunden übersät, von denen das Blut in fadendünnen Rinnsalen über die kleinen, festen Brüste floss. Ihr glasiger Blick verriet Dominik, dass der Blutverlust sie schläfrig gemacht hatte. Ihre Hilflosigkeit weckte Dominiks Zorn, obwohl der Geruch süßen Blutes verlockend in seine Nase drang. Hastig wandte er sich ab.

Jiris Mund verzog sich zu einem schiefen Grinsen, als er die Reaktion Dominiks bemerkte. Seine Augen schienen nur aus schwarzen Pupillen zu bestehen. Das verlieh seinem Blick etwas Diabolisches, das selbst in Dominik ein ungutes Gefühl hervorrief.

Dennoch begrüßte er den Anführer der Vampire und seinen Schöpfer mit einer respektvollen Verbeugung.

„Mein Vater ließ mich rufen?" Jiri schnaubte und ballte die Hand zur Faust. „Du weißt, welche Strafe Verräter ereilt, die gegen den Kodex verstoßen?" Seine Stimme dröhnte im Raum, tief und dunkel.

„Ja, mein Vater. Aber es ist anders, als ..."

„Schweig, Halbblut!" Jiri schlug mit der Faust auf die Lehne des Diwans.

Seine Augen glühten rot auf, als er Dominik fixierte. Plötzlich spürte Dominik einen eisernen Griff um seine Kehle, der ihm die Luft abschnürte. Jiris dämonische Kräfte hatten sich weiter entwickelt. Es war ihm möglich, ihn allein durch die Kraft seiner Gedanken zu erwürgen. Diese Erkenntnis entsetzte ihn.

Dominik röchelte, seine Beine knickten ein, und er sackte auf die Knie. Im gleichen Augenblick entspannte sich Jiris Miene zu einem gönnerhaften Lächeln. Dann ließ er abrupt von Dominik ab, der sich mit der Hand seine schmerzende Kehle rieb und nach Atem rang.

„Ich könnte dir das Leben nehmen, mein Sohn, dich zerquetschen wie eine Ratte in der Gosse, um dein Blut zu verteilen." Jiri spuckte jedes Wort aus, erhob sich und trat langsam auf ihn zu. Dominik rang noch immer nach Atem, als er zu seinem Schöpfer aufsah.

Der Anführer betrachtete ihn lächelnd, mit einem Ausdruck von Stolz. Er schob Dominik seine langen, eiskalten Finger unters Kinn.

„Du bist schön, mein Sohn, der Schönste unter den Geschöpfen der Finsternis. Ich habe dich erschaffen. Ein Meisterwerk. Du bist ein einzigartiges Exemplar, halb Vampir, halb Mensch, wenngleich durch deine Sterblichkeit nicht perfekt. Zu schade, wenn du sterben müsstest." Jiri strich besitzergreifend über Dominiks Wange. Dann beugte er sich zu ihm hinab, bis sein Gesicht nur einen Fingerbreit von Dominiks entfernt war. Mit geschlossenen Augen schnupperte er.

„Ah! Dein Blut riecht köstlich." Jiri leckte sich über die Lippen. „Durch deinesgleichen wird unsere Rasse sich fortpflanzen und die Herrschaft erlangen. Der Tag wird den Geschöpfen der Finsternis genauso gehören wie die Nacht. Durch den Bund mit den Schattendämonen werden wir unbesiegbar sein, bis ans Ende der Zeit, wenn unser aller Vater auf die Erde zurückkehrt, um Vergeltung zu üben. Ich werde dir ein Weib schaffen, das die gleichen Eigenschaften besitzt wie du. Mit ihr wirst du Kinder zeugen, vampirische Kinder!" Jiri warf den Kopf zurück. Sein Lachen hallte von den Wänden. Als es verstummte, hielt sein bohrender Blick Dominiks fest.

In den Augen des Grafen las Dominik einen teuflischen Plan. Würde ein Schattendämon von ihm Besitz ergreifen, wäre er unsterblich und mit Eigenschaften gesegnet, die ihn vollkommen werden ließen. Ein genialer Plan, weshalb auch er in der Nacht des blauen Mondes den Schattendämonen geopfert werden sollte. Dominik erschauerte.

Mit allem hatte Dominik gerechnet, mit Strafe, Verbannung, sogar Folter, aber nicht damit. Verwirrt sah er zu seinem Schöpfer auf, der sich aufrichtete und von ihm abwandte, um seine Gunst nun Elisabeth zu schenken.

Dominik rappelte sich auf, seine Kehle schmerzte noch immer. Ein heiseres Röcheln drang aus seiner Kehle. Er war seinem Schöpfer Jiri auf Gedeih und Verderb ausgeliefert. Der Anführer bestimmte über sein Schicksal, seit dem Tag, an dem er ihn zu einem Geschöpf der Finsternis werden ließ.

Alles erschien ihm trostlos, leer und ohne Hoffnung. Obwohl er die Nacht mit ihrer dunklen und beruhigenden Stille liebte, barg sie die Verdammnis in sich.

„Es ist Zeit für ein Bad", sagte Elisabeth lüstern zum Grafen und wog sich in den Hüften.

Jiri, der die Aufforderung verstand, lächelte sie an und entblößte dabei seine Reißzähne. Die Gier nach einem Blutbad ließ ihn die Gegenwart Dominiks vergessen. Gleich darauf verließen beide das Zimmer, um sich in das Kellergewölbe zu begeben.

Dominik fühlte sich noch immer benommen. Die Macht Jiris war gigantisch und beängstigend zugleich.

Ein leises Stöhnen riss ihn aus seinen Gedanken. Es war das Mädchen, das am Boden lag. Sie rollte mit den Augen, Blut sickerte aus ihrem Mund. Ihr blondes Haar und das zarte Gesicht erinnerten ihn an Karolina.

Jiri und Elisabeth hatten sich an dem unschuldigen Mädchen vergangen und sie dann sich selbst zu überlassen, weil das Leben Sterblicher ihnen nichts bedeutete. Mitleid erfasste ihn, ein seltenes Gefühl, das tief in seinem Innern geschlummert hatte und erst durch Karolina geweckt worden war.

Mit einem Schritt war Dominik bei dem Mädchen und fühlte ihren Puls. Er war kaum zu spüren, und sie atmete flach. Wenn er sie hier liegen ließe, würde sie sterben, wie all die anderen vor ihr. Das konnte er nicht zulassen.

Behutsam bedeckte er ihre mit Blut verklebten Brüste mit dem zerrissenen Oberteil ihres Kleides und hob sie auf seine Arme. Mühelos trug er das schlaffe Bündel durch den Hinterausgang. Währenddessen überlegte er, wohin er sie bringen sollte. Sein Stadthaus bot keine Sicherheit.

Da fiel ihm Karolinas Tante ein, die schon oft junge Mädchen und Frauen, die Opfer von Vampiren geworden waren, bei sich aufgenommen hatte.

Nur einen Wimpernschlag später legte er das Mädchen vorsichtig vor Carlottas Tür ab und klopfte energisch an. Dann verwandelte er sich in die Gestalt des Wolfs und beobachtete, verborgen im Schatten des Remisendaches, wer öffnen würde.

23.

Tante Carlottas Blick ruhte nachdenklich auf Karolina, die aus der Kutsche blickte. Neben ihr saß Malvina mit verschränkten Armen und schlummerte. Auch Eliska döste.

„Liebe Tante, warum hast du mich nicht schon eher geholt?", flüsterte Karolina.

„Bitte nenn mich nur Carlotta. Weil ich deiner Mutter versprechen musste, dich bei mir aufzunehmen, wenn du 21 bist." Carlotta lächelte nachsichtig.

In wenigen Tagen feierte Karolina ihren 21. Geburtstag.

„Aber weshalb hat Mutter mir keinen Brief hinterlassen?" Wie sehr hatte Karolina sich in all den Jahren nach einem weiteren Brief aus der Hinterlassenschaft der Mutter gesehnt. Sie wusste so wenig über sie. Ein Gemälde in der Bibliothek und ein Brief an den Vater gehörten zu den wenigen Erinnerungsstücken an ihr Leben.

„Ihr blieb nicht viel Zeit. Sie hoffte auf dein Verständnis und bat mich, sich deiner anzunehmen."

„Vater hat mich noch nie angelogen."

„So? Woran ist deine Mutter denn gestorben?" Carlotta schürzte die Lippen.

„Am Fieber."

„Pah! Am Fieber! Hast du dich nie gefragt, weshalb dein Vater kaum über sie gesprochen hat?" Carlotta beugte sich zu Karolina vor. Deutlich war die Empörung in ihrer Miene zu lesen, über die die leise und freundlich gesprochenen Worte nicht hinwegtäuschen konnten.

„Aus Trauer. Willst du Vater der Lüge bezichtigen?" Karolina kniff die Lippen zusammen.

„Ja, ich habe Beweise. Bist du bereit für die Wahrheit?"

Eine Weile sahen sie sich schweigend an. Spannung lag in der Luft. Der Zweifel war geweckt. Karolina runzelte die Stirn.

„Nun?", unterbrach Carlotta als Erste die Stille.

„Ich weiß nicht … ob ich dir glauben kann."

„Vertrau mir."

„Dann sprich." Trotzig schob Karolina das Kinn vor. Mit angespannter Miene wartete sie auf die Erklärung Carlottas.

Diese holte tief Luft und begann:

„Unsere Mutter vererbte Anna ein geheimes Wissen und den Blutdiamanten. Beides wird seit unendlich langer Zeit in jeder Generation von der Mutter an die erstgeborene Tochter weitergereicht. Hast du noch das Juwel?"

Karolina nickte und zog den Anhänger aus ihrem Baumwollmieder.

„Dass er so heißt, habe ich vor wenigen Tagen von einem Vampir erfahren." Noch immer schüttelte Karolina sich innerlich vor Entsetzen, als sie an diese Begegnung dachte.

„Du kennst seine Bedeutung?"

Karolina schüttelte den Kopf.

„In ihm ist Liliths Blut eingeschlossen, daher die rote Farbe."

„Lilith?"

„Lilith, die Nächtliche, die Mutter aller Dämonen und Vampire."

Eine Gänsehaut breitete sich auf Karolinas Körper aus.

„Ich habe diesen Namen noch nie gehört."

„Nenne ihn nie in Gegenwart eines Vampirs, denn er verleiht ihm Macht."

„Wer war diese Lilith?"

„Lilith war Adams erste Frau, aufsässig und intrigant; sie widersetzte sich Adam und floh aus dem Paradies in das Land Nod. Dort trieb sie Unzucht mit Satan und seinen Dämonen und gebar Kinder der Finsternis."

Carlotta spie die Worte aus. Karolina wagte nicht, die Tante zu unterbrechen.

„Gott schickte den Erzengel Michael zu ihr, um sie zur Rückkehr zu überreden, aber sie lehnte ab. Dann traf sie auf Kain."

„Der, der seinen Bruder erschlagen hat?"

„Ja. Lilith ließ ihn von ihrem Blut trinken. Kain verfiel ihr. Gott sandte nacheinander die vier Erzengel auch zu ihm, damit er sich wieder zu ihm bekehre. Aber Kain verhöhnte sie, weshalb sie ihn verfluchten. Seine Nachfahren sollten sich für immer vor Feuer und Sonne fürchten. Zur ewigen Dunkelheit verbannt, würden sie den Durst auf Blut verspüren und wären zum ewigen Leben verdammt. Kain wurde zu einem Geschöpf der Finsternis, an Liliths Seite. Sie verbündeten sich mit Satan und seinen Dämonen und warten auf die Gehenna und das Ende der Zeit, in dem über alle gerichtet wird."

Karolina begann zu zittern. Das alles hörte sich zu fantastisch an, und doch war sie diesen dunklen Geschöpfen real begegnet.

In Karolinas Kopf überschlugen sich die Gedanken. Sie dachte an die Bibelstunden, die sie als Kind jeden Sonntag besucht hatte. „Aber der Pfarrer sprach von der Kanzel nie von einer anderen Frau Adams ..."

„Weil die Kirche diese düstere Episode der Geschichte verleugnet."

Die Worte der Geistlichen, auch eine Lüge? Fassungslos erwiderte Karolina den Blick der Tante. Sie suchte nach Worten, aber die Gedanken schwirrten in ihrem Kopf, sodass sie einen Moment brauchte, um sich zu sammeln.

„Und was hat das mit Mutter zu tun?" Karolina umklammerte den Blutdiamanten, als suche sie an ihm Halt.

„Deine Mutter war eine Tochter des Lichtes, eine Dcera, eine Vampirjägerin, von den Erzengeln auserkoren, die Dämonen zu vernichten."

Carlotta unterbrach, Schatten lagen auf ihrem Gesicht und ihr Blick richtete sich in die Ferne. Karolina ahnte, dass die Geister der Vergangenheit die Tante eingeholt hatten. Tränen traten in ihre Augen.

Karolina erstarrte, als sie den Begriff Dcera vernahm. Den gleichen hatte auch der Vampir verwandt, als er vor dem Blutdiamanten erschrak.

„Und du bist auch eine Dcera." Carlotta nickte.

Tochter des Lichtes! Dcera! Die Worte hallten in ihr wider wie ein unheimliches Echo.

Karolina starrte auf den Blutdiamanten, der in der fahlen Beleuchtung sein Feuer versprühte. Carlotta legte der Nichte beruhigend die Hand auf den

Arm. Karolina schrak zusammen. Sie riss die Augen weit auf und schüttelte ungläubig den Kopf. „Nein, niemals", wisperte sie. „Du lügst."

„Es ist in euch der Ruf des Blutes, diese Welt von bösen Mächten zu befreien."

Karolina presste die Fäuste gegen den Mund.

„Niemals, niemals", stammelte sie immer wieder.

Carlotta nahm Karolinas Hände in die ihren.

„Ich glaube dir nicht. Mutter hätte nie getötet." Karolinas Stimme zitterte, Tränen brannten in ihren Augen. In ihrem Kopf breitete sich eine Taubheit aus, die ihr Denken lähmte.

„Deine Mutter wurde von Jiri umgebracht!"

Verzweiflung und Wut verliehen Carlottas Worten die Kraft von Peitschenhieben. Karolina zuckte zusammen.

Jiri! Der Graf, in dessen Gegenwart sie auf dem Prager Ball diese unerklärliche Furcht verspürt hatte? Jiri, vor dem Dominik sie gewarnt hatte?

„Deshalb fürchtet dein Vater um dein Leben und wollte dich vor diesem Schicksal bewahren. Doch er weiß nun, dass er sich nicht dagegen wehren kann. Die Menschen in Prag werden von den Mächten der Dunkelheit beherrscht. Der Untergang ist nah. Nur du kannst ihn abwenden."

„Ich weiß nichts. Wie könnte ich da helfen? Mein Gott, mir schwirrt der Kopf." Sie stützte den Kopf in die Hände und seufzte laut auf.

Malvina und Eliska schliefen noch immer, was Karolina entgegenkam.

„Es ist meine Pflicht, dich ab jetzt auf deine Aufgabe vorzubereiten." Carlotta nickte huldvoll.

„Ich weiß nicht recht, ob ich das möchte und kann."

„Du musst, Karolina."

„Was könnte ich schon gegen Vampire ausrichten?"

„Dein Blut ist das Blut Michaels. Ich werde dir helfen. Vertrau mir."

„Entschuldige, liebe Tante, das geht mir alles zu schnell."

Carlotta schüttelte den Kopf.

„Die Zeit ist knapp. Du musst die dämonische Brut vernichten!" Mit grimmiger Entschlossenheit ballte Carlotta die Faust.

Eine eisige Kälte stieg in Karolina hoch.

„Ich kann nicht töten." Karolina war über die grausamen Worte der Tante entsetzt. Sie hatte diese immer für eine fromme Frau gehalten, deren Leben die zehn Gebote bestimmten. Den Aufruf zum Töten aus ihrem Munde zu hören, erfüllte Karolina mit Traurigkeit und Entsetzen. Und doch wusste sie, dass die Grenze zum Töten schnell überschritten werden konnte, wenn Hass und Wut im Spiel waren.

„Glaube mir, du wirst es tun, wenn du ihre Grausamkeit kennengelernt hast."

„Liebet eure Feinde."

„Das bedeutet den Untergang." Dennoch verspürte sie in sich einen unbändigen Zorn gegen den Mörder ihrer Mutter, die sie so schmerzlich vermisste. Wie anders wäre ihre Kindheit und Jugend verlaufen. Sie ballte die Hände. Wenn das wirklich stimmte, was die Tante gesagt hatte, dann musste der Graf für seine Tat bestraft werden. Im gleichen Moment schämte sie sich ihrer rachsüchtigen Gedanken.

24.

Das rhythmische Schaukeln der Kutsche machte schläfrig. Während Carlotta und die anderen im weichen Polster ihrer Sitze schlummerten, fand Karolina dennoch keine Ruhe. Sie grübelte über ihr vergangenes Leben, die Lügen, die sie begleitet hatten, und die Worte Carlottas über ihre Mutter. Alles, woran sie geglaubt hatte, entsprach einem Trugbild. Ihre Welt brach wie ein Kartenhaus zusammen. Und dann noch der entsetzliche Tod der Mutter. Hatte der Graf diese vielleicht ebenso vorher genommen, wie die Frau in seinem Salon? Sie schloss für einen kurzen Moment die Augen. Dafür musste Boskovic büßen.

Das Herz hämmerte schmerzhaft in der Brust, und in ihrem Kopf herrschte ein Durcheinander.

Sie zog den Vorhang zurück und spähte nach draußen. Die Sonne versank am Horizont und tauchte die vorbeiziehende Landschaft in ein rotgoldenes Licht.

Von Weitem erkannte sie oberhalb der Stadt die Prager Burg. Nicht weit von ihr entfernt befand sich Dominiks Stadthaus. Sie hoffte auf eine Gelegenheit, ihn wiederzusehen. Nicht zu wissen, ob er ihre Gefühle im gleichen Maß erwiderte, brachte sie um den Verstand.

Wenig später war der letzte Sonnenstrahl am Horizont verschwunden, und Dunkelheit legte sich über das Land. Die Zeit brach an, in der die Geschöpfe der Finsternis die Straßen Prags durchstreiften.

Die Kutsche holperte über das Straßenpflaster entlang der Moldaubrücke. Die Stadt wirkte wie ausgestorben. Dichter Nebel hing über der Moldau.

Obwohl Karolina sich müde und erschöpft fühlte, konnte sie ihre Augen nicht schließen. Immer wieder glitten ihre Gedanken zu Dominik.

Hier in Prag erinnerte sie alles an ihn.

Als sie nach einer Weile in den Waldweg einbogen, der zu Carlottas Haus führte, gewann die Kutsche unerwartet an Tempo. Die Peitsche des Kutschers knallte. Die Hufschläge erklangen wie dumpfer Trommelwirbel.

Schlagartig waren alle hellwach.

„Weshalb die Eile?" Karolina sah fragend zu Carlotta, die sich zum Fenster hinausbeugte.

„Wir werden verfolgt." Alle hielten den Atem an. Carlotta tauschte mit Malvina und Eliska wissende Blicke aus.

„Von wem?" Neugierig beugte Karolina sich vor.

„Milos, was ist los?", rief Carlotta dem Kutscher zu, erhielt aber keine Antwort. Sie lehnte sich weit zum Fenster hinaus, um nach dem Kutscher zu sehen. Als sie wieder in ihren Sitz zurücksank, war sie bleich. Sie presste die Hand gegen ihre Brust.

„Mein Gott, Milos scheint verletzt! Über uns kreisen Schatten. Hoffentlich hält er durch, bis wir das Haus erreicht haben. Lasst uns den heiligen Michael um Beistand bitten." Carlotta senkte ihren Kopf und bekreuzigte sich, die anderen taten es ihr gleich.

Die Stirn in Falten gelegt, zog sie unter der Kutschbank eine Armbrust mit prachtvollen Silberverzierungen hervor und aus ihrer Rocktasche einen silbernen Pflock, kürzer als ein Pfeil, den sie in die Armbrust spannte. Mit Furcht und Bewunderung zugleich betrachtete Karolina die glänzende Waffe, deren Technik ausgefeilter war, als sie es je gesehen hatte, und die einen präzisen Schuss mit enormer Durchschlagskraft versprach. Dennoch zweifelte sie daran, dass eine Armbrust gegen die wendigen Vampire etwas auszurichten vermochte.

Auch Malvina und Eliska zogen unter der Kutschbank ihre Armbrüste hervor und spannten Silberpflöcke ein.

„Vergeudet keinen Schuss. Wir wissen nicht, wie viele es sind. Lasst sie herankommen und schießt erst, wenn ihr sicher seid, ihr Herz zu treffen." Karolinas Blick flog zwischen den Frauen hin und her, verfolgte jede einzelne ihrer Bewegungen, die mit grimmiger Entschlossenheit und präzise ausgeführt wurden.

„Ihr wollt doch nicht wirklich …", sagte sie und legte die Hand auf Eliskas Arm.

„Entweder wir oder sie!", erwiderte die Schwarzhaarige.

„Und wir haben uns entschlossen, gegen diese Bestien zu kämpfen." Malvinas grüne Augen sprühten Funken.

Ehe Karolina etwas erwidern konnte, hörte sie ein schauriges Geheul, das ihr das Blut in den Adern stocken ließ. Würde sie vielleicht erneut dem Mörder ihrer Mutter gegenüberstehen?

„Drazice, du elender Blutsauger. Dieses Mal erwischen wir dich!", rief Carlotta in die Dunkelheit und unterbrach ihre Gedanken.

„Anton Drazice?"

„Den erkenne ich schon am Geheul." Eliska verzog verächtlich den Mund. „Für das, was er Adela und vielen anderen angetan hat, wird er büßen."

Lautes Gelächter erklang über ihnen, dann knallte etwas auf das Kutschendach. Sofort richteten sich die Armbrüste nach oben.

„Wir werden ja sehen, Dcera Carlotta, wer am Ende der Gewinner ist. Euer Blut wird mir besonders schmecken, danach nehme ich mich Eures Kutschers an." Wieder erfolgte ein durchdringendes Gelächter, das ihnen Schauer über den Rücken jagte.

Mit einer Schnelligkeit, die Karolina bei ihrer Tante nicht vermutet hätte, lehnte sich Carlotta aus dem Fenster und zielte nach oben. Doch Anton Drazice war schneller, als er geschmeidig wie eine Katze von der Kutsche glitt.

„Diese Bestie liebt das Risiko und fühlt sich uns überlegen. Verdammt, ich muss ihn erwischen!" Carlotta zielte in die Dunkelheit.

Karolina atmete erleichtert auf, als das Gelächter Drazices leiser wurde.

„Den wären wir wohl los." Sie lehnte sich seufzend zurück.

„Da wäre ich mir nicht so sicher." Malvina warf einen bedeutungsvollen Blick zu Carlotta.

„Es wäre für den Baron höchst ungewöhnlich, wenn er gleich kapitulierte. Er ist einer von der schlimmsten Sorte. Am liebsten hätte ich diesem Blutsauger gleich den Garaus gemacht. Beim nächsten Mal ist er dran."

„Vielleicht hat er eure Armbrüste gesehen und das hat ihn abgeschreckt."

„Du musst noch viel lernen, Karolina. Vampire lassen sich nicht so leicht einschüchtern. Sie kämpfen bis zum bitteren Ende. Niemals darfst du ihre Kraft und Verschlagenheit unterschätzen. Es muss etwas anderes dahinter stecken."

Die vier Frauen steckten ihre Köpfe zusammen und tuschelten. Im selben Augenblick hielt die Kutsche plötzlich an. Carlotta stieg aus, um Milos nach dem Grund zu fragen. Die Armbrust hielt sie schussbereit in der Hand. Schreckensbleich kehrte sie zurück.

„Milos ist tot. Seine Hände halten noch immer die Zügel umklammert", flüsterte sie, und Tränen schossen in ihre Augen.

„Der arme Milos. Gott sei seiner Seele gnädig", antwortete Eliska.

Carlotta bekreuzigte sich und die anderen folgten ihrem Beispiel.

„Ich werde die Kutsche lenken", bot Malvina an. „Es ist ja nicht mehr weit. Wir können nur hoffen, dass Drazice keinen Spaß mehr an der Verfolgung hat."

Kaum hatte sie das ausgesprochen, öffnete sich ruckartig der Vorhang und ein bleiches Gesicht erschien. Alle erstarrten beim Anblick der riesigen, blutverschmierten Reißzähne, die sich ihnen fauchend entgegen wölbten.

Eliska, die Drazice am nächsten war, richtete sofort die Armbrust auf ihn. Karolina drückte sich in die Ecke der Kutsche.

„Eliska, du musst sein Herz treffen!", rief Carlotta mit glühenden Wangen.

Anton lachte auf. Seine Aufmerksamkeit galt Karolina. Er schob sich weiter vor, sodass sich sein Brustkorb in der Schusslinie befand.

„Schieß! Schieß, Eliska!", schrie Carlotta. Aber die zarten Hände der Frau zitterten wie Espenlaub.

„Ich hoffe, mein nächtlicher Besuch hat die Damen ein wenig erfreut. Wir werden uns bald wiedersehen!", rief Drazice und verschwand in einer Geschwindigkeit, die Karolina nie für möglich gehalten hätte. Sein dröhnendes Lachen verfolgte sie noch eine Weile.

Karolina zitterte am ganzen Leibe. Ihr war nicht entgangen, wie der Baron sie gemustert hatte.

„Verdammt! Warum hast du nicht geschossen?", fuhr Malvina Eliska zornig an.

„Du hättest es genauso tun können", verteidigte sich diese.

„Nein, hätte ich nicht, ohne dich zu verletzen. Also, warum, zum Henker, hast du gezögert?"

Eliska ließ die Armbrust sinken. „Ich weiß es nicht", antwortete sie mit tränenerstickter Stimme.

„Da hast du mal die Möglichkeit und nutzt sie nicht." Malvina schob zornig die Armbrust neben sich.

„Tut mir leid", sagte Eliska kleinlaut.

„Jetzt ist es zu spät. Dabei hätten wir ihn erledigen können. Meine Güte, Eliska, man könnte meinen, du hättest Mitleid mit diesen widerlichen Kreaturen!"

Malvina schnitt eine Grimasse.

„Vorwürfe nützen uns wenig. Ein anderes Mal entkommt er uns nicht", beschwichtigte Carlotta die Streitenden.

25.

Ein lautes Pochen riss Karolina aus dem Schlaf. Ruckartig setzte sie sich auf und lauschte in die Dunkelheit. Sanftes Mondlicht schien durchs Fenster und überzog den Raum mit einem silbrigen Schleier.

Es dauerte einen Moment, bis sie sich wieder daran erinnerte, in Carlotta Haus zu sein. Gleichmäßig ruhige Atemzüge verrieten Karolina, dass Adela neben ihr tief schlief.

Leichtfüßige Schritte eilten über den Flur, begleitet von flüsternden Stimmen. Neugierig schwang Karolina die Beine aus dem Bett, warf die Wollstola um die Schultern und lief in den Flur.

Malvina kam ihr mit einer Öllampe in der Hand entgegen.

„Was ist denn los?", fragte sie. Malvina zuckte mit den Schultern.

„Keine Ahnung, Carlotta ist nach unten zur Tür gelaufen. Jemand hat geklopft."

„Dann lass uns auch hinuntergehen."

Kaum erreichten sie die Treppe, da rief Carlotta nach ihnen.

Malvina und Karolina eilten nach unten, auch Eliska folgte.

Carlotta stand in der geöffneten Haustür und blickte nach unten auf ein weißes Bündel, das zu ihren Füßen lag.

Es war ein blutjunges Mädchen, das auf der Schwelle lag, in einem weißen, zerrissenen Kleid, das mehr von ihrem Oberkörper entblößte als verdeckte. Ihre kleinen, runden Brüste waren von Bisswunden übersät, Hals und Gesicht blutverschmiert.

Karolina entfuhr ein Schrei des Entsetzens.

„Siehst du nun, Karolina, mit welchen Bestien wir es zu tun haben?" Carlotta sah ihre Nichte mit Strenge an.

„Doch nicht ein Vampir?"

„Das Werk eines Vampirs, nachdem er seine Lust an ihr gestillt hat." Carlotta hockte sich neben das Mädchen und warf einen Blick unter deren Röcke. Die Lider der Ohnmächtigen begannen wild zu flattern, und sie stöhnte auf.

„Wusste ich es doch. Man hat sich an ihr vergangen. Tragt sie hinein, damit wir uns um das arme Ding kümmern können."

Carlotta erhob sich wieder. Karolina erschrak über den hasserfüllten Blick der Tante.

Folgsam hoben Eliska und Malvina das Mädchen hoch. Auch Karolina fasste zu, noch immer betroffen von dem grausamen Anblick.

„So ähnlich ist es Eliska und Malvina auch ergangen", sagte Carlotta und zog dem Mädchen die restliche Kleidung aus, das nun, nackt und blutverschmiert, einen Anblick des Jammers bot.

Eine Welle des Mitleids erfasste Karolina, als sie die Wunden des Mädchens betrachtete, das bewusstlos vor ihnen auf dem Tisch lag.

„Weshalb hat man ihr das angetan? Sie ist doch noch so jung."

„Vampire lieben frisches, junges Blut und jungfräuliche Körper", sagte Eliska.

Karolina glaubte plötzlich so etwas wie Bewunderung in den Augen Eliskas zu erkennen und erschrak.

„Eliska weiß, wovon sie spricht. Auch sie wurde einst vor Carlottas Tür abgelegt, genauso übel zugerichtet."

Ekel und Wut stiegen in Karolina auf. Wer mochte das getan haben? Boskovic?

„Dein Vater hat dir wohl nicht viel über die dunkle Welt erzählt?" Malvina goss warmes Wasser in eine Schüssel, das sie zuvor in der Küche erhitzt hatte.

„Nein, nicht viel. Ich glaubte, es handele sich um Märchen."

„Märchen? Das meinst du doch nicht ernst?" Malvina schnaubte voller Empörung. „Aber du hast ja nie kennengelernt, wie es ist, als armes Kind in der Gosse zu leben, in der du nur Abschaum und allen Versuchungen der Hölle begegnest. Musst jedes Stück Brot erbetteln, gar dein Blut und deinen Körper an die dunklen Geschöpfe verkaufen, um zu überleben. Du weißt nicht, was das bedeutet."

„Nein, das weiß ich nicht. Aber das kannst du mir nicht vorwerfen. Keiner hat sich die Familie ausgesucht, in die er geboren wird." Malvinas Vorwurf kränkte Karolina.

„Hm. Du hast recht. Entschuldige meine harten Worte. Du hättest genauso als Bettlerkind geboren werden können." Sie klopfte Karolina besänftigend auf die Schulter.

Dann tauchte sie ein weißes Leinentuch ins Wasser und wusch die Wunden der Verletzten aus.

„Sie hat Glück gehabt." Karolina war erleichtert, als sie beobachtete, wie der Brustkorb des Mädchens sich gleichmäßig hob und senkte.

„Das wird sich erst in den nächsten Stunden herausstellen, bis zur nächsten Dunkelheit." Carlotta stand in der Tür, ein Bündel Tücher über dem Arm.

Karolina hob den Kopf.

„Wird sie Fieber bekommen?"

„Nein, das wohl nicht. Aber sie hat viel Blut verloren, und wir wissen noch nicht, ob sie sich verwandeln wird."

„Verwandeln?" Eine schreckliche Ahnung machte sich in Karolina breit, die Malvina sogleich bestätigte.

„Ja, in eine Vampirin."

„Können wir denn gar nichts dagegen tun?", entfuhr es Karolina.

„Wenn der Vampir sie von seinem Blut trinken ließ, wird sie sich unter Höllenqualen verwandeln. Dagegen sind wir machtlos."

„Aber ihr, ihr hattet doch damals Glück ..."

Eliska nickte. „Die Vampire stillten nur ihren Hunger an uns."

„Kanntet ihr den Vampir, der euch das angetan hat?"

Noch ehe Eliska antworten konnte, ertönte eine Stimme von der Tür.

„Drazice! Es war der Baron!"

Alle Blicke flogen in die gleiche Richtung.

„Adela!"

Die Freundin stand barfüßig und verschlafen im Türrahmen.

„Ihr habt mich nicht geweckt, das nehme ich euch übel. Ich möchte mich auch nützlich machen", sagte sie voller Vorwurf, doch ein darauffolgendes Lächeln stimmte ihre Worte milder. Sie trat an den Tisch und schob Karolina mit dem Ellbogen beiseite, um Malvina beim Bandagieren zu helfen.

„Draußen vor dem Haus schleicht ein schwarzer Wolf herum. Ich habe ihn durchs Fenster gesehen."

Karolina zuckte bei Adelas Worten zusammen.

„Ein schwarzer Wolf?" Sofort dachte sie an ihre Begegnung mit dem schwarzen Wolf, als sie vom Schloss der Gräfin geflohen war.

Adela nickte und nestelte an einem Verband des Mädchens.

„Ich bin auch einmal einem schwarzen Wolf begegnet, zuerst im Wald, dann vor meinem Elternhaus", sprach Karolina ihre Gedanken aus.

Schlagartig herrschte Stille, alle Köpfe wandten sich ihr zu. Fragende Blicke ruhten auf ihr.

„Er hat mir nichts getan. Einfach nur dagestanden und mich angesehen …"

„Seltsam. Bestimmt war es nicht derselbe Wolf. Einem Werwolf oder Vampir wärst du nicht entkommen. Den schwarzen Wolf, von dem Adela gesprochen hat, hätte Malvina neulich beinahe zur Strecke gebracht. Im letzten Moment ist er entwischt." Es war Carlotta anzusehen, wie sehr ihr diese Tatsache missfiel.

„Doch nicht auch ein Vampir?"

„Manche Vampire sind Gestaltenwandler. Vielleicht war es auch ein Werwolf."

Eliska wusch vorsichtig das Gesicht des Mädchens ab und träufelte Jodtinktur auf die Wunden. Ihre geschickten Finger verrieten, dass sie das nicht zum ersten Mal tat. Karolina fand die junge Frau irgendwie seltsam, sehr in sich gekehrt. Sie beteiligte sich nur selten an Gesprächen. Und wenn sie über Vampire sprach, leuchtete es in ihren Augen. Die Szene in der Kutsche war Karolina erneut präsent. Eliska hätte den Vampir erledigen können, so, wie Malvina es gesagt hatte.

Dann erforderte das Versorgen des Mädchens Karolinas ganze Aufmerksamkeit. Während sie einen Arm bandagierte, grübelte sie über die Begegnung mit dem Wolf nach.

Die Worte über ihn ließen Karolina nicht los. Wenn es sich wirklich um einen verwandelten Vampir handelte, weshalb hatte er ihr dann nichts getan?

„Was geschieht eigentlich mit dem armen Ding, wenn es sich verwandelt, Carlotta?" Adela strich mit einer liebevollen Geste das rote Haar aus dem Gesicht des Mädchens.

„Dann müssen wir sie pfählen."

Karolinas Magen stülpte sich um, sie begann zu würgen.

Auch Adela erblasste und hielt die Luft an.

„Aber, das … ist unmenschlich!"

„Wir können sie nicht einfach so laufen lassen, Adela. Sie wird Jiri folgen und ebenso anfangen zu töten wie die anderen. Vielleicht wäre eine von uns das nächste Opfer. Das dürfen wir nicht zulassen." Carlottas Worte duldeten keinen Widerspruch.

„Carlotta hat recht. Sie wäre sehr gefährlich. Aber noch ist nicht aller Tage Abend. Lasst uns lieber unsere Arbeit hier beenden und dann abwarten."

Malvina reichte Eliska und Karolina weitere Binden über den Tisch.

Als das Mädchen friedlich schlummernd im weißen Bett lag, sah Karolina nachdenklich auf sie herab. Sie fühlte bei dem Anblick Wut und Ohnmacht.

Nicht nur Erwachsene, auch unschuldige Kinder wurden wie Vieh ausgesaugt und missbraucht. Dem musste tatsächlich ein Ende gesetzt werden. Doch sie war nicht die Richtige, wie die Tante behauptete. Noch nie hatte sie eine Kreatur getötet, nicht mal eine Fliege erschlagen. Das würde sich auch jetzt nicht ändern.

Trotzdem spürte sie den aufkeimenden Zorn in sich, brennend, nach Rache verlangend, wenn sie auf das geschundene Wesen hinabblickte. Zum ersten Mal konnte sie Carlotta verstehen.

Das Mädchen stöhnte auf, ihre Lippen formten unverständliche Worte.

„Hast du Durst?" Karolina erhielt ein Nicken.

Sie goss den mit Carlottas Kräutersud vermischten Tee in eine Tasse, fasste das zitternde Geschöpf unter den Oberkörper und zog sie hoch, um ihr von dem bitteren Gebräu einzuflößen.

Von dem Geruch angewidert, schüttelte das Kind den Kopf.

„Du musst davon trinken, wenn du wieder zu Kräften kommen willst."

Karolina setzte ihr die Tasse an den Mund und benetzte die Lippen.

„Nur der erste Schluck schmeckt bitter; beim zweiten wirst du es nicht mehr merken."

Das Mädchen zögerte, doch dann trank es gierig von der gelben Flüssigkeit.

Erschöpft sank sie zurück in die Kissen.

Als Karolina die Tasse zurückstellte, drückte ihr die Kleine dankbar die Hand.

In ihren rehbraunen Augen lag noch immer Furcht.

„Wie heißt du, Kleine?" Karolina streichelte sanft ihre Wange.

„Hana", hauchte sie. „Der Wolf hat mich gerettet. Die haben mir Gewalt angetan. Hatte schreckliche Angst." Eine Träne stahl sich aus ihrem Augenwinkel und rollte die Wange hinab.

„Jetzt bist du sicher. Ein Wolf hat dich gerettet?"

„Ein schwarzer Wolf mit blauen Augen."

„Was sagst du da?" Karolina erstarrte.

„Er hat mich hierher gebracht."

„Wölfe tragen keine Mädchen durch die Nacht, um sie vor einem Haus abzulegen."

„Dieser Wolf schon." Dann schloss das Mädchen die Augen und schlief ein.

Es musste das gleiche Tier sein, das ihr damals im Wald begegnet war. Tiere besaßen zwar eine gewisse Intelligenz, doch dies überstieg alles, was sie bislang erlebt hatte.

Das war kein Tier, meldete sich eine innere Stimme.

„Warst du noch mal bei dem Kind?", fragte Adela, als Karolina das Zimmer betrat.

„Ja."

„Jetzt weißt du, wie grausam diese Kreaturen sind. Ich habe durch Carlotta viel über sie erfahren. Sie sind gnadenlos. Ich hoffe nur, dass es Malvina gelingt, diese schwarze Bestie zu töten."

Verwundert sah Karolina zu ihrer sanftmütigen Freundin und erschrak über die harte Entschlossenheit in ihrer Miene, die selbst im Kerzenlicht nicht schmeichelnd wirkte.

„Adela, du sprichst von einer Kreatur aus Gottes Schöpfung!"

„Nein, nicht Gottes, sondern Satans Werk. Wer wird der Nächste sein? Vielleicht ich? Oder Carlotta? Würdest du dann nicht versuchen, unseren Tod zu rächen?"

Karolina schwieg. „Vielleicht. Ich weiß es nicht ...", antwortete sie.

„Und was ist mit dem Mörder deiner Mutter? Empfindest du für ihn ebenso viel Mitleid?"

„Nein. Aber was könnte ich schon gegen ihn ausrichten?" Karolina seufzte.

„Folge Carlotta. Sie wird dich lehren, gegen Vampire zu kämpfen."

„Ich weiß nicht mehr, was ich denken soll. Alles ist so entsetzlich. Und wenn nicht alle Geschöpfe der Finsternis so grausam sind? Hana, so heißt die Kleine, hat mir vorhin erzählt, dass ein schwarzer Wolf sie gerettet hat."

„Niemals. Ich selbst sah, wie dieser in wilder Gier einen Rehbock riss. Bestimmt wollte das Untier das arme Ding fressen."

„Und wenn es derselbe Wolf war, der auch mir begegnet ist?"

„Niemals. Ein Geschöpf der Finsternis hätte den Kampf aufgenommen."

Karolina schwieg. Deutlich spürte sie die Veränderung in Adela, seitdem sie sich das letzte Mal gesehen hatten. Auch sie war voller Eifer, wenn das Gespräch um das Töten von Vampiren ging. Angst und Hilflosigkeit ebneten den Weg zum Hass.

Karolina wälzte sich in ihrem Bett und fand keinen Schlaf. Die Ereignisse überschlugen sich, und sie fühlte sich erschöpft.

Sie stand auf und ging zum Fenster. Die Nacht war sternenklar. Der Vollmond ließ das Kopfsteinpflaster des Hofes glänzen und brachte die schneebedeckten Dächer zum Glitzern. Das alles erinnerte an Dominik. Er war so widersprüchlich in seinem Verhalten gewesen, voller Leidenschaft, und hatte sich dann zurückgezogen, ohne einen Grund zu nennen.

Im Hof nahm sie eine Bewegung wahr. Aus dem Schatten des Schuppens schälte sich ein Tier. Die blauen Augen des Wolfes leuchteten gespenstisch in der Schwärze der Nacht, als er zu ihr aufsah. Sie wusste, es war der Wolf, dem sie damals im Wald begegnet war und der unter ihrem Fenster gesessen hatte. Den schmerzvollen Blick, der sie tief berührte, würde sie nie vergessen. Er hatte das Mädchen gerettet, dessen war sie sich sicher.

Mit einem kurzen Jaulen verschwand er in der Dunkelheit.

26.

Wochen vergingen, in denen die kleine Hana gesundete und ihr Lachen zurück gewann. Zur Erleichterung aller war ihr die Verwandlung zur Vampirin erspart geblieben.

Ihr bisheriges Leben hatte das Mädchen in den Straßen Prags verbracht, unter Bettlern und zwielichtigen Gestalten, die ihr das Stehlen beibrachten. Jeder Tag war von Hunger und Gewalt geprägt, bis sie Jiri begegnete, der Gefallen an ihrer Jugend fand. Liebe und Zärtlichkeit waren Erfahrungen, die Hana bis dahin nicht gekannt hatte; das Mädchen glaubte, sie in der Beziehung zu dem Vampir zu finden. Jiri nutzte ihre Naivität aus, um sie zu verführen und sich von ihr zu nähren. Seinen Liebeskünsten verfallen, gestattete sie ihm dies. Nachdem sie erfuhr, nicht die Einzige zu sein, der er seine besondere Aufmerksamkeit gewidmet hatte, beherrschte sie die Eifersucht. Dennoch besaß sie nicht die Kraft, sich von ihm zu lösen. Hanas Berichte bestätigten Carlottas Worte.

Karolina spürte, wie auch in ihr der Wunsch nach Rache stärker wurde, selbst wenn sie sich noch so dagegen wehrte. Adela und die anderen hatten recht. Niemand durfte einem Kind wie Hana etwas solch Grausames antun. Karolina erschrak über ihre eigenen Gedanken und die Gefühle, die immer mehr Carlottas glichen.

An einem milden Spätwinterabend saßen die Frauen vor dem warmen Kachelofen und aßen Topinky, belegt mit Knoblauch.

„Hilft, Vampire zu vertreiben", erklärte Carlotta und verteilte die Knoblauchzehen auf das in Fett gebratene Brot.

„Wo steckt denn Malvina?" Karolina hatte sie seit dem Morgen nicht mehr gesehen.

„Ein Schneidergeselle glaubt, dass ein paar von den Blutsaugern in den Gruften des Vyšehrader Friedhofs schlafen. Sie wollte es sich ansehen."

„Carlotta, es ist schon dunkel. Und sie ist allein!" Eliskas sorgenvolle Miene bedrückte auch die anderen.

„Hast du denn nie den Ort gesehen, an dem Jiri und seine Gefährten tagsüber ihren Totenschlaf halten?" Forschend heftete sich Carlottas Blick auf das schmale Kindergesicht mit den roten Locken.

„Nein. Es ist ein Geheimnis."

„Aber du musst doch etwas gesehen haben. Es ist wichtig."
Carlotta wollte sich mit der mageren Antwort nicht zufriedengeben.

„Ich weiß es nicht." Hana zog einen weinerlichen Schmollmund.

„Wenn wir den Platz nicht kennen, an dem Jiri schläft, werden wir ihn nie vernichten können." Carlotta stöhnte auf und rieb sich die Schläfe, wie immer, wenn sie etwas besonders beschäftigte.

„Carlotta, Hana fürchtet sich. Du solltest sie nicht so forsch anfassen." Adela, die sich in den vergangenen Wochen schwesterlich um Hana bemüht hatte, verteidigte das Mädchen. Noch ehe Carlotta etwas erwidern konnte, stürmte Malvina mit hochroten Wangen herein, ein triumphierendes Lächeln auf den Lippen.

„Stellt euch vor, ich habe tatsächlich einen Schlafplatz auf dem Friedhof gefunden. Bestimmt sind da oben noch mehr."

Sofort prasselten Fragen auf Malvina ein, nur Karolina verfolgte schweigend die erregte Diskussion.

„Übermorgen werden wir hinaufsteigen und uns alles ansehen. Doch erst muss Karolina ihre Waffen erhalten." Carlottas Vorschlag traf auf allgemeine Zustimmung.

„Ich brauche keine Waffen." Karolina war vom Stuhl aufgesprungen und funkelte Carlotta empört an.

„Du hast mich hierher geholt, Tante, weil ich dachte, du wolltest mich in deiner Nähe wissen, aus Zuneigung zu mir und zu meiner Mutter. Doch stattdessen verlangst du von mir, Vampire zu vernichten. Du hast mich enttäuscht."

„Hast du das Schicksal deiner Mutter bereits vergessen?" Auch Carlotta sprang auf und erwiderte den Blick.

„Nein, ich habe es nicht vergessen. Glaubt mir, auch ich wünsche mir nichts sehnlicher, als dass Boskovic seine gerechte Strafe erhält. Doch Hass und Rache führen ins Verderben. Ich kann nicht mitmachen."

„Der Ruf deines Schicksals ist stärker, Karolina. Nimm es an."

In diesem Moment sah Karolina die blauen Augen des Wolfs und spürte Mitleid.

Auch er war ein Geschöpf der Finsternis, das spürte sie. Dennoch umgab ihn eine Anziehungskraft, die sie nicht erklären konnte.

„Niemals!" Karolina stürmte aus dem Zimmer. Die anderen sahen ihr betroffen hinterher.

Karolina stand in der offenen Haustür und sah in die Dunkelheit hinaus. Der wolkenverhangene Himmel verdeckte den Mond. Kalte Luft streichelte ihre Wangen. Sie sog die würzige Luft ein, die den Geruch von Tannennadeln und feuchter Erde mit sich trug.

Sie fühlte sich in Carlottas Haus nicht mehr wohl, zwiespältige Gefühle beherrschten sie. Sie passte nicht in die Rolle, die ihr zugedacht wurde. Man hatte ihr von der Vergebung der Sünden gepredigt, und dass man seine Feinde lieben sollte. Und das fünfte Gebot war ein wichtiger Grundsatz in ihrem Leben. Wie konnte eine gottesfürchtige Frau wie Carlotta das nur vergessen? Und doch forderte auch in ihr eine immer stärker werdende Stimme Vergeltung. Vergeltung für den Tod der Mutter und alle anderen Opfer der Vampire.

Ihre Augen suchten im Dunkeln vergeblich nach dem schwarzen Wolf.

Sie gehörte nicht hierher, sie gehörte nirgendwohin, außer zu …

Dominik. Noch immer verzehrte sie sich nach ihm.

„Bald werden wir uns wiedersehen", hatte er zu ihr gesagt, und ihre Ahnung, er könnte es nicht ernst gemeint haben, bestätigte sich auf kummervolle Weise.

„Karolina, was treibst du hier?" Die Stimme Carlottas ließ sie herumfahren.

„Ich brauchte frische Luft."

„Es ist gefährlich …"

„Aber ich stehe doch im Haus." Zitternd verschränkte sie die Arme vor der Brust. „Ich fühle mich hier wie eine Gefangene", sagte sie leise.

„Es betrübt mich, das aus deinem Mund zu hören. Ich meine es nur gut mit dir und versuche im Sinne deiner Mutter zu handeln." Carlotta legte ihre Hand auf Karolinas Schulter.

„Meine Mutter hätte nie gewollt, dass ich töte."

„Deine Mutter hat getötet! Wann wirst du die Wahrheit endlich akzeptieren?"

Karolina schwieg.

„Das ist nicht allein der Grund, weshalb du dich deinem Ruf verweigerst. Etwas anderes bedrückt dich."

Carlottas Hand auf ihrer Schulter tat gut, Wärme durchflutete sie. Sie wünschte sich in diesem Moment, den Kopf an Dominiks Schulter legen zu können. Carlotta beugte sich vor und flüsterte Karolina ins Ohr.

„Du bist unglücklich verliebt, nicht wahr?"

„Wie kommst du darauf?"

„Da ist etwas in deinem Blick."

Karolina schluchzte trocken auf und schlug die Hände vors Gesicht.

„Ja, ich liebe jemanden, und ich dachte, er täte es auch."

„Was ist geschehen?"

„Er versprach mir ein baldiges Wiedersehen, hielt es aber nicht ein. Ich liebe ihn, wie ich noch nie jemanden geliebt habe."

Karolina drehte sich zu Carlotta um und barg das Gesicht an ihrer Schulter.

Die Tante strich ihr beruhigend über den Rücken.

„Vielleicht liebt er dich auch und braucht Zeit. Wer ist er?"

Carlotta hob Karolinas Kinn an. Da war es wieder, das warme Leuchten in den Augen der Tante, das sie in der letzten Zeit so vermisst hatte. Jetzt wollte sie sich ihr anvertrauen, brauchte jemanden, dem sie ihr Herz ausschütten konnte.

„Es ist Dominik, Fürst Karolyí."

Bestürzung lag in Carlottas Miene. Sie wich einen Schritt zurück und starrte Karolina an.

„Was sagst du da? Der Schwarze Fürst? Du liebst ein Geschöpf der Finsternis, einen Verdammten?" Die Worte der Tante trafen Karolina.

„Was meinst du damit? Dominik ist kein Verdammter. Er ist ein Mensch aus Fleisch und Blut, genau wie wir. Wie kommst du nur darauf?"

Carlotta packte die Nichte grob an den Oberarmen.

„Er ist ein Dhampir, ein Halbblut, ein Wesen zwischen Vampir und Mensch. Selbst wenn sein Körper dem unsrigen ähnelt, besitzt er die gleiche Gier nach Blut wie alle seinesgleichen. Wie konntest du nur! Welche Schande für unseren Orden des Lichtes."

„Ich glaube dir nicht. Dominik gehört nicht zu denen, das hätte ich gemerkt. Er ist galant, gütig, liebevoll. Ich verstehe dich nicht, Tante. Missgönnst du mir diese Liebe?" Ihr Herz pochte schmerzhaft in der Brust, und die Gedanken stoben in rasanter Geschwindigkeit durch ihr Hirn.

„Du darfst deine Augen nicht vor der Wahrheit verschließen. Er ist ein Geschöpf der Finsternis. Ich weiß es. Öffne deine Augen!"

„Das ist nicht wahr ... das ist nicht wahr." Karolina schüttelte den Kopf. Entsetzt starrte sie ihre Tante an.

Carlotta rang um Fassung.

„Ich muss dir die Geschichte des Fürsten erzählen. Als seine Mutter schwanger war, wurde sie von Jiri überfallen und gebissen. Er ließ sie von seinem Blut trinken. Am Anfang war Dominik wie ein normaler Junge. Doch als er älter wurde, gewann die vampirische Seite in ihm die Oberhand. Vergiss nie, dass er nach dem Gesetz der Vampire Jiris Sohn ist! Er darf nie Gefühle für eine Sterbliche hegen. Auch der Schwarze Fürst würde sich nicht scheuen, dein Blut zu kosten!"

„Nein!", schrie Karolina. „Nein, das würde er nie tun."

Karolina fühlte sich elend. Dann herrschte Stille.

„Der schwarze Wolf, der dir begegnet ist, war mit Sicherheit Karolyí. Wie alle Vampire liebt er die Jagd und das Spiel. Es übt auf sie einen besonderen Reiz aus. Er wird dich so lange jagen, wie es ihm gefällt. Hast du bereits von seinem Blut getrunken?" Karolina antwortete nicht, in ihrem Kopf herrschte ein heilloses Durcheinander.

„Hast du von seinem Blut getrunken? Sprich, Kind."

Karolina schüttelte den Kopf.

Carlotta seufzte erleichtert auf.

„Dem Himmel sei Dank."

Karolinas Gedanken galten Dominik. Jetzt wusste sie, an wen die blauen Augen des Wolfes sie erinnerten. Carlottas Worte klangen in ihren Ohren. Dominik, ein Dhampir? Sein seltsames Verhalten beim letzten Treffen, seine Kenntnisse über den Grafen und die Gräfin Elisabeth, das alles passte zusammen. Und doch stand es im Gegensatz zu dem sanften Liebhaber, der ihr den Himmel gezeigt hatte.

Karolina war wie versteinert. In ihr brannte der Wunsch, sich Gewissheit zu verschaffen.

27.

„Was tust du da?" Adela beobachtete mit gerunzelter Stirn, wie Karolina ihre Reisetasche packte.

„Ich werde meinen Vater besuchen. Es geht ihm nicht gut, seitdem ich fortgegangen bin. Lies seinen Brief. Er liegt auf der Kommode."

Der Brief war vor zwei Tagen eingetroffen. Jendrik hatte ihn für den Vater geschrieben, die traurigen Worte berührten sie tief.

Sie konnte Adela nicht wie früher die ganze Wahrheit sagen. Zwischen ihnen bestand, seitdem sie bei Carlotta lebten, plötzlich eine Distanz, wie sie es nie für möglich gehalten hatte. So verschwieg sie auch das Streitgespräch mit Carlotta. Selbst wenn die Angst noch so groß war, sie musste sich über Dominiks Identität vergewissern, sonst würde sie noch durchdrehen.

„Wirst du zurückkommen, Karolina?"

Karolina hielt mit dem Packen inne und sah auf.

„Ich weiß es noch nicht, Adela. Eine Zeit lang werde ich wohl bei Vater bleiben. Er braucht mich. Hier bei Carlotta fühle ich mich nicht mehr wohl. Sie ist so anders, als ich sie früher kannte, so voller Hass."

„Du irrst dich. Sie ist der gütigste Mensch, den ich kenne. Sie hat mich, ohne Fragen zu stellen, bei sich aufgenommen. Und wenn es sie und die Töchter des Lichtes nicht gäbe, wäre Prag dem Untergang geweiht. Sie befreien diese Stadt vom Bösen."

„Sie töten, oder hast du das schon vergessen?"

Aber blieb Carlotta denn eine andere Möglichkeit? Karolina erinnerte sich nur zu genau daran, wie sie Hana gefunden hatten. Die Vampire waren brutal mit dem Mädchen umgegangen. Das verdiente tatsächlich eine Strafe. Dennoch konnte sie ihre Gedanken der Freundin nicht preisgeben.

„Nein, das habe ich nicht. Was bleibt ihnen denn auch anderes übrig? Bitte reise nicht ab. Denk doch mal an mich, an unsere Freundschaft."

Karolina zog die Freundin tröstend in die Arme.

„Du bist hier gut aufgehoben, bis du eine neue Stellung findest. Wir werden uns bald wiedersehen, das verspreche ich."

Adela wischte sich eine Träne aus dem Gesicht.

„Und wenn der Brief nur ein Trick ist, und dein Vater dich wieder ins Kloster sperren will? Sei vorsichtig."

„Das glaube ich nicht, aber ich habe dazu gelernt. Jendriks Worte klangen aufrichtig. Du weißt doch, dass Vaters Herz nicht mehr so kräftig ist."

„Ich weiß. Soll ich dich begleiten?" Karolina lächelte über Adelas Vorschlag.

„Hast du denn unsere Flucht vergessen und welche Ängste du ausgestanden hast? Nein, meine Liebe, du bleibst besser hier."

Adela verdrehte die Augen. „Ja, ich weiß, ich bin nicht die Mutigste. Aber mir ist nicht ganz wohl dabei, dich allein reisen zu lassen. Versprich mir, auf dich aufzupassen."

„Versprochen." Dann fielen sie sich in die Arme.

Nachdem sich Karolina von Carlotta und den anderen verabschiedet hatte, stieg sie in die Kutsche. Carlotta überließ sie ihr nur widerwillig, weil sie Karolinas Entscheidung zurückzukehren nicht guthieß.

Es war ein sonniger Tag, der den Frühling ankündigte. In den Gärten sprossen die ersten Krokusse. Karolina konnte die Fahrt jedoch nicht genießen. Ihre Gedanken kreisten immer nur um ihren kranken Vater und um Dominik. Sie liebte ihren Vater, obwohl er sie zwingen wollte, ins Kloster zu gehen. Er hatte sicher immer nur das Beste für sie gewollt.

Als sie auf dem Gut eintraf, sank die Sonne am Horizont und entlud ein Feuerwerk der Farben. Alles hier war ihr vertraut, jeder Baum, jeder Weg. Und dennoch fühlte sie sich plötzlich fremd. Carlotta hatte ihr eine andere Welt gezeigt, eine dunkle Welt, und seitdem fühlte sie sich zerrissen.

Karolina wartete einen Moment vor der Tür, um sich zu sammeln, bevor sie anklopfte.

Es war Jendrik, der ihr die Tür öffnete. Seine Augen ruhten vorwurfsvoll auf Karolina. Doch er besann sich gleich und bat sie nach einer knappen Begrüßung, ihm zu folgen.

Ihr Vater lag teilnahmslos in seinem Bett, mit eingefallenen Wangen und wirren, grauen Haaren. Sein Gesicht war von einer ungesunden Röte überzogen. Als Karolina näher an sein Bett trat, hörte sie seinen rasselnden Atem. Bei diesem erschütternden Anblick wusste sie, dass er nicht nur krank war, sondern mit dem Tode rang.

Sie verspürte ein schlechtes Gewissen, ihn verlassen zu haben.

Vorsichtig setzte sie sich auf den Bettrand und nahm seine kalte Hand in die ihre. Sein Brustkorb hob und senkte sich in ungleichem Rhythmus. Seine Lider flatterten.

„Vater, ich bin es, Karolina." Er öffnete langsam die Augen. Im ersten Moment schien er sie nicht zu erkennen, doch dann leuchtete es in seinen trüben Augen auf.

„Mein Kind." Tränen schimmerten in seinen Augen.

„Er hatte eine schwere Lungenentzündung", erklärte Jendrik hinter ihr.

„Warum hast du mich nicht schon eher gerufen, Jendrik?"

„Der Herr Baron hat es mir verboten. Er wollte Euch nicht beunruhigen."

Karolina wusste, wie starrsinnig der Vater sein konnte, vor allem, wenn es um seine Gesundheit ging.

„Das war töricht von dir. Doch nun bin ich hier und werde mich um dich kümmern." Sie tätschelte die kalte Hand.

„Carlotta …"

„Mach dir keine Sorgen. Sie weiß, wo ich bin. Jendrik, lass für meinen Vater Hustentee kochen."

Jendriks Blick ruhte einen Moment lang auf der Baroness, die reifer geworden war. Er betrachtete sie solange, bis Karolina ihn ein zweites Mal aufforderte, den Tee für den Vater aufbrühen zu lassen.

Als ihr Vater am Abend eingeschlafen war, trieb die Sehnsucht Karolina zu Dominik. Sie sattelte den schwarzen Hengst und schwang sich auf seinen Rücken. Der Blutdiamant glänzte auf ihrem Dekolleté, um sie vor den Geschöpfen der Finsternis zu beschützen.

Auf ihren sanften Schenkeldruck hin fiel der Hengst in Galopp. Das Herz schlug ihr bis zum Hals. Sie konnte kaum den Moment erwarten, Dominik gegenüberzustehen und hoffte, ihm würde es genauso ergehen. Carlotta musste sich geirrt haben. Der Hengst preschte im gestreckten Galopp die Straße zum Schloss des Fürsten entlang, als spüre er ihre Ungeduld.

Aufgeregt pochte Karolina an das breite Portal. Ein unbekanntes junges Mädchen öffnete ihr und knickste tief. Höflich fragte sie Karolina nach ihrem Wunsch.

„Karolina Baroness von Kocian. Ich möchte bitte mit Fürst Karolyí sprechen."

Das Mädchen schüttelte bedauernd den Kopf.

„Der Fürst ist ausgegangen."

„Ist er vielleicht nach Prag gefahren?"

„Nein, Baroness, nur ausgegangen."

Karolina glaubte den Worten des Mädchens, das offen ihren Blick erwiderte.

„Ist er denn zu so später Stunde noch ausgeritten?"

„Ein Pferd hat er nicht genommen. Ich sah ihn zu Fuß den Schlosspark verlassen."

„In welche Richtung?" Doch das Mädchen schüttelte wieder nur den Kopf. Karolina gab es auf, mehr aus ihr herauszubekommen zu wollen.

„Kann ich dem Herrn etwas bestellen?"

„Nein danke."

Karolinas Enttäuschung wuchs mit jedem Schritt des Pferdes, mit dem sie sich vom Schloss entfernte.

„Dominik." Sie schloss die Augen und vertraute sich dem Gespür des Hengstes an.

In flottem Tempo trabte das Pferd die Straße zurück zum Gut. Kaum erreichte Karolina den Waldessaum, ertönte das schaurige Geheul eines Wolfes. Der Hengst scheute, sprang zur Seite und raste in Panik in den Wald hinein. Karolina versuchte ihn mit aller Kraft zu zügeln, doch das Tier ließ sich davon nicht beirren.

„Brrr." Das Pferd verweigerte jedes Parieren. Karolina überlegte, ob sie abspringen sollte, entschied sich jedoch, das Wagnis nicht einzugehen. Bei diesem Tempo könnte sie sich den Hals brechen.

Der Hengst jagte zwischen den Bäumen hindurch, sprang über dicke Wurzeln und über Baumstämme. Karolina krallte sich mit einer Hand in seiner Mähne fest. In der Dunkelheit war sie dem Tier hilflos ausgeliefert.

Plötzlich blieb das Tier so abrupt stehen, dass Karolina beinahe kopfüber gestürzt wäre. Schnaubend tänzelte der Hengst auf der Stelle.

Sie klopfte beruhigend seinen Hals.

„Ruhig, mein Junge." Als die beruhigenden Worte ihre Wirkung zeigten, sprang sie ab und zog den Zügel von seinem Hals. Nicht weit entfernt, hinter dichtem Gebüsch, erklang ein dumpfes Knurren.

Die Wolken am Himmel rissen auf und gaben dem Mondlicht freie Bahn.

In seinem Schein erkannte sie auf der Lichtung einen Wolf, der mit fletschenden Zähnen ein Reh gestellt hatte. Er drängte es in eine Ecke des Gebüsches, sodass dem Reh keine Fluchtmöglichkeit mehr blieb. Jederzeit zum Sprung bereit, wartete er auf den passenden Moment, seine Reißzähne in die Beute zu schlagen.

Mit angstgeweiteten Augen verfolgte das Reh die Bewegungen des Jägers. Karolina empfand Mitleid mit dem Geschöpf, das dem Wolf hilflos ausgeliefert war. Sie wollte in die Hände klatschen, um ihm eine Fluchtmöglichkeit zu verschaffen, als sich der Wolf im gleichen Augenblick mit einem Riesensatz auf sein Opfer stürzte und es zu Boden warf. Ein Knacken, das Karolina durch Mark und Bein ging, verriet, dass er dem Reh das Genick durchgebissen hatte.

Wie gebannt verfolgte Karolina die grausige Szene. Sie konnte sich nicht von der Stelle rühren. Der feuchtwarme Atem des Hengstes streifte ihr Ohr. Das Verhalten des Wolfes erfüllte sie mit Abscheu.

Glücklicherweise bemerkte dieser in seinem Blutdurst ihre Anwesenheit nicht.

Wider Erwarten riss er dem Reh nicht das Fleisch aus dem Leib, sondern verbiss sich im Hals des Opfers, um dessen Blut zu trinken. Nach einer Weile ließ er von der Beute ab.

Der intensive Geruch warmen Blutes stieg Karolina in die Nase und stülpte ihr den Magen um. Sie glaubte, sich übergeben zu müssen.

Der Wolf sah auf das Reh herab. Dann begann er entsetzlich zu winseln, als bedauere er, es getötet zu haben.

Plötzlich begann er, sich zu verwandeln. Das Fell verschwand, die spitze Schnauze verformte sich zu einem menschlichen Gesicht. Dann folgte der restliche Körper, bis auf dem Waldboden ein Mann im weißen, blutbefleckten Hemd kniete. Sie konnte sein Gesicht nicht erkennen, weil er es gesenkt hielt. Doch als er es hob, erstarrte sie.

Dieses Gesicht hätte sie unter Tausenden wieder erkannt, weil es dem Mann gehörte, den sie liebte.

Und doch schien er in diesem Augenblick ein anderer zu sein. Das Herz lag wie ein Stein in ihrer Brust.

Fassungslos wich Karolina zurück. Carlotta hatte Recht, Dominik war ein Geschöpf der Finsternis. Die Vorfreude auf ein Wiedersehen wandelte sich in Entsetzen und Abscheu. Sie dachte an Hana, die sie schwer verletzt vor Carlottas Haus gefunden hatten. Hatte er dem Mädchen vielleicht vorher auch Gewalt angetan? Sie erst zu Carlotta gebracht, nachdem er seinen Durst an ihr gestillt hatte, wie an dem Reh?

Nein, das konnte unmöglich der Mann sein, der sie voller Leidenschaft und Zärtlichkeit geliebt hatte. Dieser hier glich einer Bestie.

Tränen rannen ihre Wangen hinab. Solch eine Kreatur, die so brutal tötete, verdiente ihre Liebe nicht.

Verzweiflung stieg in ihr auf und schnürte ihren Leib zu, sodass sie nach Luft rang.

Die Bilder in ihrem Kopf wechselten in rasanter Abfolge. Dominiks zärtliche Blicke, dann sein abweisendes Verhalten, als er sie zum Gut gebracht hatte.

Dominik, der wie eine wilde Bestie erbarmungslos jagte und seine Lust am Töten stillte.

Nun war ihr klar, weshalb er sich, als er den Blutdiamanten auf ihrem Busen sah, ihr gegenüber so abweisend gezeigt hatte.

Karolina schwang sich auf den Rücken des Hengstes und ritt davon. Doch sie hatte nicht mit der Schnelligkeit Dominiks gerechnet, dessen Fortbewegung nur einen Wimpernschlag dauerte.

Schon versperrte er ihr den Weg. Mit erhobenen Armen stand er wie ein schwarzer Schatten zwischen zwei dickstämmigen Eichen.

Der Hengst hielt an, obwohl Karolina ihm die Fersen in die Flanken schlug.

„Karolina!" Seine Stimme klang verzweifelt und flehend zugleich.

Er streckte den Arm nach ihr aus, um sie zu berühren.

„Fass mich nicht an, *Dhampir*"

„Karolina, bitte lass mich erklären ..."

„Spar dir deine Erklärungen. Du hast mich getäuscht!"

„Wenn ich es dir gesagt hätte, hättest du mich verlassen."

„Ja, das hätte ich. Hast du gehofft, ich gäbe dir mein Blut freiwillig, nur weil du mit mir das Bett geteilt hast?"

„Nein, so glaube mir doch. Nie habe ich menschliches Blut getrunken."

„Was soll ich dir noch glauben, einem Geschöpf der Finsternis? Du gehörst zu Jiris Clan, dem Mörder meiner Mutter. Ich verabscheue euch!" Karolina zitterte am ganzen Leib.

„Aber ich bin nicht so wie sie. In mir steckt mehr Mensch als in ihnen. Sieh hin, meine Haut ist warm und getönt. Und ich bin nicht unsterblich."

„Du bist noch gefährlicher als deine dunklen Gefährten, weil du Sterbliche besser täuschen kannst."

„Karolina, ich liebe dich, vom ersten Augenblick an, an dem ich dich in den Straßen Prags getroffen habe."

„Spar dir deine Worte. Jeder weiß, wie Vampire versuchen, eine Frau zu betören, um an das Begehrte zu gelangen."

„Karolina, du musst mir glauben, dass es allein aus Liebe geschah. Besaß ich nicht genügend Gelegenheiten, um von deinem Blut zu kosten? Aber ich habe es nicht getan."

Sie musste ihm zustimmen, dennoch überwogen in diesem Moment Enttäuschung und Schmerz. Dominiks vampirische Seite erfüllte sie mit Entsetzen.

„Nein, du hast es nicht getan. Aber irgendwann wirst du es tun, wenn deine Gier so stark ist, dass du sie nicht mehr unter Kontrolle hast. Willst du mich auch zu einer Verdammten machen, die ein Leben voller Abscheu und Schmerz erlebt und sich vor dem Tag fürchtet?"

„Ich habe mir dieses Leben nicht ausgesucht, das mich zu einer einsamen, verbitterten Kreatur gemacht hat. Auch meine Mutter war ein hilfloses Opfer

Jiris, als sie mit mir schwanger war. Meine Kindheit und Jugend war die Hölle. Es gab niemanden, der mich liebte. Alle sahen in mir nur die Bestie, vor der sie sich fürchteten. Ich führte ein unstetes Leben, innerlich zerrissen zwischen dem menschlichen Teil in mir und dem Untier, das sein Recht forderte. Erst durch dich erfuhr ich, was Liebe bedeutet."

„Für euresgleichen zählen nur die sexuelle Befriedigung und das Stillen des Blutdurstes. Euch ist es gleichgültig, was mit den Opfern geschieht, denn ihr könnt nichts empfinden. Jiri und sein Gefolge haben meine Mutter getötet. Das wird er noch bitter bereuen!"

„Sie haben auch meine Mutter getötet, vergiss das nicht. Doch wenn du etwas für mich empfindest, wird der Schmerz vielleicht verblassen. Karolina, seitdem ich dich kenne, hat sich mein Leben geändert. Du musst die Schatten der Vergangenheit vergessen."

„Aber ich kann und will es auch nicht."

„Ich verstehe deine Trauer, deinen Zorn. Die Qual in deinen Augen schmerzt mich. Aber ich kann deine Verachtung nicht ertragen."

Der verzweifelte Ausdruck in seinen Augen brachte Karolina für einen kurzen Moment ins Wanken. Sie liebte ihn noch immer. Doch was bedeutete ein Leben an seiner Seite? Sie fürchtete sich vor seiner dunklen Seite, seinen animalischen Trieben.

„Ich kann nicht mit dir zusammen sein. Ein Leben an der Seite eines Dhampirs wäre für mich unerträglich. Fahr zur Hölle, Dominik!"

Sie wendete das Pferd und galoppierte schluchzend davon.

„Karolina, bitte!"

Doch sie wandte sich nicht mehr um.

28.

Karolina ritt zurück zum Gut. Der Schmerz in ihrem Innern war übermächtig.

Sie dachte an die süßen Momente, in denen sie betäubt vor Verlangen in seinen Armen gelegen und seine Küsse erwidert hatte. Wie konnte sie nur so blind gewesen sein. In seinen Adern floss Jiris Blut, das Blut des Mörders ihrer Mutter. Sie ballte die Hände zu Fäusten.

Ihr Schmerz wich einem unbändigen Zorn.

Immer mehr glaubte sie, Dominik könnte Hana so zugerichtet haben, nachdem sie beobachtet hatte, wie er jagte. Wer solch eine Tat begangen hatte, verdiente kein Mitleid, sondern den Tod.

Carlotta hatte recht, dem Treiben der Vampire musste ein Ende bereitet werden.

Bevor sich Karolina zu Bett begab, warf sie noch einen Blick auf den schlafenden Vater. Er röchelte, und Schweiß bedeckte sein wächsernes Gesicht.

Sie ließ in ihrer Sorge nach dem Arzt rufen, der nicht lange auf sich warten ließ.

„Wie geht es ihm, Doktor?", fragte sie den Arzt nach der Untersuchung. Sie befürchtete das Schlimmste.

Der Arzt schüttelte mit ernster Miene den Kopf. Unter seinen buschigen Brauen blickte er zu ihr auf. „Es steht schlecht um ihn."

„Wie schlecht?"

„Ich befürchte, er wird diese Nacht nicht überleben."

„O mein Gott. Er sprach manchmal von seinem schwachen Herzen, aber ich habe nie geahnt, wie krank er wirklich ist."

„Ich habe ihm immer gesagt, er möge sich zur Ruhe setzen, doch er wollte nicht auf mich hören. Nun ist es wohl zu spät."

„Was kann ich tun?" Karolina sank fassungslos in den Sessel neben dem Bett. In ihren Augen brannten Tränen. Jetzt sollte sie auch noch ihren Vater verlieren.

„Begleitet ihn auf seinem letzten Weg." Die Worte des Arztes drangen zu ihr wie durch einen Schleier.

Karolina saß die ganze Nacht neben dem Bett ihres Vaters und hielt seine Hand. Sie quälte sich mit Vorwürfen, die Schuld an seinem Tod zu tragen. Sie fühlte sich einsam. Er war streng gewesen, doch immer mit dem Willen, ihr ein guter Vater zu sein.

„Karolina …", flüsterte er. Seine Augen suchten nach ihr.

„Ich bin hier."

„Gut." Er bedeutete ihr mit einem Wink, sich tiefer zu ihm zu beugen.

„Du musst mir etwas versprechen …" Ein Hustenanfall unterbrach seine Worte.

„Was denn, Vater?"

Deutlich erkannte sie am Zittern seiner Lippen, wie sehr ihn das Sprechen anstrengte.

Er suchte nach den passenden Worten und versuchte, sich aufzusetzen. Doch er fiel mit einem Stöhnen in die Kissen zurück. Karolina hielt ihr Ohr direkt über seinen Mund.

„Du musst … das tun, was … mir versagt blieb … den Mörder deiner Mutter … finden und töten."

„Aber …"

„Versprich mir das ... sonst ... kann ich nicht ... in Ruhe sterben."

Er drückte ihre Hand. Karolina zögerte mit einer Antwort.

„Versprich mir das, ... mein Kind."

Sie konnte dem Sterbenden die Bitte nicht abschlagen.

„Ich verspreche es dir."

Er seufzte auf und drückte dankbar ihre Hand.

Seine Züge entspannten sich, und er schlief ein. Karolina harrte neben ihm die ganze Nacht aus.

Als der Morgen dämmerte, wachte sie auf. Die Hand des Vaters in der ihren war eiskalt. Erschrocken setzte sie sich auf. Seine Augen starrten ins Leere.

Nun hatte auch er sie verlassen. Mit lautem Schluchzen warf sie sich über seinen leblosen Körper.

Nachdem sie sich ein wenig gefasst hatte, trat sie ans Fenster und blickte hinaus.

Das Leben auf dem Gut erwachte, als wäre nichts geschehen. Die Knechte fütterten das Vieh, die Mägde sammelten die Eier ein und molken die Ziegen.

Jetzt gehörte das alles ihr. Noch vor wenigen Wochen hätte sie einen Freudensprung getan, aber heute erschien es ihr nicht mehr wichtig.

Was hielt sie noch hier, nach Vaters Tod? Und sie wollte Dominik nicht mehr begegnen.

Sie fasste den Entschluss, zu Carlotta nach Prag zurückzukehren. Das Gut sollte der Verwalter leiten.

Tage später, nach der Beerdigung, fuhr sie mit der Kutsche nach Prag. Nur den schwarzen Hengst nahm sie mit. Es war Jendrik, der sie fuhr. Sein Dienst war mit dem Tod des Barons beendet, weshalb er sich in Prag nach einer neuen Stellung umsehen wollte.

Die Kutsche ratterte in der Abenddämmerung über die Karlsbrücke. Carlotta und die anderen ahnten nichts von ihrer Rückkehr.

Als sie in die Waldstraße bogen und Carlottas Haus sahen, verspürte sie eine gewisse Erleichterung. Dann hielten sie im Hof. Jendrik stieg, seine lederne Reisetasche in der Hand, vom Kutschbock und verabschiedete sich von Karolina.

Ehe sie sich bei ihm bedanken konnte, war der Hüne schon hinter der nächsten Hausecke verschwunden.

Karolina pochte an die Tür. Feste Schritte näherten sich und Malvina öffnete.

Einen Augenblick lang sah sie Karolina erstaunt an, dann umarmte sie sie herzlich. „Wie schön, dass du wieder da bist. Wir haben dich vermisst, vor allem Adela." Es war ihre burschikose, offene Art, die Karolina mochte.

„Danke." Karolina überspielte ihre Rührung mit einem Husten.

Der warme Empfang tat ihr gut.

„Wo sind denn die anderen?"

Malvina fuhr mit der Hand durch ihr rotes Haar, das in weichen Wellen auf die Schultern fiel.

„Carlotta und Adela befinden sich in der Kapelle des heiligen Michael, während Eliska Hana das Armbrustschießen lehrt. Komm erst mal rein." Dann fiel ihr Blick über Karolinas Schulter auf den schwarzen Hengst, der an der Kutsche angebunden war.

„Was für ein Prachttier! Den hast du wohl vom Leibhaftigen?" Malvina pfiff anerkennend durch die Zähne.

„So ungefähr." Karolina wollte nicht über Dominik reden. Glücklicherweise gab sich Malvina mit ihrer ausweichenden Antwort zufrieden.

„Ich werde die Pferde versorgen und die Kutsche in die Remise fahren."

„Danke. Ich gehe zu Carlotta. Aber ..." Karolina wusste nicht, wo sich die Kapelle des heiligen Michaels befand. Die Tante hatte sie ihr nie gezeigt.

„Ach, ich weiß schon. Komm, ich bringe dich zu ihr. Die Pferde versorge ich später." Malvina führte sie den schmalen Korridor entlang durchs Haus und blieb dann vor einem mannshohen Gemälde der heiligen Barbara stehen. Sie fingerte an dem vergoldeten Rahmen, und eine Tür öffnete sich, durch die Malvina schlüpfte.

„Tante Carlotta hat nie eine Geheimtür erwähnt", sagte Karolina und zögerte, Malvina zu folgen.

„Du hast ja auch nicht gewusst, dass sie zum Orden des Lichtes gehört. Nun komm schon." Malvina zog Karolina ungeduldig am Ärmel.

Karolinas Erstaunen wuchs mit jedem Schritt, den sie zurücklegte. Malvina hielt eine brennende Fackel in der Hand und führte sie durch ein Labyrinth dunkler, feuchter Tunnel und Gewölbe.

„Wo sind wir hier?" Allein hätte Karolina nie aus diesem Irrgarten herausgefunden.

Malvina lachte auf. „Unter den Straßen Prags."

Ein lautstarkes Rattern über ihnen ließ Karolina zusammenfahren.

Der Tunnel führte in ein hohes Gewölbe, das von gemauerten Pfeilern getragen wurde.

„Was war das denn?"

„Eine Kutsche."

„Eine Kutsche?"

„Hier drüber befindet sich der Marktplatz", erklärte Malvina.

Karolina blieb abrupt stehen, drehte sich im Kreis und betrachtete die Decke.

„Der Marktplatz?"

„War dein Vater vielleicht ein Papagei?" Malvina kicherte.

Karolina stimmte ein.

„Oberhalb dieses Gewölbes liegt der Marktplatz."

„Dann befinden wir uns in der Nähe von Jiris Stadtpalais?"

„Genau."

„Aber dann wäre es doch ein Leichtes, dort einzudringen."

Malvina seufzte laut.

„Leider nein. Es gibt keinen Zugang, außer durch das Hauptportal. Das Palais steht unter dem Einfluss von Kains Schattendämonen."

„Kains Schattendämonen?"

„Geisterdämonen, die uns Sterbliche begehren. Bei Blutritualen dringen sie in unsere Körper, um ein irdisches Leben zu führen. Sie sind Verbündete der Vampire, aber stärker. Ihre Macht wächst im menschlichen Körper, während der ursprüngliche Besitzer stirbt."

Karolina fühlte einen Schauer über den Rücken laufen, dann eilte sie Malvina, die in der Zwischenzeit weitergegangen war, nach. Nach einer Weile standen sie vor einem ausladenden Portal, das oben abgerundet war. Malvina zog dessen Tür auf.

„Willst du hier festwachsen?", fragte sie Karolina sichtlich amüsiert, die noch immer ihren Blick durch das hohe Gewölbe gleiten ließ.

Breite, ausgetretene Stufen führten hinauf zu einer weiteren Tür.

Nachdem Malvina diese geöffnet hatte, befanden sie sich in einer von Kerzen erleuchteten, kleinen Kapelle.

Vor dem seltsam anmutenden Altar, dessen Zentrum eine riesige Engelsstatue war, standen Carlotta und Adela, innig in ein Gebet versunken.

Nach einem lauten Amen drehten sich beide um.

In Adelas Augen blitzte es freudig auf.

Carlotta drückte Karolina an ihre Brust und klopfte ihr sanft auf den Rücken.

„Du weißt gar nicht, wie sehr ich mich über deine Rückkehr freue."

„Und ich erst!" Adela zog die Freundin ebenfalls in ihre Arme, um sie an sich zu pressen. „Aber wieso ...?"

Karolina ahnte, was Adela fragen wollte.

„Mein Vater ist gestorben."

„Das tut mir leid. Sein Herz?" Adela legte besorgt ihre Hand auf Karolinas Arm.

„Nein, an einer Lungenentzündung."

„Ich fürchtete schon durch ..." Erschrocken schlug Adela die Hand vor den Mund.

„Durch einen Vampir?", ergänzte Karolina.

Adela nickte.

„Nein, dem Himmel sei Dank."

„Lass mich dir endlich die Kapelle zeigen", forderte Carlotta ihre Nichte auf.

Auf dem gemauerten Altar, der sich in der Mitte des Raumes befand, brannten zu beiden Seiten zwei große, weiße Kerzen mit dem Alpha- und dem Omegazeichen, die die Engelsstatue aus weißem Marmor einrahmten.

„Michael, der Erzengel." Carlotta strich sanft über die Flügel des Engels, der in seiner Hand ein Flammenschwert trug.

„Er ist der Gründer unseres Ordens. Als Kain im Lande Nod auf Lilith traf und Unzucht mit ihr trieb, sandte der Herr seinen Erzengel Michael zu Kain, um ihn zur Umkehr zu bewegen. Aber Kain lehnte ab, und Michael verfluchte ihn und seine Nachkommen. Sie sollten Feuer und Sonne fürchten. Und Vampire fürchten sich vor Feuer und Sonne, bis auf ..."

„Bis auf was, Tante?"

„Dhampire. Sie besitzen menschliche Eigenschaften, reagieren bei Feuer und Sonne ähnlich wie wir. Sie bevorzugen zwar die Nacht, weil Sonnenlicht sie blendet, aber sie können sich gefahrlos in der Sonne aufhalten."

„Du hattest Recht, Tante Carlotta." Karolina senkte den Blick. Der Gedanke an Dominik schmerzte sie noch immer. Carlotta sog scharf die Luft ein.

„Wirst du bleiben?"

„Ja, ich werde bleiben."

„Und deiner Berufung folgen?"

Karolina zögerte mit der Antwort. Sie spürte, wie die anderen gebannt auf ihre Antwort warteten. ‚Du musst den Mörder deiner Mutter finden und ihn töten', lautete Vaters letzter Wille.

„Ja", flüsterte sie.

29.

Dominik wanderte ziellos durch die Straßen Prags. Immer wieder durchlebte er die Szene im Wald. Er hatte sie verloren. Unbewusst schlug er den Weg zu der Stelle ein, an der er ihr zum ersten Mal begegnet war.

Voller Traurigkeit blickte er zum klaren Himmel auf. Sie hatte ihn so gesehen, wie er wirklich war, wie er sich blutbesudelt über sein Opfer beugte.

Ganz in seine Gedanken versunken, verharrte er eine Weile, in der Hoffnung, den wachsenden Schmerz in seinem Innern in den Griff zu bekommen. Er lehnte sich an die Mauer eines Hauses und schloss die Augen. Dominik wusste nicht mehr, wie lange er in dieser Position eingenommen hatte, als Schritte, begleitet von unterdrücktem Kichern und lustvollem Stöhnen, seine Aufmerksamkeit weckten. Ein Pärchen, engumschlungen, näherte sich seinem Standort, ohne seine Anwesenheit zu bemerken.

Der Mann im schwarzen Frack hielt eine Frau im roten Ballkleid in den Armen und kehrte Dominik den Rücken zu. Sie blieben unter der Straßenlaterne stehen. Die Frau lachte auf und legte die Arme um den Nacken ihres Begleiters. Dann zog sie sein Gesicht zu sich herunter und küsste den Mann voller Leidenschaft. Der Duft süßlichen Parfüms wehte zu Dominik hinüber.

Ungewollt wurde er wieder zum Voyeur.

Die Hände des Mannes glitten in den tiefen Ausschnitt der Frau und umfassten die vollen Brüste. Sie stöhnte lustvoll auf und bog den Oberkörper zurück. Er umfing ihren Kopf und zog sie erneut an sich.

Geschickt bugsierte er sie gegen den Laternenpfahl, während er sie küsste. Ihre Hände flogen dabei über seinen Rücken, über seine Hüften und endeten an seinem Hosenbund. Sie lachte kokett, als sie an seiner Hose fingerte.

Dominik erkannte den Umriss eines fein geschnittenen Gesichtes als Schatten auf der weißen Hausmauer hinter dem Paar. Das goldblonde Haar der Frau schimmerte seidig im fahlen Licht.

Sofort dachte er bei diesem Anblick an Karolina, und alles in ihm zog sich schmerzhaft zusammen. Allein der Gedanke daran, sie in den Armen eines anderen zu finden, war für ihn unerträglich.

Mit einem Ruck zerrte der Mann den Rock ihres Kleides hoch, der mit einem ratschenden Geräusch bis zur Taille zerriss und ein nacktes, wohlgeformtes Bein entblößte, das in ein rundes Hinterteil mündete.

Mit einem Aufschrei, der eher an ein Tier erinnerte, packte er die Frau mit beiden Händen am Hinterteil, hob sie hoch und zwängte sich zwischen ihre Schenkel. Dann drang er grob in sie ein.

Dominik konnte spüren, wie die Lust des Pärchens wuchs.

Nach einigen Beckenstößen senkte sich der Kopf des Mannes über ihre Halsbeuge. Der süße Duft verflog und wurde von einem anderen abgelöst, der sich zum Höhepunkt hin verstärkte. Dominik erstarrte, als er den beißenden Geruch eines Vampirs witterte.

Die spitzen, leisen Schreie der Frau wurden durch das Schmatzen des Vampirs übertönt. Gierig saugte er ihr Blut und schien nicht mehr damit aufhören zu wollen. Dominik sah, wie die Arme der Frau vom Hals des Vampirs glitten und schlaff nach unten baumelten. Ihr eben noch lustvolles Stöhnen war einem heiseren Röcheln gewichen. Wenn er der Gier des Vampirs nicht Einhalt gebot, würde der die Frau leer saugen.

Er trat aus dem Schatten.

„Lasst los!", forderte er mit donnernder Stimme. Der Vampir ignorierte ihn und saugte weiter. Dominik trat näher heran. Die Augen der Frau rollten unkontrolliert, und in ihrem Gesicht zuckte ein Muskel.

„Habt Ihr mich nicht gehört? Ich sagte, lasst sie los."

Der Vampir ließ tatsächlich von der Frau ab, die in sich zusammensank und auf den Boden fiel wie ein Sack Mehl.

Dann wirbelte er herum, in seiner Miene lagen Zorn und auch Arroganz.

„Drazice!", rief Dominik aus. „Das hätte ich mir gleich denken können. Wie konntest du nur? Die Frau ist halb tot!"

Der Baron lachte auf und sah geringschätzig auf die am Boden liegende Frau herunter.

„Na und? Sterbliche gibt's genug. Außerdem hat sie doch ihr Vergnügen gehabt, bevor sie starb."

Drazice schloss seinen Hosenbund. Das dreiste Grinsen in seiner Miene schürte Dominiks Zorn.

Mit einem Satz schnellte Dominik vor und packte den Baron am Kragen.

„Pass auf, dass ich deinen Fehltritt nicht Elisabeth berichte. Der Kodex gebietet uns, vorher aufzuhören."

„Das wirst du nicht wagen, Halbblut", stieß der Baron zwischen zusammengepressten Zähnen hervor. „Und jetzt lass mich gefälligst los, sonst erzähle ich Jiri, dass auch du gegen den Kodex verstoßen wolltest, weil du diese Kleine zur Gefährtin begehrt hast."

Dominik stieß Drazice von sich.

„Du widerst mich an, bist Abschaum, Anton Drazice."

Der Baron lachte laut auf.

„Wir alle, auch du, sind Höllenbrut, Verdammte, oder hast du das schon vergessen? Und du bist dazu noch bei Jiri in Ungnade gefallen, Freund der Sterblichen. Hüte deine Zunge, sonst wirst du das Dämonenopfer des nächsten blauen Mondes sein."

Er bekräftigte seine Worte mit einem heiseren Fauchen.

Dominik ließ sich nicht einschüchtern und lächelte den Baron an.

„Wir werden ja sehen, wer von uns beiden das Opfer ist. Und jetzt geh mir aus den Augen, bevor ich mich vergesse." Für einen flüchtigen Moment lag Unsicherheit in den Augen des Barons.

Dann rückte er schweigend seine Kleidung zurecht und verschwand im Gewirr der Gassen.

Dominik hockte sich neben die Frau und suchte ihren Puls. Wenn er noch ein schwaches Lebenszeichen erhielte, brächte er sie wie das Mädchen ins Haus der Dcera. Aber für die Blonde kam jede Hilfe zu spät.

Er schloss ihre Augen und bedeckte ihre Scham mit dem zerrissenen Kleid.

Dann ging er davon.

Dominik beschloss, die Nacht nicht in seinem Prager Haus zu verbringen, weil ihn dort alles an Karolina erinnerte. Er verwandelte sich wieder in einen schwarzen Wolf und trabte langsam in Richtung Moldau.

Doch die Sehnsucht veranlasste ihn, einen Umweg zu nehmen. Wenig später hockte er im Schatten von Carlottas Remise.

Wenn Karolina auch nichts mehr mit ihm zu tun haben wollte, sehnte er sich trotzdem danach, sie zu sehen.

Wegen des lauen Abends waren die Fenster im oberen Stockwerk, in dem sich die Schlafzimmer der Dceras befanden, geöffnet.

Dominik sah nach oben, aber er konnte sie nicht entdecken. Doch dann ertönte plötzlich ihr helles Lachen, und die Sehnsucht wallte so stark in ihm auf, dass er sie kaum noch zügeln konnte. Fast wäre er als Fledermaus auf das Fensterbrett geflattert, nur um ihr nahe zu sein.

Eine leichte Brise kam auf, und am Himmel zogen die Wolken rascher als zuvor.Es sah nach Regen aus.

„Eliska, mir wird kühl. Schließ doch bitte das Fenster", hörte er eine Frauenstimme sagen.

„Schon gut, ich mache das." Das war Karolinas Stimme. Dann erkannte er ihr blondes Haar, das sie zu einem Zopf geflochten hatte, der anmutig auf ihrer Schulter ruhte. Karolina beugte sich vor, um die beiden Fensterflügel zu schließen.

Einen Moment lang hielt sie inne und sah zu ihm nach unten. Hatte sie ihn etwa erkannt? Gebannt starrte Dominik nach oben.

„Warum schließt du nicht endlich das Fenster?" Die Frauenstimme klang ungeduldig.

„Ich glaubte, eben eine Bewegung gesehen zu haben, Malvina, unten im Hof." Karolina kniff die Augen zusammen und suchte nach einem Anzeichen.

„Ich wittere die Blutsauger auf Kilometer. Da ist keiner, glaub mir. Schließ endlich das Fenster, mir ist kalt."

Karolina zog die Fensterflügel zu, spähte noch ein letztes Mal durch die Scheibe und drehte sich dann um.

Dominik atmete erleichtert auf.

Dann trieb ihn der Hunger in den Wald.

30.

„Ich hatte nie geahnt, dass in Prag so viele unterirdische Gewölbe existieren", sagte Karolina und spannte die Armbrust. Sie kniff ein Auge zu und fixierte das Ziel, eine Puppe aus Sackleinen, auf einen Besen gespießt.

„Die meisten haben sie vergessen. Die Katakomben entstanden in der Zeit, als sich die Anhänger von Hus nach dessen Tod eine Zuflucht schaffen mussten."

Carlotta trat hinter die Nichte und korrigierte mit wenigen Griffen deren Haltung. Eliska, Malvina, Hana und Adela standen im Halbkreis um Karolina und beobachteten sie schweigend.

„Du musst dein Ziel sorgfältig und schnell anvisieren. Die Armbrust ist eine präzise und effektive Waffe, dazu sehr elegant, und von uns Frauen gut zu bedienen. Bedenke, ein Moment des Zögerns oder ein Fehlschuss kann dich das Leben kosten. Vampire sind schneller, als das menschliche Auge es fassen kann. Sei auf der Hut vor Angriffen aus dem Flug heraus. Lass sie nie aus den Augen. Konzentriere dich."

Karolina nahm die markierte Stelle auf dem Sackleinen ins Visier und schoss den Pfeil ab. Sie verfehlte ihr Ziel um eine Handbreit und schimpfte mit sich. Dann senkte sie die Armbrust.

„Ich habe das Ziel doch genau im Visier gehabt. Das gibt es doch nicht!"

„Du bist einfach nicht genug in Übung. Versuche es noch einmal. Schalte das Denken ab, lasse dich von deinem Gefühl leiten. Eine Dcera, die Liliths Blut in sich trägt, spürt die Schwingungen der Dämonen, ahnt ihre Bewegungen im Voraus. Du könntest sie blind treffen und hast uns viel voraus."

„Willst du etwa behaupten, durch meine Adern fließe das gleiche Blut wie das dieser blutsaugenden Kreaturen?" Entsetzt starrte Karolina die Tante an. Nur der Gedanke daran, sie könne etwas mit diesen Bestien gemein haben, jagte ihr einen Schauer nach dem anderen durch den Körper.

„Die erste heilige Dcera trank von Liliths Blut. Das machte sie immun gegen die Bisse der Vampire. Sie vererbte diese Eigenschaft an ihre Tochter und diese wieder an die ihre, bis deine Mutter es dir in die Wiege legte."

„Wenn mich ein Vampir beißt, werde ich nicht zu einem von ihnen? Heißt es das?"

„Du kannst nie eine Vampirin werden und deine Tochter auch nicht. Diese Tatsache und deine Fähigkeiten machen dich für Vampire zu einem gefährlichen Gegner. Sie werden deshalb versuchen, dich als Erste zu töten. Deshalb musst du schneller sein als sie. Nutze die besondere Gabe, ihre Anwesenheit zu riechen, bevor ein Sterblicher sie sehen kann."

„Du überschätzt mich, sonst hätte ich doch gleich erkannt, was Dominik Karolyí wirklich ist."

„Der Schwarze Fürst ist kein reiner Vampir, das hat dich verwirrt, und du warst dir deiner Fähigkeiten noch nicht bewusst."

Immer wenn jemand Dominiks Namen erwähnte, überwältigte sie erneut der Schmerz.

„Versuche es mit dem Silbermesser. Hier." Carlotta reichte ihr eines der Messer, die auf einem Holzklotz lagen, und nahm ihr die Armbrust ab.

„Wie soll ich denn mit einem Messer treffen, wenn ich noch nicht mal den Schuss mit der Armbrust beherrsche?" Karolina betrachtete das Messer in ihrer Hand, dessen scharf geschliffene Klinge im Licht funkelte.

„Schließe die Augen und stell dir vor, der Mörder deiner Mutter stünde vor dir. Dann wirf."

Die geflüsterten Worte Carlottas klangen für Karolinas Ohren beschwörend.

Sie wählte eine Position, hob den Arm, zögerte dann aber.

„Schließe die Augen und stelle dir deinen Gegner vor. Riechst du das warme Blut des Opfers, das an ihm haftet? Ruft es Ekel in dir hervor? Spürst du, wie Zorn und der Wunsch nach Rache in dir aufsteigen? Wie die Gefühle stärker in dir werden?" Karolinas Hand, die das Messer fest umklammerte, zitterte. Sie roch tatsächlich das warme Blut, dachte an ihre Mutter, und das Bild der geschundenen Hana tauchte vor ihren Augen auf.

Sie ballte die Faust um den Schaft des Messers und presste die Lippen aufeinander. Alles, was sie in diesem Augenblick verspürte, war der Wunsch nach Rache.

„Jetzt wirf. Vertrau mir", raunte die Tante ihr ins Ohr.

In diesem Moment warf Karolina mit einem Aufschrei das Messer. Es folgte das Geräusch eines gedämpften Knalles.

Carlotta tätschelte ihr die Schulter, und Karolina schlug die Augen auf.

Das Messer steckte inmitten der gekennzeichneten Stelle.

„Verstehst du nun, was ich meine?" Karolina nickte, noch immer darüber verwundert, wie ihr das blind gelingen konnte.

Danach probierte sie es nochmals mit der Armbrust. Dieses Mal gelang ihr ein ebenso guter Treffer. Sie konnte nicht verhehlen, dass sie dieser Erfolg mit einer gewissen Befriedigung erfüllte.

„Du bist die auserwählte Tochter des Lichtes. Wir sind deine Schwestern, die dir bis in den Tod folgen werden." Carlotta ergriff Karolinas Hand und legte sie auf ihren gesenkten Kopf.

„Folgt ihr, meine Schwestern, bis zu eurem Tod."

Die anderen bejahten die Aufforderung.

In der Nacht lag Carolina lange wach. Sie dachte an die Wochen, die sie seit ihres Vaters Tod in Carlottas Haus verbracht hatte. Die Waffenübungen gehörten zu ihrem täglichen Pensum.

Carlotta vermittelte ihr ein Wissen über die Welt der Finsternis und ihre Geschöpfe, von dem Karolina nie geglaubt hätte, es könne existieren. Wohlbehütet war sie auf dem Gut aufgewachsen, fern jedes schlechten Gedankens, der sie seit der Begegnung mit Dominik eingeholt und verändert hatte.

Hass und der Wille zu töten waren ihr vollkommen fremd gewesen. Doch mit jeder Kampfübung spürte sie, wie ihr Rachedurst wuchs, und wie sie sich danach sehnte, ihn endlich auszuleben.

Immer weiter perfektionierte sie ihren Umgang mit den Waffen, bis sie sie so gut beherrschte, um es mit jedem Gegner aufzunehmen zu können. Ihren geschärften Sinnen entging nichts. Sie betrat ein Terrain, das nicht grausamer und beängstigender sein konnte. Der ewige Kampf zwischen Gut und Böse fand auch in ihr statt. Erst im Morgengrauen schlief sie ein.

„Graf Boskovic hat einen neuen Diener", sagte Eliska, als sie in die Küche trat, in der Hand einen Korb duftenden Brotes, das sie vom Markt geholt hatte.

Carlotta sah von ihrem Buch auf und hob fragend die Brauen. Auch die anderen Schwestern blickten erwartungsvoll zu Eliska.

„Ein Hüne, mit kräftigen Armen, die zupacken können."

„Mit schütterem Haar und tief liegenden Augen?" Karolina beugte sich vor. Eine furchtbare Ahnung stieg in ihr auf.

Eliska nickte. „Ich denke schon. Kennst du den Kerl?"

„Deiner Beschreibung nach ist es Jendrik, der ehemalige Diener meines Vaters, der mich nach Prag begleitet hat. Mein Gott, ich muss ihn da rausholen." Karolina war vom Stuhl aufgesprungen, entschlossen, sich sofort auf den Weg zum Stadtpalais des Grafen zu begeben, bevor die Dunkelheit hereinbrechen würde.

„Das ist keine kluge Entscheidung, Karolina. Du brächtest nicht nur ihn, sondern auch dich in Gefahr." Carlotta schob das Buch beiseite.

„Aber ich kann ihn doch nicht seinem Schicksal überlassen, nach allem, was in den letzten Tagen dort geschehen ist!"

Malvina hatte in den vergangenen Tagen immer wieder von dem Treiben im Stadtpalais Jiris berichtet. In drei Tagen stünde wieder eine Nacht des blauen Mondes bevor, in der die Dämonen ein grausames Ritual vollziehen würden. Danach wurde jedes Mal ein Mensch vermisst. Bislang war es den Dceras trotz aller Bemühungen nicht gelungen, hinter das Geheimnis des Rituals zu kommen oder den Ort des Geschehens ausfindig zu machen.

Vor einer Woche wurde aus der Moldau der Leichnam eines jungen Mädchens gefischt, übel zugerichtet, mit typischen Bissmalen übersät.

Karolina selbst hatte die Tote gesehen, ihr bleiches, vom Wasser aufgequollenes Gesicht mit den angstgeweiteten Augen. Sie war nicht älter als Hana gewesen. In der Stadt erzählten die Leute, dass es sich um eine Bäckerin handelte, die vom Land in die Stadt gezogen war, weil sie eine neue Stellung suchte. Jiri hatte sie eingestellt und Gefallen an der hübschen Frau gefunden.

Die Opfer häuften sich. Karolina musste hilflos mit ansehen, wie die Furcht in den Augen der Prager wuchs.

Jendrik könnte das nächste Opfer sein, das durfte nicht geschehen.

„Eine von uns wird gehen", entschied Carlotta, und ihr Blick flog in die Runde.

„Nein! Ich kenne Jendrik schon lange, Tante!"

„Wenn wir dich verlieren, dann stehen wir wieder am Anfang. Du bist die Hoffnung Prags, Karolina."

„Ich kenne Jendrik auch und könnte ihn aufsuchen", meldete sich Adela zu Wort.

„Das ist eine gute Idee." Carlotta nickte.

„Das erlaube ich dir nicht, Adela, du wirst nicht zu Jendrik gehen."

Karolina lief um den Tisch und umfasste die Schultern der Freundin.

„Das sollte Adela selbst entscheiden", sagte Eliska und erntete einen entrüsteten Blick Karolinas.

„Ich werde vorsichtig sein. Zuerst werde ich mich am Tag ein wenig umsehen, ohne dass Jendrik mich erkennen kann. Wenn ich mich dort sicherer fühle, spreche ich ihn an." Fassungslos betrachtete Karolina die Freundin. Auch sie hatte sich bei Carlotta verändert, war selbstbewusster geworden.

„Nur über meine Leiche!", rief Karolina aus. Doch als sie merkte, dass Adela sich nicht mehr umstimmen ließ und diese dazu noch die Unterstützung der anderen besaß, stürmte sie wütend aus dem Zimmer.

31.

Die Dunkelheit war hereingebrochen und leerte schlagartig die Prager Straßen. Eilige Schritte hallten durch die Stille. Im Schein der Straßenlaternen näherte sich dem Palais des Grafen Boskovic eine Frau in eleganter Robe, die ihr Gesicht unter einem Schleierhut verbarg. Bevor sie die Stufen zum Eingangsportal hinaufging, warf sie einen flüchtigen Blick über die Schulter.

Sie klopfte, und wenige Augenblicke später betrat sie bereits das Palais.

Karolina, die sich in einer Hausnische gegenüber verbarg, hätte Eliska fast nicht wieder erkannt. Eleganz war keine Eigenschaft des Lederanzuges der Dceras. Eliska hatte sich freiwillig bereit erklärt, im Palais des Grafen während eines Festes zu spionieren. Während Carlotta und die anderen ihren Mut offen bewunderten, stieg in Karolina ein ungutes Gefühl auf, das sie sich nicht erklären konnte.

Nun kauerte sie in dem Versteck, um das Palais zu beobachten und, falls erforderlich, einzugreifen. Während Carlotta und Malvina auf einem Friedhof unterhalb der Prager Burg nach Vampirschlafplätzen suchten, traf sich Adela mit Jendrik in Carlottas Haus, um mehr über Jiri zu erfahren.

„Und wenn etwas schief geht?" Hana hockte im Eingang des Bürgerhauses neben Karolina und zitterte vor Furcht.

„Eliska soll nur auskundschaften, welche Vampire dort ein- und ausgehen, und wo Boskovic sich aufhält. Mehr nicht. Wird schon klappen." Karolina konnte dennoch das flaue Gefühl in ihrem Magen nicht vertreiben.

Nur Carlotta war völlig zuversichtlich gewesen und vertraute Eliskas Fähigkeiten, mit denen sie schon so manch schwierige Situation souverän gemeistert hatte. „Hoffentlich." Hanas Zähne klapperten laut.

„Reiß dich zusammen, Hana, sonst verrät uns dein Zähneklappern noch."

Hana biss die Zähne fest aufeinander, aber sie bibberte weiter.

Karolina seufzte auf, sie hätte Carlottas Drängen, Hana mitzunehmen, nicht nachgeben sollen. Das Mädchen wurde zur Gefahr.

Schweigend saßen sie eine Stunde im Hauseingang und starrten gebannt auf den Eingang zum Palais.

Kräftige Schritte durchbrachen die Stille, ein hochgewachsener Mann mit breiten Schultern kehrte ihnen den Rücken zu. Langsam drehte er sich um, und Karolina erstarrte, als sie das Profil Dominiks erkannte. Er sah zu den hellerleuchteten Fenstern auf. Die verdrängten Sehnsüchte kehrten aufs Neue zurück. Aber dann erinnerte sie sich an die Szene im Wald. Wie konnte sie vergessen, dass er ein Geschöpf der Finsternis war.

Dominik drehte sich in ihre Richtung. Für einen Moment glaubte Karolina, er hätte sie im Dunkeln erkannt. Ihr stockte der Atem. Die Hand, in der sie die Armbrust hielt, zitterte. Wenn er sich ihnen näherte, würde sie ihn töten. Doch er blieb reglos stehen, und sie spürte, dass er sich ihrer Nähe bewusst war. Zu ihrem Erstaunen drehte er sich um und ging davon.

Lange, nachdem Dominik gegangen war, saßen Karolina und Hana noch immer in dem Versteck. Bei den Gästen herrschte ein reges Kommen und Gehen. Einige hatten den Ball bereits ganz verlassen und torkelten betrunken durch die nächtlichen Straßen.

Zu Karolinas Enttäuschung erblickte sie nicht einen einzigen Vampir, den sie ins Visier nehmen konnte. Auch die Hoffnung, Jiri zu sehen und ihn mit einem Silberpflock zu töten, verringerte sich mit vorgerückter Stunde.

„Mir ist kalt." Hana kuschelte sich in ihren Wollmantel und verschränkte die Arme vor der Brust.

„Wir müssen noch bleiben. Hier, nimm meinen Schal." Karolina legte der Kleinen ihren Schal um den Hals.

„Da stimmt was nicht. Wenn Eliska nicht bald herauskommt, gehe ich hinein", sprach Karolina ihre Gedanken aus. Hana schwieg, sie sehnte sich nur nach einem wärmenden Ofen.

Kurz vor Mitternacht schlief Hana, den Kopf gegen die Hausmauer gelehnt, ein.

Karolinas Ungeduld wuchs. Verflixt, Eliska kam noch immer nicht aus dem Haus. Sie konnte Hana hier nicht allein zurücklassen, um nach ihr zu sehen.

Als die Kirchturmuhr Mitternacht schlug, öffnete sich plötzlich die Tür. Ein breitschultriger Mann mit wallendem, weißem Haar trat vor das Haus. Karolina konnte es kaum fassen. Es war der Graf persönlich, Jiri von Boskovic! In seiner Begleitung befand sich ein blutjunges Mädchen mit einem schmalen Gesicht und schwarz gelocktem Haar.

Sofort schärften sich Karolinas Sinne und die Stimme des Vaters erklang in ihrem Gedächtnis. ‚Er ist der Mörder deiner Mutter, du musst ihn töten.'

Der Graf war ihr jetzt so nah und bot eine prächtige Zielscheibe. Langsam hob sie die Waffe und visierte ihr Opfer, das sich eben über das Mädchen beugte und es leidenschaftlich küsste. Karolina konnte ihn nicht treffen, ohne das Mädchen zu verletzen.

„Wenn du Jiri verfehlst, ist es für uns alle zu spät", hatte Carlotta neulich erklärt. „Es reicht aber nicht, ihm den Silberpflock ins Herz zu treiben, sondern du musst ihm den Kopf abschlagen, damit der Dämon entweicht."

Zu diesem Zweck steckte das Kurzschwert in der Scheide am Gürtel ihres ledernen Anzugs. Carlotta hatte ihr erklärt, dass die Dceras es nutzten, seit der Erzengel Michael es für den ersten Kampf gegen die Dämonen geschmiedet hatte. Es wurde von einer Generation der Dceras zur nächsten vererbt. Die Klinge war so scharf, dass sie mit einem Hieb das härteste Metall durchschlagen konnte.

Sie konzentrierte sich wieder auf ihr Ziel, doch noch immer befand sich das Mädchen im Wege.

Karolina ließ die Armbrust wieder sinken.

„Küss mich, küss mich", bettelte das Mädchen den Vampir an und rieb lasziv ihre Hüfte an der seinen. Sein lüsternes Lachen hallte durch die Straße und schürte Karolinas Zorn.

„Wie soll ich dich denn küssen, meine Schöne?", säuselte der Graf.

„Dass ich alles um mich herum vergesse." Voller Begehren zog sie das Gesicht Jiris zu sich hinunter.

Ein süßlicher Duft drang in Karolinas Nase, der einen Brechreiz bei ihr auslöste, den sie nur mühsam unterdrücken konnte. Die Schwarzhaarige hingegen schien den Geruch nicht im Mindesten zu bemerken, denn sie lehnte sich zurück, in Erwartung des Kusses.

Jiri senkte den Kopf und presste seine Lippen auf die ihren. Er umfasste mit seinen langen Fingern ihre Kehle. Das Mädchen schmiegte sich enger an ihn.

Aber dann begann sie sich zu wehren. Jiri drückte ihre Kehle zu, das Mädchen versuchte nach Luft zu schnappen und ruderte mit den Armen. Der Kuss schien eine Ewigkeit zu dauern. Da hob Jiri den Kopf, ein Röcheln entfuhr der Kehle des Mädchens. Im Licht der Laterne blitzten die langen Reißzähne des Grafen auf. Das Mädchen zappelte in der Umklammerung wie ein Fisch an der Angel. Langsam senkten sich Jiris Zähne in den Hals der Hilflosen.

Fieberhaft überlegte Karolina, was sie in diesem Moment tun könnte, um das Mädchen zu retten.

Doch dann erkannte sie, dass der Körper in Jiris Armen bereits erschlaffte. Der Graf streckte die Leblose von sich. Dann biss er in seinen eigenen Unterarm und träufelte das Blut in den geöffneten Mund des Mädchens. Fast hätte Karolina vor Entsetzen aufgeschrien, denn das Mädchen trank gierig vom Blut des Grafen.

Karolina legte die Armbrust an und zielte.

In diesem Moment öffnete sich erneut die Tür und ein angetrunkener Mann in derangierter Kleidung mit einem Glas Wein in der Hand taumelte die Treppen hinunter.

„Mein lieber Graf, Ihr wollt doch nicht die Schönheit allein genießen?"

Es folgte ein Schluckauf, dann Gelächter.

Der Graf ließ das Mädchen los, ohne den anderen aus den Augen zu lassen. Der Betrunkene prostete sich lächelnd selbst zu, bevor er am Glas nippte.

Jiri stand in diesem Moment in der richtigen Positur, die es Karolina ermöglichte, einen wirkungsvollen Schuss abzugeben. Sie zielte. Endlich würde Boskovic für die vielen Morde, allen voran den an ihrer Mutter, büßen. Der Vampir drehte sich in ihre Richtung und lächelte. Hatte er etwa ihre Anwesenheit bemerkt? Eiseskälte hüllte sie plötzlich ein, dennoch konzentrierte sie sich auf den Schuss. Sie durfte sich nicht von der mentalen Kraft des Vampirs beirren lassen, eine Lektion, die Carlotta sie als Erstes gelehrt hatte.

Sie verspürte eine innere Genugtuung, als sie Millimeter für Millimeter lautlos die Sehne spannte, die den silbernen Pflock für den Abschuss vorbereitete.

Der Mann auf der Treppe rülpste und zog damit die Aufmerksamkeit des Vampirs auf sich.

Währenddessen stand der Graf bewegungslos da, fixierte den Mann auf der Treppe, dem die angespannte Haltung des Gastgebers durch seinen benebelten Zustand entging.

Jiri duckte sich unvermutet, als bereite er sich auf einen Sprung vor.

Karolina spannte die Armbrust bis zum Anschlag, zählte bis drei und schoss.

Im selben Augenblick stürzte sich der Graf auf den Betrunkenen, riss ihn nieder und verbiss sich in seinem Hals. Mit einem erstickten Schrei fiel der

Mann hintenüber; das Glas zersplitterte mit einem klirrenden Geräusch auf den steinernen Stufen.

Der Pflock sauste in voller Wucht davon, doch er verfehlte sein Ziel. Mit einem Knall bohrte er sich in einen Baum. Ein Zittern durchlief Karolinas Körper, vor Wut und Enttäuschung. Sie hatte die beste Chance vertan und verfluchte den Moment ihres Versagens. Mühevoll unterdrückte sie die aufsteigenden Tränen.

Jiri fuhr auf. Mit dem Handrücken wischte er sich das Blut von Kinn und Lippen. Er erhob sich und stieß den schlaffen Körper mit dem Fuß die restlichen Stufen hinunter. Dann blickte er sich um und suchte nach der Ursache des Knalls. Noch bevor er den Pflock im Stamm entdecken konnte, wurde seine Aufmerksamkeit durch das Mädchen abgelenkt, das sich stöhnend auf dem Boden wand.

Karolina wagte nicht zu atmen, sondern beobachtete gebannt die gespenstische Szene, die sich vor ihren Augen abspielte.

Krämpfe ließen den schlanken Körper zucken und aus ihrer Kehle drang ein animalisches Fauchen, das einer Raubkatze ähnelte, die ihr Revier verteidigt. Ihr Oberkörper wölbte sich nach oben, als zerrisse der Schmerz ihren Leib.

Wie hypnotisiert verfolgte Karolina jedes Detail dennoch mit Grauen.

Die rosa Hautfarbe des Mädchens wechselte in ein wächsernes Gelb. Sie würgte, hustete und spie Blut in hohem Bogen aus, das sich über ihr Kleid ergoss. Arme und Beine zuckten unkontrolliert, bis riesige Zähne aus ihrem Oberkiefer wuchsen.

Erst jetzt wurde Karolina bewusst, dass sie zum ersten Mal die Wandlung eines Menschen zum Vampir miterlebte. Oft hatte Carlotta davon berichtet, aber es selbst zu erleben, war etwas ganz anderes. Die Wandlung der jungen Frau hier verlief rasant. Das war nicht bei allen so, aber es dauerte auch nie länger als bis zur nächsten Dunkelheit.

Das Mädchen stöhnte, keuchte und wand sich wie eine Schlange. Dann blieb sie reglos liegen, und es herrschte eine unheimliche Stille.

Karolina überlegte, ob sie einen weiteren Schussversuch unternehmen sollte, entschied aber, es nicht zu wagen. Mit zwei Vampiren fertig zu werden, stellte eine Gefahr dar, der sie auch die hilflose Hana aussetzte. Sie konnte das Leben Hanas nicht riskieren. Zornig ballte sie die Hand zur Faust.

Die Schwarzhaarige richtete sich auf, das Blau ihrer Augen wechselte in Schwarz.

Jiri reichte ihr mit einem triumphierenden Lächeln die Hand. „Geliebte der Finsternis, sicher plagt dich der Durst."

Sie leckte sich über die blutigen Lippen und nickte.

Der Graf wandte sich ab, ergriff den schlaffen Körper des Betrunkenen und bedeutete der neuen Vampirin, sich an dessen Blut zu laben. Gierig sprang diese auf und warf sich über das Opfer. Angewidert wandte Karolina den Kopf zur Seite.

Gerade da erwachte Hana. Als das Mädchen leise zu murmeln begann, presste Karolina ihr die Hand auf den Mund. „Pst!"

Hana rollte erschrocken mit den Augen und hielt inne. Karolina drehte Hanas Kopf langsam in Richtung der grausigen Szene, ohne dabei ihren Mund freizugeben.

Sofort begann das Mädchen zu zittern und Tränen schossen in ihre Augen. Karolina zog sie an sich und barg Hanas Gesicht an ihrer Schulter.

Dicht aneinander gekauert harrten sie auf das Ende des blutigen Mahls.

Hana zitterte selbst dann noch, als Jiri und die Vampirin im Hinterhof des Stadtpalais verschwunden waren.

Der Betrunkene lag unbeachtet in der Gosse.

„Ich will zu Carlotta", jammerte Hana. „Wo ist Eliska?"

„Noch drin." Karolina strich ihr sanft übers Haar.

Sie fuhren zusammen, als die Tür sich plötzlich öffnete und Eliska auf der Schwelle erschien, um den verabredeten Pfiff ertönen zu lassen.

Dann lief sie eiligen Schrittes über den Marktplatz, in die schmale Gasse, an dessen Ende sich Carlottas Kutsche befand.

„Komm." Karolina zog die verstörte Hana am Ellbogen. „Wir müssen jetzt schnell verschwinden, bevor der Graf mit seiner neuen Gefährtin zurückkehrt."

Hana war nur zu froh, mit Karolina den grausigen Schauplatz verlassen zu können.

32.

Der runde Tisch in Carlottas Haus war der bevorzugte Treffpunkt der Lichtschwestern. Alle waren unbeschadet heimgekehrt.

Hanas gerötete Wangen verrieten ihre Erschöpfung. Aufgeregt schilderte sie allen, was geschehen war. Karolina hingegen schwieg, Wut und Enttäuschung brannten in ihrem Innern wie Feuer.

Das anfängliche Erstaunen in den Mienen der anderen ging in Entsetzen über.

„Dieser Boskovic ist zu mächtig geworden, und er fühlt sich sicher. Wir müssen ihn vernichten. Sein Tod schwächt die Gemeinschaft." Carlotta schlug zur Bekräftigung mit der Faust auf den Tisch.

„Es wäre mir fast gelungen, wenn da nicht dieses Mädchen gewesen wäre …" Karolina stützte den Kopf in die Hände.

„Du hast richtig gehandelt, niemand macht dir einen Vorwurf." Carlotta tätschelte Karolinas Arm.

„Verdammt, er war mir so nah! Ich habe zu lange gezögert." Karolina sprang auf und umklammerte die Tischplatte, ihr Körper bebte vor unterdrücktem Zorn.

„Setz dich", sagte Carlotta, aber es dauerte eine Weile, bis Karolina schließlich auf den Stuhl zurücksank.

„Weshalb bist du eigentlich so spät aus dem Palais gekommen, Eliska?" Hana umklammerte mit noch eiskalten Fingern den Becher mit heißem Tee. Ihr Blick ruhte vorwurfsvoll auf ihrem Gegenüber.

„Mein Gott, ich musste mich doch in Ruhe umsehen." In Eliskas blauen Augen blitzte es auf.

Karolina hob wegen der heftigen Reaktion Eliskas verwundert die Augenbrauen.

„Schon gut", beschwichtigte Carlotta. „Auch dir macht niemand einen Vorwurf. Wir wissen, welch gefährliche Aufgabe du übernommen hattest."

„Danke, Carlotta. Also gut …" Eliska räusperte sich und fuhr fort.

„Die Gäste ziehen sich in gewisse Boudoirs im ersten Stock zurück, zu denen ich keinen Zutritt bekam. Sie hätten sofort Verdacht geschöpft, wenn ich die Treppe nach oben gestiegen wäre." Der folgende Bericht klang plausibel - und doch schwang da ein Ton in Eliskas Stimme mit, der Karolina hellhörig werden ließ.

„Und es hat dich kein Vampir angesprochen oder sich dir genähert?", fragte sie deshalb.

„Nein. Jedenfalls nicht so, wie wir es erwartet hätten. Es wurde getanzt, der Wein floss in Strömen. Es herrschte eine ausgelassene Stimmung. Man nahm nur wenig Notiz von mir. Wie gesagt, die oberen Räume habe ich nicht betreten."

Es war nur eine Nuance von Röte, die Eliskas Gesicht überzog, dennoch bemerkte Karolina sie sofort.

„Was war mit Drazice und Boskovic? Hast du die gesehen?"

Malvina beugte sich zu Eliska über den Tisch und sah sie eindringlich an. Doch diese schüttelte den Kopf und senkte den Blick.

„Nein, die waren nicht da."

„Seltsam, wo wir doch gerade zuvor erzählt haben, dass Boskovic vor der Tür seines Hauses einen Mann getötet und aus einer jungen Frau eine Vampirin gemacht hat."

„Genau", bekräftigte Hana Karolinas Worte.

„Im Ballsaal war er jedenfalls nicht." Eliska kniff die Lippen zusammen und funkelte Karolina an. Die anfänglich harmonische Stimmung am Tisch war mit einem Male verflogen und einer gewissen Spannung gewichen. Alle schwiegen, bis Malvina die Stille unterbrach.

„Da sind wir wohl erfolgreicher gewesen." Malvina lächelte siegessicher. „Wir haben nämlich oben auf dem Friedhof zwei aufgebrochene Siegel entdeckt."

„Und in den beiden Grüften leere Särge." Carlotta hob den Zeigefinger.

„Sobald es morgen hell wird, sollten wir uns das mal genauer ansehen."

„Und diesen Blutsaugern endlich den Garaus machen! Ich brenne darauf." Leidenschaft sprach aus Malvinas Blick.

„Aber ich muss doch nicht mit, oder?" Adela blickte mit gerunzelter Stirn in die Runde. Ihre Lippen zitterten.

Malvina lachte auf. „Was bist du nur für ein Angsthase, Adela."

„Dein Blut ist wohl zu süß?", scherzte Eliska.

„Wenn ich diesen dunklen Geschöpfen aus dem Wege gehen kann, dann tu ich es. Ich schenke mein Blut nicht jedem."

Alle brachen in ein lautes Gelächter aus, was die Atmosphäre ein wenig entspannte.

„Du kannst hierbleiben, wenn du dich fürchtest, Hana wird dir Gesellschaft leisten." Hana wollte gegen die Entscheidung Carlottas protestieren, doch ein Blick der Älteren genügte, und der Protest erstarb auf ihren Lippen.

„Puh, da bin ich aber froh. Mir reicht noch die Begegnung mit dem Baron. Und was Jendrik so erzählt hat ..."

Fast hätte Karolina das Treffen zwischen den beiden vergessen.

„Was hat er erzählt?", wandte sie sich an die Freundin.

„Jendrik hat noch nie mit dem Grafen gesprochen. Boskovic lässt sich am Tag nicht sehen. Die Bediensteten tuscheln viel über das seltsame Treiben im Haus, aber meistens sind es nur Gerüchte. Keiner weiß Genaues. Abends gibt er seine Gesellschaften. Alles, was in Prag Rang und Adelstitel besitzt, reißt sich darum, sein Gast zu sein."

„Welch morbides Vergnügen. Ein reich gedecktes Buffet für diese Blutsauger", warf Karolina ein. Dabei bist du doch selbst einmal sein Gast gewesen, ermahnte sie eine innere Stimme. Aber sie hatte sich immerhin unter den frivolen Gästen nicht wohlgefühlt.

„Bevor es dämmert, verlassen die Vampire den Ball, der Rest vergnügt sich bis zum Morgengrauen."

„Und keiner hat eine Ahnung, wohin die gehen? Die können sich doch nicht einfach so in Luft auflösen!"

Carlotta lächelte die aufgebrachte Hana an.

„Vampire können sich so schnell bewegen, dass es für unser menschliches Auge nicht sichtbar ist. Ehe du einen Wimpernschlag getan hast, sind sie fort. Das dürft ihr nie unterschätzen. Wir wissen noch sehr wenig über die Kräfte der Schattendämonen."

„Von dieser Schnelligkeit konnte ich mich selbst überzeugen", sagte Karolina, „denn als ich den Pflock auf den Grafen abschoss, war dieser schon bei dem Betrunkenen, sodass ich das Ziel verfehlte."

„Vampire haben ein besonderes Gespür für Gefahr. Und einen ausgeprägten Geruchssinn. Wahrscheinlich hatte er dich bereits gewittert."

„Und weshalb hat er dann nicht versucht, mich zu töten, Tante?"

„Jiri weiß, welche Kräfte in dir stecken, und ist daher vorsichtig. Nur ein Überraschungsangriff auf dich könnte ihn zum Sieger machen."

„Auch ich habe seine Gegenwart körperlich gespürt. Seine dunkle Aura schien meinen Körper zu durchdringen, so mächtig und furchterregend war sie."

Nachdenklich starrte Karolina ins Leere.

„Du wirst deine Kräfte mit der Zeit besser kennenlernen. Vertrau dich ihnen an, sie zeigen dir den Weg. Lasst uns jetzt in die Kapelle des heiligen Michael gehen und ihn um seinen Beistand bitten, wenn wir bei Tagesanbruch den Friedhof aufsuchen."

33.

In der Nacht fand Karolina keinen Schlaf. Das furchtbare Geschehen lief immer wieder vor ihren Augen ab. Hass flammte in ihr auf, gegen Jiri, der, getrieben von seiner Blutgier, unzählige Sterbliche ermordete. Der Schmerz über den Verlust der Mutter saß noch immer tief. Sie musste den Vampir vernichten, sonst würde sie nie ihren inneren Frieden finden. Noch etwas bedrohte ihr Seelenheil: Dominik. Sie durfte keinen Gedanken mehr an ihn verschwenden. Er war genau so ein Untier wie Boskovic, das es zu töten galt.

Die Selbstvorwürfe bohrten sich in Karolinas Herz wie vergiftete Pfeile.

Noch einmal würde sie einen Vampir nicht davonkommen lassen.

Und sie wollte auch nicht auf den Tag einer zufälligen Begegnung warten, sondern ihn und sein Gefolge jagen.

Entschlossen schwang sie die Beine aus dem Bett. Hastig streifte sie den ledernen Anzug über. Dann schulterte sie die Armbrust und steckte das Kurzschwert in die Scheide, die am Hosenbund befestigt war. Zum Schluss stopfte sie ein paar Silberpflöcke in den Hosengürtel. Auf Zehenspitzen schlich sie aus dem Zimmer.

Zielstrebig lief sie zum Stall. Dort sattelte sie den schwarzen Hengst, bandagierte seine Hufe mit Sackleinen, um das Geräusch seiner Schritte zu dämpfen, und bestieg seinen Rücken. Leise schnaubend trabte er über den Hof in das kleine Wäldchen, das bis zur Moldau reichte.

Der Blutdiamant auf ihrer Brust schien zu glühen.

Sie spürte, wie ihr jemand folgte. Doch als sie sich umdrehte, konnte sie niemanden erkennen. Erst als ein Heulen erklang, wusste sie, dass ihr der schwarze Wolf auf den Fersen war. Dominik! Ihr Herz klopfte unerwartet schneller.

Unbehelligt erreichte sie die Karlsbrücke und schlug den Weg zum Burgfriedhof ein. In wenigen Stunden würde der Morgen anbrechen, ihr blieb also nicht viel Zeit. Bevor sie die Vampire tötete, wollte sie in deren Augen die gleiche Angst sehen wie in den Augen ihrer Opfer.

Sie passierte die Brücke und ritt durch die enge Gasse zur Burg empor. Intensiv spürte sie die Nähe von Vampiren wie feine Vibrationen. Sie lächelte. Diese Bestien würden ihr nicht entwischen.

Lautlos tänzelte der Hengst durchs nächtliche Prag. Die Ungeduld seiner Herrin übertrug sich auf ihn. Karolina klopfte ihn beruhigend am Hals. Auch er witterte die Vampire.

Karolina war ganz in schwarzes Leder gekleidet, und hatte ihr blondes Haar unter einem schwarzen Hut verborgen, um nicht aufzufallen.

Der Geruch von feuchter Erde und verwelkten Blumen stieg in ihre Nase.

Der Friedhof lag in der Nähe. Wenn das stimmte, was Carlotta und Malvina gesagt hatten, dann würden die Vampire hierher kommen, bevor der Morgen graute. Sie konnte es kaum erwarten, ihnen gegenüberzustehen. Doch sie musste auf der Hut sein. Ihre Sinne waren aufs Äußerste geschärft.

Ein lautloser Schatten flog über die Häuserzeile zu ihrer Rechten. Sofort zügelte sie das Pferd und schaute nach oben. Ein Vampir! Dessen war sie sich sicher.

Ihm folgte ein leichter Fäulnisgeruch. Sie befürchtete schon, er könnte sie bemerkt haben, doch er glitt weiter, und sie atmete erleichtert auf.

Sofort nahm sie die Verfolgung auf. Sie presste dem Hengst ihre Hacken in die Flanken. Gehorsam fiel das Tier in einen sanften Galopp.

Der Schatten bewegte sich in Richtung Friedhof.

Kurz vor dem Friedhofstor zügelte Karolina das Pferd und glitt leise aus dem Sattel. Als wisse das Tier, was es tun solle, lief es in den Hof des nächstgelegenen Hauses.

Karolina zog einen der Silberpflöcke aus dem Gürtel und nahm die Armbrust von der Schulter. Dann spannte sie den Pflock ein und betrat das

Friedhofsgelände. Das schmiedeeiserne Tor war weit geöffnet. Die Bäume rauschten im leichten Wind.

Schritt für Schritt folgte sie dem schmalen Weg, der zwischen den Gräbern entlang führte, und hielt nach dem Vampir Ausschau.

Sie atmete tief ein. Da war er wieder, der Geruch von Fäulnis, nicht weit von ihr entfernt. Im Dunkel erkannte sie die Silhouette einer Gruft. Obwohl die Finsternis die Sicht beeinträchtigte, wiesen ihre Sinne ihr die Richtung. Jetzt erst verstand sie, was Carlotta damit gemeint hatte, sie müsse auf ihre Kräfte vertrauen.

Eine kurze Bewegung weckte ihre Aufmerksamkeit. Der Geruch von getrocknetem Blut vermischte sich mit dem von Fäulnis.

In diesem Moment riss die dichte Wolkendecke auf. Karolina erkannte deutlich einen Mann, der ihr den Rücken zuwandte und die Tür zur Gruft öffnete. Es musste der Vampir sein, den sie bis hierher verfolgt hatte. Langsam legte Karolina die Armbrust an. Die Bestie sollte zur Hölle fahren. Sie verspürte keine Furcht, ihre Hände umspannten präzise die Säule der Armbrust und fixierten den Haken.

Als er ihre Anwesenheit bemerkte, wirbelte der Vampir mit einem Fauchen herum. Seine Augen glühten rot auf und seine weißen Reißzähne hoben sich von der Dunkelheit ab.

Doch Karolina war schneller und schoss den Pflock ab. Dieses Mal verfehlte der Schuss nicht sein Ziel. Mit voller Wucht bohrte sich der Pflock in die Brust des Vampirs. Er sank mit ausgebreiteten Armen röchelnd auf die Knie. Ein Zischen erklang und helle Rauchwölkchen drangen aus seiner Brust. Der Vampir rollte mit den Augen, bis das Glühen verlosch.

Karolina konnte nicht leugnen, in diesem Moment eine gewisse Genugtuung zu verspüren und lächelte. Dann senkte sie die Armbrust, trat zu dem am Boden Liegenden und sah auf ihn herab. Er sollte genauso leiden wie seine Opfer. Sein Körper wand sich, während er von innen heraus verbrannte. Karolina verharrte auf der Stelle und sah dem grausigen Anblick zu.

Seine Perlmutt-Haut verfärbte sich dunkel und der Schrei des Todes erstickte nun in seiner Kehle. Flammen züngelten aus Brust und Bauch und verbrannten ihn wie Pergament.

Zurück blieb ein Haufen Asche.

Karolina wandte sich ab, um zu gehen, als ein Rascheln hinter ihr sie zusammenfahren ließ. Deutlich spürte sie die Gegenwart eines weiteren Vampirs und freute sich, auch diesem den tödlichen Stoß versetzen zu können. Sie fingerte am Gürtel und zog einen weiteren Silberpflock hervor.

Der Vampir überflog sie in enger werdenden Kreisen. Karolina ließ sich dadurch nicht aus der Ruhe bringen, sondern bereitete die Armbrust zum Abschuss vor.

Sie fühlte jede seiner Bewegungen, auch als er zu Boden glitt und sich ihr näherte.

Das Rascheln von Stoff überraschte Karolina, und als sie den Blick von der Armbrust hob, erkannte sie eine Vampirin. Ihre Schnelligkeit war bewundernswert und erforderte Karolinas ganze Konzentration.

Die Vampirin begann zu kreischen und machte den Versuch, sich von oben auf sie zu stürzen. Doch Karolina wich geschickt aus und visierte ihr Ziel neu an. Für einen Augenblick verwirrten sie Wendigkeit und Tempo, aber dann gewann der Spürsinn der Dcera in ihr die Oberhand. Sie schloss die Augen und konnte dennoch jede Bewegung der Vampirin sehen, wie mit einem inneren Auge.

Diese flog auf sie mit ausgestreckten Armen zu, um ihr die Armbrust zu entreißen. Wieder gelang es Karolina, dem Angriff auszuweichen.

Doch dann attackierte sie die Vampirin im Sturzflug von hinten. Karolina, die erneut ausweichen wollte, stolperte. Da durchbohrten die langen Krallen des dunklen Geschöpfes ihren Ärmel und rissen ihre Haut in Streifen. Heftiger Schmerz durchzuckte sie und verstärkte ihren Zorn. Blut floss ihren Arm entlang.

Sie drehte sich mehrmals in Windeseile um die eigene Achse, stets schussbereit.

„Ich erwisch dich doch, du elender Blutsauger!", rief sie aus. Die Vampirin kreischte auf und lachte.

„Wer bist du, dass du es wagst, dich mir zu stellen?"

„Die Dcera Michaels, die euch Geschöpfe der Finsternis endgültig in Satans Arme schicken wird, damit eure Seelen für immer in Verdammnis leben."

„Was kannst du schon gegen die mächtigen Dämonen ausrichten? Nichts! Selbst wenn du das Blut Liliths in dir trägst. Die Macht der dunklen Mutter ist stärker als die deine und die deiner heiligen Gesellen. Es wird mir ein Vergnügen sein, dich zu töten."

„Das werden wir ja sehen."

Die Spitze der Armbrust verfolgte jede noch so schnelle Bewegung der Vampirin, als wäre sie mit ihr durch ein unsichtbares Band verbunden.

Dann schoss Karolina den Pflock ab, der mit Präzision ins Herz des Opfers traf.

Tödlich getroffen fiel die Vampirin zu Boden. Ihr Körper brannte lichterloh, doch in ihren Augen glomm ein kaltes, blaues Feuer. Sie bewegte ihre Lippen, obwohl die Flammen davon Besitz ergriffen hatten.

„Du kannst mich nicht besiegen ..." Die Stimme klang tief und fremd.

Da wusste Karolina, dass sie eine Vampirin erlegt hatte, die von einem Schattendämon auserwählt worden war. Carlotta hatte ihr oft genug davon erzählt. Sie zog das Schwert aus der Scheide und trennte mit einem einzigen, gezielten Hieb den Kopf der Vampirin vom Rumpf. Er zerfiel zu Staub und der Schattendämon entwich mit einem Schrei in die Dunkelheit. Karolina sah nach unten auf den zu Asche zerfallenden Körper.

Die Sonne ging am Horizont auf und überzog die Umgebung mit einem goldenen Schimmer. Schlagartig erwachte das Leben in Prag.

Karolina verließ zufrieden den Friedhof.

Vor dem Friedhofstor pfiff sie nach ihrem Hengst, der mit einem leisen Wiehern aus dem Hof trabte.

Als sie sich auf seinen breiten Rücken schwang, fühlte sie sich stärker als je zuvor. Eines Tages würde sie auch Jiri vernichten.

34.

Erschöpft kehrte Karolina zu Carlottas Haus zurück. Gerade, als sie den Hengst in den Stall führte, um ihn zu tränken, vernahm sie eilige Schritte im Hof. Einer Ahnung folgend, verbarg sie sich in einem Winkel des Stalles und spähte durch die Ritzen in der Holzwand.

Es war Eliska, die mit bloßen Füßen über das Kopfsteinpflaster zum Haus rannte, die Stiefel in der Hand, um keinen Lärm zu verursachen.

Das Klappen der Tür, das Karolina in der Nacht gehört hatte, war also doch keine Einbildung gewesen.

Eliska schloss leise die Tür auf und verschwand im Haus. Nachdenklich blickte Karolina ihr hinterher.

Nachdem sie das Pferd versorgt hatte, betrat auch sie das Haus.

Als Karolina die Treppe nach oben steigen wollte, nahm sie eine Bewegung neben sich wahr und hielt inne. Es war Carlotta, die in der Tür stand.

„Darf ich wissen, wo du gewesen bist, noch dazu allein?"

Karolina schluckte. „Ich war nur kurz an der frischen Luft."

„Lüg mich nicht an. Du bist schon in der Nacht fortgegangen. Habe ich euch nicht eingebläut, wie gefährlich das sein kann, auch für eine Dcera? Wie konntest du nur, Karolina. Du hast mich enttäuscht."

Karolina drehte sich zu Carlotta um. Es tat ihr leid, die Tante enttäuscht zu haben, aber ihre Taten bereute sie nicht.

„Es tut mir aufrichtig leid. Ich wollte dich nicht enttäuschen, ehrlich."

„Du bist genauso wie deine Mutter, impulsiv und unberechenbar. Weißt du eigentlich, dass dieser Leichtsinn deiner Mutter damals das Leben gekostet hat? Das möchte ich nicht noch einmal erleben. Und ich habe geglaubt, du seist besonnener." Carlotta seufzte auf.

Karolina spürte, wie die Hitze in ihre Wangen schoss. Sie schwieg. Carlottas Vorwurf war berechtigt.

„Also, wo bist du nun gewesen?" In Carlottas Blick lag aufrichtige Sorge.

„Auf dem Friedhof unterhalb der Burg."

„Und?"

„Ich habe zwei Vampire vernichtet." Karolina konnte ein triumphierendes Lächeln nicht unterdrücken. Sie war stolz, es allein geschafft zu haben.

„Du bist allein gewesen! Was wäre geschehen, wenn du getötet worden wärest? Auf dir ruht die Hoffnung Prags." Carlotta umfasste grob Karolinas Arme.

„Mir ist doch nichts geschehen. Ich bin gut damit fertig geworden. Und soll ich dir was sagen? Es hat mir sogar Spaß bereitet."

Erschüttert ließ Carlotta die Arme sinken.

„Was sagst du da? Es hat dir Spaß bereitet? Wir töten nicht aus Spaß, sondern weil unser Leben als Sterbliche bedroht ist und wir den göttlichen Auftrag erhielten, die Erde von den Dämonen zu befreien."

Carlotta sprach leise und bedächtig.

„Aber ihr freut euch doch genauso, wenn ihr einen der Blutsauger in die Hölle befördert habt. Gib es zu, Tantchen." Karolina zog die Augenbrauen wütend zu einem Strich zusammen. Wie konnte die Tante sie nur tadeln!

„Nein, da irrst du dich. Alles, was ich dabei empfinde, ist Dunkelheit und eine gehörige Prise Schmerz. Du vergisst, dass diese Kreaturen einst Menschen gewesen sind, aus Fleisch und Blut, wie du und ich."

„Ach, diese Einsicht kommt recht spät. Als wir das letzte Mal zusammen geredet haben, hast du nur vom Vernichten gesprochen."

„Ja, weil es keinen anderen Ausweg gibt. Ich wünschte, ich könnte ihnen wieder das Leben zurückgeben, das sie einst besaßen. Aber es ist unmöglich, sie aus dem Verderben zu reißen."

„Wo liegt denn der Unterschied zwischen Vampir und Vampir? Ich sehe da keinen." Karolina stemmte die Hände in die Hüften.

„Es gibt junge Vampire und solche, die es vom Anbeginn der Zeit sind. Boskovic und Drazice sind Vampire seit Anbeginn der Zeit, die Kinder Liliths und Kains. Seit damals haben sie in ihrer Blutgier tausendfach gemordet. Boskovic ist der Anführer. Er und Drazice bereiten die Rückkehr Kains und Liliths vor, so wie es im Buch von Nod beschrieben wurde."

„Du sprachst immer nur vom Lande Nod. Was ist das Buch von Nod?"

„Es ist die Bibel der Vampire und besteht aus mehreren Teilen. Im ersten Teil sind die Anfänge der Dämonenwelt beschrieben, der zweite umfasst die Regeln Kains für seine Nachkommen, der dritte Teil beschreibt eine Art Jüngstes Gericht, und der letzte Teil widmet sich dem Kodex und dem Tribut der Vampire."

Karolinas Kopf fühlte sich leer an. Es fiel ihr schwer, den Worten der Tante zu folgen. „Puh. Das ist eine Flut von Neuigkeiten, die ich nicht ganz verstanden habe", gestand sie. „Was bedeuten denn Kodex und Tribut?"

„Im Kodex sind die Lebensregeln für einen Vampir enthalten, wann und wie er jagen und wen er sich zum Gefährten erwählen darf. Doch der Tribut ist von besonderer Bedeutung. Er ist von den Vampiren an die Schattendämonen zu entrichten, für ein Bündnis von unvorstellbarer Grausamkeit, das ihnen mehr Macht verleiht. In jeder Nacht des blauen Mondes müssen sie den Schattendämonen ein Opfer bringen, damit dieser Pakt bestehen bleibt."

„Und wie geschieht das?"

„Darüber kann ich nichts sagen, denn niemand spricht darüber. Alle fürchten sich vor der dunklen Macht. Und Boskovic ist der Bote dieser Welt."

„Es ist gut, dass ich jetzt davon weiß."

„Du siehst, es gibt noch viel zu lernen, selbst wenn du eine Dcera bist."

Alles begann, um Karolina zu kreisen. Sie schwankte und hielt sich im letzten Moment am Treppengeländer fest.

„Ruh dich aus, du bist erschöpft." Carlotta griff ihren Arm. Fast hätte Karolina vergessen, Eliska zu erwähnen, die sich heimlich ins Haus gestohlen hatte.

„Hast du Eliska eigentlich auch so viele Vorhaltungen gemacht und ihr davon erzählt?"

„Was meinst du damit?"

„Sie war doch auch die ganze Nacht draußen." Karolina setzte sich auf die Treppe, zog die Knie an und umschlang sie mit den Armen. Dann gähnte sie herzhaft.

„Wie kommst du denn darauf?"

„Weil ich sie gesehen habe, als sie heute Morgen über den Hof lief."

„Das kann nicht sein." Carlotta schüttelte den Kopf. „Malvina hätte ihr Fortgehen bestimmt bemerkt."

„Du glaubst mir nicht? Ich habe sie gesehen."

„Nun gut, ich werde sie nachher fragen. Und du gehst jetzt hinauf und schläfst dich aus." Carlotta zog sie hoch und schob sie die Treppe hinauf.

Karolina fiel todmüde aufs Bett und sofort in einen tiefen Schlaf.

Sie schlief bis zur nächsten Abenddämmerung.

„Ausgeschlafen!" Jemand brüllte Karolina ins Ohr. Ihr Kopf dröhnte.

„Mein Gott, Adela, konntest du mich nicht weniger brutal wecken. Du bist ja schlimmer, als Elena es je gewesen ist." Karolina lag noch immer bäuchlings auf dem Bett. Jeder Knochen im Leib tat ihr weh.

„Von mir aus. Werd jetzt bloß nicht selber zum Vampir." Adela versetzte ihr einen Klaps aufs Hinterteil. Karolina drehte sich um.

„Wie soll ich denn das verstehen?"

„Na, die sind doch auch nur nachts unterwegs und verschlafen den Tag, genauso wie du."

„Ha, ha. Ich konnte vergangene Nacht nicht schlafen, weil ..."

„Carlotta hat uns schon berichtet. Wirklich, Karolina, das war unverantwortlich von dir. Hast du denn überhaupt nicht an mich gedacht? Was soll ich denn ohne meine beste Freundin anfangen?"

„Ob du es verstehst oder nicht, aber ich musste es tun. Ich hatte immer diesen Gedanken an den Tod meiner Mutter im Kopf, und dann diese scheußliche Szene vor dem Palais."

„Das verstehe ich ja, dennoch ..."

„Nichts verstehst du. Es ist meine Bestimmung, diese Bestien zu töten. Und weißt du was, es hat mir gefallen, ihnen alles zurückzuzahlen, was sie meiner Mutter und all den anderen angetan haben."

Adela schluckte. „Das meinst du doch nicht im Ernst?"

„Doch, das ist mein Ernst."

„Ich kenne dich nicht wieder. Du hast doch immer auf das fünfte Gebot gepocht, wenn Carlotta davon sprach, die Vampire zu vernichten. Und du warst es auch, die ihr Haus verlassen hat, weil dich ihr Hass gestört hat. Aber der hat jetzt von deinem Herzen Besitz ergriffen."

„Was weißt du denn schon? Hast du die Sache mit Hana vergessen? Wie sie blutüberströmt vor Carlottas Haus gelegen hat. Ich nicht. Und gestern musste ich hilflos mit ansehen, wie Boskovic zwei Menschen regelrecht abgeschlachtet hat. Mit einer Kaltblütigkeit, die du in deinen schlimmsten Träumen nicht erleben musst. Er ist der Mörder meiner Mutter. Ich muss ihn besiegen, wenn Prag wieder aufatmen will. Das, was mir dabei hilft, sind der Hass und der Abscheu in mir." Karolinas Augen füllten sich mit Tränen. Sie glaubte, an dem Hass ersticken zu müssen, wenn sie keine Vergeltung übte.

Betroffenheit zeichnete sich auf Adelas Gesicht ab. „Mein Gott, was hast du durchgemacht. Es tut mir so leid, Karolina. Aber verstehe auch meine Sorge um dich. Ich habe Angst davor, es könnte dir etwas zustoßen."

„Gestern Nacht habe ich die Kräfte, von denen Carlotta gesprochen hat, zum ersten Mal in mir gefühlt, sie waren so stark. Meine Mutter war mir in diesen Momenten nah wie noch nie zuvor. Es war, als führte sie meine Hand. Ein unglaubliches Gefühl. Es wird mir gelingen, dem Terror des Grafen ein Ende zu setzen."

„Und dann? Was ist, wenn du ihn getötet hast? Wirst du deinen Hass verlieren und glücklich sein?"

„Nein. Das Glück hat mich in dem Augenblick verlassen, als ich Dominik gesehen habe, wie er wirklich ist. Mit einem Fingerschnippen tauchte meine Welt in die gleiche, trostlose Dunkelheit, die auch ihn umgibt."

In Karolinas Augen stiegen Tränen auf, die sie mühsam fortzublinzeln versuchte. Noch immer beherrschten sie Schmerz und Hoffnungslosigkeit, wenn sie an ihn dachte.

„Liebst du ihn noch immer?"

Jetzt konnte sie die Tränen nicht mehr zurückhalten.

„Adela, ich habe gestern Nacht seine Nähe gespürt. Aber es gibt keine Zukunft für uns. Er ist eine Bedrohung für uns alle. Irgendwann wird er auch unser Blut trinken wollen, wenn die Gier so groß ist, dass er sie nicht mehr beherrschen kann. Das kann und will ich nicht riskieren."

„Das hört sich so an, als wolltest du ihn töten?"

„Es gehört zu meinem Schicksal." Wie schwer fielen Karolina diese Worte, die sich wie glühende Schwerter in ihr Herz bohrten. Adela zog sie wortlos in den Arm.

35.

Als die Dunkelheit hereinbrach, verließ Dominik sein Stadthaus, das viel bescheidener war als das prächtige Palais Jiris.

Der Hunger führte ihn zum Schlachthof, der ihm aber nicht die Atmosphäre im Wald ersetzen konnte. Doch er wollte Prag wegen Karolina nicht verlassen. Er fürchtete um ihr Leben.

Eine innere Unruhe trieb ihn rastlos durch die Straßen, immer auf der Suche nach ihrer Nähe. Das Verlangen, sie zu sehen, brannte in ihm stärker als zuvor.

Am gestrigen Abend war er ihr zum Friedhof gefolgt, als sie diesem unbekannten Vampir hinterher ritt. Das Bild der rachsüchtigen Amazone würde er wohl nie vergessen. Ein Anblick, der ihn erschütterte. Wo war das anschmiegsame Wesen geblieben, das einst in seinen Armen gelegen hatte, mit einem Blick voller Liebe? Gestern erlebte er eine andere Karolina, die präzise und kaltblütig tötete.

Deutlich erinnerte er sich an ihr geringschätziges Lächeln, als die Vampire zu ihren Füßen verbrannten.

In diesem Augenblick war ihm bewusst geworden, wie sehr sie seinesgleichen verabscheute. All seine Hoffnungen, sie möge ihm eines Tages verzeihen, und er könnte sie in seine Arme schließen, waren in diesem Moment gestorben. Sie würde nie wieder etwas anderes als Ekel für ihn empfinden. Und er musste ihr Recht geben. Immer wenn er sich gierig über seine Opfer beugte, verabscheute er sich selbst.

Dieser Gedanke peinigte ihn. Sein Leben war keinen Gulden wert. Am schlimmsten war die nicht enden wollende Sehnsucht nach ihr. Wie konnte er nur einen Augenblick daran glauben, eine Dcera könnte für eine Bestie etwas empfinden? Er musste sie vergessen. Früher war es ihm doch auch immer gelungen, die Frauen zu vergessen, mit denen er das Bett geteilt hatte.

Nachdem Dominik seinen Hunger mit dem Blut auf dem Schlachthof gestillt hatte, schlug er den Weg zu Jiris Stadtpalais ein. Entschlossen, in dieser Nacht das Bett mit einer anderen zu teilen, betrat er den Ballsaal.

Sein Blick glitt über die anwesenden Gäste, bevor er seinen Mantel ablegte und ein Glas Champagner von einem der Tabletts nahm.

Ein Hauch von Morbidität lag in der Atmosphäre, gemischt mit der Lust auf exzessiven Beischlaf, der eine Abwechslung bot und nur im Palais hemmungslos genossen werden konnte. Sterbliche kamen hierher, um sich ihre geheimen Wünsche von Vampiren erfüllen zu lassen, den Meistern der Liebeskunst.

Auch er hatte viele schöne Frauen verführt, oben in den Boudoirs. Doch sie waren zu namenlosen, gesichtslosen Wesen geworden, die keinen Platz in seinen Erinnerungen besaßen.

Gelassen nippte er am Champagner, ohne ihn zu genießen.

Lautes Gelächter an einem der hinteren Tische des Saales erregte nicht nur seine Aufmerksamkeit.

Anton von Drazice öffnete eine Champagnerflasche und goss den Inhalt in den Ausschnitt einer schwarzhaarigen Frau, die auf seinem Schoß saß. Dann zog er mit einem Ruck eines der Schulterteile ihres Kleides herunter und leckte den Champagner von ihren entblößten Brüsten. Gelangweilt verfolgte Dominik diese Szene, die für Drazice üblich war. Der besaß ein Faible für edles Gesöff, für das er Unsummen an Geld ausgab. Ihn von der Haut einer Sterblichen zu kosten bedeutete, einen kleinen Vorgeschmack auf ihr Blut zu haben.

„Na, Dominik, noch allein?" Dominik zuckte bei der Anrede zusammen.

Er drehte sich um und erkannte Elisabeth, die lächelnd zu ihm aufsah. Früher hatte sein Herz bei diesem betörenden Lächeln schneller geschlagen. Heute empfand er nichts.

„Da ich eben erst eingetroffen bin, war es mir auch nicht möglich, mich nach etwas Geeignetem umzusehen."

„Tja, wenn es Jiri nicht gäbe, könntest du mir wieder gefährlich werden", gurrte Elisabeth. „Weißt du noch, unsere Nächte oben ..." Sie sah bedeutungsvoll zum Ausgang.

„Das hatten wir doch schon mal." Dominik drückte ihr brüsk sein Glas in die Hand.

„Schon gut. Kann ich dir vielleicht beim Suchen helfen? Bevorzugst du heute etwas Junges, Temperamentvolles, wie die Rothaarige da drüben? Oder lieber den blonden Jungen mit dem dünnen Schnurrbart?"

Dominik sog scharf die Luft ein.

„Ach ja, ich vergaß, dass du dir nichts aus männlichen Sterblichen machst. Jiri ist da nicht so wählerisch. Sie müssen nur eine besondere Ausstrahlung besitzen."

„Mein Geschmack unterscheidet sich eben von seinem." Elisabeth schnitt eine Grimasse.

Über ihre Schulter hinweg verfolgte Dominik weiterhin das Treiben von Anton Drazice und seiner Begleitung. Die Frau drehte lachend den Kopf. Ihr Profil kam Dominik seltsam vertraut vor. Irgendwo war er ihr schon einmal begegnet, dessen war er sich sicher.

„Kennst du die Frau an Drazices Seite?" Dominik deutete mit einem Nicken zum Tisch des Barons.

„Interessiert sie dich? Vielleicht kann ich was für dich arrangieren. Anton ist mir noch etwas schuldig." Elisabeth lachte leise und wandte sich um. Dominik hielt sie am Arm zurück.

„Sie ist nicht nach meinem Geschmack. Aber ich kenne sie von irgendwoher, kann mich nur nicht mehr daran erinnern."

Elisabeth kniff die Augen zusammen. „Hab sie hier nur ein paar Mal gesehen. War in der letzten Zeit öfter hier. Sie ist ihm hörig, kriecht auf allen vieren und winselt wie ein Straßenköter, damit er sie mit der Rute züchtigt. Anton mag das." Elisabeth lachte auf.

„Soso. Wenn ich nur wüsste, wo ich ihr begegnet sein könnte. Irgendetwas stimmt mit ihr nicht." Dominik verspürte ein flaues Gefühl.

„Du übertreibst. Sie gehorcht Anton aufs Wort, also kann sie niemandem von uns gefährlich werden."

„Mag sein, ich traue ihr aber nicht und werde sie nicht aus den Augen lassen."

„Lass es gut sein. Ich werde mich mal nach Jiri umsehen. Bestimmt hat er oben seinen Spaß." Elisabeth drehte sich um und drängte sich an den Gästen vorbei, die sich um das Tanzparkett versammelt hatten und einem Pärchen zujubelten, das sich die Kleider vom Leib riss.

Dominik fand keine Zerstreuung und überlegte, den Ball zu verlassen.

Da entdeckte er am Fenster eine junge Frau, deren goldblondes Haar bis zu den Hüften reichte. Sie hatte ihm den Rücken zugewandt und blickte aus dem Fenster. Für einen Moment sah er in ihr Karolina. Sein Herzschlag beschleunigte sich. Mit wenigen Schritten war er neben ihr. Nur mit Mühe unterdrückte er den Impuls, sie in seine Arme zu reißen und zu küssen.

Die Frau drehte sich um, als sie seine Gegenwart spürte. Es war nicht Karolina. Die gleiche Haarfarbe besaß sie allerdings. Ihr Gesicht war ebenmäßig, von engelsgleicher Schönheit, und doch fehlte etwas darin. Der Ausdruck ihres Blickes war kalt und berechnend, mit einem Schuss Frivolität.

„Ja?" Mit kokettem Augenaufschlag signalisierte ihm die Blonde deutlich, wie sehr er ihr gefiel. Sie war genau der Typ Frau, den er früher bevorzugt hatte.

In diesem Augenblick wollte Dominik seine Einsamkeit beenden und Karolina für immer vergessen. Sanft schob er seine Hand unter ihr Kinn.

Ihre Augen waren halb geschlossen und ihr Mund öffnete sich einladend. Dieser Versuchung konnte er nicht widerstehen. Er beugte sich zu ihr hinunter, um sie zu küssen. Ihre Lippen fühlten sich kalt an und schmeckten nach Champagner.

Bereitwillig gab sie dem Drängen seiner Zunge nach, die das Innere ihrer Mundhöhle erforschte. Mit geschlossenen Augen sank sie an seine Brust und seufzte.

Feste Brüste pressten sich an seinen Brustkorb. Er spürte, wie Leben in seine Lenden kam. Dann unterbrach er den Kuss, ergriff ihre Hand und zog sie mit sich.

„Komm mit mir", raunte er ihr ins Ohr.

Das Bett des Boudoirs war mit glänzend schwarzer Seidenbettwäsche bezogen. Auf den Kopfkissen lagen dunkelrote Rosen, die mit Blut beträufelt waren, als würden sie selbst bluten.

Kerzen spendeten diffuses Licht, und die Musik des Orchesters aus dem Ballsaal klang gedämpft von unten hinauf. Die Blonde presste ihren Körper gierig an Dominiks, während sie ihn leidenschaftlich küsste. Geschickt öffnete er die Verschlüsse ihres Kleides und streifte das Oberteil herab. Keck reckten sich ihm kleine, feste Brüste mit aufgerichteten Knospen entgegen, die bei jeder Bewegung wippten.

Sie lachte auf, hob die Arme und schwenkte ihre Schultern in schnellem Rhythmus seitwärts, was ihre Brüste auf- und abtanzen ließ. Dominik fand das eher belustigend als aufreizend und unterdrückte ein Lachen.

Die Blonde schien seine Belustigung nicht zu bemerken, sondern nahm seine Hände und legte sie auf ihre Brüste.

„Du musst sie kneten, wie einen Teig", forderte sie ihn auf und schloss die Augen. Aber irgendwie blieb Dominik unbeteiligt.

„So, so mag ich es", sagte sie und führte seine Hände. Dann ließ sie sich rückwärts auf das Bett fallen und zog ihn auf sich.

Er vergrub sein Gesicht in ihrem weichen Haar, so wie er es immer bei Karolina getan hatte, um ihren berauschenden Duft in sich aufzunehmen.

Seine Lippen glitten von ihrem Ohr langsam die Halsbeuge hinab. Eine Unebenheit der Haut zwang ihn, sich die Stelle näher zu betrachten. Zwei verschorfte Wunden, kleine Löcher, oberhalb ihrer Schlagader verrieten, dass sich am selben Abend ein Vampir bereits an ihr gelabt hatte. Schlagartig wurde ihm die Situation bewusst, und er richtete sich auf. Die ganze Zeit über gaukelte er sich vor, bei der Berührung dieser Frau etwas zu empfinden. Dabei galten seine Gedanken nur Karolina. Nur sie konnte seine Sehnsucht erfüllen.

„Was ist denn jetzt? Warum machst du nicht weiter?" Die Blonde zog einen Schmollmund. Dominik erhob sich und knöpfte sein Hemd wieder zu, ohne der Frau auf dem Bett noch einen Blick zu gönnen.

Er wurde einer Antwort enthoben, als draußen auf dem Flur aufgeregte Stimmen erklangen, die einer Frau und einem Mann gehörten. Drazice! Sofort schärften sich seine Sinne.

„Ach, bin ich dir nicht mehr gut genug?", keifte die Frau auf dem Flur.

„Was hast du gedacht? Dass ich mich nur mit *einer* Sterblichen begnüge, wo ich mehrere besitzen kann?" Drazice lachte auf.

Dominik ging zur Tür, öffnete diese einen Spaltbreit und warf einen Blick in den halbdunklen Flur.

Die Schwarzhaarige stand zitternd mit hochroten Wangen vor dem Baron. Sie hatte ihr Kleid gegen lederne, schwarze Reithosen ausgetauscht. Tränen schimmerten in ihren Augen.

„Was verlangst du von mir, Anton? Ich kann dir alles geben. Du kannst mich lieben, mich schlagen, mein Blut trinken, alles, was du willst, wenn du nur heute Nacht bei mir bleibst." Sie sank auf die Knie und umklammerte die Beine des Barons. Mit flehendem Blick sah sie zu ihm auf. Drazice versuchte sich aus der Umklammerung zu lösen. Doch die Frau krallte sich an ihm fest. Grob stieß Drazice sie von sich, sodass sie hintenüber fiel.

„Verschwinde, Hure!", schrie der Baron. Doch die Frau robbte auf den Knien auf ihn zu. Tränen liefen ihre Wangen hinab.

„Du kannst mich nicht einfach fortschicken, Anton, ich liebe dich", wimmerte sie.

„Und ob ich das kann." Drazice holte aus und verpasste ihr eine schallende Ohrfeige.

„Das ist es doch, was du willst, nicht wahr?" Breitbeinig stellte er sich über sie und grinste auf sie herab.

„Ja! Schlag mich! Ich tue alles, was du von mir verlangst."

Dominik mochte nicht mehr mit ansehen, wie sich diese Frau von Drazice demütigen ließ, und wollte einschreiten.

Doch ehe er in den Flur treten konnte, hatte seine blonde Begleitung die Tür mit einem Fußtritt geschlossen.

„Was fällt dir ein?", herrschte er sie an.

„Dann geh doch zu der anderen. Ich finde für mein Vergnügen einen Besseren."

Sie verschränkte die Arme vor ihren nackten Brüsten und sah ihn geringschätzig an. Er stieß sie grob zur Seite und verließ das Zimmer. Im Flur war es still.

Drazice war gegangen, nur die Schwarzhaarige lehnte mit dem Rücken an der Wand. Sie wischte sich mit dem Handrücken die Tränen aus dem Gesicht.

Jetzt erinnerte Dominik sich wieder daran, woher er sie kannte.

Langsam ging er auf sie zu und umfasste ihren Arm. Sie sah schniefend auf.

„Was tust du hier?", fragte er.

„Was geht es Euch an? Oder wollt ihr mich heute zur Bettgenossin? Ich lasse mit mir reden."

Drohend sah Dominik auf sie herab und umklammerte ihren Arm.

„Du gehörst nicht hierher. Du bist eine Schwester des Lichtes!"

„Na und. Was geht es dich an, Halbblut?" Zornig funkelte sie ihn an und versuchte, sich seinem Griff zu entwinden. Aber es gelang ihr nicht.

„Lass mich los. Sofort."

„Erst wenn du mir gesagt hast, was du mit Drazice zu schaffen hast. Du wirst doch nicht etwa deine Schwestern verraten wollen."

„Und wenn schon. Die denken nur an sich. Wage es ja nicht, mir zu drohen, sonst werde ich Jiri erzählen, dass du gegen den Kodex verstoßen hast."

„Ach ja? Was weißt du schon vom Kodex?"

„Mehr als genug. Und dass du eine Sterbliche zur Gefährtin auserwählt hast, noch dazu eine Dcera. Das würde Jiri bestimmt nicht gefallen. Also hüte deine Zunge. Wenn du mich verrätst, könntest du das bitter bereuen."

Sie lächelte ihn triumphierend an.

„Fühl dich nur nicht zu sicher." Dominik ließ ihre Hand sinken.

„Karolina hasst die Geschöpfe der Finsternis. Eines Tages wird sie auch dich töten."

Ihre Worte erinnerten Dominik aufs Neue schmerzlich daran, die Frau seines Herzens und die Hoffnung auf Liebe verloren zu haben.

„Du bist doch nur Drazices Spielzeug, das er wegwirft, wenn er genug davon hat. Ich verabscheue Verräter. Doch denke daran, dass ich deine Schritte überwachen werde. Sollte Karolina etwas geschehen, werde ich dir dein Blut bis auf den letzten Tropfen aussaugen, dessen sei gewiss."

Ihre Augen weiteten sich vor Furcht. Doch dann lächelte sie ihn an.

„Du machst mir keine Angst vor dem Tod, denn die Hölle kenne ich bereits."

Da drehte er sich um und ließ sie zurück.

36

„Wir brechen jetzt auf." Malvina, in brauner Lederkluft, betrat lächelnd das Zimmer. Die Armbrust über der Schulter, zupfte sie an ihrem dicken, roten Zopf.

Sie strotzte vor Elan, während sie sich den Gürtel mit dem Schwert umschnallte. Ihre Wangen glühten vor Aufregung wie im Fieber.

„Wohin gehen wir? Zum Friedhof?", fragte Karolina und überprüfte ein letztes Mal die Anzahl der Silberpflöcke, die sie in ihren Gürtel gesteckt hatte.

„Nein. Eliska hat einen besseren Tipp bekommen. In einem der Stadtpalais, nicht weit vom Hradschin, soll ein geheimes Treffen der Blutsauger stattfinden. Die Gelegenheit können wir uns nicht entgehen lassen. Vielleicht erfahren wir dabei auch mehr über Jiri und seinen geheimen Ruheplatz." Malvina straffte die Schultern.

„Aber das ist doch viel zu gefährlich! Und wenn sie uns wittern?", wandte Adela ein, die ängstlich von einer zur anderen sah.

„Das verleiht dem Ganzen doch den gewissen Reiz." Karolina genoss die Jagd bei Dunkelheit, wenn ihr Herzschlag sich im Angesicht der Gefahr beschleunigte. Stand sie dem vampirischen Gegner gegenüber und konnte in dessen Augen sehen, fühlte sie so etwas wie Triumph. Doch dieses Gefühl hielt nicht lange an. Nach jedem Sieg blieb eine unglaubliche Leere zurück. Das verschwieg sie den anderen.

In den vergangenen drei Nächten hatte sie sich intensiv auf die Jagd vorbereitet. Das beflügelte nicht nur ihren Ehrgeiz, sondern übte ihre Fähigkeiten, die von Tag zu Tag wuchsen. Sie steigerte ihre Schnelligkeit und Treffsicherheit, und sie perfektionierte den Umgang mit den Silbermessern. Es war ihr möglich, selbst in der Schwärze der Nacht ihr Ziel zu treffen, ohne es zu sehen. Carlotta sprach dann von einem angeborenen, sechsten Sinn, der nur den Dceras vorbehalten war.

„Das ist doch nicht dein Ernst." Fassungslos sah Adela zu Karolina, die gerade ihre kniehohen Stiefel überstreifte.

„Und ob. Die haben es nicht besser verdient." Karolina stopfte ihr blondes Haar unter einen schwarzen Filzhut. Ihre gertenschlanke Figur steckte ebenfalls in einer Lederkluft, schwarz, mit Silberbeschlag auf den Schultern und ebenso schwarzen Handschuhen, die ihr bis fast zu den Ellbogen reichten.

„Wie lange soll das noch so weitergehen? Jede Nacht töten und selbst auf der Schwelle des Todes stehen?" Adela trat zu Karolina und sah sie eindringlich an. Ihre blassen Lippen zitterten.

„Bis wir Jiri und seinen Clan besiegt haben und Prag eine freie Stadt ist."
Malvina trat auf Adela zu und lächelte sie herablassend an.

„Nicht jede fürchtet sich vor den Geschöpfen der Nacht. Wir folgen unserer Anführerin." Der zuckersüße Ton in Malvinas Stimme provozierte Adela zu einem Entschluss.

„Ich komme diesmal mit." Trotzig schob sie ihr Kinn vor.

„Wenn das man nicht zu gefährlich für kleine Weibchen wie dich ist."

„Sei still, Malvina", wies Karolina sie zurecht. Selbst wenn Adela sich vor allem fürchtete und ihr nicht als Dcera auf die Jagd folgte, verdiente sie keinen beißenden Spott.

Malvina schürzte beleidigt die Lippen und schwieg.

Als sie von unten Carlottas drängendes Rufen vernahmen, verließen sie eilig das Zimmer.

Feuchte, kalte Nachtluft schlug ihnen entgegen, aber Karolina spürte sie kaum. Sie hatte gelernt, die Dunkelheit zu lieben. Sie barg eine beruhigende Stille, nach der sie sich sehnte. Wenn sie jagte, vergaß sie für eine Weile ihre Einsamkeit und die brennende Sehnsucht.

Stolz thronte die mächtige Burganlage über ihnen, deren Silhouette sich vom Himmel abhob.

Dieses Mal wählten sie nicht den Weg durch die Katakomben, sondern bewegten sich lautlos im Gänsemarsch durch die regenfeuchten, menschenleeren Straßen, die zur Burg emporführten. So konnten sie eine nahende Gefahr früh erkennen. Beim letzten Mal waren sie von einem Vampir am Ausgang der Katakomben überrascht worden. Nur Karolinas scharfem Spürsinn und ihrer schnellen Reaktion war es zu verdanken gewesen, dass keiner von ihnen verletzt worden war.

Keine von ihnen sprach ein Wort, als sie dicht gedrängt an den Häusern entlang liefen.

Hin und wieder warf Karolina einen flüchtigen Blick zurück. In den vergangenen Tagen war Dominik ihr immer gefolgt. Doch in dieser Nacht hatte er scheinbar die Verfolgung aufgegeben. Eine gewisse Enttäuschung machte sich in ihr breit. Jede Nacht träumte sie von ihm, und wie sie sich leidenschaftlich liebten. Doch immer endete der Traum schrecklich, Dominik beugte sich über den Hals einer Frau und biss hinein. Er saugte sie leer, bis sie ebenso schlaff in seinen Armen lag wie das Opfer Jiris. Dann verspürte sie nur noch ohnmächtigen Zorn und den Wunsch, ihn zu töten.

Eliska führte sie zielstrebig durch ein Labyrinth von engen Gassen, bis sie die Brückengasse, die unterhalb der Prager Burg lag, erreichten. Dieses Viertel gehörte der reichen, adligen Gesellschaft. Es war offensichtlich, dass sie sich in dieser Gegend auskannte. Karolina fand das recht seltsam für ein Mädchen aus einfachen Verhältnissen. Dennoch schwieg sie. Carlotta hatte einen Narren an diesem Mädchen gefressen und verteidigte sie jedes Mal gegen Karolinas Vorwürfe.

Eliska verhielt sich in letzter Zeit recht seltsam. Jeden Abend schlich sie heimlich aus dem Haus und kehrte erst in den frühen Morgenstunden zurück. Sie war schon immer ein in sich gekehrtes Ding gewesen. Als Carlotta davon erfuhr, machte sie Eliska bittere Vorwürfe. Eliska, die sich von Carlotta in die Enge gedrängt fühlte, redete sich damit heraus, Hinweisen zu einem geplanten Geheimtreffen der Vampire nachzugehen. Ihren Informanten wollte sie jedoch nicht preisgeben. Carlotta glaubte ihr.

Aber Eliskas Worte verstärkten nur Karolinas ohnehin schon bestehenden Argwohn. Karolina besaß zwar keine Beweise, aber irgendetwas stimmte nicht mit Eliska, das spürte sie. Wenn diese von ihren nächtlichen Ausflügen zurückkehrte, umgab sie ein seltsamer Geruch, der bei Karolina eiskalte Schauer auslöste.

„Hier ist es", flüsterte Eliska und bedeutete allen mit einer Geste, näherzukommen. Sie standen vor einem imposanten Palais, dessen Mauern aus Sandstein im Laufe der Zeit nachgedunkelt waren. In den Fenstern im Erdgeschoss brannte Licht. Es herrschte eine bedrückende Stille.

Ein Vibrieren durchlief Karolinas Körper, ein sicheres Zeichen für die Präsenz von Vampiren.

Sie blieb stehen und schloss für einen Moment die Augen, um sich ganz ihrem Spürsinn hinzugeben, der sie bislang immer beschützt hatte.

„Nehmen wir etwa das Stadtpalais der Gräfin ins Visier?", flüsterte Adela.

„Ja." Adela quittierte die Antwort Eliskas mit einem erschrockenen Blick.

„Das hat mir gerade noch gefehlt." Adela presste vor Angst die Hand an die Kehle.

„Und wie gehen wir jetzt vor?" Malvina brannte vor Ungeduld.

„Wir sollten warten, bis die Vampire das Palais verlassen, um ihnen dann zu folgen", schlug Eliska vor.

„Dann wissen wir aber noch lange nicht, was sie planen. Wir müssen uns aufteilen, eine Gruppe wartet draußen, die andere schleicht sich hinein, um sie zu belauschen", warf Carlotta ein, was bei Karolina nicht auf Zustimmung stieß, weil sie Gefahr witterte.

„Das halte ich für keine gute Idee", sagte sie deshalb fest. Eliskas Miene verdüsterte sich schlagartig.

„Uns bleibt keine andere Möglichkeit, Karolina. Nach meiner Erfahrung wäre es besser, wenn wir uns aufteilen. Selbst wenn wir keinen Hinweis erhalten, würden wir nicht gemeinsam in die Falle geraten und könnten auf die Hilfe der anderen zählen."

„Mag sein, aber mein Gefühl rät mir davon ab. Irgendetwas stimmt da nicht."

„Was sollte denn nicht stimmen? Lächerlich. Ihr wollt Dceras sein? Ein lächerlicher Haufen ängstlicher Weiber seid ihr, mehr nicht", ereiferte sich Eliska.

„Nimm das ja zurück, sonst ..." Die aufgebrachte Malvina hob die Hand, um Eliska einen Schlag zu verpassen.

Aber Karolina war schneller und hielt ihren Arm zurück.

„Nicht, Malvina, wir haben keine Zeit, um uns zu streiten. Wir werden hier alle in der Nähe des Einganges warten."

„Dann gehe ich eben allein hinein!" Eliska schüttelte ihre schwarze Lockenpracht.

„Und ich werde dich begleiten." Carlotta folgte ihr.

„Ich auch", meldete sich zu aller Überraschung Adela. Karolina hielt die Freundin am Arm zurück.

„Bist du verrückt? Du musst niemandem was beweisen. Was ist, wenn du auf die Gräfin triffst?"

„Einmal in meinem Leben möchte ich etwas wagen", antwortete Adela bestimmt. „Daran wirst du mich nicht hindern." Karolina spürte eine Übelkeit in sich aufsteigen, aus Sorge um die Freundin.

„Bitte, überleg es dir und folge meinem Rat."

„Wir werden auf deine Freundin achtgeben", mischte sich ihre Tante ein und legte den Arm um Adelas Taille.

Karolina vertraute Carlotta. Dennoch konnte sie die aufsteigenden Zweifel nicht einfach mit einem Handstreich beiseiteschieben. Unschlüssig stand sie da und sah in die Runde.

„Vertrau mir. Uns wird nichts geschehen." Die Zuversicht in Carlottas Augen ließ den Widerstand Karolinas schließlich schwinden.

Eliska, Carlotta und Adela war es gelungen, unbehelligt ins Palais zu gelangen. Sie entschieden sich für den Dienstboteneingang, der im Westflügel des Palais lag.

Malvina, Hana und Karolina verbargen sich im Innenhof eines Hauses auf der gegenüberliegenden Seite, von wo sie den Eingang gut beobachten konnten.

„Nur noch wenige Stunden bis Sonnenaufgang", wisperte Malvina und sah zum sternenlosen Himmel.

„Wieso kommen die denn nicht endlich raus?" Hana stellte sich ungeduldig auf die Zehenspitzen. Sie erinnerte sich noch zu gut an das Warten vor Jiris Palais.

„Hab Geduld. Sie wissen schon, was sie tun müssen." Karolina lächelte über die Ungeduld des Mädchens. Dennoch beschlich auch sie Unruhe.

Die Minuten dehnten sich zu einer Ewigkeit aus, und noch immer kam kein Zeichen von den dreien. Karolina sorgte sich vor allem um Adela, die in ihrer Angst oft unbedacht handelte und alle dadurch gefährden konnte. Da sah sie Adela, die an einem der Fenster im ersten Stock stand und ihnen das Zeichen gab, dass alles in Ordnung war. Karolina seufzte erleichtert auf.

Im gleichen Moment öffnete sich ein Flügel des Haupteinganges.

Zwei Männer in eleganten Mänteln und Zylindern traten heraus. Sofort zuckte Malvinas Hand, bereit, die Armbrust abzufeuern.

Aber Karolina hielt sie mit einem Kopfschütteln davon ab.

„Sterbliche", wisperte sie.

Malvina ließ die Hand wieder sinken.

Ein leises Zischen, das die schnelle Bewegung eines dunklen Geschöpfes verriet, ließ Karolina herumfahren.

Im Innenhof, nur wenige Schritte von ihnen entfernt, stand ein Vampir, ebenfalls elegant gekleidet, mit modischem Gehrock. Eine Strähne blonden Haares lugte unter dem Zylinder hervor.

Ein weiteres Zischen folgte und schon stand neben ihm eine Vampirin, in feinste Seide gekleidet. Sie flüsterten miteinander und schlenderten Arm in Arm über den Hof.

„Das ist eine von Drazices Gespielinnen, eine einflussreiche Fürstin und Nachfahrin König Wenzels", flüsterte Malvina den beiden anderen zu.

Wieder bewegte sich ein lautloser Schatten vor dem Haupteingang, wo noch vor wenigen Augenblicken die beiden Männer gestanden hatten. Drazice!

Ihm folgten zwei weitere Vampire. Ihre bleichen Gesichter leuchteten in der Dunkelheit.

„Auch wir müssen uns aufteilen. Ich folge Drazice und seinen Begleitern und ihr den beiden anderen", flüsterte Karolina und bekreuzigte sich. Die beiden Gefährtinnen folgten ihrem Beispiel.

„Was ist mit Carlotta und den anderen?"

„Die haben das Fortgehen der Vampire bestimmt schon bemerkt und wissen, dass wir denen folgen werden. Also los!"

„Lasst uns Asche aus ihnen machen." Malvina grinste und ballte kampfbereit die Faust.

„Pass auf Hana auf." Karolina strich Hana sanft über die Wange.

„Das werde ich", versprach Malvina und zog das Mädchen mit sich. Sie liefen in die Richtung, die die Fürstin und ihr Begleiter eingeschlagen hatten. Einen Moment sah Karolina ihnen nach, bis die Dunkelheit sie verschluckte.

Sie hoffte, dass Carlotta, Eliska und Adela bald das Palais unbehelligt verlassen könnten. Dann begab sie sich auf die Jagd.

37

Die Vampire schlenderten die Straße zur Burg hinauf, Karolina folgte ihnen. Ein scharfer Wind wehte ihr entgegen. Der Blutdiamant auf ihrer Brust brannte auf der Haut, wie eine Drohung Liliths, weil sie ihre Kinder verfolgte.

Die Armbrust ruhte schussbereit in ihrer Hand. Sie schob eines der Silbermesser zwischen die Zähne.

Die drei Vampire blieben inmitten der Straße stehen, steckten die Köpfe zusammen und sprachen mit gedämpften Stimmen. Karolina drückte sich an eine Hauswand und wagte kaum zu atmen. Sie war ihnen so nah, dass sie jedes ihrer Worte verstehen konnte. Der Wind stand günstig, sodass die Belauschten sie nicht so schnell wittern konnten.

„Jiri braucht ein neues Opfer, um die Schattendämonen in der Nacht des blauen Mondes zu besänftigen. Sie sind aufgebracht wegen der Dcera. Eine seiner Gespielinnen ist neulich von ihr getötet worden." Anton Drazice spuckte voller Zorn auf den Boden. Er fauchte.

„Diese Jägerinnen sind eine Gefahr", meldete sich der ältere Vampir und zog den Zylinder vom Kopf.

„Die sind keine wirkliche Gefahr, aber eine Plage. Das Bündnis mit den Schattendämonen stärkt unsere Macht, gegen die sie nichts ausrichten können. Lasst uns lieber überlegen, welches Opfer wir für die Nacht des blauen Mondes, die Ankunft des dunklen Vaters und seiner Schattendämonen, auswählen", warf der Dritte im Bunde ein, der noch jung war, und dessen lange Fingernägel sich um einen Spazierstock mit goldenem Knauf krallten. Er stand Karolina am nächsten. Seine dunkle Aura schien sie einzuhüllen.

Eine Gänsehaut breitete sich auf ihrem Körper aus. Dieser schien zur besonders gefährlichen Spezies zu gehören. Ihn zu erlegen, wäre eine Herausforderung.

Sie wusste, dass sie von Kain sprachen, der laut Offenbarung der Vampirbibel zurückkehren würde.

„Wir können nur hoffen, unseren Vater mit diesem Opfer zu besänftigen. Es kann nur eine Rasse in dieser Welt herrschen, und das sind wir. Und jeder, der uns bedroht, muss vernichtet werden."

Karolina erschrak über das wilde Glühen in Drazices Augen, das im Dunkeln aufflackerte. Ihr Herz hämmerte in der Brust wie verrückt, sodass sie glaubte, die drei könnten es hören. Am liebsten hätte sie alle drei Vampire auf einen Schlag erledigt. Doch wenn sie nur einen träfe? Ein Kampf gegen zwei Gegner, noch dazu solche mit übersinnlichen Fähigkeiten, bedeutete ein immenses Risiko. Sie musste geschickt vorgehen, sie voneinander trennen, um erfolgreich zu sein.

Sie brauchte nicht nach einer Lösung zu suchen, das Glück war ihr hold. Die beiden unbekannten Vampire verabschiedeten sich von Drazice und schlugen die Richtung zum jüdischen Friedhof ein. Drazice hingegen wählte den Anstieg zur Burg. Fieberhaft überlegte Karolina, wen sie zuerst verfolgen sollte, und entschied, zunächst die beiden Unbekannten zu jagen.

Lautlos wie ein Schatten folgte sie ihnen. Die Vampire amüsierten sich über ihre Liebschaften. Der Inhalt ihrer Worte rauschte ungehört an Karolina vorbei, denn ihre Gedanken konzentrierten sich ausschließlich auf einen günstigen Moment zum Angriff.

Kurze Zeit später erreichten sie den jüdischen Friedhof, der von einer hohen Mauer umgeben war. Der junge Vampir öffnete das schmiedeeiserne Tor und betrat den Friedhof, während der ältere sich plötzlich umdrehte. Karolina befürchtete, er könnte ihre Nähe gewittert haben, obwohl sie sich von Kopf bis Fuß mit Rosenöl eingerieben hatte und sich stets im Windschatten bewegte. Sie drückte sich an eine Hauswand und beobachtete seine Reaktion. Der Jüngere war in der Zwischenzeit hinter der Mauer verschwunden. Die Aufmerksamkeit des Vampirs galt einer Katze, die die Straße überquerte. Sein gieriger Blick folgte ihr.

Karolina wollte diesen günstigen Moment nicht ungenutzt verstreichen lassen, er bot ein optimales Ziel. Sie nahm das Messer aus dem Mund und schleuderte es mit voller Wucht auf ihn. Es schwirrte mit leisem Surren durch die Dunkelheit und bohrte sich in die Brust des Vampirs, der sogleich zu Boden sank. Den Mund weit aufgerissen, tastete seine Hand nach dem Messer, um es herauszuziehen, aber es war zu spät. Flammen schlugen aus seinem Brustkorb, und er beugte sich röchelnd vornüber.

Unvermutet hob er den Kopf und sah in Karolinas Richtung. Sie wusste, er hatte sie gesehen. Die Verzweiflung in seinem Blick ging ihr unter die Haut. Er starb mit einem stummen Schrei auf den Lippen.

Der andere kehrte zurück. Seine Augen weiteten sich vor Entsetzen, als er erkannte, wie sein Gefährte sich zu seinen Füßen in Asche und Rauch auflöste. Er drehte sich blitzschnell im Kreis und suchte nach dem Urheber. Dann fiel er auf die Knie, faltete die Hände und begann, mit jämmerlicher Stimme um sein dunkles Dasein zu flehen.

„Lasst mich nicht verbrennen! Ich bitte Euch!" Er rutschte auf den Knien nach vorn. Karolina spannte einen Pflock in die Armbrust ein. Sie nahm ihn ins Visier, zögerte jedoch mit dem Schuss.

„Habt Erbarmen, Dcera! Mein Dasein ist bereits die Hölle!" Wieder rutschte er weiter vor.

Sein Betteln, das aufrichtig wirkte, weckte Zweifel in Karolina. Sie war hin- und hergerissen, ob sie ihn töten oder gehen lassen sollte.

Langsam löste sie sich aus dem Schatten des Hauses. Der Vampir kniete noch immer auf dem Weg und sah flehend zu ihr auf. Schritt für Schritt näherte sie sich ihm, die Armbrust parat haltend.

„Warum sollte ich das tun?", fragte sie.

„Weil Euer Gott Euch in seinem Gebot sagt, Ihr sollt nicht töten."

Das Zitat des fünften Gebotes ließ sie bewusst werden, dass sie dagegen verstieß. Aber Dceras waren von Gott auserwählte und gesegnete Geschöpfe, deren Bestimmung im Töten von Dämonen lag. Da konnte das Gebot nicht in diesem Moment gelten. Verschiedenste Gedanken eroberten ihr Hirn wie eine Sturmflut und verwirrten sie.

Karolina blieb stehen. Weshalb sollte sie nicht einen von ihnen laufen lassen? Weil sie Satans Kinder sind, meldete sich die innere Stimme ihres Gewissens.

Sie spürte, wie ihre Hand, die die Armbrust hielt, zu zittern begann und Schweiß aus ihren Poren brach, der eiskalt ihren Rücken hinunter rann.

Die Miene des Vampirs entspannte sich und ein Lächeln glitt über sein Gesicht. Er legte den Kopf in den Nacken und die Spitzen seiner Fangzähne blitzten auf.

Da gewann ihr Zorn die Oberhand zurück, sie straffte die Schultern und visierte den Vampir aufs Neue an.

„Fast hättest du mich getäuscht, Blutsauger, aber nur fast. Dein hypnotischer Blick wirkt bei mir nicht." Schon teilte der Silberpflock die Luft und streckte den Vampir, der einen letzten Schrei von sich gab, nieder.

Karolina lächelte zufrieden über den erfolgreichen Verlauf ihrer Jagd. Jetzt galt es, Drazice zu verfolgen. Sie warf noch einen flüchtigen Blick auf die schwelende Asche, die eben noch ein Vampir gewesen war, und schulterte die Armbrust.

Jemand beobachtete sie. Sie wirbelte um die eigene Achse, konnte aber nichts entdecken. Mit aller Kraft konzentrierte sie sich auf ihre Sinne, aber diese schienen ihr unerklärlicherweise nicht zu gehorchen.

Feste Schritte entfernten sich. Drazice! Karolina nahm sofort die Verfolgung auf.

Der Baron lief in zügigem Tempo in Richtung Burg. Karolina hatte große Mühe, mit ihm mitzuhalten. Keuchend rannte sie den steilen Anstieg empor. Dann verklangen seine Schritte für eine Weile, sodass sie an eine Halluzination glaubte, doch wenig später hallten sie erneut durch die Gassen.

Plötzlich wechselte er die Richtung und lief zum Palais zurück. Karolina hetzte hinter ihm her. Eine unerklärliche Furcht ergriff von ihr Besitz und schnürte ihr die Kehle zu, Schweiß rann von ihrer Stirn und tropfte auf ihren Lederanzug.

Der Vampir schlug Haken wie ein Hase.

Sie konnte sich nicht erklären, weshalb er zurücklief. Es sei denn …

Ihre Lungen waren kurz vor dem Bersten. Es dauerte fast eine Ewigkeit, bis sie keuchend das Palais der Gräfin erreichte.

Dort herrschte wieder diese bedrückende Stille. Die Schritte waren verklungen. Keine ihrer Gefährtinnen war zu sehen, ebenso wenig der

Vampir. Karolina roch den Hauch des Todes, der sie nun umgab. Ihr Herz raste vor Furcht und Anstrengung.

Atemlos erreichte sie das Eingangsportal des Palais. Das Licht in allen Fenstern war erloschen. Karolina schlich auf Zehenspitzen am Palais entlang. Irgendwo musste der Vampir doch geblieben sein. Sicher harrte Drazice in einem Hinterhalt, um einen Überraschungsangriff zu starten.

Karolina spannte einen Pflock in die Armbrust und zog das Schwert. Immer wieder ließ sie ihren Blick umherwandern.

Nachdem sie das Palais fast umrundet hatte, vernahm sie ein leises Schluchzen, das aus einer schmalen Gasse kam.

Den Anblick, der sich Karolina bot, würde sie nie vergessen. Carlotta und Adela lagen mit ausgebreiteten Armen, wie flügellahme Vögel, reglos auf dem Boden. Ihre Oberbekleidung war zerrissen und von Blut durchtränkt. Ihre Augen starrten blicklos zum Himmel.

An ihren Halsschlagadern klafften Wunden, aus denen noch immer Blut sickerte. Karolina beugte sich über ihre Tante. Tränen stiegen in ihr auf. Behutsam schloss sie die Augen der Toten und schlug mit der Hand ein Kreuz über ihrem Kopf. Verzweiflung und Wut brannten in ihr wie Feuer.

Dann wandte sie sich Adela zu. Während die Tränen unaufhaltsam über Karolinas Wangen rannen, schloss sie auch die Augen der Freundin und sprach ein Gebet. Ein leiser Schluchzer fuhr plötzlich über Adelas Lippen. Sie lebte noch.

„Adela?" Karolina strich der tot geglaubten Freundin sanft über die Wange.

Sie schob ihren Arm unter Adelas Kopf, die mühsam nach Worten rang. Ein feines Rinnsal von Blut floss aus ihrem Mundwinkel übers Kinn.

„Adela, du lebst", stammelte sie und strich der Freundin eine blutverkrustete Haarsträhne aus der Stirn. „Was ist geschehen?"

„… wollte … mutig sein", hauchte sie und ein gequältes Lächeln huschte über ihr Gesicht. Dann hustete sie und spuckte Blut, das Karolina ihr mit der Hand fortwischte.

„Aber du bist doch mutig, Adela. Wer hat euch das angetan?"

Adela stöhnte auf und öffnete die Augen. Unruhe erfasste sie und ließ ihren Körper erzittern.

„Du brauchst keine Angst zu haben, ich bin bei dir. Aber ich muss wissen, wer euch das angetan hat, damit ich diese Tat rächen kann", forderte Karolina mit tränenerstickter Stimme.

Adelas Körper bäumte sich im Todeskampf auf. „Der Baron …" Ihre Arme fielen schlaff herunter und der Kopf neigte sich zur Seite. Ihre Augen sahen starr in die Ferne.

Fassungslos sah Karolina auf die tote Freundin in ihren Armen. Dann weinte sie hemmungslos, wiegte die Tote in ihren Armen, küsste ihre Stirn und schrie voller Verzweiflung immer wieder ihren Namen in die Nacht.

Eine Hand legte sich auf ihre Schulter. Sie gehörte Malvina, die mit Hana von der Jagd auf die beiden anderen Vampire zurückgekehrt war.

„Wären wir doch nur bei ihnen geblieben", sagte Malvina, während Hana neben ihr aufschluchzte.

„Es ist mein Fehler gewesen. Ich hätte den Baron zuerst erledigen müssen." Karolina bettete Adelas Kopf sanft auf die Erde.

„Ist das etwa der Baron gewesen?" Malvina legte tröstend den Arm um Karolina.

„Ja, ich bin ihm und zwei anderen Vampiren gefolgt. Als sie sich trennten, entschied ich mich, Drazice als Letzten zu jagen. Dann eilte er plötzlich zurück und ich ahnte Schreckliches. Er war so verdammt schnell. Wenn ich doch nur ..."

„Du darfst dir keine Vorwürfe machen. Carlotta hätte das nicht gewollt. Sie und die anderen hätten auf deinen Rat hören sollen und das Palais nicht betreten dürfen. Wir waren uns des Risikos bewusst."

Malvinas Worte konnten Karolina nicht trösten. Sie sah auf ihre Hände herunter, an denen Adelas Blut klebte.

„Wo steckt eigentlich Eliska?", meldete sich Hana mit bebender Stimme zu Wort.

„Vielleicht ist sie noch im Palais?"

Malvina schüttelte den Kopf. „Sie hätte Carlotta und Adela nie allein gehen lassen. Bestimmt wurde sie von Drazice und seinem Clan entführt!"

Karolina beschlich ein ungutes Gefühl.

Plötzlich zuckte sie zusammen, als ein Schatten entlang des Palais und dann über die Straße huschte. Das musste Drazice sein, der sie beobachtet hatte und nun flüchtete. Sofort sprang sie auf. Jetzt galt es nur den Tod Carlottas und Adelas zu rächen.

„Ich fürchte mich", jammerte Hana. Karolina legte ihr den Finger auf die Lippen und sah Hana warnend an.

Dann spannte sie erneut die Armbrust.

„Ihr holt die Kutsche! Sucht Jendrik und bittet ihn um Hilfe, damit er Carlotta und Adela in die Kutsche lädt", befahl sie den beiden. „Und seid vorsichtig, die Vampire sind gewarnt."

„Und du? Du willst doch nicht etwa allein die Verfolgung aufnehmen?"

„Der Blutdiamant wird mich beschützen", antwortete Karolina, schulterte die Armbrust und nahm die Verfolgung auf.

38.

Fast glaubte Karolina, die Spur des Vampirs verloren zu haben. Schuld daran war der starke Wind, der ihren Spürsinn irritierte, und die Trauer um die Toten. Die Lust auf Rache ließ das Blut in ihren Adern brodeln.

Dichte Wolken fegten am Himmel entlang und es begann, leicht zu nieseln.

In der Ferne ertönte Donnergrollen. Es schien, als schrie der Himmel wegen der ruchlosen Tat nach Vergeltung.

„Ich werde sie so lange jagen, bis sie endlich vernichtet sind, jeden Einzelnen von ihnen", sagte sie laut und biss die Zähne zusammen.

Da war er wieder, der lautlose Schatten, der ihr die Straße entlang voranlief. Sein Tempo war nahezu halsbrecherisch und trieb Karolina an die Grenzen ihrer Kondition. Der Wunsch, den Gegner auszumerzen, verlieh ihr jedoch ungeahnte Kräfte. Sie freute sich bereits jetzt auf das Gefühl der Befriedigung, wenn sie zusah, wie er vor ihren Augen verbrannte. Der Wind stand günstig.

Anscheinend hatte Drazice sie noch nicht bemerkt, denn er setzte unbeirrt seinen Weg in Richtung Burg fort. Als ein steiler Anstieg folgte, schienen Karolinas Lungen zu bersten, aber sie rannte tapfer weiter.

Der Regen prasselte auf sie herab und machte das Kopfsteinpflaster glatt. Widerwillig drosselte sie ihr Tempo, um nicht auszugleiten.

Sie konzentrierte sich in wilder Entschlossenheit auf ihr Ziel. Der zunehmende Regen behinderte die Sicht und verschluckte alle anderen Geräusche. Plötzlich war sie sich nicht mehr sicher, der richtigen Fährte zu folgen. Sie konnte die Anwesenheit des Vampirs nicht mehr spüren.

Als sie die mächtige Burgmauer erreichte, blieb sie einen Moment stehen, ihre Waden schmerzten von der Anstrengung. Karolina lehnte sich keuchend mit dem Rücken an die Mauer, bis ihr Atem sich langsam beruhigte und das Brennen in ihren Lungen endete.

Blitze zuckten am Himmel, um sich in einem lauten Donnerschlag zu entladen.

Ihr Hut war durchweicht und die Nässe drang auf ihre erhitzte Kopfhaut.

Sie zog den Hut vom Kopf, hob den Kopf und blickte zum Burgturm auf. Im Schein des Blitzes glaubte sie einen Schatten oberhalb der Burgmauer zu sehen. Sie schüttelte ihr nasses Haar und setzte den Weg fort.

Karolina musste besonders vorsichtig sein, denn ihr Gegner besaß von oben einen besseren Überblick als sie unten.

Ihr einziger Verbündeter war das Wetter, das auch einem Vampir die Sicht und Witterung erschwerte.

Nach wenigen Schritten passierte sie das unbewachte Burgtor. Selbst der König mied Prag, und die Wachen zogen sich bei Anbruch der Dunkelheit hinter die schützenden Mauern zurück.

So konnte Karolina unbehelligt in den vorderen Burghof vordringen.

Der intensive Duft von Knoblauch hüllte sie ein, den zahlreiche Knoblauchblüten verströmten, die an die Türen zur Abwehr von Vampiren genagelt waren.

Karolina lächelte über die Prager, die zu wenig über Vampire wussten und sich Abwehrmaßnahmen bedienten, die nicht gerade Erfolg versprechend waren.

Knoblauch war bei den Vampiren wirkungslos, die Schattendämonen in sich trugen, was Drazice noch größere Macht verlieh.

Sie fragte sich nur, welchen Plan er jetzt verfolgte. Plante er einen Überraschungsangriff oder lockte er sie in eine Falle?

Ein Blitz erhellte für den Bruchteil einer Sekunde den Innenhof und gab für Sekunden den Blick auf eine Gestalt frei, die in Schwarz gekleidet vor ihr in einer Nische stand.

Er hatte sie also bemerkt und erwartete sie bereits.

Karolina freute sich auf den offenen Kampf und griff nach der Armbrust. Sie kannte seine Schnelligkeit und musste auf der Hut sein.

Langsam ging sie Schritt für Schritt voran, die Armbrust gegen die Schulter gestützt. Ihre Sinne verrieten ihr, dass der Vampir noch an der gleichen Stelle verharrte. Das verunsicherte sie.

Nur wenige Schritte von ihr entfernt erhellte ein weiterer Blitz seine Gestalt. Karolina erschrak bis ins Mark, als sie die blauen Augen erkannte.

„Dominik", flüsterte sie, während ihr Herz wie wild in der Brust zu hämmern begann. Doch im nächsten Moment hatte sie die aufsteigenden Gefühle wieder unter Kontrolle.

Sie musste einen kühlen Kopf bewahren. Mit aller Kraft presste sie die Zähne zusammen.

Sie sah sich nach Drazice um, konnte ihn aber nirgends entdecken.

„Wo ist Drazice?", herrschte sie ihn an.

Dominik zuckte zusammen. „Nicht hier", antwortete er ruhig.

„Und das soll ich dir glauben?" Sie spannte die Armbrust und versuchte dabei, das Zittern ihrer Hände zu unterdrücken, was ihr aber nicht vollends gelang.

„Das musst du wohl oder übel. Wenn Anton hier wäre, hätte er dich schon längst angegriffen. Er ist nicht zimperlich mit seinen Gegnern."

Dominiks Erklärung klang zwar plausibel, dennoch ließ sie die Waffe nicht sinken. Er war ein Geschöpf der Finsternis, das, wie alle seiner Art, brutal tötete, um seine Gier nach Blut zu befriedigen. Eine Stimme des Zweifels machte sich in ihr stark und versuchte, die Anschuldigungen gegen Dominik zurückzuweisen.

Karolina trat noch näher auf ihn zu.

Der Regen hatte in der Zwischenzeit aufgehört, nur der starke Wind blies ihr weiterhin ins erhitzte Gesicht. Die dichte Wolkendecke riss auf und verschaffte dem Mondlicht freie Bahn. Sie blickte in Dominiks Gesicht, in dem ihr jeder Zug vertraut war. Das brachte ihr Vorhaben, ihn zu töten, ins Wanken. Sie konnte kaum den Blick von ihm abwenden, ihre eiskalten Hände umklammerten die Armbrust, als suchten sie an ihr Halt.

Eine Weile standen sie sich schweigend gegenüber, und ihre Blicke tauchten ineinander. Die Gefühle drohten sie zu überwältigen.

„Weshalb zögerst du, Karolina? Schieß! Sieh her, auch ich bin ein Verdammter, den es zu töten gilt. Es ist ganz leicht, ich bleibe stehen. Du musst nur den Silberpflock deiner Armbrust abschießen, damit er sich in meine Brust bohrt. Du brauchst noch nicht einmal Silber dazu. Mein Herz ist ein menschliches, das ganz einfach zu töten ist."

„Sei still", zischte sie ihn an. Schweiß rann ihren Rücken entlang. Es gelang ihr nicht abzudrücken. Sie presste die klappernden Zähne aufeinander und konzentrierte sich auf den Schuss, aber wieder zögerte sie. Tränen schossen in ihre Augen, die sie fortzwinkerte. Noch einmal straffte sie die Schultern und nahm ihn ins Visier.

„Bevor du mich umbringst, sollst du noch eines wissen, Karolina. Ich liebe dich, wie ich es nie für möglich gehalten habe. Auch wenn du es mir nicht glauben magst, all meine Gedanken und Sehnsüchte gelten nur dir. Keine andere Frau wollte ich mehr berühren, seitdem ich dich kenne. Ich weiß, ich bin verabscheuungswürdig, eine Bestie, die es in deinen Augen zu töten gilt. Aber dieses Untier legt dir sein Herz zu Füßen. Glaube mir, ich habe nie einen Sterblichen getötet, noch ihm etwas angetan …"

„Hör auf!", rief sie gequält aus. „Ich habe gesehen, was deinesgleichen mit den Sterblichen tat. Wie solltest du da anders sein? Hast du nicht ein wehrloses Tier gerissen und sein Blut getrunken? Irgendwann wirst du, wenn dein Durst zu groß wird, einen Sterblichen aussaugen. Das ist barbarisch. Solch eine Kreatur spricht von Liebe? Ich habe dich vom Palais bis hierher verfolgt. Bist *du* etwa Carlottas und Adelas Mörder?" Seine Augen weiteten sich, abwehrend hob er die Hände.

„Nein, ich bin es nicht gewesen. Es war Drazice mit seiner Komplizin."

„Welche Komplizin?"

„Es ist eine der euren, die ihr Eliska nennt."

„Nein! Wie kannst du nur so lügen?" Tränen liefen ihre Wangen hinab.

„Ich lüge nicht. Hast du denn nicht bemerkt, dass sie jeden Abend euer Haus verließ, um sich mit Anton zu treffen, dem sie hörig war?"

Karolina schwieg, ihr Körper bebte.

„Du weißt, dass ich recht habe, nicht wahr."

„Aber du hast zugesehen, wie sie getötet wurden", warf sie ihm vor.

„Nein, ich kam zu spät und konnte ihnen nicht mehr helfen."

Was mussten Carlotta und Adela durchgemacht haben!

„Und wo ist Drazice jetzt? Und Eliska?"

„Sie sind geflohen, als sie dich gewittert haben."

„Das glaube ich nicht. Gib es zu, ihr habt Eliska auch getötet."

„Nein", antwortete er ruhig, aber bestimmt. Karolina schluchzte auf.

„Wir Sterblichen und euresgleichen können nicht nebeneinander in dieser Welt existieren."

„Ich verstehe."

Er näherte sich ihr, sank auf die Knie und knöpfte seinen Mantel auf. Dann zerriss er mit einem Ruck sein Hemd, um seine Brust zu entblößen.

„Töte mich, wie all die anderen. Aber ich werde nicht wie sie verbrennen, sondern wie ein Mensch sterben, selbst wenn ich zur Hälfte ein Vampir bin. Ich hänge nicht an diesem Leben, das mir ohne deine Liebe nichts mehr wert ist. Der Tod bedeutet Erlösung. Lieber sterbe ich, als für immer deine Abscheu zu ertragen."

In seinen blauen Augen schimmerte es feucht, als er zu ihr aufsah.

Ein Sturm der Gefühle tobte in ihr, hin- und hergerissen zwischen der Liebe zu Dominik und dem Hass, den sie für die dunklen Geschöpfe empfand. Mit zusammengebissenen Zähnen richtete sie die Armbrust auf seine Brust. Die Waffe tanzte in ihren zitternden Händen auf und ab. Sie musste ihn töten, um zu vergessen. Unaufhaltsam rannen die Tränen über ihr Gesicht. Das Herz schlug schmerzhaft gegen ihre Rippen.

„Karolina, wenn du nur Verachtung für mich empfindest, dann habe Erbarmen und töte mich jetzt. Bitte."

Sie konnte seine Verzweiflung körperlich fühlen. Er war eine Bestie, aber sie liebte ihn mit jeder Faser ihres Herzens, selbst wenn sie sich noch so dagegen wehrte. Einen Moment lang zögerte sie noch, bevor sie mit einem Aufschrei die Armbrust fortwarf und sich in seine Arme warf.

„O mein Gott, wie liebe ich dich, Dominik."

Er umfasste ihr Gesicht und bedeckte es mit Küssen, bis seine Lippen die ihren trafen und in einem leidenschaftlichen Kuss endeten.

„Karolina, nie habe ich zu hoffen gewagt, du könntest eines Tages meine Gefühle erwidern. Als ich den Hass in deinen Augen las, überkam mich Verzweiflung. Bist du dir sicher, eine Bestie lieben zu können?"

Liebevoll strich er ihr eine nasse Strähne des blonden Haars aus der Stirn.

„Ja, so sehr ich mich dagegen gewehrt habe, meine Gefühle für dich sind stärker.

Aber wie soll es nun mit uns weitergehen?"

„Willst du dein Leben an meiner Seite verbringen?"

„Ach, Dominik, ich wünsche mir nichts sehnlicher als das."

„Bist du dir sicher, dass du mit meinem Blutdurst leben kannst?"

Ohne weiter zu antworten, schlang sie die Arme um seinen Nacken und küsste ihn.

Eine Weile standen sie eng umschlungen, spürten den Herzschlag des anderen und vergaßen die Welt um sich herum. Dann begann Karolina zu frösteln. Er bat sie, ihm in sein Stadtpalais zu folgen. In seinen Augen lag das Versprechen, ihr Verlangen zu erfüllen.

Sie gingen ein paar Schritte Arm in Arm, bis Karolina abrupt stehen blieb. „Ich darf nicht nur an mich denken. Es ist vor allem meine Aufgabe, die Totenwache für Carlotta und Adela zu übernehmen. Ich muss zu meinen Schwestern."

„Ich werde dich begleiten."

„Aber es wird bald hell und der Weg ist weit." Sie sah besorgt zu ihm auf.

„Vertrau mir", bat er.

Als Dominik sie gerade mit seinem Mantel einhüllen wollte, um sich seiner vampirischen Schnelligkeit zu bedienen, drehte sich der Wind. Er trug einen schwefligen Geruch mit sich, der beide innehalten ließ. Sofort bemerkte Karolina seine Anspannung.

„Vampire", flüsterte sie und betrachtete seine Miene.

„Ja, etwa ein halbes Dutzend. Sie haben uns fast erreicht."

„Meine Armbrust ist schussbereit." Sie lächelte. .

„Gegen diese Überzahl sind wir leider machtlos. Lass uns so schnell wie möglich von hier verschwinden." Schwarze Schatten überflogen den Bergfried im starken Aufwind, umkreisten seine Spitze und sanken schließlich herab.

„Verdammt, es ist zu spät für eine Flucht. Bleib dicht bei mir."

Durch das Burgtor schritt Drazice langsam auf sie zu. Sein bleiches Gesicht schimmerte im einfallenden Mondlicht. Karolina verspürte nur noch unbändigen Zorn und Hass für den Mörder Carlottas und Adelas. Ihre Hand griff nach der Armbrust.

„Dominik." Anton schüttelte grinsend den Kopf. „Wie rührend! Ein Geschöpf der Finsternis in inniger Umarmung mit einer Dcera. Jiri aber wird gar nicht darüber erfreut sein, dass du schon wieder gegen den Kodex der Vampire verstößt. Wo du doch sein Blut in dir trägst."

Karolina legte blitzschnell die Armbrust an und zielte. Drazice blieb gelassen, denn seine Gefährten umzingelte das Paar.

„Was meint er damit?", flüsterte Karolina zu Dominik, während sie mit einem Finger die Armbrust spannte.

Drazice kam Dominik mit einer Antwort zuvor.

„Ein Vampir darf sich keine Sterblichen als Gefährten aussuchen, schon gar nicht eine Dcera. Auch du, Dominik, hast darauf geschworen."

Drazice stand jetzt dicht vor ihnen. Die Kaltblütigkeit des Vampirs schürte Karolinas Zorn. Am liebsten hätte sie den Pflock abgefeuert. Doch dann warf sie einen Blick über die Schulter. Die anderen Vampire kreisten sie ein wie eine Phalanx der Hölle.

Fieberhaft überlegte Karolina, wie sie entkommen könnten. Dabei wollte sie Drazice nicht ungeschoren davonkommen lassen. Er sollte für die Morde an Carlotta und Adela büßen. Jede unbedachte Tat konnte jetzt ihr und auch Dominiks Leben gefährden, sie musste vorsichtig sein.

Dominik versuchte, Anton in ein Gespräch zu ziehen. „Aber ich bin nur zur Hälfte ein Vampir, Anton."

„Egal. Du hast den Eid geschworen und das zählt." Drazice zog eine Grimasse und verschränkte die Arme vor der Brust.

„Drazice, du elender Blutsauger." Karolina trat einen Schritt nach vorn, vorbei an Dominik und bereit, dem Baron den Pflock ins Herz zu schießen.

Drazice warf den Kopf in den Nacken und lachte.

„Dann würden sich meine Gefährten auf euch stürzen. Du hast keine Chance, Dcera." Er spuckte ihr vor die Füße. Dann wanderte sein anzüglicher Blick über ihren Körper. Drazice versteckte nicht, wie sehr sie ihn reizte.

„Das ist mir egal, ich fürchte mich nicht vor dem Tod. Doch mit dir wäre es dann ebenfalls aus. Bevor deine Gefährten mich treffen, bist du erledigt." Selbstbewusst straffte sie die Schultern und erwiderte unerschrocken seinen Blick. Drazices Mund verzog sich zu einem breiten, gönnerhaften Grinsen.

„Dominik, brauchst du jetzt eine Sterbliche, die sich vor dich stellt? Stehst du vielleicht unter ihrem persönlichen Schutz?" Drazices Worte trieften vor Hohn.

Dominik ballte die Hände zu Fäusten. Seine wachsenden Fangzähne bohrten sich in die Unterlippe.

„Also, Drazice, lass uns gehen oder ich schieße den Pflock ab, der dich in die Hölle schicken wird." Karolina spannte die Armbrust bis zum Anschlag.

„Es wird mir ein Vergnügen sein, zwischen deinen Schenkeln zu liegen und dein Blut zu trinken, Dcera." Er leckte sich genüsslich die Lippen, in seinen schwarzen Augen blitzte es gierig auf.

„Da musst du zuerst mich töten, Anton!" Dominik baute sich drohend vor dem Baron auf, den er um Haupteslänge überragte.

„Das würde ich mir an deiner Stelle gut überlegen, Anton", erklang eine weibliche Stimme. Eine Frau trat aus dem Dunkel hinter Drazice nach vorn. Der Baron drehte sich um.

„Was …", stammelte Anton, „was meinst du damit?"

„Wenn du das Blut einer Dcera trinkst, wirst du zu Asche zerfallen oder für immer ihr Sklave sein."

Drazice schnappte nach Luft wie ein Fisch.

„Elisabeth!" Dominik sah sie verwundert an.

„Ich bin gekommen, um dich zu Jiri zu bringen, Dominik. Es ist besser, wenn du keinen Widerstand leistest." Das Dämonenfeuer in ihren Augen schien alles zu verzehren, was sich ihr näherte. Dann wandte sie sich an

Karolina. Karolinas Blick flog zwischen Dominik und Elisabeth hin und her. Sie ahnte, dass beide einst mehr verbunden hatte.

„Und du, Dcera, solltest lieber verschwinden, bevor wir es uns anders überlegen und dich gegen Jiris Befehl töten!" Die Vampirin beugte sich ihr fauchend entgegen.

„Jiri hat mich geschickt", protestierte Anton ungehalten. Er tippte mit der Faust gegen seine Brust.

„Aber er kennt deine ungezügelte Gier nach Sex und Blut. Diese Mission darf nicht scheitern. Deshalb sandte er mich." Elisabeth packte Drazice am Kragen und hob ihn mit einer Hand hoch. Der Baron konnte nichts gegen die Macht des Schattendämons ausrichten, der die Gräfin beherrschte, und gab es auf, sich zu widersetzen.

„Schon gut", gab er kleinlaut nach, woraufhin ihn Elisabeth wieder absetzte.

Karolina verfolgte die Szene mit Erstaunen. Die dämonischen Kräfte Elisabeths beeindruckten und entsetzen sie zugleich. Carlotta hatte ihr zwar von diesen Kräften erzählt, sie aber real zu erleben, war eine ganz andere Sache.

„Und wenn ich mich weigere, mitzugehen?", fragte Dominik scheinbar gelassen.

„Wage es nicht, dich deinem Vater zu entziehen! Wenn du die Dcera schützen willst, musst du uns folgen."

Da breitete Elisabeth ihre Arme aus und schloss die Augen. Sie murmelte unverständliche Worte. Es herrschte eine unglaubliche Stille. Gebannt verfolgte Karolina jede ihrer Lippenbewegungen. Plötzlich stürzte sich Elisabeth mit einem gellenden Schrei auf sie.

„Karolina, pass auf!", schrie Dominik.

Geschickt wich Karolina der Gräfin aus. Elisabeth umkreiste sie, und Karolina versuchte, mit der Armbrust jeder ihrer schnellen Bewegungen zu folgen.

Aber Elisabeth wirbelte um die eigene Achse, sodass sie keine Chance besaß, den Pflock zielsicher abzuschießen. Immer wieder wich die Vampirin aus, bis sie sich mit einem Kreischen in die Lüfte erhob.

Karolina sprang ins Leere. Im Sturzflug glitt Elisabeth auf sie zu und versetzte ihr einen heftigen Stoß. Mit einem gewaltigen Satz flog Karolina durch die Luft und prallte mit dem Rücken auf den Boden. Sofort war die Gräfin fauchend über ihr, presste mit den Füßen die ausgebreiteten Arme Karolinas auf den nassen Untergrund. Die Armbrust lag nur wenig entfernt, für Karolina jedoch unerreichbar entfernt.

Der harte Aufprall raubte Karolina für einen Moment den Atem. Dennoch erwiderte sie den Furcht einflößenden Blick der Vampirin, die über ihr stand.

„Du kannst von Glück sagen, Dcera, dass ich dich heute verschone, denn Jiri selbst will dich töten. Er wird dich jagen. Ein Entkommen ist zwecklos. Seine

Kräfte wachsen mit jeder Nacht. Endlich wird dann dein Orden vernichtet sein, und die Vampire werden die Herrschaft über die Welt erlangen."

Sie warf den Kopf zurück, und ein schauriges Lachen erklang, das Karolina durch Mark und Bein ging. Dann ließ Elisabeth plötzlich von ihr ab und schwang sich erneut in die Luft.

Ein flatterndes Geräusch im Hintergrund zog Karolinas Aufmerksamkeit auf sich. Entsetzt musste sie mit ansehen, wie die anderen Vampire Dominik entführten. Sie robbte zur Armbrust, legte sie an und feuerte den Pflock ab, der zwar einen von ihnen traf, aber Dominiks Entführung nicht verhindern konnte. Der Funkenregen und Ascheschauer des verbrennenden Vampirs regnete auf sie herab.

„Dominik! Dominik!" Sie schrie alle Verzweiflung und Hilflosigkeit heraus Ihr Schrei hallte von den Burgmauern zurück. Dann verschwanden die Vampire mit Dominik in die Dunkelheit.

39.

Karolina starrte noch immer zum Himmel, völlig fassungslos über das eben Geschehene. Die Wolken ballten sich zusammen, und die Sonne erhob sich am Horizont. Der eisige Wind fuhr ihr durchs Haar. Die Vampire würden an ihre geheimen Schlafplätze zurückkehren, wo sie in Totenstarre fielen, um den Sonnenstrahlen zu entgehen. Doch was geschah mit Dominik? Wohin würden sie ihn bringen?

Erschöpft begann sie zu taumeln und stützte sich an der Burgmauer ab. Erst jetzt wurde ihr bewusst, wie geschickt Elisabeth sie abgelenkt hatte, damit die anderen Vampire Dominik entführen konnten. Und sie war auf dieses Manöver hereingefallen.

Sie fluchte verzweifelt vor sich hin. Eben noch lagen sie und Dominik sich glücklich in den Armen, um dann grausam aufs Neue entzweit zu werden. Ein Albtraum.

Die Angst in ihr wuchs und schnürte ihr die Kehle zu. In ihrem Kopf überschlugen sich die Gedanken. Sie fühlte sich so hilflos. Da sie nur wenig über die geheimen Orte der Vampire wusste, wäre es eine schwierige Aufgabe, Dominik zu finden. Und sie musste ihn finden, denn er schwebte nun in höchster Gefahr.

Sie zwang sich, ruhig zu atmen, um nicht die Nerven zu verlieren. Karolina beschloss, zu Carlottas Haus zurückzukehren, um zusammen mit Malvina und Hana die Toten in den Katakomben zu bestatten.

Danach würde sie mit beiden besprechen, wo sie mit der Suche nach Dominik beginnen sollten.

Die Füße brannten, die Glieder schmerzten, jeder Schritt wurde zur Qual. Dennoch verbiss Karolina den Schmerz und rannte über die Karlsbrücke zu dem kleinen Wäldchen, hinter dem sich Carlottas Haus befand.

Ohne Dominik verlor ihr Leben seinen Sinn. Sie liebte ihn und wäre dazu bereit, ihr Leben für seines zu geben.

Karolina wischte die Tränen aus den Augenwinkeln.

Sie quälte sich mit Selbstvorwürfen und erschauerte bei dem Gedanken, dass Jiri und seine Vampire Dominik in der Gewalt hatten.

Als die Morgensonne schon warm auf sie herab schien, erreichte sie Carlottas Haus. Die Kutsche der Tante stand davor, was ihr verriet, dass Malvina und Hana es geschafft hatten, zurückzukehren. Sie stürmte zur Eingangstür und fand sie unverschlossen vor.

Bevor sie eintrat, atmete sie tief durch. Hier war sie von Carlotta aufgenommen worden, Erinnerungen drängten sich ihr auf. In diesem Haus hatte sie mehr über das Leben gelernt als bei ihrem Vater. Doch ohne Carlotta besaß dieses Haus keine Seele. Die Traurigkeit trieb ihr erneut Tränen in die Augen. Wie sehr würde sie Adela und die vertrauten Gespräche mit ihr vermissen.

Im Haus war es kühl und totenstill.

„Malvina?" Karolina erhielt keine Antwort. Sie lief durch den Flügel zur Geheimtür, die in die Katakomben führte.

Langsam stieg sie die Treppen hinab. Fackeln beleuchteten den schmalen Gang zu beiden Seiten.

Als sie auf halber Höhe war, vernahm sie Männerstimmen. Für einen Moment verharrte sie misstrauisch lauschend am Absatz der Treppe, und erst als sie eine der Stimmen als Jendriks identifizierte, atmete sie erleichtert auf.

Karolina eilte einen weiteren schummrigen Gang entlang. Sie hörte über sich das Rumpeln der Kutschräder, die über den Marktplatz fuhren, und gedämpfte Stimmen. Prag erwachte, ein neuer Tag begann.

Jendriks Stimme scholl aus der Kapelle des heiligen Michael.

Er und eine Handvoll Männer hatten Adela und Carlotta in einfachen Särgen zur Kapelle getragen.

Malvina und Hana knieten, ins Gebet versunken, mit versteinerten Mienen vor dem kleinen Altar.

Jendriks Miene hellte sich auf, als er Karolina erkannte.

Der Hüne trat auf sie zu und deutete eine Verbeugung an. Dann musterte er sie von oben bis unten. Sicherlich wirkte sie in der Kluft eines Mannes auf ihn recht befremdlich, denn er zog seine buschigen Brauen nach oben, doch er schwieg.

„Jendrik, ich danke dir, dass du Malvina und Hana geholfen hast." Karolinas Stimme klang heiser.

„Ein T ... Trauerspiel, was Eurer T ... Tante und Adela widerfahren ist. Das Werk S ... Satans." Er knirschte laut mit den Zähnen.

Sie sah auf die geballten Fäuste seiner Keulenarme herab. Es tat gut, dass jemand die gleiche Ohnmacht verspürte wie sie.

„Nicht Satans, aber das des Grafen Boskovic, deines neuen Herrn, der seinen Handlanger Drazice ausgesandt hat, um uns töten."

„Ja, der ist ein sch... schwarzer Gesell. S ... seltsame Dinge ereignen sich j ... jede Nacht i ... in seinem Haus."

„Was denn für seltsame Dinge, Jendrik?"

„Diese Bälle sind Hö ... Höllenfes ... ste!"

„Das wissen wir doch alle. Kannst du es genauer beschreiben?" Es war für Karolina anstrengend, dem einfältigen Jendrik mehr als einen Satz herauszulocken. Selbst ihr Vater war früher fast daran verzweifelt.

Er stotterte, eine Eigenart, die er immer besonders dann an den Tag legte, wenn er sehr aufgeregt war.

„Sie tri ... trinken viel. Und s ... sie leben unkeusch. Ei ... eine Schande."

„Und Boskovic? Was macht dieser jeden Abend, jede Nacht auf dem Ball?"

„Erst be ... begleiten ihn im ... immer junge, hüb ... hübsche Frauen, aber m ... manche versch ... winden und manche k ... kommen wieder. S ... seltsame D ... Dinge geschehen in Prag. Die Tochter des G ... Grafen Marek wurde in der Moldau t ... tot aufgefunden. Sie ha ... hatte überall Biss ... wunden am Körper."

Karolina erinnerte sich nur zu gut an ihre erste Begegnung mit Hana und den Anblick der toten Bäckerin in der Moldau.

Jendrik zitterte vor Erregung, Speichel floss aus seinem Mund.

„W ... was hat das zu be ... bedeuten? W ... wer ist der G ... Graf?"

„Jiri Graf von Boskovic ist ein Vampir." Jendrik erbleichte und riss die Augen weit auf. Er schwankte und trat einen Schritt zurück. Dann schüttelte er seinen vierkantigen Kopf.

„A ... aber ... ich dachte, d ... das sind M ... Märchen, um die Leute v ... von der Straße z ... zu holen."

„Auch ich glaubte einst daran, bis die Realität mich eines Besseren belehrt hat. Prag wird seit Langem von den Geschöpfen der Finsternis beherrscht." Jendrik stierte vor sich hin. Karolina las in seiner Miene, wie sehr er sich darum bemühte, ihre Worte zu verstehen. Er war ein männliches Kraftpaket, doch geistig gehörte er zu den Schwachen. Zwar konnte er durchaus nachdenken, doch er benötigte mehr Zeit als andere dafür.

„Jetzt ... v ... verstehe ich. D ... das Blut i ... in d ... den Räumen. U ... und er sprach immer so s... seltsam, von einem blauen M ... Mond. Aber es gibt doch gar k ... keinen.“

„Blauer Mond? Was erzählst du da, Jendrik? Davon habe ich noch nie gehört.“

Karolina umfasste seine starken Oberarme und sah ihn eindringlich an.

„Aber ich.“ Malvina trat neben sie. Karolina sah zu der Rothaarigen.

„Man spricht vom blauen Mond beim zweiten Vollmond eines Monats. Dieser schimmert manchmal blau und hat dadurch seinen Namen erhalten. Es ist die Nacht der Schattendämonen, Kains Kinder. Er sendet die körperlosen Wesen zu uns Sterblichen, damit sie sich einen neuen Körper suchen, in dem sie in der irdischen Welt weiterleben können.“

„Aber wie gelangen die Schattendämonen in einen sterblichen Körper?“ Karolina spürte, wie ihr alle Farbe aus dem Gesicht wich. Sie hatte die Macht der Vampire kennengelernt, doch die der Schattendämonen war noch beängstigender.

„Ich weiß nur, was Carlotta mir erzählte.“ Bei der Erwähnung ihres Namens schimmerten Malvinas Augen feucht. Sie zwinkerte die Tränen fort.

„Und?“

„Jiri und seine Anhänger feiern ein besonderes Ritual als Tribut an die Schattendämonen, mit denen sie ein Bündnis eingegangen sind. Was dort allerdings geschieht, kann ich nicht sagen. Das wusste nur Carlotta.“

„Weißt du denn, *wo* das geschieht?“

Malvina schüttelte den Kopf.

„Dieser Ort ist streng geheim.“

„Wann wird die nächste blaue Mondnacht sein?“

„In vier Nächten.“

Ein Gedanke stieg in Karolina auf. Vielleicht war dieser Ort auch der, an dem Jiri seinen Totenschlaf hielt und wohin er Dominik entführt hatte. Mussten alle Vampire an diesem nächtlichen Ritual teilnehmen? Grausige Bilder entstanden in ihrem Kopf, die ihr Übelkeit verursachten.

„Jendrik, du musst doch wissen, wohin die Vampire nach dem Ball gehen? Irgendein Ort, den sie immer wieder aufsuchen.“

„N ... nein. Sie verschwinden plötz ... lich wie Schatten.“

Ganz in Gedanken verloren, starrte Karolina ins Leere. Malvina stieg die Stufen zu ihr herab und legte ihr die Hand auf den Arm.

„Weshalb fragst du das alles? Hat es was mit Carlottas und Adelas Tod zu tun?“

„In gewisser Weise. Doch jetzt möchte ich noch nicht darüber reden. Später. Lass uns zu Hana gehen und die Toten für die Bestattung vorbereiten. Ich danke dir, Jendrik, und auch den Männern für eure Hilfe.“

„Sch ... schon gut.“

Jendrik setzte seinen Hut wieder auf und winkte den Männern, sich neben ihn zu stellen. Die Särge mussten nach der Einsegnung in den Katakomben in vorgesehenen Grabnischen beigesetzt werden, eine Tradition, die vom Orden des Lichtes im Laufe der Zeit beibehalten worden ist.

Dann stieg Karolina gemeinsam mit Malvina die Stufen zur Kapelle empor.

Hana zündete die Kerzen auf dem Altar an und kniete sich dann auf den steinernen Boden vor den Särgen.

Als die beiden Frauen eintraten, hob sie ihr Gesicht. Nase und Augen waren vom Weinen gerötet. Karolinas Herz lag wie ein schwerer Stein in ihrer Brust. Dann beugte sie sich über die Särge. Carlotta und Adela hatten ihren Frieden gefunden und Angst und Schmerz bis in alle Ewigkeit verloren.

Friedlich lagen sie in den Holzsärgen, die Jendrik auf die Schnelle von einem Totengräber erworben hatte, die Armbrust auf ihrer Brust. Die Angst und Verzweiflung der vergangenen Stunden steckte Karolina noch immer in den Gliedern.

Dennoch musste sie gegen Jiri kämpfen, um Prag und Dominik zu befreien. Carlotta fehlte ihr schon jetzt, vor allem mit ihrem Wissen über die Geschöpfe der Finsternis. Sie tauchte ihre Hand ins Weihbecken und bekreuzigte beide Leichen zum Segen, während sie das Paternoster betete.

Malvina und Hana folgten ihrem Beispiel.

„Carlotta fehlt mir so." Hana schluchzte auf. „Sie ist so gut zu mir gewesen, hat mich aufgenommen. Was soll denn nun aus uns werden? Ich will nicht wieder auf der Straße leben."

„Das musst du auch nicht. Du und Malvina, ihr könnt in Carlottas Haus bleiben. Dafür sorge ich." Karolina legte tröstend den Arm um das zitternde Mädchen.

„Adela war mir eine gute Freundin geworden", warf Malvina ein.

„Ja, sie war immer so hilfsbereit und hat viel gelacht."

Karolina erinnerte sich mit Wehmut an die gemeinsame Zeit mit der Freundin, die nun bleich, mit eingefallenen Wangen, im Sarg lag. Sie konnte die Tränen nicht mehr unterdrücken, als sie daran dachte, wie viel Mut sie kurz vor ihrem Tod bewiesen hatte.

Eine Weile kniete sie zusammen mit den anderen schweigend vor den Särgen.

Dann winkte sie Jendrik und seine Männer herbei, um die Toten in ihre letzte Ruhestätte zu betten.

40.

Dominik kannte Jiris Unbarmherzigkeit nur zu genau. Einen Vampir, der gegen den Kodex verstieß, ereilte ein grausames Ende. Man warf ihn in die Flammen oder opferte ihn den Schattendämonen. War der Dämon für seinen neuen Besitzer zu stark, zerfiel der Körper zu Staub. Es schauderte ihn bei dieser Vorstellung. Dennoch verlieh ihm Karolinas Liebe eine innere Stärke, das alles ertragen zu können.

Die Vampire schleppten ihn in ein unterirdisches Kellergewölbe. In den feuchten, dunklen Räumen hing ein intensiver Fäulnisgeruch. Sie sperrten ihn in einen winzigen, fensterlosen Raum. Die massive Eisentür flog quietschend hinter ihm zu.

Der Tag brach an. Ein winziger Sonnenstrahl verirrte sich durch einen Mauerspalt ins Innere, wie ein Hoffnungsstrahl. Wenn er überleben wollte, durfte er nicht einschlafen. Seine Sorge galt Karolina, die er nicht beschützen konnte, und die in höchster Gefahr schwebte. Sein Leben war dagegen bedeutungslos.

Ihr Liebesgeständnis erweckte ihn zu neuem Leben.

Dominik setzte sich auf den Boden. Den Kopf auf die Knie bettend, starrte er ins Dunkel. Der Sonnenstrahl endete in einem runden, golden schimmernden Fleck auf dem Boden. So wie dieser Strahl erhellte Karolina sein dunkles, verdammtes Leben.

Ihre Liebe würde in Prag keine Erfüllung finden. Überall wären sie gejagt worden, von den Geschöpfen der Finsternis als auch von den Sterblichen.

Aber das war dieses Liebe wert, von der er nie zu hoffen gewagt hatte.

Er seufzte auf und schnupperte an seiner Kleidung, an der noch immer ihr Geruch haftete.

Endlos lang schleppte sich die Zeit dahin. All seinen Bemühungen zum Trotz schlief er ein und erwachte erst durch ein lautes Quieken. Wütend stieß er die Ratte mit dem Fuß fort, die an seinem Schuh nagte. Der Tag war der Nacht gewichen, der Lichtpunkt erloschen. Seine Glieder fühlten sich steif an. Ein Hungergefühl breitete sich in ihm aus, das er willensstark zu verdrängen versuchte.

Plötzlich knarrte die Eisentür, und der Schein einer brennenden Fackel fiel herein. Das Licht blendete ihn, und er bedeckte seine empfindlichen Augen mit dem Arm.

„Jiri will dich sehen, Halbblut. Steh auf!" Dominik erkannte sofort die Stimme des Barons. Er sah auf und blinzelte.

Drazice, begleitet von zwei Vampiren, stand im Türrahmen und bedeutete ihm mit einem Wink aufzustehen.

Dominik erhob sich, streckte seine verspannten Glieder und trat wortlos auf den Vampir zu. Drazice lächelte ihn herablassend an und verpasste ihm einen Fausthieb in die Magengrube. Dominik stöhnte auf und wollte sich auf den Baron stürzen. Doch die beiden anderen Vampire hielten ihn zurück und legten ihm eiserne Handschellen an, die durch eine schwere Kette miteinander verbunden waren. Dann zerrten sie ihn eine Stiege hinauf.

Sie brachten Dominik in einen Raum, der von zahlreichen Kandelabern beleuchtet wurde, und in dessen Mitte ein breites Bett stand. Auch hier lag der Geruch von geronnenem Blut und Schweiß in der Luft, den Dominik als Angstschweiß von Jiris Opfern identifizierte.

Drazice stieß ihn auf einen Hocker in der Ecke. Die Ketten klirrten auf dem hölzernen Boden.

Dominik verspürte ein zunehmendes Hungergefühl, ausgelöst durch den Blutgeruch.

„Ich freue mich schon darauf, wenn Jiri dich den Schattendämonen opfert, Dhampir. Doch noch mehr, wenn er diese blonde Dcera tötet. Ihr Blut wird Kain und Lilith geopfert."

Dominik spannte seine Muskeln an, sprang vom Hocker auf und fauchte Drazice an. Seine Zähne wuchsen vor Rage.

Anton Drazice lachte auf. „Spar dir deine Energie auf, Karolyí."

Nach diesen Worten verließ er gemeinsam mit den Vampiren den Raum.

Dominiks Magen knurrte. Er brauchte Blut, seine Kräfte schwanden.

Sie wollten ihn hungern lassen, um ihn zu schwächen, ihn zu zermürben.

Stunden vergingen, in denen Dominik ruhelos in Jiris Boudoir auf dem Hocker hin- und herrutschte, vor Hunger und in Sorge um Karolina. Er spürte, wie seine Muskelkraft nachließ und es ihm schwerfiel, die Ketten anzuheben.

Plötzlich öffnete sich die Tür, und eine nackte Frau erschien, die zitternd mit verschränkten Armen vor ihm stand. Sofort erkannte er die abtrünnige Eliska.

„Falls der Hunger zu übermächtig wird, kannst du dich ihrer bedienen. Ihr Blut schmeckt süß. Sie kennt das." Drazice zwinkerte ihm verschwörerisch zu und schloss die Tür hinter der Nackten.

Unsicher sah ihn Eliska an. Ihre Halsbeuge zeigte deutlich die Zahnabdrücke eines Vampirs. In ihren braunen Augen lag ein Ausdruck von Angst und Begehren.

„Verräterin!" Dominik empfand nur Verachtung und kein Mitleid mit der Schwarzhaarigen, die Karolina und den Orden verraten hatte, um Drazices Gunst zu gewinnen.

Eliska zeigte sich von Dominiks Geringschätzung wenig beeindruckt. Lächelnd trat sie auf ihn zu. Dominiks Blick wanderte zu ihrer Halsbeuge, unter deren Haut verführerisch das süße Blut durch ihre Schlagader floss.

Er leckte sich über die Lippen.

„Ich bin zu allem bereit." Eliskas Gang war lasziv, ihr Hüftschwung versprach sinnliche Freuden. Doch das alles prallte an Dominik ab, der nur von seinem Hunger auf Blut beherrscht wurde.

Sie strich mit einem Finger über sein Gesicht.

„Du bist schön, Schwarzer Fürst. Anton hat nicht übertrieben. Da fällt es mir leichter, dir alles zu geben, was du dir wünschst."

Dominik zog den Kopf ruckartig zurück. „Du besitzt nichts, was ich begehre." Seine Stimme klang heiser, denn sein Magen krampfte sich zusammen. Vor ihm stand ein Quell süßen Blutes, der sein Bedürfnis zu stillen vermochte. Aber er wollte nicht von einer Sterblichen trinken, deren Blut dem seinen ähnelte - das hatte er sich einst geschworen. Er biss die Zähne zusammen.

„Das sehe ich aber anders. Du bist doch zur Hälfte ein Vampir, den es danach drängt, seine wollüstigen Triebe auszuleben und als Höhepunkt das Blut der Gespielin zu trinken. Warum scheust du dich? Bei Karolina bist du nicht so schüchtern gewesen."

Eliska beugte sich so weit zu ihm herab, dass sein Mund nur einen Fingerbreit von ihrer Halsbeuge entfernt war. Es kostete Dominik alle Kraft, dem Verlangen nicht nachzugeben. Er straffte den Rücken und rückte, so weit es die Ketten zuließen, von ihr ab.

„Nimm nicht ihren Namen in den Mund! Du bist ihrer nicht wert." Dominik ballte die Hände zu Fäusten. Ein Schatten fiel über Eliskas Miene. Dann lachte sie auf, legte den Kopf in den Nacken und fuhr mit der flachen Hand über ihre Brüste, bis zu der Stelle ihrer Halsbeuge, an der sie die Bissmale trug. Dominiks Blick wurde magnetisch von dem Pulsschlag darunter angezogen. Der Hunger wurde so übermächtig, dass er ihn kaum noch im Zaum halten konnte. Verbissen kämpfte er dagegen an.

„Siehst du, hier fließt das, was du begehrst, Fürst. Ich lasse es geschehen, wenn sich deine Zähne in mein Fleisch bohren, um von meinem Blut zu trinken. Es ist ganz leicht. Du hast es doch schon oft bei den wilden Tieren getan."

Dominiks Blut rauschte in den Adern, sein Blick vernebelte sich. Er musste widerstehen, wenn die Gier nach Blut ihn nicht ganz beherrschen sollte.

Verlockend drang der Duft ihres Blutes in seine Nase und ließ ihn nach hinten kippen.

Eliska trat dicht vor ihn und rieb ihre Wange an der seinen. Unter ihrer weichen Haut spürte er den pulsierenden Blutstrom. Seine Reißzähne wuchsen aus dem Oberkiefer und seine Nasenflügel bebten.

Eliska drängte sich erneut an ihn und reckte ihm ihre Kehle entgegen. Mit einem tiefen Knurren senkte er den Kopf über ihre Halsschlagader. Gleich würde er vom Hunger erlöst werden.

Doch dann riss er den Kopf hoch und stieß Eliska mit den Schultern von sich. Drazices Folter war grausam, aber er schaffte es, der Versuchung zu widerstehen.

Eliska sackte auf das Bett. Benommen blieb sie einen Moment liegen. Dann stützte sie sich auf ihre Ellbogen und funkelte ihn hasserfüllt an.

„Trete mir nie mehr zu nah, Bluthure!", stieß Dominik zwischen zusammengepressten Zähnen hervor.

„Das werde ich gewiss nicht. Nachdem du dich meinem Blut verweigert hast, wirst du Jiri und den Schattendämonen zum Opfer fallen, in der Nacht des blauen Mondes. Niemand, auch Karolina nicht, wird dies verhindern können. Wenn der Schattendämon dich beherrscht, erlebst du die Ankunft des dunklen Vaters und seiner Gefährtin, so wie das Buch von Nod beschreibt, oder er wird dich zu Asche verbrennen. Wenn Kain auf die Erde kommt, dann bricht ein neues Zeitalter an. Auch ich werde dann zu euch zählen, wenn Anton mir das ewige Leben schenkt." Stolz lag in ihrem Blick.

„Du weißt ja nicht, wovon du redest. Das Leben eines Vampirs ist verdammt und endet in der Hölle! Davor wird dich auch Anton nicht bewahren können. Wenn der Pfeil einer Dcera dich durchbohrt, verglühst du, und zurück bleibt nur noch eine Handvoll Asche. Siehst du denn nicht, was sie aus dir gemacht haben? Sie benutzen dich, Anton und all die anderen. Du bist für sie nur eine Blutquelle und ein williges Opfer ihrer Wollust. Ist es wirklich das Leben, das du dir erträumt hattest?"

„Jedenfalls ist es besser als das einer Dcera. Ich habe mich nie mit deren heiligen Sprüchen und keuschem Leben anfreunden können. Ich bin ein Kind der Gosse und habe die Hölle bereits gesehen. Gott hat mich verstoßen, und ich wandte mich Satan zu. Das Leben der Menschen ist kurz. So werde ich mit Freuden das Leben einer Vampirin führen bis in alle Ewigkeit."

Dominik begriff, dass er sie nicht überzeugen konnte. Sie hatte den Weg in die Finsternis gewählt, an Antons Seite.

Ehe er weiter darüber nachdenken konnte, wurde die Tür aufgerissen und Drazice erschien wieder auf der Schwelle; er erfasste sofort die Situation.

Lächelnd ging er zum Bett.

„Meine teure Bluthure", sagte er in verführerischem Tonfall zu Eliska und streichelte ihre Wange. Dann fuhr seine Hand betont langsam über die Kehle der Frau und sein Daumen massierte die Bissmale. Eliska schloss die Augen, legte den Kopf in den Nacken, während sie sich auf ihre Ellbogen stützte. Sie genoss offensichtlich die Zärtlichkeit und seufzte wohlig.

„Riechst du die Süße ihres Blutes, Dominik? Ist es nicht köstlich? Du wirst doch nicht wirklich darauf verzichten wollen?"

Drazice drehte sich zu ihm um. Aus jedem seiner Worte klang Genugtuung. Dominik fuhr sich mit der Zunge über die Lippen. Als sein Magen laut knurrte, lachte der Baron auf und beugte sich über die Frau. Voller

Leidenschaft nahmen seine Lippen von den ihren Besitz. Dominik konnte erkennen, wie Drazices Zunge gierig in ihre Mundhöhle drang. Eliska stöhnte auf und schlang ihre Arme um den Nacken des Barons. Der Duft nach Blut intensivierte sich. Dominiks Hunger vernebelte sein Hirn, sodass er kaum noch klar denken konnte.

Blut! Er brauchte es jetzt. Alles in ihm zog sich zusammen. Da sah er, wie Drazices Vampirzähne aus seinem Mund wuchsen und die Lippe der Bluthure ritzten. Der Anblick des haardünnen Blutrinnsals, das sich seinen Weg von der Lippe über das Kinn bahnte, ließ Dominik knurren. Eliska wand sich stöhnend unter ihm, als Drazices Finger über die Innenseite ihrer Schenkel glitten und ihren Venushügel massierten. Er leckte das Blut von ihrem Kinn und wandte sich mit einem Lächeln zu Dominik um, der die Zähne fest aufeinander biss.

Schweiß rann von der Stirn des Fürsten. Dann öffnete Drazice seine Hose, holte seinen Phallus hervor und drang in die Frau ein.

Drazice lachte leise, während er sie immer schneller stieß. Schließlich biss er mit einem Fauchen in die Schlagader der Frau.

Als Dominik das Schmatzen des Barons hörte, war es um seine Selbstbeherrschung geschehen. Mit einem animalischen Schrei sprang er auf, wollte sich auf Eliska stürzen, aber die Ketten hielten ihn zurück. Drazice zeigte sich von Dominiks Verhalten unbeeindruckt und setzte sein Blutmahl fort. Bunte Punkte sprangen vor Dominiks Augen auf und ab, er rang nach Atem.

Mit aller Kraft riss er sich von dem Bild los und spürte, wie die letzten Kraftreserven aus seinem Körper wichen. Nach einer Weile, die Dominik wie eine Ewigkeit vorkam, ließ der Vampir von Eliska ab, wischte mit dem Handrücken die Blutspuren aus dem Gesicht und grinste Dominik an.

„Du wirst in den Kellergewölben bis zur Nacht des blauen Mondes bleiben, Fürst. Dein Bluthunger soll dich peinigen und dir bewusst machen, was du bist.

Bringt ihn runter. Sein Anblick verursacht mir Übelkeit."

Dominik konnte den herbeigerufenen Vampiren, die ihn packten und über den Boden schleiften, nichts mehr entgegensetzen. Ohne einen Tropfen Blut wurde er schwächer, bis er nur noch ein Schatten seiner selbst war.

41

Karolinas verzweifelte Suche nach Dominik blieb ohne Erfolg. Die Furcht, er könnte bereits tot sein, schnürte sich wie ein eiserner Ring um ihr Herz. Aber sie klammerte sich immer wieder an die Hoffnung, dass er noch lebte. Nur durch sie schöpfte sie die Kraft, weiter zu suchen. Malvina folgte ihr stets und treu ergeben.

Auf den Friedhöfen entdeckten sie zwar geheime Schlafplätze der Vampire, aber diese waren unbedeutend und brachten keinen wichtigen Hinweis über Jiris Verbleib.

In der dritten Nacht verfolgten sie die Spur eines Vampirs, der oft das Stadtpalais des Grafen Jiri besucht hatte. Ihm hoffte sie einen entscheidenden Hinweis abzutrotzen. Langsam pirschte sie sich an ihn heran, als er das Tor zum jüdischen Friedhof öffnete.

Mit einer Handbewegung bedeutete Karolina Malvina, dem Vampir den Weg abzuschneiden, während sie sich ihm von hinten nähern wollte. Diese Taktik hatte sich in den vergangenen Nächten als erfolgreich erwiesen.

Der Vampir war ein blutjunger Mann, kaum siebzehn, mit blond gelocktem Haar und einem schmalen Gesicht.

Malvina, die Armbrust schussbereit, sprang aus dem Gebüsch direkt vor seine Füße. Der Vampir erschrak und prallte zurück. „Wer seid Ihr? Was wollt Ihr?"

„Jemand, der deinen Tod wünscht", antwortete Malvina mit stoischer Gelassenheit, als würde sie seinen Hut von ihm verlangen.

Ein Zittern durchlief den Körper des Vampirs. Abwehrend hob er die Hände und starrte auf den eingespannten Pflock in der Armbrust. Karolina folgerte aus seinem Verhalten, dass er noch ein unerfahrener Vampir war, der seine Kräfte nicht ausspielte.

„Aber zuerst musst du uns noch ein paar Fragen beantworten", warf Karolina ein. Der Vampir wirbelte herum, seine Augen weiteten sich vor Furcht, als er den funkelnden Blutdiamanten auf ihrem Dekolleté erkannte.

„Ich weiß nichts, gar nichts, ehrlich."

Karolina ließ sich von seinem defensiven Verhalten nicht beirren. Vampire waren unberechenbar und verschlagen. Selbst wenn er sich des hypnotischen Blickes nicht bediente, seine körperlichen Kräfte waren nicht zu unterschätzen.

„Wo ist Jiri?" Sie kniff die Augen zusammen und sah ihn warnend an.

„Das weiß ich nicht. Die Bälle finden nicht mehr statt. Bin nur unterwegs nach ein bisschen Nahrung gewesen. Ehrlich."

„Und das sollen wir dir glauben? Noch so ein Märchen und ich lache." Malvina spannte die Armbrust noch fester.

„Aber es ist die Wahrheit."

Karolina zog einen Pflock aus dem Gürtel, schnellte vor und presste ihn dem Vampir an den Brustkorb.

„Wage ja nicht, uns anzulügen, sonst ramme ich dir den Pflock ins Herz oder binde dich in der Sonne an einen Pfahl, wo du elendig verbrennst."

Sie schnupperte an ihm. Der Geruch von frischem Blut, der an ihm haftete, schien seine Worte zu bestätigen.

„Nein, bitte nicht, ich sage auch alles, was ich weiß." Seine Lippen bebten.

„Das will ich dir auch geraten haben", zischte Malvina durch die Zähne.

„Zum letzten Mal: Wo ist Jiri?" Karolina drückte den Pflock fester gegen seine Brust.

„Habe ihn lange nicht gesehen, nur Drazice."

„Dann erzähl uns doch etwas über Drazice, was der so treibt." Malvinas Tonfall klang schneidend.

Der Vampir rollte mit den Augen und schluckte, bevor er antwortete.

„Er ist Jiris rechte Hand."

„Das wissen wir längst. Weiter", forderte Karolina.

„Der Baron hat eine schwarzhaarige Geliebte, eine Sterbliche, wie ihr."

Eliska, schoss es ihr durch den Kopf.

„Ja, und?" Karolinas Ungeduld wuchs.

„Drazice nahm den Fürsten gefangen und führte ihm diese Frau zu, damit er seine Bedürfnisse an ihr stillen konnte." Karolina sog scharf die Luft ein. Glühende Eifersucht stieg in ihr auf. Eine andere in Dominiks Armen!

„Der Fürst nahm sie in sein Bett und trank von ihrem Blut."

„Du elender Lügner!", schrie Karolina und drückte den Pflock noch eine Spur fester gegen seine Brust, sodass sich dessen Spitze in den Stoff seines Mantels bohrte. Dominik hatte ihr versichert, nie das Blut Sterblicher getrunken zu haben, und versprochen, es auch nie zu tun. Sie wollte nicht glauben, dass er dieses Versprechen brach. Alles in ihr schrie danach, ihm zu vertrauen. Am liebsten hätte sie mit dem Vampir kurzen Prozess gemacht, aber sie beherrschte sich.

„Wo ist der Fürst?"

„An einem geheimen Ort, den nur Jiri und der Baron kennen."

„Und die Sterbliche?"

„Tot."

„Was soll mit dem Fürsten geschehen? Rede!"

Der Vampir benetzte seine Lippen mit der Zunge.

„Rede!"

„Eliska", murmelte Malvina mit starrem Blick. Ihre Hände umklammerten die gespannte Sehne, bis der Pflock in rasender Geschwindigkeit nach vorn sauste und sich in den Rücken des Vampirs bohrte.

„In der Nacht des blauen Mondes ..." Dann erstarben die Worte auf seinen Lippen, und er sackte in sich zusammen.

Wie ein gefällter Baum kippte er vornüber und fiel aufs Gesicht. Fassungslos beobachtete Karolina das Geschehen. Malvina stand noch immer in der gleichen Positur, die zitternden Finger um den Abzug gelegt.

„Malvina, was hast du getan?" Karolina sah zu ihrer Begleiterin, deren Gesicht kalkweiß war.

„Ich wollte das nicht, aber als er von Eliska sprach, da konnte ich nicht mehr ..." Sie schüttelte den Kopf.

Karolina hockte sich neben den Vampir und drehte ihn auf den Rücken. Es verwunderte sie, dass er nicht zu Asche verbrannte.

Er war tot. Seine Haut wies im Gegensatz zu Vampiren einen rosa Schimmer auf. Sie hob seine Oberlippe an, um sich zu vergewissern, ob die Reißzähne vorhanden waren.

Nun hockte auch Malvina neben ihr. „Ich wollte das nicht, wirklich", beteuerte sie immer wieder.

„Ich weiß. Gerade wollte er uns etwas Wichtiges sagen. Verdammter Mist!" Sie betrachtete seinen Brustkorb.

„Er brennt nicht."

„Ein Dhampir!" Malvina bekreuzigte sich.

„Deshalb verbrannte ihn der Silberpflock nicht."

Jetzt war es Karolina, die zu zittern begann. Fast hätte sie selbst Dominik vor Tagen auf der Prager Burg mit dem Baron verwechselt und ihn getötet. Seitdem sie ihn kannte, waren Schmerz und Tod zu ihren ständigen Begleitern geworden, es war wie ein Blick in die Hölle.

Dieses Morden musste endlich ein Ende haben. Doch das würde nur gelingen, wenn die Verbrechen durch Boskovics und Drazices Tod getilgt würden. Erst dann kehrten Ruhe und Frieden nach Prag zurück.

„Komm, Malvina, uns bleibt wenig Zeit, die Nacht ist bald vorüber. Wir müssen die Vampire finden."

Bis zum Morgengrauen begegneten sie keinem Vampir mehr. Sie entschieden, zu Carlottas Haus zurückzukehren, um ein paar Stunden zu schlafen, bevor sie sich am Tag auf die Suche nach den Schlafplätzen der Vampire begaben.

Die Vögel begannen ihren morgendlichen Gesang anzustimmen. Wie sehr wünschte Karolina sich, ihnen unbeschwert zu lauschen, ohne an die Nächte des Grauens zu denken, die diese Stadt und auch ihr Leben beherrschten.

Würde es für sie jemals eine Zeit geben, in der sie glücklich sein konnte und in den Tag hineinlebte? Vielleicht an der Seite Dominiks? Alles erschien trostlos und machte sie traurig. .

„Meine Füße scheinen nur noch aus Blasen zu bestehen." Malvina setzte sich auf eine halbhohe Mauer, zog einen ihrer Stiefel aus und betastete ihren Fuß.

Seufzend sank Karolina neben sie. Auch ihre Füße schmerzten höllisch. Sie war am Ende ihrer Kräfte. „Was mag Dominik mit der Nacht des blauen Mondes zu tun haben?", flüsterte sie ganz in ihre Gedanken verloren.

Malvina zuckte mit den Schultern. „Himmelherrgott, wenn Carlotta nur hier wäre. Sie wüsste bestimmt, welche Bedeutung das Ganze besitzt."

Sie fuhr sich mit der Hand durch ihr rotes Haar, das sie kurz nach dem Tod von Carlotta und Adela gestutzt hatte. Jeder der sie sah, hätte sie mit einem jungen Mann verwechseln können, was auch an ihrem burschikosen Auftreten lag.

„Weshalb hast du eigentlich deine Haare abgeschnitten?"

Malvina sah auf ihren geröteten Fuß.

„Passt doch besser zu mir als das lange, oder? Halten mich in diesem Aufzug sowieso alle für einen Kerl. Wozu dann noch das Weiberhaar?" Sie klopfte mit den Händen auf die Oberschenkel und lachte.

„Die Kerle führen sowieso ein besseres Leben als wir. Mein Vater durfte früher immer als Erster essen. Wir, auch Mutter, mussten zusehen, obwohl uns vor Hunger ganz schlecht war. Er warf immer die abgenagten Knochen vor uns auf den Boden. Da lebten die Hunde besser."

Zum ersten Mal sprach Malvina von ihrer Familie. Karolina betrachtete sie nachdenklich.

„Wo bist du aufgewachsen?"

„Hier in Prag, unten im Armenviertel. Unsere Eltern hatten fünfzehn Mäuler zu stopfen. Wir mussten früh Geld verdienen, auf dem Feld oder anderswo, wir Mädchen später als Huren. Bis ich ins Haus der Freifrau, einer Vampirin, kam."

Malvina zog den Stiefel an und verbiss den brennenden Schmerz.

„Und dann?"

„Sie hat mich beim Stehlen erwischt. Zur Strafe musste ich ihren dunklen Brüdern mein Blut geben." Malvina spuckte auf die Erde. Sie sprach nicht gern über diese Episode ihres Lebens.

„Fast hätten die mich ausgesaugt. Carlotta fand mich nachts und nahm mich mit. Ihr habe ich mein Leben zu verdanken."

„Und Eliska? Kanntet ihr euch schon vorher?"

„Nein, auch sie stammt aus einer armen Familie. Ihre Eltern verkauften sie an einen Hurenwirt, dessen Kunden auch Vampire waren."

„Kann es sein, dass sie dadurch auch Drazice kennengelernt hat?"

„Möglich, aber sie hätte mir davon erzählt. Ich glaube, der Blutsauger von vorhin hat gelogen. Eliska würde sich nie freiwillig einem Vampir ausliefern. Dafür hat sie zu viel Schlechtes erlebt."

Karolina konnte Malvinas Meinung nicht teilen.

Schweigend genossen sie den Sonnenaufgang, der Prag mit goldenem Licht überflutete. Karolina führte ihren Hengst.

„Was diesen Blutsaugern alles entgeht ..." Malvinas Miene drückte bei diesem Naturschauspiel Begeisterung aus.

„Pst." Karolina legte den Finger auf den Mund. Der Hengst blies den Atem stoßweise aus und reckte den Kopf. Irgendetwas beunruhigte ihn. Karolina tätschelte seinen Hals.

„Was ist?"

„Ich habe eben ein Wimmern gehört."

Malvina lauschte angestrengt.

„Ich höre nichts."

Karolina zuckte mit den Schultern, auch das Pferd entspannte sich wieder. Dann liefen sie weiter.

42.

Als Karolina und Malvina in die schmale Gasse abbogen, um den Weg zur Karlsbrücke abzukürzen, blieb Malvina plötzlich stehen.

„Jetzt habe ich auch was gehört. Es kommt von dort drüben."

Malvina deutete mit dem Arm auf ein Haus, das etwas zurücklag und älter war als die angrenzenden.

Der Hengst trappelte unruhig und seine Nüstern blähten sich, als wittere er Gefahr.

„Lass uns nachsehen. Vielleicht braucht jemand unsere Hilfe." Karolina schritt voran. Zur Vorsicht zog sie das Schwert aus der Scheide. Das Wimmern ging in ein Schluchzen über.

„Hallo, können wir Euch irgendwie helfen?" Das Schluchzen hörte auf und im Schatten des Hauses erkannten sie den Umriss eines Kopfes.

„Karolina?"

„Eliska!" Sofort waren die beiden Frauen an der Seite der Totgeglaubten. Eliska lag am Boden. Ihr Kleid war an vielen Stellen zerrissen. Blut rann ihren Hals entlang und bildete ein Rinnsal zwischen ihren runden Brüsten. Ihr Gesicht war bleich und ausgezehrt.

„Was ist geschehen?", fragte Karolina. Eliska brach erneut in Tränen aus.

„Die Vampire ... Sie haben mich zum Fürsten geführt", berichtete sie unter Schluchzen. Karolina erstarrte.

„Willst du etwa behaupten, dass dir das Dominik Karolyí angetan hat?"

„Ja, ja, er war es. Er hat mir das in seiner Gier angetan, hat mich geschändet und dabei so lange von meinem Blut getrunken, bis ich völlig ausgelaugt zusammenbrach. Ich verlor die Besinnung und bin hier aufgewacht. Wer mich hierher gebracht hat, weiß ich nicht." Die Bissmale waren nicht zu übersehen, dennoch bezweifelte Karolina, dass Dominik der Täter gewesen war.

„Bist du dir da ganz sicher, dass der Fürst dir das angetan hat?"

„Ganz sicher", antwortete Eliska mit fester Stimme. Karolina schluckte. Eliska wirkte so überzeugend, dass es sie verunsicherte.

Sollte sie sich tatsächlich so in Dominik getäuscht haben, der im Blutrausch nicht mehr Herr seiner Sinne gewesen und über Eliska hergefallen war? Er tötete Tiere, aber keine Menschen. Sie durfte nicht an ihm zweifeln.

Eliska stöhnte auf, ihre Lider flatterten, der Kopf kippte nach hinten. Das riss Karolina aus ihren Gedanken. Eliskas Wunde musste versorgt werden, und sie brauchte dringend Ruhe.

„Du bist zum Laufen zu schwach. Wir setzen dich am besten auf mein Pferd."

„Jeder einzelne Knochen in meinem Körper schmerzt. Aber ich denke, ich schaff das."

Gemeinsam zogen Karolina und Malvina Eliska an den Armen auf die Füße. Dann stützten sie die Verletzte, die mühsam einen Fuß vor den anderen setzte und bei jedem Schritt stöhnte. Als sie Eliska auf den Rücken des Pferdes hoben, bäumte sich das Tier auf. Nur mit viel Geduld und beruhigenden Worten gelang es Karolina, dass es Eliska auf sich duldete.

Sie kamen nur langsam voran. Eliska war ohnmächtig und drohte vom Pferd zu fallen. Als sie endlich Carlottas Haus erreichten, war Eliska immer noch ohne Bewusstsein.

Mit letzter Kraft hievten sie die Verletzte vom Pferd und trugen sie in eines der Zimmer im Erdgeschoss. Während Malvina Eliska wusch und umkleidete, versorgte Karolina den Hengst.

Als Eliska im Bett lag, sanken Malvina und Karolina erschöpft auf die Bank in der Küche.

„Ich kann nicht mehr", flüsterte Malvina und fuhr sich mit dem Handrücken über die schweißnasse Stirn.

„Aber ihre Wunden müssen verbunden werden. Ruf bitte nach Hana, sie soll es machen." Malvina nickte und verließ die Küche.

„Er hätte sie fast umgebracht", presste Malvina zwischen zusammengebissenen Zähnen hervor und ballte die Fäuste. Karolina wusste, dass Malvina von Dominik sprach. Sie schwieg. In Eliskas Hals klafften zwei tiefe Löcher. Der Vampir hatte sich nicht einmal die Mühe gemacht, sie mit seinem Speichel zu verschließen, noch immer sickerte Blut heraus.

Vorsichtig tupfte Hana das Blut von Eliskas Hals. In den Augen des Mädchens stand Furcht. Nur zu deutlich erinnerte sie sich an die Zeit, in der ihr das Gleiche geschehen war.

„Und wenn sie sich verwandelt?", flüsterte Hana.

„Dann müssen wir sie töten."

„Sie wird sich nicht verwandeln, denn Karolyí ist ein Dhampir, oder zweifelst du etwa an Eliskas Worten?", antwortete Malvina.

„Ich kenne den Fürsten. Er würde so etwas nie tun."

„Die Liebe zu ihm macht dich blind. Er ist ein elender Blutsauger, wie die anderen. Der Fürst verdient den Tod. Vielleicht ist er ja auch schon von einem Dämon besessen?" Wütend funkelte Malvina sie an.

Karolina erschrak über den Hass in den Augen der Gefährtin, dennoch konnte sie sie gut verstehen. Schließlich hatte sie einst auch das Gleiche empfunden, als Carlotta und Adela getötet worden waren.

„Vielleicht wurde sie gezwungen zu behaupten, Dominik …"

„Niemals! Eliska würde mich nicht anlügen. Schließlich kennen wir uns schon eine lange Zeit", unterbrach Malvina.

„Weshalb war sie dann so plötzlich in der Nacht verschwunden, als Carlotta und Adela starben, und hat uns nicht gewarnt? Irgendwie glaube ich, steckt sie mit den Vampiren unter einer Decke."

„Nimm das zurück! So etwas würde Eliska nie tun!" Malvina schnaubte vor Wut.

Hanas Blick flog ängstlich zwischen den beiden Streitenden hin und her. „Hört auf zu streiten. Bitte."

„Du hast recht. Lasst uns lieber Eliska helfen", lenkte Karolina ein.

„Hana, hol von der Kräutertinktur, die Carlotta immer in dem Schrank dort aufbewahrt hat, und brühe einen Stärkungstee." Hana lächelte und befolgte sofort Karolinas Order.

Als das Mädchen den Raum verlassen hatte, wandte Karolina sich an Malvina.

„Ich kann es nicht beweisen, aber Dominik ist es nicht gewesen. Die Zeit wird zeigen, wer von uns recht hat. Wenn sie sich nicht verwandelt, hast du recht. Wenn doch, muss ich sie töten." Malvina sog scharf die Luft ein.

„Gut. Wir warten ab", stimmte sie zu.

Wenig später legten sich die beiden Frauen schlafen, um sich vor der nächtlichen Suche zu stärken. Hana bewachte in der Zwischenzeit Eliska. Sie erhielt von Karolina die Anweisung, sie sofort zu wecken, wenn sich der Zustand oder das Verhalten der Verletzten veränderte.

Gegen Mittag stand Karolina auf und weckte Malvina. Bevor sie das Haus verließen, begutachteten sie Eliskas Zustand. Diese wälzte sich unruhig im

Bett hin und her und stammelte immer wieder im Fieberwahn von der Nacht des blauen Mondes.

Hana legte ihr ein kaltes, feuchtes Handtuch auf die Stirn und redete beruhigend auf sie ein.

„Das gefällt mir nicht", murmelte Karolina. Carlotta hatte ihr einmal erzählt, dass die Wandlung bei jedem Sterblichen auf eine andere Art und Weise verlief. Manche bekamen hohes Fieber, bevor ihr irdisches Dasein endete, manche starben sofort. Und bei manchen Menschen vollzog sich der Wandel schneller als bei anderen. Karolina fürchtete sich vor der Tatsache, Dominik könnte es gewesen sein.

Auch dieser Tag der Suche verlief ergebnislos und Karolinas Hoffnung begann zu schwinden. Dominik schien wie vom Erdboden verschluckt zu sein. Sie nahm sich vor, Eliska zu befragen, sobald das Fieber sänke.

Doch der Zustand Eliskas blieb bis zum Eintritt der Dunkelheit unverändert.

„Ich löse dich für eine Weile ab. Leg dich hin", bot Malvina der übermüdeten Hana an. Hana lächelte matt.

Nachdenklich betrachtete Karolina die Fiebernde. Irgendetwas stimmte nicht, das konnte sie spüren. Doch dann beruhigte sie sich mit der Erkenntnis, dass eine Wandlung mit Sicherheit bis zum Einsetzen der Dunkelheit erfolgt wäre. Gleichzeitig bohrte sich der Gedanke, Dominik könnte es doch gewesen sein, wie ein giftiger Stachel in ihr Herz.

„Wenn du mich brauchst, ich bin unten. Ruf mich einfach." Sie legte Malvina die Hand auf die Schulter. Dann verließ sie das Zimmer und stieg die Treppe hinab.

Gegen Mitternacht wollte Karolina sich wieder auf die Suche nach Jiri und seinem Gefolge begeben. Ihr blieben nur noch eine Nacht und ein Tag, um ihn zu finden. Erschöpft lehnte sie den Kopf an die hohe Sessellehne und schlief prompt ein.

Karolina träumte von Eliska, die ihre Hände um Malvinas Kehle schloss und fest zudrückte. Malvina versuchte sich dem Würgegriff zu entziehen, was ihr nicht gelang. Eliska zog Malvina zu sich herunter, um ihre Zähne in den Hals der Rothaarigen zu graben. Keiner Bewegung fähig, beobachtete Karolina, wie die spitzen Zähne Eliskas in Malvinas Hals bissen.

Karolina fuhr vom Sessel hoch, ihr Puls glich einem Trommelwirbel. Der Traum wirkte derart real, dass er ihr Schauerwellen über den Körper jagte. Sie sprang auf, um nach Eliska und Malvina zu sehen und sich zu vergewissern, dass es sich um einen Albtraum handelte. Wie gewohnt fasste sie nach dem Kurzschwert, das neben ihr lag, und lief über den Flur nach oben.

Ein heiseres Fauchen drang durch die geschlossene Tür, das in Karolina die schlimmsten Befürchtungen bestätigte. Sie zog das Schwert aus der Scheide und stieß mit dem Fuß die Tür auf. Der Anblick, der sich ihr bot, übertraf die schlimmste Szene ihres Traumes von eben.

Eliska umklammerte mit einer Hand Malvinas Kehle, während sich die langen Fingernägel der anderen Hand in deren Unterarm bohrten. Blut tropfte aus Malvinas Arm, direkt in Eliskas Mund. Malvina leistete keine Gegenwehr.

Mit einem Satz befand sich Karolina neben dem Bett. Überraschung zeichnete sich auf Eliskas Miene wieder, die sich aber gleich in ein diabolisches Lächeln wandelte.

Karolina setzte das Schwert an Eliskas Kehle. Da die Verwandlung nicht lange zurücklag, waren Eliskas Kräfte noch nicht so ausgereift und denen eines jungen Vampirs vergleichbar, woraus Karolina sich eine Chance ausrechnete.

„Lass sie los. Sofort!", forderte sie und drückte die Klinge an ihren Hals, sodass Blut aus dem Schnitt heraus quoll.

Eliska fauchte und bleckte die Zähne. „Willst du mir drohen, Dcera? Du hast keine Chance gegen mich. Der Dämon in mir wird dich erledigen." Sie lachte auf.

In ihren Augen blitzte blaues Feuer auf. Karolina erschrak. Damit hatte sie nicht gerechnet. Sie brauchte Zeit, die sie nicht hatte, wenn sie Malvina helfen wollte. Karolina setzte alles auf eine Karte.

„Lass sie los, Eliska", forderte sie ein zweites Mal.

Ehe Karolina einen klaren Gedanken fassen konnte, schlug Eliska ihr das Schwert aus der Hand und stieß Malvina wie eine schlaffe Puppe auf den Boden.

Dann stürzte sie sich mit einem gellenden Schrei auf Karolina. Diese taumelte rückwärts und prallte mit dem Rücken gegen die Wand. Schon war Eliska bei ihr und streckte die Hand nach Karolinas Haar aus. Im letzten Moment zog Karolina den Kopf weg. Dennoch streiften die scharfen Nägel der Vampirin ihren Hals. Der brennende Schmerz raubte ihr den Atem. Adrenalin schoss durch ihre Adern und verlieh ihr ungeahnte Kräfte. Bevor Eliska sie ergreifen konnte, duckte sie sich, vollführte einen Hechtsprung und rollte über den Boden. Sie versuchte, das Schwert, das inmitten des Zimmers lag, zu ergreifen, doch sie hatte die Schnelligkeit der Vampirin unterschätzt, die nun an der Stelle stand, wo sich eben noch das Schwert befunden hatte.

Einen Augenblick lang fixierten sich die beiden Gegnerinnen. Karolina lag bäuchlings auf dem Boden, eine Hand tastete an ihrem Schenkel entlang, wo unter dem Hosenbein stets ein griffbereites Messer steckte. Nur an diesem Tag hatte sie es abgelegt, weshalb sie insgeheim fluchte. Der Blutdiamant auf ihrer Brust unter dem Anzug brannte auf der Haut wie Feuer. Mit zitternden Fingern, verborgen vor Eliskas Blick, zog sie ihn aus ihrem Anzug und umschloss ihn mit der Faust.

Plötzlich wurde Karolina hoch geschleudert und flog über den Sessel, um im nächsten Moment wieder mit dem Rücken gegen die Wand zu prallen. Ihr blieb vor Schmerz die Luft weg.

Eliska stand noch an derselben Stelle. Allein der Dämon verwandelte ihre Gedanken in körperliche Kraft. Karolina rappelte sich auf, ihr Blick wanderte zum Schwert. Fieberhaft überlegte sie, wie sie dieses erreichen könnte. Da pressten unsichtbare Hände ihre Schultern an die Wand. Sie versuchte sich zu wehren, doch es war zwecklos.

„Nun wirst du sterben, Dcera." Eliskas Miene verzog sich zu einer grinsenden Fratze.

Langsam trat sie näher an Karolina heran, bis sie dicht vor ihr stand.

„Zitterst du schon vor Angst, Dcera?", raunte sie heiser.

Verdammt, weshalb fiel ihr nicht ein, wie sie Eliska entkommen konnte?

„Ich fürchte mich nicht vor dem Tod." Karolina staunte über die eigene Stimme, die ruhig und bestimmt klang. Sie starrte in Eliskas Augen, während sie mit aller Vorsicht prüfte, ob sie ihre Arme bewegen konnte. Sie hoffte inständig, Eliska möge ihre Absicht nicht erkennen.

Der Blutdiamant pulsierte in ihrer Hand.

„Was bedeutet schon der Tod? Er ist nicht das Ende. Ich biete dir Unsterblichkeit und ungeahnte Kräfte der Schattendämonen. Begleite mich zu unserem Anführer, und du wirst alles bekommen."

Eliska beugte sich vor, um Karolinas Kehle zu berühren. Im selben Augenblick schnellte Karolinas Hand mit dem Blutdiamanten hoch und presste ihn auf Eliskas Dekolleté.

Sofort erstarrte diese in der Bewegung. Ihr Blick glitt langsam nach unten zu dem aufsteigenden Rauch, der aus ihrer Brust strömte. Der Blutdiamant brannte sich in den Körper der Vampirin, als bestünde dieser aus Papier. Die Haut ringsherum verfärbte sich und begann zu verwesen. Ihre Gesichtszüge verzerrten sich, während sie röchelte. Krämpfe schüttelten ihren Körper, und das Weiße in ihren Augen trat hervor.

Der Druck auf Karolinas Schultern ließ nach. Sie riss die Hand, die noch immer den Blutdiamanten umklammerte, zurück und sah dem schaurigen Vorgang zu.

Das Juwel brannte in ihrer Handfläche.

Eliska sank zuckend auf die Knie. Das Feuer in ihren Augen erlosch. Karolina hastete an ihr vorbei und holte das Schwert. Dann stellte sie sich neben die Knieende, bereit, ihr den Kopf abzuschlagen. Aber als sie bemerkte, dass Eliska ihr etwas mitteilen wollte, hielt sie inne. Eliska begann zu zittern und glitt zu Boden, ihr Atem rasselte, als hätte sie die Schwindsucht. Langsam verbrannte ihr Körper von innen. Innerhalb kurzer Zeit glich ihre Haut brüchigem Porzellan, die Wangen fielen ein, und ihre Augen glotzten starr aus den Höhlen, wie bei einem Totenschädel. Doch noch befand sich der Dämon in ihr, was Karolina nicht unterschätzen durfte.

Entsetzen erfasste sie bei Eliskas Anblick.

„Es ist vorbei …", flüsterte Eliska. „Die Finsternis ist vorbei."

„Ja, Eliska, sie ist vorbei."

„Der Fürst … gefangen …", stammelte Eliska, bevor sie sich erneut vor Schmerzen krümmte.

„Dominik?"

„Er … soll geopfert werden … Nacht des blauen Mondes … Jiri … den Schattendämonen …"

„Was sagst du da? O mein Gott! Wo, Eliska, sag mir wo?"

Ein flüchtiges Lächeln huschte über ihr Gesicht.

„Gewölbe … Keller … Katakomben … Kain wird … kommen … sehe den Himmel …"

„Wo genau?"

Eliskas Körper bäumte sich auf, in ihren Augen flackerte erneut das Dämonenfeuer auf. Karolina erfasste sofort die Situation: Der Dämon würde Eliska helfen, sich zu regenerieren. Sie schwang das Schwert und hieb ihr den Kopf ab. Mit einem leisen Zischen löste sich der Schattendämon aus Eliskas Körper und hing wie eine schwarze Wolke über ihrem Kopf.

Der Schatten umkreiste beide, bis er im Nichts verschwand. Der Rest des Körpers verbrannte zu Asche. Karolina bedeckte ihr Gesicht mit den Händen. Sie war des Sterbens müde geworden.

Benommen schüttelte Malvina den Kopf. „Mein Kopf dröhnt, als wäre er unter Kutschräder geraten." Sie rieb sich die Beule an der Stirn und grinste Karolina und Hana schief an. Dann betrachtete sie den dicken Verband um ihren Unterarm. „Verdammt, dieser Biss schmerzt höllisch."

„Ich weiß. Trink erst mal den Stärkungstee. Er wird auch die Schmerzen lindern." Karolina reichte ihr eine Tasse mit dem dampfenden Inhalt. Wegen des bitteren Geruchs verzog Malvina das Gesicht. Aber sie nippte an dem Gebräu und zog dann eine Grimasse.

„Hab mich schon gewundert, als es blau in Eliskas Augen schimmerte. Wie konnte ich nur so dumm sein und es nicht sofort erkennen?" Sie schlug sich mit der flachen Hand aufs Knie.

„Mach dir keine Vorwürfe, auch ich glaubte nicht mehr an eine Verwandlung."

Hana brach unvermutet in Tränen aus und lehnte sich an Karolina.

„Ich hasse die Vampire und den Geruch von Blut!", brach es aus ihr hervor. Ihr Köper wurde von heftigen Schluchzern geschüttelt.

„Sie bringen alle um. Du musst dem endlich ein Ende machen."

Karolina wiegte sie im Arm wie ein kleines Kind.

„Ich kann dich ja verstehen. Das alles war zu viel für dich. Aber Eliska hat mir weitergeholfen. Bevor sie starb, hat sie mir verraten, wo wir nach Dominik suchen müssen."

„Aber du musst auch Jiri endlich vernichten." Hana sah zu ihr auf und zeigte eine geballte Faust.

„Stell dir das nicht so einfach vor. Jedes einzelne meiner Körperglieder schmerzt noch von Eliskas Attacken. Und Jiri besitzt viel mehr Macht und körperliche Stärke als sie. Es wäre ein ungleicher Kampf. Ich kann ihn nur während seiner Totenstarre vernichten und muss also zuerst seinen Schlafplatz ausfindig machen. Aber wo soll ich mit der Suche beginnen?"

„Sprach Eliska nicht von den Katakomben? Vielleicht sind der Ort seines Schlafplatzes und der Ort, an dem der Fürst gefangen gehalten wird, identisch?" Malvina versprühte neue Hoffnung.

„Mag sein. Aber mir verbleibt nur noch dieser eine Tag. Wenn es mir nicht gelingt, wird Dominik sterben, und ich muss mich dem offenen Kampf mit Jiri stellen. Ich habe keinerlei Chance, gegen ihn zu gewinnen, wenn er nicht schläft, und Prag wird auf ewig der Verdammnis ausgesetzt sein. Lasst uns in die Kapelle gehen und beten."

43.

Dominiks Kräfte schwanden mit fortschreitender Stunde. Er wusste nicht, wie lange er in diesem winzigen Raum eingeschlossen war. Der Hunger schwächte ihn so sehr, dass er immer wieder einschlief und das Zeitgefühl verlor. Sie hatten ihm vorgeworfen, gegen den Kodex verstoßen zu haben. Darauf stand Verbannung. Dennoch schickte Jiri ihn nicht fort, sondern hielt ihn hier gefangen. Das fand er seltsam.

Das alles verdankte er diesem verdammten Drazice, der ihn verraten hatte. Wenn dieser jetzt vor ihm stünde, könnte er für nichts garantieren. Er lachte leise angesichts seiner desolaten Verfassung, die ihn nicht gerade für einen Kampf gegen einen starken Vampir unterstützte.

Wenn er nicht bald einen Tropfen Blut zu trinken bekäme, würde er hier elend verrecken.

Er schloss die Augen und sah Karolinas Gesicht vor sich, das er vielleicht nie mehr wieder sehen würde. Jiri kannte keine Gnade.

Dominiks Magen krampfte sich zusammen, als müsse er sich übergeben. Er würgte, dann begann er zu frieren.

Er umschlang seinen bebenden Körper mit den Armen, bis schließlich tiefe Dunkelheit seinen Geist wieder einhüllte.

Dominik fuhr zusammen, als sich mit lautem Knarren die Tür öffnete und der Schein einer Fackel ins Innere der Kammer fiel. Seine Muskeln waren hart und schmerzten. Vorsichtig drehte er sich auf die Seite und blinzelte ins Licht. Schemenhaft erkannte er die Umrisse eines hochgewachsenen Mannes mit weißen Haaren.

„Dominik, du hast mal wieder deine Chance verpasst", vernahm er die raue, volltönende Stimme seines Anführers und Schöpfers. Jiri stand breitbeinig, die Hände in die Hüften gestemmt, in der Tür und fixierte ihn. Seine Präsenz schien den winzigen Raum zu erdrücken.

Dominik leckte sich mit der Zunge über die Lippen. Anstelle einer Antwort drang nur ein heiseres Krächzen aus seiner Kehle.

Jiri lachte leise. „Nun, wie fühlt es sich an, wenn man hungert und durstet? Spürst du schon den brennenden Schmerz in deinen Eingeweiden? Hast du Krämpfe oder vertrocknest du bereits?" Jiri trat näher und lächelte zu ihm herab.

„Bitte ... gib mir was ... zu trinken", wisperte Dominik.

Jiri schüttelte den Kopf. „Du hattest die Chance, das Blut dieser Hure zu trinken. Pech. Warum suchst du nicht eine Ratte? Sie sind doch sowieso dein Hauptgericht. Ach, ich vergaß, wie sehr dich der Hunger schwächt."

„Was ... hast ... du vor?" Jedes Wort fiel Dominik schwer, seine Kehle war ausgedörrt und seine Zunge gehorchte ihm kaum.

„Nur keine Eile, mein Sohn." Jiri trat an Dominik heran und beugte sich zu ihm herab. Dann streichelte er dessen Wange. Dominik erkannte deutlich das Dämonenfeuer in den Augen Jiris.

„Zu schade, dass ich deinen rosigen Körper in der Blüte des Lebens opfern muss, denn nur als Dämon wirst du mir gehorchen und an meiner Seite leben. Deshalb wirst du in der Nacht des blauen Mondes durch das Ritual zu meinem Gefährten in der Welt der Schatten. Es ist ein unbeschreibliches Gefühl der Stärke, das deinen Körper durchströmen wird, wenn der Dämon von dir Besitz ergreift. Du bist das besondere Opfer, das unserem dunklen Vater den Weg aus dem Reich der Schatten ins irdische Dasein ebnen wird. Die Macht der Vampire wird die gesamte Welt umspannen und Satan am Tag des Gerichts den Weg bereiten. Dann bricht der Endzeitkrieg zwischen Himmel und Hölle an, aus dem wir als Sieger hervorgehen werden."

Der heroische Ausdruck in den Augen des Anführers machte Dominik fassungslos. Das Entsetzen packte ihn bei der Vorstellung, ein Dämon könnte ihn beherrschen. Wie oft war er heimlich zum Voyeur dieses verfluchten Rituals geworden. Nun sollte er es am eigenen Leibe zu spüren bekommen. Jiri fühlte sich unbesiegbar.

„Warum gerade ich? Der … Verstoß gegen den Kodex … wird mit … Bann bestraft." Das Sprechen fiel ihm immer schwerer.

„Du bist mein Auserwählter, der Begründer einer neuen Vampirrasse. Und durch dich erledige ich die Dcera. Liebe macht die Sterblichen schwach. Dann schnappt die Falle zu, und ich töte sie, um den letzten ernst zu nehmenden Gegner aus dem Weg zu räumen."

Dominik schüttelte den Kopf. Er fühlte sich hilflos wie nie zuvor in seinem Leben. Wenn er doch nur ein wenig Blut zu trinken bekäme, dann erhielte er die Energie zurück und fände einen Weg, um Karolina zu warnen.

„Fahr … zur Hölle, Jiri", sagte er stattdessen.

Jiri lächelte. „Liebend gern, mein Sohn, und du wirst mich dabei begleiten. In der nächsten Nacht wird es vollbracht sein."

Schauer liefen Dominiks Rücken entlang und Verzweiflung stieg in ihm auf, weil er Karolina nicht vor dem drohenden Unheil beschützen konnte. Bevor ihn ein Schattendämon beherrschte, würde er sich selbst töten.

Dann verließ Jiri die Kammer in den Katakomben. Der Geruch von seiner Fäulnis schwebte im Raum wie unheilvolles Parfüm. Dominik schlief erschöpft ein.

Ein gleichmäßiges, dumpfes Hämmern hatte ihn geweckt. Er wusste nicht, wie lange er hier gelegen hatte. Seine Lippen waren spröde, und in seinem Kopf hallte das Hämmern schmerzhaft nach. War heute die Nacht, in der er geopfert werden sollte? Vorsichtig versuchte er, sich aufzurichten, aber sein Körper gehorchte ihm nicht. Er fühlte sich wie ein geprügelter Straßenköter. Jeder Muskel, jeder Knochen schmerzte ihn, und durch seine Innereien schien ein glühendes Messer zu fahren. Ein heftiger Magenkrampf zog seinen Körper zusammen, sodass er seine Beine anwinkelte und die Arme gegen den Bauch presste, als könne er so den Schmerz beseitigen.

Lange könnte er ohne Blut nicht mehr überstehen. Seine Haut fühlte sich wie welkes Laub an. Aber er wollte für Karolina überleben. Er konzentrierte sich darauf, seinen Körper zu entspannen, um die Schmerzwellen zu ertragen.

Ein verdientes Ende für eine Bestie. Er grinste schief.

Ob Karolina noch lebte? Oder hatte Jiri auch sie in der Zwischenzeit in seine Gewalt gebracht?

Er erschauerte bei dem Gedanken, der Anführer könnte ihr Gewalt angetan haben.

Dominik biss die Zähne zusammen, dann mobilisierte er die letzten Kraftreserven seines Körpers, um sich aufzusetzen. Er glitt aus der Nische und prallte mit den Knien auf den steinernen Boden. Der Schmerz ließ ihn aufstöhnen. Dann kroch er auf allen vieren im Dunkeln zur Tür hinüber. Er tastete nach dem Schloss, musste jedoch zu seiner Enttäuschung erkennen, dass sich die Tür nur von außen öffnen ließ. Er pochte mit der Faust gegen die Tür. Er wollte schreien, aber jeder Laut erstarb in seiner ausgedörrten Kehle.

Verzweifelt klammerte er sich an die Hoffnung, irgendwann würde ihn doch jemand hören.

Nach einer Weile verließen ihn die Kräfte aufs Neue, und er fiel auf den harten Boden, wo er reglos liegen blieb.

Wenn es hier doch nur eine einzige, verdammte Ratte geben würde, deren Blut ihm Energie spenden könnte. Aber dieser Ort war ein Ort der Verdammnis, an dem nichts existierte außer Dunkelheit und Stille.

Karolinas Gesicht erschien vor seinen Augen. Er sah ihr Lachen und das blonde Haar, das sich über ihre nackten Schultern ergoss. Würde er sie jemals wieder sehen?

Er schloss die Augen und verlor die Besinnung.

44.

Der Morgen dämmerte, als Karolina und Malvina sich in die Katakomben begaben, um nach Dominik zu suchen. Dichte, graue Unwetterwolken türmten sich am Himmel auf und schienen den Weltuntergang zu prophezeien. Doch die beiden Frauen tauchten in das Netz der unterirdischen Gänge Prags und schenkten dem Himmel nur wenig Augenmerk.

Stundenlang irrten sie durch die dunklen, feuchten Gänge, vorbei an Unrat und Rattennestern, ohne einen Hinweis zu finden. Die Verzweiflung in Karolina wuchs, während ihre Hoffnung schwand.

„In weniger als drei Stunden bricht die Dunkelheit herein. Dann ist es zu spät."

Karolina setzte sich seufzend auf einen Mauerstumpf und stützte den Kopf in die Hände.

„Bis dahin werden wir nicht aufgeben." Malvina legte ihr tröstend die Hand auf die Schulter.

„Das Leben einer Dcera ist von Blut getränkt und mit dem Geruch des Todes behaftet. Ich bin es leid, den Sensenmann für Vampire zu spielen."

„Ich verstehe dich. Doch noch einmal musst du es tun, um Dominiks Willen, und für uns. Wie viele würde es das Leben kosten, wenn du Jiri nicht vernichtest? Die gesamte Bevölkerung Prags könnte ausgerottet werden. Und was folgt nach dieser Stadt? Die Welt?"

„Du hast recht. Ich frage mich nur, wie Carlotta dieses Leben auf Dauer ertragen konnte. Nur die Liebe zu Dominik gibt mir Kraft durchzuhalten. Was soll nur werden, wenn wir ihn nicht rechtzeitig finden?"

„Vielleicht haben wir nur nicht an der richtigen Stelle gesucht. Carlotta hat uns mal berichtet, dass Teile der Katakomben eingestürzt sind. Und wenn es verschüttete Gänge und Hallen gibt, von denen wir nichts ahnen?"

Nachdenklich starrte Karolina vor sich hin. Dann sprang sie plötzlich auf.

„Die Katakomben führen unter dem gesamten alten Markt entlang, richtig?"

„Richtig." Malvina sah jetzt fragend Karolina an.

„Und weshalb enden sie dann weit vor dem Stadtpalais des Grafen?"

„Wir sollten die Mauern an dieser Stelle nach Hohlräumen abklopfen", schlug Malvina eifrig vor.

„Los, lass es uns versuchen."

Die Idee beflügelte die beiden Frauen, die erneut die Wege durch die feuchten Gänge zurücklegten, die sie schon unzählige Male vorher ergebnislos beschritten hatten.

Zentimeter für Zentimeter begannen sie, mit den Fäusten die steinernen Wände abzuklopfen, in der Hoffnung, eine Entdeckung zu machen. Doch die Klopfgeräusche blieben dumpf, sodass sich dahinter kein Hohlraum verbergen konnte. Sie gaben schließlich auf.

„Bist du dir sicher, dass das die richtige Stelle ist, Malvina?"

Die Rothaarige nickte. Jegliche Hoffnung erstarb in Karolina.

Schweigend standen sich die beiden Gefährtinnen gegenüber. Jede hing ihren eigenen trüben Gedanken nach.

„Moment mal", sagte Malvina. „Das Palais ist doch mit zwei Flügeln ausgestattet ..."

„Die Kapelle des heiligen Michael!", riefen beide gleichzeitig aus.

„Der zweite Gebäudeflügel muss hinter der Kapelle liegen."

„Nicht auszudenken, wenn dies zuträfe, und wir die ganze Zeit über direkt neben den Schlafplätzen der Vampire gebetet haben!" Malvina rollte mit den Augen.

Keuchend rannten sie den Weg zurück, bis zu der Gewölbehalle, die kurz vor der Kapelle lag.

Ihre Blicke suchten nach einem verräterischen Hinweis.

„Dort rechts muss sich der Flügel des Palais befinden." Malvina deutete mit dem Zeigefinger auf die Wand, die sich direkt neben der Kapelle befand und deren Farbe sich von den übrigen der Katakomben unterschied. Sie bestand zur Hälfte aus rohem Felsgestein, an das sich eine Mauer aus gebrannten Ziegeln anschloss. Erst jetzt erkannte Karolina an den verschwommenen Konturen, dass der gemauerte Teil einst ein Durchgang gewesen sein könnte. Niemandem war es bislang aufgefallen.

„Sieh, Malvina, das ist wahrscheinlich mal ein Durchgang gewesen."
Malvinas Blick folgte Karolinas ausgestrecktem Arm.

„Und wie gelangen wir da hinein?"

„Wir müssen die Wand aufklopfen."

„Womit?"

„In der Kapelle befinden sich doch Eisenkandelaber. Lass uns einen holen."

Staub rieselte ihnen entgegen und reizte sie zum Husten. Es war eine mühsame Plackerei gewesen, mit dem Kandelaber ein Loch in die Mauer zu schlagen, aber sie hatten es geschafft. Es war so schmal und flach, dass sie sich nur im Liegen hindurchzwängen konnten.

„Gib mir mal die Kerze", forderte Karolina voller Ungeduld.

Dann kroch sie durch das Loch und leuchtete in die Dunkelheit.

„Was siehst du?", fragte Malvina.

„Ein paar Spinnennetze und eine Menge Totenschädel."

„Bestimmt von den Hussiten."

„Mag sein. Mehr kann ich nicht sehen. Dazu muss ich mich weiter hineinschieben."

Karolina robbte durch das Loch auf dem rauen, steinigen Boden entlang, bis sie ganz hindurchgeschlüpft war. Malvina folgte ihr mit einer Fackel.

Als beide hindurch waren, entzündete Malvina die Fackel, deren Flamme zischend aufloderte.

Sie sahen in Wände eingelassene Regale, die Hunderte von Totenschädeln beherbergten, die sie aus schwarzen Augenhöhlen anglotzten.

„Gruselig." Malvina schüttelte sich.

„Gerade recht für Geschöpfe der Finsternis."

Sie befanden sich in einem Gewölbe mit abgerundeter Decke, das an einen Kreuzgang erinnerte. Die Luft war stickig. Ihre Schritte hallten von den Wänden wider. Langsam durchquerten sie den Raum, bis sie an eine massive Holztür mit Eisenbeschlag kamen.

„Die ist bestimmt verschlossen."

„Mal sehen", sagte Malvina und zog mit aller Kraft an dem eisernen Ring in der Mitte.

„Schau an, schau an. Die fühlen sich aber sicher", entfuhr es Malvina, als die Tür knarrend dem Druck nachgab und sich öffnete.

Der beißende Geruch von geronnenem Blut und verwesendem Fleisch verschlug ihnen den Atem.

„O mein Gott, das stinkt wie die Pest." Malvina kniff sich die Nase zu.

Statt eine Antwort zu geben, schob Karolina die Gefährtin in den Raum, in dessen Mitte sich eine Art Altarbett befand. An Kopf- und Fußende waren Eisenfesseln befestigt.

Übelkeit stieg in Karolina auf. Dieser Raum war ein Opferraum, was die von geronnenem Blut verklebte, tönerne Auffangschale bewies.

„Weiter." Karolina trieb Malvina zur Eile an.

Hier würden sie keinen Schlafplatz finden.

Sie verließen den Raum und traten in einen schmalen Flur, an dessen einer Seite sich eine Handvoll Türen befand. An der Stirnseite mündete er in eine Treppe.

„Wir gehen die Türen nacheinander ab", flüsterte Karolina.

Sie schlichen den Flur entlang bis zur ersten Tür. Mit einem Quietschen schwang sie auf. Doch der Raum war leer. Enttäuscht wandten sie sich der nächsten Tür zu.

Auch hinter den folgenden Türen befand sich nur gähnende Leere, bis sie zur letzten Tür gelangten.

„Und wenn sie doch nicht schlafen?" Malvinas Stimme zitterte leicht.

„Unsinn, jeder Vampir fällt am Tage in Totenstarre."

„Auch die mit Schattendämonen?"

„Ich hoffe es", schränkte Karolina ein.

In der hintersten Ecke des Raumes standen zwei glänzende Ebenholzsärge, auf deren blank polierter Oberfläche sich das Licht der Fackel spiegelte.

Die beiden Frauen wagten kaum zu atmen. Es herrschte eine bedrückende Stille, die sie nicht zu beschreiben vermochten. Keine von beiden wagte den ersten Schritt, bis Karolina sich ein Herz fasste und nach vorne trat.

Die Särge waren geschlossen.

Sie holte tief Luft. Dann hob sie den Deckel des ersten Sarges an. Malvina hielt die Fackel hoch. Karolinas Herz klopfte zum Zerspringen. Würde sie wirklich Jiri hier finden? Sie wagte nicht daran zu glauben.

Tatsächlich lag vor ihnen, in rote Seide gebettet, die Gräfin Elisabeth. Ihre Haut schimmerte perlmuttfarben. Karolina betrachtete bewundernd ihre überirdische Schönheit mit dem perfekten Gesichtsschnitt. Wie sie da so lag, in ihrem Totenschlaf, hätte niemand an eine höllische Kreatur geglaubt, die in ihrer Blutgier vor nichts zurückschreckte. Auf ihren Lippen lag ein friedliches Lächeln.

Karolina zog mit zitternden Händen einen der langen Silberpflöcke aus ihrem Gürtel. Dann reichte Malvina ihr den Hammer, mit dem sie die Vampirin pfählen musste. Karolina hielt den Pflock direkt über Elisabeths Herz. Für einen Moment schloss sie die Augen. Für Dominik! Dann rammte sie mit Entschlossenheit den Pflock in den Brustkorb der Gräfin. Zu ihrer Verwunderung spritzte kein Blut aus der Wunde. Stattdessen riss das Opfer die Augen weit auf, und ein gurgelnder Laut fuhr ihr über die geöffneten Lippen, während ihr Körper unkontrolliert zuckte. Blaues Feuer glomm in ihren Pupillen.

„Das wirst du bereuen, Dcera." Die Stimme der Gräfin klang Oktaven tiefer und verzerrt. Dann löste sich Elisabeths Dämon vom Körper und schwebte über ihr. Eiseskälte kroch unter Karolinas Kleidung bis in ihre Knochen und lähmte sie. Fasziniert beobachtete sie, wie der Dämon sich zunehmend materialisierte und sich wie ein Duplikat der Gräfin drohend vor ihr aufbaute. Erschrocken wich sie zurück.

„Der Kopf! Du musst ihren Kopf abschlagen!" Malvina stieß der Gefährtin, die stocksteif da stand, in den Rücken.

Die Augen der dämonischen Gräfin funkelten Karolina an und hielten ihren Blick gefangen.

„Himmel, Karolina, so unternimm doch etwas!", rief Malvina entsetzt aus. Nur einen Wimpernschlag später sprang der Dämon unerwartet an ihr vorbei zu Malvina, entmaterialisierte sich wieder, und nahm deren Körper in Besitz. Malvina stieß einen animalischen Schrei aus, der Karolina herumwirbeln ließ. Sie zückte die Armbrust und richtete sie auf die rothaarige Gefährtin, deren Augen den blauen Dämonenschimmer annahmen.

Karolina sah, wie Malvina die Armbrust mit dem Silberpfeil spannte, Zentimeter für Zentimeter. Die Pfeilspitze glitzerte im Fackelschein. Dann löste sich auch schon der Pfeil. In Malvinas Augen blitzte es triumphierend auf.

„Das ist dein Ende, Dcera", vernahm sie die Stimme des Dämons, der aus Malvina sprach.

Die Gedanken in Karolina überschlugen sich, während sie gebannt die Flugbahn des Pfeiles verfolgte, der sein Ziel, wie durch Eingreifen einer höheren Macht, verfehlte. Da der Dämon nur eine kurze Weile Macht über Malvina haben konnte, bis er in den Körper der Gräfin zurück musste, war Karolina gezwungen, zu handeln.

„Karolina." Es war nur ein schwaches Flüstern. Dennoch erkannte sie Dominik und spürte die Nähe seines Geistes. Er lebte!

Plötzlich brannte der Blutdiamant wie Feuer auf ihrer Haut und schien mit ihrem Körper zu verschmelzen.

Der Schmerz löste sie aus der Erstarrung. Sie zog das Schwert aus der Scheide, umklammerte es mit beiden Händen und hob es über ihren Kopf, um auszuholen. Noch einmal zögerte sie. Schließlich wirbelte sie herum zu der Gräfin, die im Sarg ruhte. Dann sauste die scharfe Klinge herab, spaltete das Holz und trennte mit einem Hieb den Kopf vom Rumpf. Blut schoss heraus und ergoss sich über die rote Seide. Dann entwich der Schattendämon aus Malvinas Körper, kreiste über der Geköpften, um sich dann in Nichts aufzulösen. In diesem Moment schien sich der Blutdiamant in Karolinas Brust zu bohren. Ihr Herz raste im gleichen Rhythmus wie der pulsierende Diamant.

Mit einem Stoßseufzer senkte sie das Schwert, an dessen Klinge das Blut klebte, wischte es mit einem Stofffetzen ab und steckte es in die Scheide zurück.

„Ich habe es für Prag getan", flüsterte sie und fühlte sich plötzlich elend.

Sie sah, wie Malvina die Augen verdrehte und auf den Boden sackte. Sofort sprang sie an die Seite der Gefährtin und fühlte deren Puls, der unregelmäßig unter der zarten Haut schlug. Sich gegen den Dämon zu wehren, hatte sie alle Kraft gekostet. Wenigstens lebte sie. Karolina atmete erleichtert auf.

„Malvina, komm zu dir." Sie tätschelte die kalte Wange der Gefährtin, jedoch erfolglos. Dann zog sie ihre Jacke aus und bettete den Kopf der Ohnmächtigen darauf.

Schließlich wandte sie sich dem zweiten Sarg zu. Jetzt war sie auf sich allein gestellt, wenn sie den Vampir töten würde. Noch einmal atmete sie tief ein und hob den zweiten Sargdeckel an.

Sie konnte es kaum fassen, dass Jiri Graf von Boskovic vor ihr lag, so ruhig und still. Sein silbern schimmerndes Haar wetteiferte im Glanz mit seiner bleichen Haut, die, bei näherem Betrachten, der Schuppenhaut von Fischen glich.

Seine markanten Gesichtszüge hatten so manches Frauenherz höher schlagen lassen.

„Mein Gott, er ist es wirklich", flüsterte Karolina ehrfürchtig. Es fiel ihr seltsamerweise schwer, sich von seinem Anblick zu lösen.

‚Nun mach schon. Wenn er die Augen aufschlägt, bist du geliefert', forderte ihre innere Stimme sie auf.

Im gleichen Augenblick setzte sich der Graf mit hasserfüllter Miene im Sarg auf. Karolina erstarrte.

„Was hast du getan, Dcera?", brüllte er. Kurz wandte er sich zur Gräfin um, deren Körper zu Asche zerfiel, und glitt aus dem Sarg.

„Dafür wirst du büßen!", rief er, und Karolina spürte, wie etwas ihre Kehle zusammenschnürte. Sofort schwoll ihre Zunge an, während sie versuchte, mit ihren Händen den Griff zu lösen.

Aber sie ertastete nichts. Fassungslos bemerkte sie, dass der Vampir sie durch die bloße Kraft seiner Gedanken würgte. Gegen einen solchen Gegner besaß sie keine Chance. Dennoch blieb ihr Überlebenswille ungebrochen, und ihr Gehirn suchte fieberhaft nach einem Ausweg. Sie versuchte, den Blick von Boskovic loszureißen, was ihr aber nicht gelang.

Wie hatte sie auch nur daran glauben können, gegen diesen mächtigen Vampir etwas ausrichten zu können? Ihre Hand zitterte, bewegte sich jedoch kaum einen Zentimeter weiter dem Schwert entgegen, wenngleich ihr Hirn den Befehl erteilte, die Waffe aus der Scheide zu ziehen. Schweiß perlte von ihrer Stirn, ihr Kopf schien zu platzen.

Boskovic lachte. Plötzlich zog der Graf sie näher zu sich, bis ihr Gesicht sich dicht vor dem seinen befand und sie seinen fauligen Atem riechen konnte. Der Griff um ihren Hals lockerte sich ein wenig, und sie begann zu röcheln.

„Der Preis für die Vernichtung meiner treuen Gefährtin ist deine Seele, Dcera!"

Panik ergriff Besitz von ihr. Er wollte doch nicht wirklich ihre Seele?

Noch immer berührte er sie nicht. ‚Er fürchtet sich vor dem Blutdiamanten', schoss es ihr durch den Kopf. Wenn er den doch nur berühren würde! Dann besäße sie eine Chance, seiner Gewalt zu entkommen. Sie spürte, wie das Juwel immer stärker auf ihrer Haut zu pulsieren begann und brennender Schmerz durch ihre Haut bis zum Herzen drang.

„Die ... werdet Ihr ... niemals ... bekommen. Michael ...", stieß sie hervor. Ihre Fingernägel hatten das Schwert ertastet, aber der unbarmherzige Druck auf ihren Kopf steigerte sich, sodass sie es kaum aushalten konnte. Gleichzeitig verhinderte die Kraft das Ausstrecken ihres Armes. Dabei war sie so dicht daran.

Dominik! Sie würde ihn nie wieder sehen. Voller Verzweiflung drängte sich ihre Hand dem Schwertknauf entgegen, aber die unsichtbare Mauer schien sich dazwischen zu schieben. Tränen liefen ihre Wangen hinab, Tränen der Verzweiflung und der Wut.

Boskovic beugte sich vor und umschloss ihren Mund mit seinen eiskalten Lippen. Das Herz raste in ihrer Brust. Sie musste das Schwert fassen. Seine Zunge öffnete ihren Mund. Kälte drang in ihre Mundhöhle und durchflutete ihren Körper. Sie fröstelte. All ihre Konzentration galt dem Erreichen des Schwertes. Gott, heiliger Michael, steht mir bei! Ihre Muskeln begannen unkontrolliert zu zucken, als sie fühlte, wie ihre Kräfte mit jedem Atemzug, den er tat, aus ihr schwanden.

Er sog ihre Seele langsam heraus. Karolina wimmerte in seinen Mund und musste hilflos mit ansehen, wie der bleiche Teint des Vampirs einen rosa Ton annahm, weil er ihr Leben einatmete.

Ihre Seele würde die Pforte der Hölle passieren und ein ewiges Dasein in der Dunkelheit führen. Ihr Arm erschlaffte, ihre Knie knickten ein, und sie sank auf den steinernen Boden. Der Himmel erhörte ihre Gebete nicht. Karolinas Widerstand brach zusammen wie ein Kartenhaus.

Plötzlich ließ der Vampir von ihr ab, seine Lippen lösten sich von den ihren. Er riss seine Augen weit auf. Langsam glitt sein Blick an sich herab, Karolinas Augen folgten den seinen. Ein silberner Pflock steckte inmitten seiner Brust.

Ihr benebeltes Gehirn brauchte eine Weile, um zu begreifen.

Jetzt war es Boskovic, der wie ein gefällter Baum auf den Boden fiel und starr liegen blieb. Allmählich ließ der Druck auf ihren Körper nach.

Der Vampir starrte sie dennoch unverwandt an.

„Karolina! Treib ihm den Pflock ins Herz. Jetzt, oder wir sind alle verloren! Die Lähmung durch den Pfeil hält nicht lange an", vernahm sie hinter sich Malvinas Stimme. Es dauerte einen Moment, bis die Benommenheit wich und ihr Körper wie gewohnt reagierte.

Mit zitternder Hand fingerte sie einen ellenlangen Silberpflock aus ihrem Gürtel und hielt ihn über Jiris Brustkorb. Und wieder begann das Brennen auf ihrer Haut, noch heftiger als zuvor, als würde es sie umbringen. Liliths Blut im Diamanten schien gegen ihre Taten zu rebellieren.

Mit letzter Kraft und einem Schrei trieb sie den Pflock in sein Herz.

Jiris Oberkörper bäumte sich auf. Mit weit aufgerissenen Augen, aus denen blaue Funken stoben, sah er sie hasserfüllt an. Dann fiel er zurück.

Sein Gesicht verzerrte sich unter einem Fauchen. Plötzlich schnellte seine Hand vor und umspannte Karolinas noch immer schmerzende Kehle. Sie war so überrascht, dass sie nicht ausweichen konnte. Sie rang nach Atem und versuchte, seine Hand abzustreifen. Doch diese drückte unerbittlich zu. Sie spürte, wie sein Blick erneut ihre Sinne zu beeinflussen suchte.

Karolina wand sich und zappelte wie ein Fisch am Haken, bis ihre Gegenwehr erlahmte.

„Du kannst mich nie besiegen, Dcera", dröhnte seine Stimme in ihrem Kopf.

Malvina schrie auf. Karolina röchelte und spürte, wie ihre Augen aus den Höhlen traten.

Dann dachte sie an Dominik und klammerte sich an diese neu gewonnene Hoffnung. Das verlieh ihr ungeahnte Kräfte. Die Stimme in ihrem Hirn wurde leiser. Ihre Hand tastete nach dem Schwert und zog es endlich aus der Scheide.

Bunte Punkte tanzten vor ihren Augen, in ihrem Nacken knackte es. Dann holte sie aus und traf Jiris Kehle. Sein Griff lockerte sich, bis die Hand schlaff herabfiel.

Karolina holte noch einmal aus und schlug seinen Kopf ab. Mit einem lauten Zischen wich der Schattendämon aus dem leblosen Körper und verpuffte in der Luft. Jiris Körper zerfiel zu Asche.

In diesem Moment glaubte Karolina, selbst den Todesstoß erhalten zu haben, denn der durch den Blutdiamanten verursachte Schmerz sog die Kraft aus ihr, sodass sie ohnmächtig zusammenbrach.

45.

Karolina tauchte aus der Dunkelheit, entstieg der Hölle und lief einem hellen, warmen Licht entgegen.

„Karolina, du darfst nicht sterben! Verdammt!" Jemand schluchzte ihr ins Ohr. Mühsam öffnete sie ihre bleiernen Lider und sah direkt in Malvinas sorgenvolles Gesicht.

„Dem Himmel sei Dank. Du lebst. Ich dachte schon ..." Die Rothaarige lächelte sie unter Tränen an und strich ihr sanft übers Gesicht. Erst jetzt kehrte die Erinnerung zurück.

Karolina konnte es nicht fassen, Jiri und die Gräfin vernichtet zu haben. Lange hatten beide Prags Nächte beherrscht, die Bewohner in Furcht und Schrecken versetzt und die Menschen getötet, die Karolina liebte. Sie hatte Jiri gejagt, und er war ihr immer wieder entwischt. Und jetzt war es ihr gelungen, ihn aufzuspüren und zu vernichten.

Sie rappelte sich auf, kniete sich hin und starrte auf den steinernen Boden unter ihren Beinen. Erneut begann sich alles in ihrem Kopf zu drehen. Sie presste eine Hand gegen den schmerzenden Brustkorb. Es schien, als hätte ihr jemand ein glühendes Schwert in die Brust gebohrt.

Dann sah sie nach unten, knöpfte die Lederjacke auf und erschrak bei dem Anblick, der sich ihr bot. Der Blutdiamant hatte auf ihrer Haut ein Brandzeichen in Form eines blutroten Tropfens hinterlassen. Sie war von Lilith wegen des Mordes an ihren Kindern gebrandmarkt worden.

„Blut, Tod, Hölle", flüsterte sie immer wieder. Das Schwert lag neben ihr, befleckt vom Blut der Vampire.

Malvina trat neben sie, hob es auf und reichte es ihr.

„Ja, das alles hat dich begleitet. Aber du hast Prag vor dem Untergang bewahrt. Wir alle sind dir unendlich dankbar. Jetzt musst du den Fürsten finden. Vielleicht befindet er sich hier in der Nähe."

Karolina nickte schwach und erhob sich. Als sie schwankte, stützte Malvina sie am Arm. Sie räusperte sich und suchte nach Worten.

„Karolina, ich habe dir vorhin nicht geholfen. Doch ich konnte mich einfach nicht bewegen, als du die beiden Blutsauger umgebracht hast. Nicht, dass ich mich gefürchtet habe, dafür kenne ich solche Situationen zur Genüge. Nein, da war etwas, das mich lähmte, mein Denken, mein Handeln. Ich spürte, dass es nur dir, als göttliche Auserwählte, vergönnt war, die Dämonen zu vernichten. Michael selbst führte deine Hand."

„Vielleicht hast du recht. Mach dir keine Gedanken. Ich bin froh, dass alles vorbei ist und Jiri und Elisabeth sich auf dem Weg in die Hölle befinden." Karolina hielt für einen Augenblick inne, den Blick ins Leere gerichtet.

„Aber ich spüre keine Genugtuung", flüsterte sie. „Alles, was ich fühle, sind Schmerz und Verzweiflung. Soll das für ewig mein Schicksal sein? Das könnte ich nicht ertragen."

„Es ist das Opfer, das du für die Befreiung bringen musst. So wie Gott seinen Sohn den Schmerz und die Schmach erdulden ließ."

„Ich wollte nie eine Auserwählte sein, sondern immer nur Karolina. Nun ist diese Aufgabe erfüllt. Jetzt gilt es, Dominik zu finden."

„Dann lass ihn uns finden, damit sich euer Schicksal erfüllt. Und was wird aus Drazice?"

„Den verfolgen wir, wenn wir Dominik gefunden haben."

Sie trennten sich, um in allen Räumen nach dem Fürsten zu suchen.

Verzweiflung stieg in Karolina auf. Alle Räume hatten sie systematisch abgesucht, die Wände nach Hohlräumen abgeklopft und nichts entdeckt. Sie wehrte sich mit aller Kraft gegen die stärker werdende Furcht, Dominik könnte tot sein. Er war doch stark und unerschrocken.

Erschöpft lehnte sie sich an die Wand und schloss die Augen. Sie musste klar denken, um nicht die Furcht Oberhand gewinnen zu lassen.

Zunächst nahm sie es kaum wahr, denn es war wirklich kaum hörbar, doch dann identifizierte sie das Geräusch als Klopfen.

Angestrengt lauschte sie dem gleichmäßigen Pochen, das eine leichte Erschütterung der Mauer verursachte. Es konnte nicht weit entfernt sein.

„Malvina!"

Sofort blickte diese um die Ecke. „Was ist?"

„Hörst du das auch?"

„Was?"

„Dieses leise, gleichmäßige Pochen, als wenn jemand gegen eine Wand klopft."

Malvina lauschte angestrengt und schüttelte den Kopf.

„Komm mal zu mir rüber. Hier ist es ganz deutlich." Karolina winkte sie zu sich.

Malvina lehnte den Kopf an die Wand und horchte.

„Ja, jetzt höre ich es auch. Woher mag das kommen?"

Plötzlich verstummte es. Sie lauschten noch eine Weile, aber nichts regte sich.

„Vermutest du, es könnte der Fürst sein?"

„Ich weiß es nicht, aber es ist eine Chance, wenn auch eine geringe."

Der winzige Hoffnungsschimmer spendete Karolina genügend Kraft, die Suche fortzusetzen.

„Wenn es doch noch einmal klopfen würde ..." Karolina seufzte.

Kaum hatte sie diesen Wunsch ausgesprochen, hörte sie es wieder.

„Da ist es wieder."

Beide stürmten in den Opferraum. Dort war das Pochen deutlicher zu hören.

„Es muss irgendwo unter diesem Raum sein. Aber ich sehe keine Tür."

„Aber es kommt von da unten", bestätigte Malvina.

„Unter dem Opferaltar." Karolina deutete auf den Altar vor sich, dessen Platte vom Blut dunkel gefärbt war.

Gemeinsam suchten sie unter dem Altar nach einem Zugang, mussten aber enttäuscht aufgeben.

„Vielleicht gibt es eine Art Geheimtür mit einem besonderen Mechanismus."

Trotz des Gestanks in diesen Mauern suchten sie jeden Zentimeter des Raumes ab und rüttelten an allen Holzknäufen, die in die Wand eingelassen waren.

Dann entdeckten sie in einer Nische eine Skulptur, die Kain darstellte, der seinen Bruder Abel erschlug. Malvina warf Karolina einen bedeutungsvollen Blick zu. Die ging zielstrebig auf die Skulptur zu und tastete sie ab. Nichts geschah. Schließlich versuchte sie, die Skulptur, die auf einem Holzsockel montiert war, zu drehen.

Ein Knarren ertönte hinter ihnen. Der Altar schob sich zur Seite und eine Treppe kam zum Vorschein.

Malvina stieg mit der Fackel die Treppe hinab, Karolina folgte ihr.

Gegenüber des Treppenabsatzes befanden sich zwei Türen. Malvina öffnete die Erste und verschwand dahinter. Karolina wollte gerade die andere Tür öffnen, als sie Malvinas aufgeregte Stimme vernahm.

„Karolina, schnell!" Sie folgte der Aufforderung mit klopfendem Herzen.

Erleichterung und Enttäuschung machten sich in ihr breit, da sich nicht Dominik in dem winzigen Raum befand, sondern nur eine Schriftrolle in einem gläsernen Vitrinentisch.

„Malvina, wir wollten nach Dominik suchen. Was willst du da mit der Schriftrolle?"

„Es ist die Vampirbibel, das heilige Buch von Nod. Dann muss die Gräfin die Hüterin der Bibel gewesen sein. Ich werde sie mitnehmen."

„Später. Zuerst suchen wir nach Dominik", entgegnete Karolina.

Die zweite Tür ließ sich erst öffnen, als sich beide mit aller Kraft dagegen stemmten. Dem Druck nicht mehr Stand haltend, schwang die Tür auf. Karolina und Malvina gerieten ins Stolpern und fingen im letzten Moment den Schwung ab. Der Schein der Fackel fiel auf einen am Boden liegenden, menschlichen Körper.

„Dominik!" Karolina stürzte nach vorn und kniete sich neben ihn auf den Boden.

Sein Gesicht war aschfahl, sein Atem flach. Er war mehr tot als lebendig. Sie tätschelte seine Wangen.

„Dominik, wach auf. Ich bin es, Karolina." Tränen rannen ihre Wangen hinab.

Dominik regte sich nicht. Da bettete sie seinen Kopf in den Schoß und streichelte sein Gesicht.

Seine Lider begannen zu flattern, und er öffnete die Lippen, als wolle er sprechen.

„Dominik, bitte sieh mich an!", rief sie voller Verzweiflung. „Bitte. Hörst du?"

Langsam öffnete er die Augen. Als er sie erkannte, huschte ein schwaches Lächeln über sein Gesicht.

„Er ist völlig entkräftet und braucht Blut. Mein Blut." Karolina zog ein Messer hervor und schnitt den Ärmel ihres Lederanzugs auf.

„Du könntest ihn damit umbringen. Wenn ein Vampir das Blut einer Dcera trinkt, ist er ihr entweder auf ewig verfallen oder sein Körper löst sich in Asche auf."

„Er ist ein Dhampir. Und es ist seine einzige Chance zu überleben."

Karolina fuhr mit der scharfen Messerklinge über ihren Unterarm. Blut quoll aus dem Schnitt, das sie über Dominiks Mund tropfen ließ. Seine Zunge glitt über die Lippen, um den Leben spendenden Saft zu trinken.

Es dauerte nicht lange, und sein blasser Teint verfärbte sich rosa. Er fühlte sich stärker, spürte, wie die Lebensenergie in seinen Körper zurückgelangte, und konnte nicht genug von dem süßen Blut bekommen.

Karolina senkte ihren Arm, damit Dominik aus der Wunde trinken konnte. Mit jedem Schluck wurde sein Griff, mit dem er ihren Arm umklammerte, fester.

Plötzlich schob er ihren Arm von sich und rückte von ihr ab. Entsetzen lag in seinem Blick. „Was hast du getan? Ich wollte nicht ...", stammelte er und wischte sich mit dem Handrücken über den blutverschmierten Mund.

Karolina lächelte. „Ohne mein Blut wärest du gestorben. Ich habe es dir freiwillig gegeben. Weil ich dich liebe, Dominik."

Er schwieg.

„Wer garantiert dir, dass ich es nicht wieder tue?", fragte er dann.

„Es gibt im Leben für nichts eine Garantie. Aber ich weiß, dass du dich beherrschen kannst. Schließlich hast du es mir schon oft bewiesen. Alles, was zählt, ist, dass du lebst. Ich bin fast wahnsinnig vor Angst um dich geworden, als ich hörte, du solltest in der Nacht des blauen Mondes geopfert werden." Sie unterdrückte die aufsteigenden Tränen.

„Wie hast du mich gefunden? Und wie konntest du an Jiri vorbei?"

„Wir hörten dein Klopfzeichen und haben alle Räume nach dir abgesucht."

„Der Graf und seine Gefährtin wurden von Karolina zur Strecke gebracht", unterbrach Malvina, ein triumphierendes Lächeln auf den Lippen.

„Du hast … sie vernichtet? Wenn ich nur geahnt hätte, in welcher Gefahr du schwebst …" Fassungslos sah Dominik zu Karolina auf.

Sie nickte und legte ihm einen Finger auf den Mund.

„Es ist vorbei, Dominik. Wir sind frei. Lass uns gehen." Sie reichte ihm die Hand, die er ergriff.

Noch immer schwankte er ein wenig, als er vor ihr stand. Dann zog er sie in seine Arme und presste sie an sich.

„Jetzt wird uns nichts mehr trennen, Karolina", flüsterte er in ihr Haar.

46.

Dominik stützte sich auf die Schultern der beiden Frauen, denn er fühlte sich noch immer benommen. Er atmete erleichtert aus, als er sah, dass Stufen aus den Katakomben nach oben führten. Nie wieder wollte er diesen Ort betreten.

Die Erinnerungen an die vergangenen Stunden schwirrten durch seinen Kopf. Nicht ohne Stolz blickte er auf die Versuchung zurück, der er widerstanden hatte. Fast hätte er sich auf Eliska gestürzt, um von ihrem Blut zu trinken. Er sah zu Karolina, deren Blut er noch immer in seinem Mund schmeckte. Nie hatte er etwas Köstlicheres probiert. Es machte süchtig. Aber es durfte nicht sein. Schließlich konnte er sich nicht jeden Abend auf sie stürzen, um davon zu trinken.

Dominik wurde aus seinen Gedanken gerissen, als Malvina seinen Arm zurückschob, um die massive Holztür zu öffnen.

„Verdammt, wir haben den falschen Ausgang erwischt. Jetzt müssen wir durch die Stadt." Malvina schlug mit der flachen Hand gegen ihre Stirn.

„Ich schaff das schon", beruhigte sie Dominik.

„Dann lasst uns weitergehen. Ich bin total erschöpft", drängte Karolina.

Tief atmete Dominik die laue Luft ein. Über ihnen wölbte sich der Nachthimmel mit dem bläulich schimmernden Mond.

„Wenn du mich nicht gerettet hättest, dann wäre ich jetzt …", sagte er.

„Pst. Genieße den blauen Mond und betrachte dein Leben als neu gewonnen", unterbrach ihn Karolina und hauchte einen Kuss auf seine Wange.

„Darüber könnt ihr auch später noch philosophieren. Ich will zu Hana." Malvina legte Dominiks Arm wieder um ihre Schultern.

Schweigend liefen sie die schmale Gasse hinab, die zur Moldau führte. Ein lauer Wind strich über den Fluss und trug Blütenduft mit sich.

Bald würden die Gärten in aller Pracht erblühen. Plötzlich blieb Dominik stehen und schnupperte.

„Was ist?" Karolina sah zu ihm auf.

„Ich rieche einen Vampir."

„Wer ist es?"

„Drazice!"

Sofort zückten Karolina und Malvina Schwert und Armbrust.

Dominik legte seine Hand auf ihren Arm und schnüffelte wieder.

„Drazice ist dort unten in dem kleinen Wald." Er streckte seinen Arm aus und deutete auf die Bäume, die im Wind rauschten.

„Hana!", entfuhr es Malvina.

„O mein Gott, wir müssen sofort zu Carlottas Haus." Karolina wollte losrennen, doch Dominik hielt sie am Arm zurück.

„Zu spät. Selbst wenn wir bis dahin laufen würden, kämen wir nicht rechtzeitig an. Drazice hat bereits den Wald verlassen."

„Und jetzt?" Die Stimme der Rothaarigen drückte die Angst um Hana aus.

„Ich werde mich translozieren", antwortete er.

„Aber du bist noch zu schwach", entgegnete Karolina.

„Es ist unsere einzige Chance." Schon verschwand er in Sekundenschnelle.

Dominik japste nach Luft, als er den gepflasterten Hof Carlottas erreichte. Das Translozieren hatte ihn viel Kraft gekostet. Wenn er stark genug gewesen wäre, hätte er sich in den Wolf verwandelt, um sich Drazice besser nähern zu können. Da nahm er nicht weit entfernt eine schnelle Bewegung war, so schnell, dass ein Mensch sie nicht bemerkt hätte. Er wusste, es konnte sich nur um Drazice handeln. Dominik verbarg sich unter dem Schauer der Remise. Der Wind stand günstig für ihn, der Vampir witterte ihn zum Glück nicht.

Im oberen Stockwerk brannte Licht. Das war auch der Aufmerksamkeit des Vampirs nicht entgangen, der nun lächelnd im Schein der Straßenlaterne nach oben blickte.

Nur einen Moment später drang er durch ein geöffnetes Fenster ein. Dominik eilte zur Haustür und hob sie aus den Angeln. Dann befand auch er sich im Haus. Er brauchte nicht nach dem Baron zu suchen, denn ein durchdringender Schrei erklang von oben.

Mehrere Stufen auf einmal nehmend, hastete er die Treppe empor. Wieder erklang ein Schrei. Er kam aus dem Zimmer am Ende des Flures. Drazice stand im Türrahmen, die Hände in die Hüften gestützt, und betrachtete das Mädchen.

„Kannst du dich noch an mich erinnern, Hana?"

Dominik konnte das Mädchen nicht sehen, hörte nur ihr Wimmern.

„Wir hatten doch viel Spaß miteinander." Der Baron trat in den Raum.

„Bitte, bitte nicht." Hana schluchzte auf.

Er musste schnell und vorsichtig vorgehen, wenn der den Baron überwältigen wollte, ohne dass dem Mädchen etwas geschah.

Dominik schloss die Augen und begann, sich in einen Wolf zu verwandeln. Dann stürzte er mit einem tiefen Knurren durch den Flur in das geöffnete Zimmer und in den Nacken des Vampirs, um sich dort zu verbeißen. Doch Drazice, der ihn längst gewittert hatte, wirbelte rechtzeitig herum und packte den Wolf. Er schleuderte ihn quer durchs Zimmer, wo dieser winselnd gegen einen Schrank schlug.

Dominiks Kopf dröhnte. Die Erschöpfung verlangte ihren Tribut. Mit letzter Kraft versuchte er, sich aufzurappeln, erhielt dabei aber einen Fußtritt des Barons. Schwer atmend blieb er liegen.

„Na, wie fühlt es sich an, wenn die Kräfte versagen, Dhampir?" Drazice lachte laut auf.

Dominik war zu schwach, um sich zurück zu verwandeln.

Wieder erhielt er einen Tritt in die Rippen und jaulte auf.

„Möchtest du vom Blut des Kindes trinken, um einen ausgewogenen Kampf gegen mich zu bestreiten? Ich kann es dir geben. Komm her, Hana." Er bedeutete dem Mädchen mit einem Wink, sich ihm zu nähern. Doch Hana hockte sich hinter das Bett auf den Boden und barg ihr tränenfeuchtes Gesicht in der Decke. Der Körper des Mädchens wurde von Schluchzern geschüttelt. Dominik roch ihre Furcht. Unbändiger Zorn erfasste ihn.

„Lass das Kind los", forderte er von dem Baron und fletschte die Zähne.

„Ich fürchte mich nicht vor dir. Du bist zu schwach, kannst dich noch nicht einmal zurück verwandeln. Dann wirst du mir eben zusehen, wenn ich das süße Blut koste." Der Baron ging um das Bett herum und zerrte die zitternde Hana am Arm empor.

Dann warf er sie auf die Kissen und beugte sich über sie. Seine Vampirzähne schoben sich über die Unterlippe, in seinen Augen blitzte es gierig auf.

Das Mädchen schrie auf und wehrte sich, aber sie besaß nicht die geringste Chance gegen den Vampir.

Verzweiflung stieg in Dominik auf, weil er tatenlos zusehen musste. Er musste Hana einfach helfen. Schließlich hatte er sie damals nicht umsonst gerettet.

Entschlossen biss er die Zähne zusammen. Mit einem drohenden Knurren erhob er sich und sprang los. Mit voller Wucht prallte er gegen Drazice, der sich zu beiden Seiten Hanas mit den Händen abstützte. Dominik und der Baron stürzten polternd zu Boden. Die Wolfsschnauze suchte die Kehle des Vampirs, der die Arme gegen den pelzigen Körper stemmte.

Als Dominiks Kräfte erneut zu schwinden drohten, fielen die Arme des Vampirs plötzlich herab. Sein Blick erstarrte, die Augen weiteten sich.

Da erkannte der Fürst das silberne Messer, das aus dem Hals des Vampirs herausragte.

Erstaunt sah er auf. Hana stand neben ihnen und sah auf sie herab. Der Mädchenkörper schlotterte vor Furcht. Sie war es gewesen, die dem Vampir das Messer hineingestoßen hatte. Aber sie hatte sein Herz verfehlt, weshalb der Stich Drazice nur für eine kurze Zeit lähmte.

Dominik gelang es mit letzter Kraft, sich wieder zurück zu verwandeln. Schwer atmend beugte er sich über den Baron. Jetzt sah er die Chance gekommen, sich seines Gegners endgültig zu entledigen. Er zog das Messer aus dessen Hals und hob es hoch, um es dem Vampir ins Herz zu stoßen.

In den Augen Drazices flackerte es blau auf. Auch er besaß einen Schattendämon in sich. Dominik zögerte einen Moment, und ehe er zustoßen konnte, entschwand Drazice unter ihm.

Verdutzt starrte der Fürst auf den Boden, auf dem eben noch der Vampir gelegen hatte. Wieder einmal hatte er die Kräfte der Schattendämonen unterschätzt. Dann brach er mit einem Stöhnen zusammen.

47.

Atemlos erreichten Karolina und Malvina das Haus. Die Eingangstür stand offen. Eine dunkle Ahnung stieg in Karolina auf. Sie stürzte zur Tür hinein, das Schwert in der Hand, dicht gefolgt von Malvina.

„Dominik?", rief sie. Totenstille.

Eine eisige Hand griff nach ihrem Herz, das wie wild in der Brust klopfte.

Dann hörte sie jemanden im Obergeschoss flüstern und rannte die Treppe hinauf. Sie verdrängte alle schrecklichen Bilder, die sich jetzt ihrem Hirn aufdrängten, und ebenso wenig war sie sich ihrer schweißnassen Hände bewusst, die sich um den Schwertknauf krampften.

Das Bild, das sich ihr bot, ließ sie erstarren. Der Fürst lag zusammengekrümmt auf dem Boden, sein Kopf in Hanas Schoß gebettet, die ihr aus verweinten Augen entgegen sah.

„Hana! Was ist geschehen?" Sofort kniete Karolina an Dominiks Seite nieder.

Die Augen des Mädchens schimmerten feucht. Stockend berichtete sie von dem Geschehen, das nur wenige Augenblicke zurücklag.

Sie zeigte auf Dominik.

„Der Baron wollte von meinem Blut trinken ... Ich habe mich gewehrt ... aber ... Dann kam der Wolf und hat ... gegen den Baron gekämpft. Aber Drazice war so stark ... und dann ...“ Hana verzog das verweinte Gesicht.

„Der Fürst liegt seitdem ... so leblos da. Er wird doch nicht etwa sterben?“, flüsterte sie.

„Nicht, wenn ich es verhindern kann“, antwortete Karolina und untersuchte ihn nach Verletzungen. Sie machte sich bittere Vorwürfe, weil sie ihn allein hatte gehen lassen.

„Dominik.“ Sie tätschelte seine Wange. Da begannen seine Lider zu flattern, und schließlich schlug er die Augen auf. Erleichtert atmete Karolina aus.

„Gott sei Dank! Wie geht es dir? Hast du Schmerzen?“

Der Fürst fasste sich an den Kopf und stöhnte auf. „Mir ist, als hätte ich zu tief ins Glas geschaut. Mein Kopf platzt gleich.“

Er blickte sich suchend um. „Wo ist Drazice?“

„Ich dachte, das wüsstest du!“

Er schüttelte den Kopf. „Wir kämpften wegen Hana. Als ich ihn töten wollte, ist er mir entkommen.“

„Wie das?“

„Schneller als ein gewöhnlicher Vampir. Der Schattendämon in ihm ermöglichte ein schnelleres Translozieren als bei jedem anderen von uns. Erstaunlich! Jiri hatte recht, diese Spezies wird ein voller Erfolg. Unbesiegbar!“

„Wir müssen ihn verfolgen!“ Karolina streckte ihr Kinn entschlossen nach vorn und erhob sich.

„Der hat längst Prag verlassen. Er muss einen neuen Clan gründen, an einem anderen Ort, so wie es der Kodex vorschreibt.“

Dominik rieb sich den Nacken und setzte sich auf.

„Aber das können wir nicht zulassen. Wenn er über derartige Kräfte verfügt, stellt er eine große Gefahr dar.“

Dominik nickte.

„Ich fürchte nur, heute nicht mehr dazu in der Lage zu sein, die Verfolgung aufzunehmen.“

„Ja, ich bin auch total erschöpft“, erklärte Malvina, die die verängstigte Hana in ihren Armen hin und her wiegte.

„Nun gut, lasst uns ein wenig ruhen. Wenn der Morgen graut, brechen wir auf!“

Karolina schmiegte sich in Dominiks Arme und lauschte seinen gleichmäßigen Atemzügen. Doch sie konnte nicht einschlafen, denn immer wieder durchlebte sie die vergangenen Stunden, die von ihrer Angst um Dominik geprägt waren. Ein Leben ohne ihn war für sie unvorstellbar geworden. Sie liebte ihn, ganz gleich, ob er ein Mensch oder ein Dhampir war, und das würde sich auch nie ändern.

„Woran denkst du gerade?", fragte er.

„An dich." Sie drehte sich um und küsste ihn sanft auf die Lippen. Ungestüm riss er sie in seine Arme und erwiderte den Kuss. Sofort flackerte heftiges Begehren in ihr auf, das nach Befriedigung rief. Seine Zunge erforschte ihre Mundhöhle, tanzte mit der ihren, leckte über ihr Zahnfleisch und über ihre Lippe. Sie spürte, wie sich seine Männlichkeit aufrichtete und hart gegen ihren Bauch drückte. Dann wanderten seine Hände über ihren Rücken und weiter zu ihren Brüsten. Er stöhnte auf, als er ihre harten Knospen unter dem dünnen Baumwollstoff ihres Nachthemdes ertastete.

„Ich werde noch wahnsinnig, wenn ich dich nicht gleich nackt spüre", flüsterte er ihr ins Ohr. Mit einem heftigen Ruck zerriss er das Nachthemd, um sich ihren Brüsten zu widmen. Seine Hände umfassten ihren Busen, massierten ihn sanft, während seine Daumen über die Brustwarzen strichen. Karolina bog sich ihm entgegen und schloss seufzend die Augen. Als sie schließlich seinen heißen Mund spürte, der ihre Knospe umschloss und daran saugte, durchfuhren zuckende Blitze ihren Körper. Sie vergrub ihre Hände in seinem dichten Haar und genoss seine Berührungen. Wie hatte sie seine Liebkosungen vermisst, sich tausendmal vorgestellt, wie er voller Verlangen seinen kraftvollen Körper an den ihren presste, sie nahm. Er ließ kurz von ihr ab, doch nur, um sich hastig seiner Kleidung zu entledigen. Sie beobachtete im flackernden Kerzenschein jede seiner Bewegungen. Ihr Blick glitt über seinen muskulösen Brustkorb hinab zu seinen schmalen Hüften, bis er an seinem erigierten Phallus hängen blieb, dessen Spitze feucht schimmerte. Alles an ihm erschien ihr perfekt, selbst die Narben auf seinem Rücken. Sie konnte sich nicht an ihm sattsehen.

Dominik blickte auf sie herab und lächelte. In seinen Augen lag ungezügeltes Begehren.

Jetzt streifte auch Karolina das zerrissene Nachthemd ab und warf es auf den Boden. Dann rollte sie sich auf den Bauch. Dominik kniete sich neben sie, schob ihr Haar beiseite und knabberte an ihrem Nacken. Tausend Schmetterlinge flatterten in ihrem Bauch. Sanft küssten seine Lippen ihren Rücken. Schließlich zog seine Zunge eine feuchte Spur über ihre Wirbelsäule. Wohlig seufzte sie ins Kissen. Zärtlich biss er sie in ihre Pobacken. Karolina spürte die zunehmende Feuchte zwischen ihren Schenkeln. Wieder biss er sie in den Nacken, diesmal fester, was ein angenehmes Kribbeln bewirkte. Sie spürte, wie er ihren Körper begehrte, und auch ihr Blut. Ja, sie wäre dazu bereit, ihn trinken zu lassen. Diese andere, fast animalische Sinnlichkeit brachte sie beinahe um den Verstand.

Als er von ihrem Nacken abließ, drängte er seine Knie zwischen ihre Beine.

„Du riechst wunderbar", raunte er ihr ins Ohr. Er legte sich auf sie. Seine Fingernägel suchten nach ihrer Brustwarze und zupften daran. Ihr gesamter Körper pulsierte, und immer mehr Feuchtigkeit sammelte sich in ihrer Mitte.

Er hörte mit der Liebkosung auf. Aber sie wollte nicht, dass er aufhörte. Dann fühlte sie seinen Kopf zwischen ihren Schenkeln.

Sein warmer Atem streifte ihre geschwollenen Schamlippen. Er schob seine Hände unter ihren Bauch und forderte sie auf, sich hinzuknien. Sein Handballen rieb über ihre Scham und verschaffte ihr Lust. Kaum hatte sie sich an das beglückende Gefühl gewöhnt, löste seine Zunge seine Hand ab und leckte über ihre Spalte. Orkanartige Wellen der Lust liefen über ihren Körper. Aber sie wollte ihm die gleiche Lust verschaffen.

Als hätte er ihren Wunsch gespürt, schob er sich nach oben und glitt auf die Seite. Sie tastete nach seiner Männlichkeit und lächelte, als sie diese prall und glatt in ihrer Hand fühlte.

„Ich bin verrückt nach dir", flüsterte er an ihren Lippen. „Weißt du, dass ich das Blut in deinen Adern höre und rieche?" Er schnupperte an ihrer Haut. „Es ist berauschend."

Dann küsste er sie so sinnlich, wie sie es noch nie zuvor erlebt hatte. Ungestüm schob er seine Zunge in ihren Mund, und die ihre ließ sich auf das rhythmische Spiel ein. Er stöhnte in ihren Mund, als sie im gleichen Rhythmus sein Glied bearbeitete.

Mit unglaublicher Schnelligkeit warf er sich wieder auf ihren Rücken. Bevor sie Atem holen konnte, hatte er ihre Handgelenke ergriffen und hielt sie über ihrem Kopf fest.

„Karolina, du gehörst mir." Sein erigiertes Glied zwängte sich zwischen ihre Pobacken. Karoline begann ihr Becken zu bewegen, um ihn zu massieren. Wieder biss er kurz, aber heftig in ihren Hals. Doch es schmerzte sie nicht, im Gegenteil, es erregte sie nur noch mehr.

Alles war anders als damals, als sie sich zum ersten Mal geliebt hatten. Dominiks Liebkosungen waren wilder, fordernder und entfachten in ihr ein Feuer der Leidenschaft, wie sie es noch nie zuvor erlebt hatte.

Sie verspürte keinen Abscheu vor seinem Blutdurst, sondern war dazu bereit, ihm alles zu geben, wonach es ihn verlangte.

„Du kannst alles mit mir tun, was du willst", flüsterte sie trunken vor Lust.

Er lachte rau auf. „Wirklich alles? Und wenn ich auch dein Blut begehre?"

„Dann werde ich es dir geben. Aber jetzt lösche endlich das Feuer in mir." Karolina war fast außer sich vor Verlangen, als er einen Finger in sie eintauchte. Der Finger in ihr schien zu glühen. Langsam zog er ihn heraus, um gleich darauf wieder in sie einzutauchen. Kurz vor dem Höhepunkt beendete er sein Spiel. Dann spürte sie, wie er sich hinter ihr aufrichtete, und wartete voller Anspannung. Wild drang er in sie ein und entlockte ihr einen leisen

Schrei. Sie wollte ihn noch tiefer in sich spüren und drängte ihm ihr Becken entgegen.

„Du fühlst dich so wunderbar an, so feucht und heiß." Bei seinen geflüsterten Zärtlichkeiten erschauerte sie. Auch sie glaubte nun, sein Blut zu riechen, ein wenig bitter und gleichzeitig süß. Sie presste sich an seine nasse Brust und bewegte ihr Becken in langsamen Kreisen.

Doch dann hielt er ihr Becken fest, um sie mit heftigen Stößen an den Rand des Höhepunkts zu bringen. Eine Hand krallte sich in ihre Schulter, während die andere über ihren Venushügel rieb.

„Ich … muss es tun", sagte er gepresst und schon spürte sie, wie sich seine Zähne in ihre Halsbeuge bohrten, und seine Lippen ihre Haut umschlossen. Es war ein kurzer, brennender Schmerz. Dennoch nahm sie voll Verlangen seinen Blutdurst an. Mit einer heftigen Welle erfasste sie der Höhepunkt, als er sich in sie ergoss. Er ließ von ihrem Hals ab und ihre Schreie der Erlösung verschmolzen zu einem. Dann sanken sie erschöpft nieder.

Sanft wischte er die Blutstropfen von ihrem Hals.

„Von dem Augenblick an, in dem ich von deinem Blut gekostet habe, bin ich dir endgültig verfallen", sagte er. Aus seinem Blick sprach die gleiche Liebe, die auch sie für ihn empfand.

„Das ist das, worauf ich gehofft habe." Karolina lächelte. „Denn ich liebe dich in alle Ewigkeit, Dominik."

Epilog

Begleitet von einem schmalen, hellen Streifen der untergehenden Sonne am Horizont verließ Karolina an Dominiks Seite Prag, um an einem anderen Ort ein neues Leben zu beginnen. Es waren die quälenden Erinnerungen, die sie zum Fortgehen bewegten, und ihre Liebe, die vielen Anfeindungen ausgesetzt gewesen wäre. Weit entfernt von der Heimat hoffte sie, Ruhe und Frieden zu finden. Seite an Seite ritten sie auf der einsamen Landstraße in die Dunkelheit. Ihr Ziel lag da draußen vor ihnen, irgendwo.

„Wirst du auch ein Leben an der Seite einer Bestie nicht bereuen? Die Dunkelheit wird dein ständiger Begleiter sein."

Dominik zügelte sein Pferd und drehte sich zu ihr um.

Der liebevolle Blick, den er ihr zuwarf, durchflutete sie mit Wärme. Sie war sicher, die richtige Entscheidung getroffen zu haben.

„Nein, das werde ich nicht. Ob Tag oder Nacht, Hauptsache, du bist bei mir." Sie streckte den Arm nach seiner Hand aus und drückte sie.

„Aber du bist eine Dcera."

„Nein, das bin ich nicht mehr. Seitdem mir bewusst geworden ist, was es bedeutet, eine zu sein, hasse ich es. Nie wollte ich eine Auserwählte sein. Viele habe ich in den Tod begleitet. Blind vor Hass, unterschied ich mich nicht mehr von den Geschöpfen der Finsternis. Sie wurden von der Gier nach Blut beherrscht, und ich von meiner Rachsucht. Wir selbst müssen entscheiden, ob wir den Pfaden in die Verdammnis folgen wollen."

„Nur dir ist es zu verdanken, dass Prag aus den Klauen der Dunkelheit befreit worden ist."

„Ja, doch Prag ist nur ein Ort unter vielen, an dem das Böse regiert hat. Vielleicht werden die Dämonen irgendwann zurückkehren und erneut um die Herrschaft ringen."

Er zog ihre Hand an seine Lippen. Plötzlich stutzte er. Sein Blick haftete auf ihrem Dekolleté, auf dem das feuerrote Mal prangte.

„Wo ist der Blutdiamant?"

„Ich habe ihn Malvina gegeben. Sie soll ihn zusammen mit der Vampirbibel an einem geheimen Ort verstecken, für eine neue Tochter des Lichtes, die eines Tages kommen wird. Malvina ist eine würdige Nachfolgerin des Ordens und wird bis zur Ankunft der neuen Dcera ihre Aufgabe mit Herzblut erledigen."

„Aber sie ist keine Dcera, und Drazice lebt noch."

„Das ist richtig. Doch die überlebenden Vampire müssen sich einem anderen Anführer anschließen. Und ohne die Vampirbibel sind sie machtlos. Lass uns nach Drazice suchen."

„Wir werden ihn finden. Daran glaube ich. Für uns bricht eine neue Zeit an."

„Ja", antwortete sie und blickte noch einmal auf Prag zurück.

Carlottas Erbe befand sich in den Händen von Malvina und Hana. Und Jendrik gehörte von nun an das väterliche Gut. Nur ihr treuer Hengst begleitete sie in die ungewisse Zukunft.

Sie betrachtete ihr Fortgehen nicht mit Wehmut, sondern mit einem Glücksgefühl, weil ihre Zukunft dem Mann an ihrer Seite gehörte, den sie von ganzem Herzen liebte.

www.ingramcontent.com/pod-product-compliance
Lightning Source LLC
Chambersburg PA
CBHW031102020726
47495CB00007B/1998